Carlo Lucarelli

Der grüne Leguan

Roman DuMont

Carlo Lucarelli **Der grüne Leguan**

Aus dem Italienischen von Peter Klöss

Die Originalausgabe erschien 1997 unter dem Titel *Almost Blue* bei Einaudi, Turin

Zweite Auflage 1999

Ausstattung und Umschlag: Groothuis + Malsy
Gesetzt aus der Quadraat und der Balance
Gedruckt auf säurefreiem und chlorfrei gebleichtem Papier
Satz: Greiner & Reichel, Köln
Druck und Verarbeitung: Clausen & Bosse, Leck
Printed in Germany
ISBN 3-7701-4471-6

Der grüne Leguan

Als der erste Carabiniere das Zimmer betrat, rutschte er in einer Blutlache aus und fiel auf die Knie. Der zweite blieb auf der Schwelle stehen wie vor einem Abgrund und ruderte mit den Armen, um das Gleichgewicht zu halten.

»Heilige Mutter Gottes!« rief er aus und schlug die Hände vors Gesicht, dann machte er kehrt und rannte auf den Treppenabsatz zurück, die Treppe hinunter und durch die Tür hinaus in den Innenhof, wo er sich an der Motorhaube des weiß-schwarzen Punto festhielt, nach vorn beugte und in heftigen Schüben übergab.

Brigadiere Carrone kniete in der Mitte des Zimmers, seine Lederhandschuhe klebten am Fußboden. Als er sich umblickte, mußte er würgen, ein heiserer Laut, fast ein Rülpsen. Er wollte aufstehen, rutschte aber mit den Absätzen aus und fiel mit einem schmatzenden Geräusch erst auf den Hintern und dann auf die Seite. Er versuchte sich mit der Hand aufzustützen, aber sein Arm glitt seitwärts weg und hinterließ einen hellen Streifen auf den roten Fliesen. Der Brigadiere schlug auf den Rücken, er schaffte es einfach nicht aufzustehen, ein Alptraum.

Da kniff er die Augen zu, und während er auf dem Rücken lag, verzweifelt nach Luft schnappte und hilflos mit Armen und Beinen strampelte wie ein schwarzer Kakerlak, außer klebrigem Gepolter und dickflüssigen Spritzern aber nichts zuwege brachte, riß er den Mund auf und begann zu schreien.

Beinah traurig, beinah tun wir,
was wir früher taten.

Erster Teil Almost blue

Almost blue almost doing things
we used to do.

Elvis Costello, *Almost Blue*

Mit einem kurzen Seufzen, das nach Staub riecht, fällt die Schallplatte auf den Teller. Der Tonarm löst sich leise knackend aus der Halterung, es klingt wie ein Schnalzen mit der Zunge, aber trocken, nicht feucht. Eine Zunge aus Plastik. Leise rauschend fährt die Nadel durch die Rille, ein-, zweimal knistert es. Dann setzt das Klavier ein, tröpfelnd wie aus einem undichten Wasserhahn, der Kontrabaß, wie eine Schmeißfliege, die gegen ein Fenster brummt, und schließlich die verschleierte Stimme von Chet Baker mit *Almost Blue*.

Wenn man genau achtgibt, sehr genau, kann man sogar hören, wie er Luft holt und die Lippen beim ersten A von *Almost* öffnet, ein A, das so geschlossen und moduliert ist, daß es wie ein gedehntes O klingt. *Al-most-blue* ... dazwischen zwei Pausen, zwei verhaltene Atemzüge, an denen man merkt, an denen man *hört*, daß seine Augen geschlossen sind.

Deshalb mag ich *Almost blue*. Weil es ein Lied ist, das mit geschlossenen Augen gesungen wird.

Meine Augen sind immer geschlossen, auch wenn ich nicht singe. Ich bin von Geburt an blind. Licht, Farben und Bewegungen habe ich nie gesehen.

Ich lausche.

Ich lote die Stille aus, die mich umgibt, wie ein Scanner, ein elektronisches Gerät, das auf der Jagd nach Tönen und Stimmen den Äther durchforstet und sich automatisch auf die belegten Frequenzen einstellt. Im Bedienen von Scannern bin ich Experte, seit fünfundzwanzig Jahren, seit meiner Geburt, habe ich einen im Kopf und einen in meinem Zimmer, neben dem Plattenspieler. Wenn ich Freunde hätte, wenn ich welche hätte, würden sie mich garantiert Scanner nennen. Das würde mir gefallen.

Aber ich habe keine Freunde. Meine Schuld. Ich verstehe sie nämlich nicht. Sie sprechen über Dinge, mit denen ich nichts anfangen kann. Sie sagen *leuchtend, trübe, hell, unsichtbar*. Wie in dem Märchen, das sie mir als Kind erzählten, damit ich einschlief; die Prinzessin darin war so schön und ihre Haut so dünn, daß sie *durchsichtig* schien. Es dauerte eine Ewigkeit und viele Nächte, in denen ich wach lag und grübelte, bis ich herausfand, was durchsichtig bedeutet, nämlich daß man hineinschauen kann.
Für mich hieß das, daß die Finger hindurchdringen.
Auch Farben haben für mich eine andere Bedeutung. Wie alle Dinge haben auch Farben eine Stimme, einen Klang. Ein Geräusch, das sie unterscheidet und das ich wiedererkennen kann. Und verstehen. Azur, zum Beispiel, mit diesem Z in der Mitte, ist die Farbe von Zucker, Zebras und Zikaden. Wälder, Wege und Wölfe sind violett, und Gelb ist durchdringend wie ein greller Schrei. Schwarz kann ich mir zwar beim besten Willen nicht vorstellen, doch ich weiß, daß es die Farbe des Schlafes ist, des Schattens, der Leere. Aber der Gleichklang ist nicht alles. Manche Farben bedeuten mir etwas wegen der Vorstellung, die damit verbunden ist. Wegen des *Geräuschs* der Vorstellung, die damit verbunden ist. Grün zum Beispiel mit diesem reibenden R, das mittendrin kratzt und reizt und die Haut abschürft, ist etwas Brennendes wie die Sonne. Dagegen sind alle Farben, die mit B anfangen, bildschön. Wie blaß oder blond. Oder blau, blau ist wunderschön. Deshalb müßte zum Beispiel ein schönes Mädchen, wenn es wirklich schön sein soll, blasse Haut und blondes Haar haben.
Ein bildschönes Mädchen aber hätte blaues Haar.
Manche Farben haben auch eine Form. Ist eine Sache rund und

groß, dann ist sie mit Sicherheit rot. Formen interessieren mich aber nicht besonders. Ich kenne sie nicht. Um etwas darüber zu erfahren, muß man sie anfassen, und Anfassen mag ich nicht, ich mag keine Leute anfassen. Außerdem kann ich mit den Fingern nur die Dinge ertasten, die in meiner Reichweite sind, während ich mit den Ohren, mit dem, was ich im Kopf habe, in die Ferne schweifen kann. Geräusche sind mir lieber.

Deshalb benutze ich den Scanner. Jeden Abend gehe ich in mein Zimmer hinauf und lege eine Platte von Chet Baker auf. Es ist immer dieselbe, ich mag den Klang seiner Trompete, die kleinen, tiefen Ps, die mich umschwirren, und ich mag seine Stimme, die leise singt, als käme sie nur mühsam ganz unten aus der Kehle hervor, als wäre dazu so viel Kraft nötig, daß man die Augen schließen muß. Besonders bei diesem einen Stück, *Almost Blue*, das ich immer als erstes auflege, obwohl es auf der Platte das letzte ist. Und so warte ich jeden Abend und jede Nacht, daß *Almost Blue* langsam in meine Ohren hineinkriecht, daß Trompete, Kontrabaß, Klavier und Stimme eins werden und die Leere füllen, die in meinem Kopf herrscht.

Dann schalte ich den Scanner ein und lausche auf die Stimmen der Stadt.

Bologna habe ich nie gesehen. Trotzdem kenne ich es gut, obwohl die Stadt, die ich kenne, wahrscheinlich meine ganz eigene ist. Es ist eine große Stadt, mindestens drei Stunden groß.

Das hörte ich eines Tages, als ich den CB-Funk eines Lasters einfing und ihm solange folgte, wie er im Empfangsbereich meines Scanners blieb. Die ganze Zeit, von dem Zeitpunkt an, als er auftauchte, bis ich ihn plötzlich verschwinden hörte, unterhielt sich der Fahrer mit irgend jemandem, er fuhr und redete, fuhr und redete, von einem Ende meiner Stadt zum anderen.

»Hier Rambo, hier Rambo ... kann mich jemand hören? Ich bin gerade an der Mautstelle Rimini Süd ... Achtung, die Steuerfahndung steht an der Ausfahrt ...

Hier Rambo ... El Diablo, kommen ... ich hab hier eine, die ist ganz heiß aufs Blasen ... Autobahnring, Ausfahrt Casalecchio di Reno, Ecke Tankstelle ... nach Luana fragen ...

Hier Rambo ... wer ist da, Maradona? Hör mal, was soll das heißen, El Diablo ist stinksauer? Ja, hat er nicht gewußt, daß Luana ein Transvestit ist? Wenn du ihn an die Strippe kriegst, sag ihm, daß ich in Parma 2 zum Schlafen rausfahre und da auf ihn warte ... und außerdem kann er mich mal am Ar...«

Urplötzlich verstummen die Stimmen auf den Straßen, sie brechen schlagartig ab. Die Grenzen meiner Stadt sind scharf umrissen, durch Stille festgelegt, ihr Rand ist wie die Kante eines Tisches, der im Nichts schwebt. Jenseits dieses Randes klafft ein Abgrund, der die Stimmen verschluckt, schwärzer als schwarz. Und leer.

Manchmal stelle ich aber auch den Polizeifunk ein und lausche der krächzenden Stimme der Streifenwagen. Es ist, als schwebte ich am schwarzen Himmel meiner Stadt und hätte Dutzende von Ohren, die kreuz und quer durch das Dunkel rasen.

»Wagen 4 an Zentrale ... schwerer Unfall auf der Via Emilia ... wir brauchen schleunigst einen Krankenwagen ...«

»Hier Wagen 2 ... wir stehen vor der Genossenschaftsbank ... die Alarmanlage hat sich eingeschaltet, aber es ist kein Mensch zu sehen ...«

»Überprüf mir schnell mal dieses Nummernschild ... A wie Ancona, D wie Domodossola ...«

»Also … der Knabe hier hat keine Vorstrafen, aber das Mädchen ist minderjährig und hat keine Papiere … was sollen wir machen?«

»Verstanden … wir fahren hin …«

»Überdosis, verdammte Scheiße … der Typ stirbt uns hier im Auto …«

»Siena Monza 51 … Siena Monza 51 …«

»Kommen, Siena Monza …«

»Hör zu, wir stehen Viale Filopanti Ecke Via Galliera und haben hier eine Schwarze ohne Papiere …«

Die Stimme ist kräftig, der Mann spricht durch die Nase, als habe er Schnupfen. Im Hintergrund hört man das grüne Brausen der vorbeifahrenden Autos und das leise, sirrende, azurblaue der Mofas. Dahinter, so weit hinten, daß sie fast mit der Trompete von Chet Baker verschmelzen, spitze, beinah stechende Stimmen: »Nein, ich nicht kommen … du böse, ich nicht kommen …« Und eine andere, lautere, eine große Stimme, eine rote Stimme: »He, hiergeblieben … wo zum Teufel willst du hin? Du willst wohl noch eine? Hm? Du hast wohl noch nicht genug?«

Wenn ich aussteigen und stehenbleiben will, um eine Geschichte zu hören, dann warte ich, bis der Scanner sich auf ein Handy einstellt.

»He, was macht der Typ da mit dem Kopfhörer?«

Musik dahinter. Weit weg. Nur das unablässige Pochen einer Rhythmusmaschine, die durch etwas Massives gefiltert wird, vielleicht eine Wand. Davor das sehr grüne Rauschen eines GSM-Handys und darin eine andere Stimme mit flüssigem Unterton, die unter jedem L und R ein klein wenig gurgelt.

»Mann, bin ich blau … hallo? Hör mal, Lalla, wo ist denn jetzt dieser Rave? Hier weiß keiner Bescheid …«

»He, was macht der Typ da mit dem Kopfhörer?«

Diese Stimme ist nicht so flüssig, sie ist etwas belegt, rauchig, wie von dichtem Nebel verschleiert. Sie befindet sich genau zwischen dem fernen Pochen der Musik und der Stimme, die in das Handy spricht.

»He, Tasso ... was macht der Typ da mit dem Kopfhörer?«

»Geh mir nicht auf den Wecker, Misero ... was weiß denn ich? Wird ein Rausschmeißer sein ...«

»Der hat Kopfhörer wie ein Mixer ...«

»Na, dann wird er wohl Mixer sein ... hallo Lalla? Bist du das? Verdammt, Misero ... sie hat aufgelegt! Und wie kriegen wir jetzt raus, wo der Rave ist?«

»Fragen wir doch den Mixer ...«

»Sehr gut, Spitze ... frag den Mixer und verpiß dich ... Hallo, Lalla?«

»Mensch, Tasso ... das ist gar kein Mixer, der ist total drauf und sagt, daß er super Shit hat. Verdammt, Mann, was macht der bloß mit dem Kopfhörer ...«

Wenn mich die Geschichte nicht mehr interessiert, wenn ich sie nicht mehr verstehe, drücke ich auf den Knopf, der die Frequenz wechselt, und gehe weiter. So verbringe ich die ganze Nacht, denn wenn du kein Licht siehst, ist es egal, ob du am Tag schläfst oder in der Nacht. Immer weiter lote ich die Schwärze aus, manchmal begegne ich dem zarten Kratzen anderer Scanner, die auf meinen treffen. Ich lausche auf die Stimmen der Stadt.

Wenn ich genug habe, schalte ich die Geräte ab.

Stille. Nur das dünne Rauschen der Stille, das mir leise in den Ohren braust.

Nur Chet Baker, der *Almost Blue* singt.

»He, was macht der Typ da mit dem Kopfhörer?«

Ich bin nackt und friere.

Ich betrachte mein Spiegelbild in der roten Pfütze, die sich unter dem Bett gebildet hat, und sehe, daß dieses Tier immer noch unter meiner Haut rast und mein Gesicht deformiert. Also hebe ich ein Stück der Maske auf, die von der Wand heruntergefallen ist, eine längliche afrikanische Maske, und lege es darüber, damit ich das Tier nicht mehr sehe.

Aber ich höre sie.

Ich höre die Glocken der Hölle. Sie hallen in meinem Kopf, immer, Tag und Nacht, und bei jedem Schlag vibriert es bis ins Mark, als ob mein Gehirn selbst eine lebendige Glocke wäre, die dröhnt und bei jedem Schlag zerspringt. Manchmal sind sie weit weg, unten, unterhalb des Genicks, und ich höre nur das metallische Echo, das sich in sanften Wellen langsam in mir ausbreitet. Doch dann beginnt es plötzlich wieder von vorne, lauter, sehr laut, ein lautes Schlagen in der Mitte des Kopfes, das entlang der Nase und auf den Zähnen vibriert, ein lautes Schlagen, das hinter meiner Stirn hämmert und dröhnt, lautes Schlagen, das die Knochengelenke zerbricht und meinen Schädel spaltet, lautes Schlagen, irrsinnig laut. Ich höre sie, die Glocken der Hölle. Immer, jeden Tag und jede Nacht, immer höre ich die Glocken der Hölle, sie läuten zum Begräbnis, und sie läuten für mich.

Damit ich sie nicht höre, habe ich mir den Kopfhörer der Stereoanlage über die Ohren gestülpt, aber das reicht nicht. Wie eine Spiralfeder fällt das Kabel über meine Brust, der Stöpsel baumelt träge und nackt zwischen meinen Beinen. Also schalte ich die Stereoanlage ein, Bässe und Höhen voll aufgedreht, den Loudness-Regler nach rechts bis zum Anschlag, maximale Lautstärke, die LEDs ständig im roten Bereich, ständig. Ich stöpsle den Kopfhörer ein, plötzlich ist da EINE MAUER in meinem Kopf, knallhart und massiv, die meine Trommelfelle zerfetzt und von einem Ohr zum anderen läuft, und dort setzt sie sich fest, genau hinter den Augen, unverrückbar. Basedrum, Snare und Becken schlängeln sich rasend schnell durch meinen Kopf wie die Zunge eines Reptils, die Gitarre ist ein elektrischer Regenschauer, der Bass rollt wie ein hysterischer Donner immer näher heran, und die Stimme ist ein Blitz, der wie ein schwarzer Schrei den Himmel durchzuckt. Ich habe eine Mauer, eine Mauer im Kopf, EINE MAUER, und die Glockenschläge zerschellen daran, dumpf, bei jedem Schlag dröhnen sie ein Stück weiter entfernt. Das Kopfhörerkabel ist gespannt wie eine Hundekette, es reicht gerade so eben bis zu dem Etagenbett. Die Knie gegen die Brust gedrückt, spüre ich die glatte, eisige Haut meiner Beine und die heftigen Schauder in meinen Brustwarzen.

Ich bin nackt und friere, aber die Kleider, die ich anhatte, habe ich zerrissen, und die da auf dem Fußboden hatten sich so vollgesogen, daß sie jetzt bestimmt steif und hart wie Pappkarton sind. Also kauere ich mich an der Bettkante zusammen und lege den Kopf ganz leicht auf einen Zipfel des Kissens, damit ich keinen der Tropfen abbekomme, die von den Drahtmaschen des oberen Bettgestells herunterfallen und Bezug und Laken schon vollkommen durchnäßt haben.

Nackt und zusammengekauert liege ich da und friere. Wenn ich mir eine Spritze ins Herz setzen würde, denke ich, dann wäre das herausgesogene Blut schwarz wie Tusche. Ich sehe es hinter dem aufgezogenen Kolben sprudeln, so dicht und dunkel, daß sich das Glas verfärbt wie unter einer dicken, von ein paar trüben Blasen leicht gekräuselten Farbschicht. Wenn ich mir eine Spritze ins Herz setzen würde, dann würde bestimmt das Glas zerspringen, schwarz wie Erdöl würde es hervorschießen, denn ich spüre, mein Herz ist geschwollen und so groß, daß es den ganzen Brustkorb ausfüllt und mit aller Gewalt dagegen drückt und mir die Kehle zuschnürt. Denn da ist etwas in meinem Herz, es kommt heraus und rast schnell unter der Haut dahin, bis in die Kehle hinein. Würde ich den Mund weiter aufmachen, dann würde es sich vielleicht sogar zeigen, zwischen den Zähnen und den halb geöffneten Lippen, dieses Tier, das ich in mir spüre.

Ich setze mich im Bett auf und presse den Kopfhörer gegen die Ohren, denn die Glocken werden wieder lauter. Die Hände auf den Plastik-Hörmuscheln, presse ich den Kopfhörer gegen die Trommelfelle, quetsche ihn in mich hinein, und dabei schaukele ich, die Ellbogen auf die Knie gestützt, vor und zurück. Ich bin nackt und friere, ich bin nackt und friere, also verlasse ich das Bett, ich gleite auf den Fußboden hinunter und gebe acht, daß ich mich nicht an den Scherben der Brillengläser, der Flasche, des Weckers und des übrigen Zeugs, das auf dem Nachttisch stand, schneide. Auf allen vieren krieche ich über den Boden wie ein Hund, und wie ein Hund an der Kette schiebe ich mich vorwärts, soweit ich kann, ohne den Kopfhörer aus der Anlage zu reißen, weiter, immer weiter, den Kopf nach hinten geworfen, genau wie ein Hund. Mit den Fingerspitzen bekomme ich den Griff der Schrankschublade zu fassen und ziehe sie auf. Was ich dort finde, ziehe ich an, bibbernd vor Kälte, von Schaudern geschüttelt, mit klappernden Zähnen. So fühlt es sich immer an, jedesmal, jedesmal.

Jedesmal, wenn ich in einen neuen Körper schlüpfe.

Und jedesmal sind sie wieder da, die Glocken der Hölle, sie kommen von hinten und hämmern wieder gegen die Mauer in meinem Kopf, und die Musik nützt gar nichts, es nützt gar nichts, wenn ich mir die Trommelfelle zermartere und brülle, mit brennendem Atem brülle. Also stehe ich auf und laufe los, ich laufe aus dem Zimmer, laufe zur Tür hinaus, die Treppe hinunter und hinaus auf die Straße, den Kopfhörer auf den Ohren, die Musik im Kopf, und im Hirn laut, wahnsinnig laut das Schlagen der verfluchten Glocken der Hölle, sie läuten unaufhörlich, und sie läuten für mich.

Der Erkennungsdienst des Polizeibezirks Bologna war in einem alten Kloster aus dem siebzehnten Jahrhundert untergebracht. Unter hohen Gewölben führte eine monumentale Treppe nach oben. Dort, wo eine vergrößerte Kopie von Leonardos Proportionsfigur auf der cremefarbenen Wand prangte, machte die Treppe eine Biegung. Sie waren spät dran, und Grazia hastete die breiten Stufen hinauf, doch dann verlangsamte sie den Schritt gleich wieder, gebremst durch ein dumpfes Gefühl, das schon seit dem Morgen ihren Bauch aufblähte und auf ihrem Gesicht einen Anflug von Ärger hinterließ. »Scheiße«, murmelte sie leise, aber Vittorio hörte es trotzdem.

»Was ist los?« fragte er.

»Nichts.«

Grazia zog den Reißverschluß ihrer Bomberjacke auf und steckte eine Hand hinein, um die Pistole zu verrücken, denn das Halfter an ihrem Gürtel drückte auf den gespannten Leib. Sie schob die Waffe nach hinten, dann an die Hüfte und schließlich wieder nach vorn, aber das Gefühl blieb dasselbe.

»Du wirst mir doch nicht ausgerechnet jetzt krank werden, nicht wahr?« fragte Vittorio, während er eine Hand unter ihren Arm schob und auf den olivgrünen Jackenstoff legte. »Es ist wichtig, daß du hundert Prozent fit bist. Diesmal muß ich sie einfach überzeugen.«

»Ich bin fit ... keine Sorge.«

»Schließlich hast du dir die Berichte angesehen, und wenn dir nicht gut ist ...«

»Nur die Ruhe. Mir geht's gut.«

»Du hast doch nicht etwa die Grippe? Zur Zeit soll ein Virus grassieren, der ...«

»Vittorio, ich bekomme meine Regel. Ich krieg meine Tage, in Ordnung? Sei unbesorgt, das ist immer so bei mir ... das ist normal.«

»Ah«, sagte Vittorio peinlich berührt und ließ einen Augenblick lang ihren Arm los. Als er ihn wieder nehmen wollte, wehrte Grazia ihn energisch ab, machte fast einen Satz und lief, zwei Stufen auf einmal nehmend, die Treppe hinauf. Vittorio beeilte sich, sie einzuholen und mit ihr Schritt zu halten, während sie rasch und entschieden über den Gang lief.

»Ich weiß, daß das normal ist, Grazia«, sagte er. »Du bist eine Frau.«

»Ich bin Polizistin.«

»Okay, du bist Polizistin, entschuldige. Aber ich bin auch Polizist, und ich will diesen Fall. Hast du dir eingeprägt, in welcher Reihenfolge du die Beweisstücke aufrufen mußt?«

Grazia nickte. Für einen Moment schloß sie die Augen und sah die Liste der Dateien, die neben dem schwarzen Cursor über den weißen Bildschirm liefen. Sie hätte sie aus dem Gedächtnis auswählen, auf *Eingabe* drücken und im Geist aufrufen können, Namen, Daten, Abbildungen.

»Ja«, sagte sie. »Ich habe es mir eingeprägt.«

»Und die Bombe fürs Finale?«

»Die auch.«

»Wer ist es?«

»Catia.«

catia001.jpg. Sobald sie die Augen schloß, sah Grazia es vor sich, ein kleines schwarzes Viereck mit grüner Schrift am oberen Bildschirmrand. Einmal anklicken, und das Rechteck würde sich öffnen und ein Foto zeigen. Grazia versuchte, die Augen so schnell wie möglich wieder zu öffnen. Sie versuchte, die Lider überhaupt nicht zu bewegen. Sie versuchte, Catia sofort wieder zu vergessen.

»Gut, Kleines«, sagte Vittorio. »Also, in Anbetracht der Tatsache, daß wir es hier mit ziemlichen Dickschädeln zu tun haben und du sie noch nicht kennst, schildere ich dir kurz die Situation, die uns erwartet. Unser Hauptgegner ist der Polizeipräsident. Alvau, der Staatsanwalt, ist noch sehr jung, er weiß nicht, worum es geht, und möglicherweise reizt ihn sogar die Vorstellung, mit einem spektakulären Fall ins Rampenlicht zu treten. Den Polizeichef reizt das sicher nicht. Ihm ist das alles verhaßt, er will keine Unordnung in seiner Stadt, und außerdem müßte er dann zugeben, daß es im Verlauf der bisherigen Ermittlungen zu Pannen gekommen ist. Er hat sogar den Leiter des örtlichen Erkennungsdienstes weggeschickt, damit der uns nicht helfen kann, aber wir werden ihn schon überlisten. Bist du bereit, Kleines?«

Grazia erwiderte nichts. Mit leicht zusammengekniffenen Augen, die ärgerliche Falte zwischen den dichten Brauen, sah sie Vittorio kurz an. Dann steckte sie die Hände in die Taschen der Bomberjakke, und immer noch wortlos blieb sie vor dem schmalen, niedrigen Türbogen einer Mönchszelle stehen. Vittorio rückte die Krawatte zurecht und zupfte an den Ärmeln seines Regenmantels, um die Schulterpartie glattzustreichen. Er zog den Kopf ein, um nicht an den steinernen Giebel zu stoßen, wo in langen, schlanken Buchstaben der Schriftzug IERONIMUS FRATER, MDCLXXIII eingehauen war. »Okay, Inspektor Negro«, flüsterte er Grazia zu, »machen wir sie fertig«, dann steckte er den Kopf durch die Tür und sagte: »Darf man eintreten? Entschuldigen Sie bitte die Verspätung ... ein Unfall auf der Autobahn.«

Das Speziallabor des Erkennungsdienstes war durch Zusammenlegung zweier Mönchszellen geschaffen worden. Die Steinmauern waren unverputzt, die Decken wurden von Balken getragen, massive Steinblöcke faßten die schmalen Fenster ein. Der Fußboden bestand aus glatter Terrakotta. Die Deckenbalken waren schwarz gestrichen. Mit Altar, Kerzenständern und Kruzifix hätte der Raum auch als Klosterkapelle durchgehen können. Doch ein Computer-Terminal mit Monitor, Modem und Tastatur, ein Metallgestell mit fünf kleinen, an eine zentrale Videoanlage angeschlossenen Fernsehschirmen, herunterhängende Kabelbündel und Steckverbindungen machten daraus ein Labor des Erkennungsdienstes.

Auf dem Monitor zeichnete der Bildschirmschoner das Wort STAATSPOLIZEI in Großbuchstaben. Wie übergeschnappt kreiste der Schriftzug um sich selbst, kam näher und entfernte sich wieder, zuerst winzig klein und dann riesig groß. Auf einem der Fernsehschirme lief die Videoaufzeichnung einer Studentendemonstration, davor stand ein Stativ mit Fotoapparat; zwei Männer machten Aufnahmen von einem Standbild, das einen jungen Mann mit schwarzem Palästinensertuch zeigte. Auf einem Stuhl neben dem Terminal hockte ein Mann. Er trug einen dunkelblauen Mantel, den er fest um sich gewickelt hatte, und so, nach vorne gebeugt, die Hände in den Taschen und die wollenen Mantelschöße über die Knie gezogen, sah er aus wie ein Rabe. Neben den beiden Männern mit dem Fotoapparat stand der Polizeipräsident.

»Endlich«, sagte er, als er Vittorio unter dem steinernen Türbogen hervorkommen sah. Er tippte einem der Männer auf die Schulter und sagte: »Das reicht, Leute, raus jetzt«, dann lächelte er dem Mann in Rabenblau zu.

»Die *Amerikaner* sind eingetroffen«, sagte er laut. »Das sind die Leute von der *A-Ge-Vau*.«

Auf Grazia machte der Polizeipräsident den Eindruck eines Mannes, der sein Haar toupiert, um größer zu wirken. Der Mann in Blau dagegen kam ihr sehr jung vor, fast noch jugendlich mit dieser blonden Strähne, die ihm ins Gesicht fiel, und dem Brillengestell aus rotem Schildpatt. Vittorio war wie immer: tipptopp gebräunt, tipptopp gekleidet, das lange Haar nach hinten geföhnt, ein leutseliges, offenes Lächeln auf den Lippen, die Hand ausgestreckt. Man hätte ihn eher für einen Manager bei einer Marketingveranstaltung gehalten als für einen studierten Kriminalpsychologen, den jüngsten und brillantesten Büroleiter beim Erkennungsdienst.

»Hauptkommissar Poletto und Inspektor Negro. Wenn Sie gestatten, Herr Polizeipräsident, A-A-Ge-Vau ...«

»Entschuldigen Sie, daß ich mich einmische«, sagte Staatsanwalt Alvau, »aber würden Sie bitte auch mich darüber aufklären, was zum Teufel dieses Kürzel bedeutet?«

»Abteilung für die Aufklärung von Gewaltverbrechen, eine Dienststelle, die bei Ermittlungen gegen mutmaßliche Serienmörder eingeschaltet wird. Ein bißchen so wie das VICAP beim FBI.«

»Wenn Sie gestatten, Dottore Poletto ... wir sind hier nicht in Amerika, wir sind hier in Italien.«

»In der Tat, Herr Polizeipräsident, aber bei uns ist es ja auch anders. Wir gehören zum Erkennungsdienst.«

Grazia war aufgefallen, daß Vittorio Serienmörder gesagt hatte und nicht *serial killer*. Die Vereinigten Staaten erwähnte man besser nicht. Sie hätte gelächelt, wenn nicht plötzlich ein Stechen, ein kur-

zes Reißen in ihrem Bauch dafür gesorgt hätte, daß die Falte zwischen ihren Brauen noch tiefer wurde. Der Staatsanwalt rutschte auf seinem Hocker hin und her. Er stellte sein endlos langes Bein auf den Boden und wickelte sich noch fester in seinen Mantel.
»Sie vermuten also, daß wir es hier in Bologna mit einem Serienmörder zu tun haben, Dottore Poletto?« fragte er. Grazia blickte zu Vittorio. Er hatte die Stirn in Falten gelegt, die zusammengepreßten Lippen leicht nach vorne geschoben und nickte bedächtig.

»Ja, Dottore Alvau. Davon sind wir überzeugt.«
Er hatte das so schön gesagt, daß sogar der Polizeipräsident einen Augenblick lang außer Gefecht gesetzt war. Vittorio nutzte das sofort aus.
»Ich werde es Ihnen gleich darlegen, Dottore. Nur eine Minute, und wir sind mit dem ZISED verbunden ...«
»Schon wieder so ein Kürzel ...«
»Sie haben recht, Dottore Alvau, Berufskrankheit. ZISED bedeutet Zentrales Informationssystem des Erkennungsdienstes. Grazia ... würdest du wohl ans Terminal gehen, bitte?«
Unverzüglich setzte sich Grazia auf den Drehstuhl vor dem Computer. Sobald sie die Maus auf der roten Matte neben der Tastatur bewegte, verschwand die kreisende Schrift. Offenbar hatte sich etwas Staub in der Maus festgesetzt, denn der kleine, weiße Pfeil ruckte über den Schirm, und Grazia mußte fast Gewalt anwenden, um ihn auf die gelbe Trompete zu schieben, die das Programm aufrief. Wäre es still gewesen, hätte man das abgehackte Ticken der Anwahl hören können und danach das leise Rauschen des Modems, das die Verbindung herstellte. Aber Vittorio wollte dem Staatsanwalt keine Zeit zum Nachdenken lassen.

»Also, Dottore Alvau: Die AAGV wurde im Dezember '95 ins Leben gerufen, sie hat ihren Sitz in Rom und unterstützt die zuständigen Dienststellen, die im Bereich ›Morde ohne Motiv und serienweise Sexualverbrechen‹ ermitteln. Zu unseren Aufgaben gehört aber

auch das, was wir Präventionsberatung nennen ...«

Der Polizeipräsident öffnete den Mund und stieß ein dröhnendes »Ha!« aus, das sich wie Husten anhörte und ein sarkastisches, etwas gezwungenes Lachen einleitete. Doch unterdessen war der Bildschirm leuchtend blau geworden, und der Polizeipräsident schloß den Mund in andächtigem Schweigen.

»Dieses Programm heißt TAP, Tathergangs-Analyseprogramm. Es basiert auf Daten, die in der AKU, der Automatischen Auswertung der Kriminaltechnischen Untersuchungsergebnisse, gesammelt und anschließend im ZISED gespeichert werden. Damit werden automatisch sämtliche Daten der eingegebenen Fälle verglichen und eventuelle Verbindungen aufgedeckt. Wir nennen es die Monstersuchmaschine.«

Error. Der Polizeipräsident fand das Lachen wieder, das ihm einen Augenblick zuvor abhanden gekommen war. Er richtete es direkt auf den Monstersucher: »Ha! Ha! Ha!«, als handelte es sich um den Titel eines Zeichentrickfilms. *Die Monstersuchmaschine*. Doch Staatsanwalt Alvau hob die Hand, um den Polizeipräsident zu stoppen, rückte die Brille auf der Nase zurecht und sah gespannt auf den Bildschirm.

»Und, was habt ihr aufgedeckt?« fragte er.

Vittorio machte ein ernstes Gesicht. Er legte eine Hand auf Grazias Schulter, der Stoff der Bomberjacke raschelte.

»Bitte, Inspektor Negro ...« murmelte er.

Grazia spürte, wie sie ihr auf die Pelle rückten. Der Polizeipräsident lag fast auf ihrer Schulter, er atmete ihr ins Ohr; vorhin, bei seinem Lachanfall, hatte er ihr ein warmes, hartes Klümpchen Auswurf auf die Wange gespuckt. Der Staatsanwalt beugte sich über sie wie ein Geier, sein Kinn streifte ihren Kopf. Schließlich Vittorios Hand, deren Wärme Grazia durch den Jackenstoff hindurch auf der Schulter spürte, seine Fingerspitzen, die gegen ihr Schlüsselbein drückten. Und zu allem Überfluß noch dieses Gefühl der Schwere in ihrem Bauch, das sie nach unten zog. Die lästige Überempfindlichkeit im Lendenbereich und im Rücken und in den Beinen, die Stuhlkante, die in den Kniekehlen drückte. Die schmerzenden Brüste im engen Geflecht des Büstenhalters, unter dem leichten Baumwollstoff des T-Shirts, unter dem dickeren des Sweatshirts, unter dem Polyester der Bomberjacke. *Scheiße.* Sie dachte an die Schachtel o. b. normal, die zusammen mit dem Reservemagazin der Beretta in der Jackentasche steckte, dann seufzte sie tief auf, räusperte sich und ließ den Pfeil auf den Schriftzug *open* springen.

»Fall Graziano, Bologna, Dezember 1994. Ein Student aus Palermo, 25 Jahre, der allein in einer Einzimmerwohnung in den Hügeln lebte. Fall Lucchesi, San Lazzaro di Bologna, November '95. Langzeitstudent an der hiesigen Universität, Genuese, 28 Jahre, drogenabhängig mit Vorstrafen wegen Diebstahl und Dealerei. Fall Farolfi-Baldi, Castenaso di Bologna, Mai '96. Ein Studentenpärchen aus Neapel, das sich durch Untervermietung an auswärtige Studenten finanzierte. Mit Hund. Ebenfalls umgebracht.«

Grazia fuhr sich mit der Zunge über die Lippen. *Kein Wort über die Morde*, hatte Vittorio gesagt. Nur die Zeugenaussagen anklicken, die Protokolle der Funkstreifen, die Fotos der Toten, als sie noch *lebten*. Und tatsächlich öffnete sich ein Fenster auf dem Bildschirm: dunkelblau hervorgehobene Wörter, Vordrucke, die *Carabinieri-Posten in* und *Polizeirevier* überschrieben waren, Paßfotos, auf denen der Schatten des runden Gemeindestempels zu sehen war, oder Schnappschüsse, die zum Beispiel während eines Ausflugs ans Meer entstanden waren, auf der Kaimauer, den Blick auf die Gischtspritzer gerichtet und ein aufgesetztes Lächeln auf den Lippen, das vor lauter Posieren schon ganz gefroren war. *Laß die Bombe erst ganz am Schluß platzen*, hatte Vittorio gesagt. Die Bombe.

catia001.jpg. Grazia schüttelte den Kopf und versuchte nicht daran zu denken.

»Fall Assirelli-Assirelli-Assirelli-Fierro, Dezember 1996.«

Am oberen Rand des Bildschirms befanden sich zwei Icons, zwei flache, farbige Vierecke mit der Aufschrift *ass1.jpg* und *ass2.jpg*. Grazia schob den weißen Pfeil auf *ass1* und drückte mit dem Zeigefinger zweimal auf die Maustaste. Ein Familienfoto, Vater, Mutter, Sohn und Töchterchen sitzen am Tisch in einer Gartenlaube, anscheinend anläßlich einer Neujahrs- oder Geburtstagsfeier.

»Sie wohnten in Coriano di Rimini, in den Hügeln, ebenfalls in einem abgelegenen Häuschen. Nur daß die hier Kinder hatten.«

Klick auf *ass2*. Gleiches Foto wie zuvor. Dieselbe Ecke der Gartenlaube, derselbe Ausschnitt des gedeckten Tisches, an der Wand dahinter das lackierte und bemalte Wagenrad, die Kaminecke mit der Terrakottaflasche, vielleicht ein Souvenir aus San Marino. Diesmal waren keine Assirellis zu sehen, dafür war die Tischdecke seltsam verrutscht, eine Ecke des Tisches war frei, und dann dieser dunkle Fleck, ein breiter Streifen, der sich vom Wagenrad über den Fußboden zog und unter der angelehnten Tür im Hintergrund verschwand. Staatsanwalt Alvau rückte näher an den Bildschirm heran, fast als wolle er dem verblaßten, krümeligen Streifen mit dem Blick folgen. Grazia widerstand der Versuchung, ihn wegzustoßen, ihn mit den Schultern zurückzuschieben.

»Diese Fälle sind allesamt gelöst«, wandte der Polizeipräsident vorsichtig ein.

»Die Ermittlungen wurden allesamt gegen Unbekannt geführt«, entgegnete Grazia. »Bei dem Studenten aus Palermo tippt man auf das Homosexuellenmilieu, und bei dem Drogensüchtigen sind die Carabinieri von San Lazzaro der Überzeugung, daß es um Drogengeschäfte ging. Das Pärchen aus Castenaso ...«

»Ich erinnere mich daran«, warf Alvau ein. »Raubmord. Täter unbekannt.«

»Und bei der Familie Assirelli«, sagte der Polizeipräsident, »hat die Staatsanwaltschaft Rimini ein Rechtshilfeersuchen gestellt, um diesen Zigeuner da zu verhören ... der jetzt in Ex-Jugoslawien im Gefängnis sitzt und hier bei uns in der Provinz Pavia eine ganze Familie massakriert hat. Ich halte diese Hypothesen sämtlich für sehr stichhaltig. Und ich kann keine Zusammenhänge erkennen.«

»Ich auch nicht ...«, sagte Alvau, »im Gegenteil, ich kann mir nicht vorstellen, wie man ... was ist los, Inspektor, fühlen Sie sich nicht wohl?«

Grazia war zusammengezuckt und hatte dabei das Kinn des Staatsanwalts gestreift. Ein plötzliches Stechen im Unterleib, ein kurzer Schmerz, feucht und dumpf, als hätte jemand ihre Eingeweide zwischen den Fingern zerquetscht. Die Falte zwischen den Brauen war noch tiefer geworden, und einen Augenblick lang hatte sich die Grimasse auf dem Bildschirm gespiegelt.

»Fühlen Sie sich nicht wohl, Signorina?« fragte der Polizeipräsident, doch Grazia wehrte kopfschüttelnd ab: »Nein, nein.«

»Inspektor Negro ...«, sagte Vittorio zögerlich.

»Das ist die Grippe«, meinte Alvau entschieden. »Mich hat's auch erwischt, schlimme Sache.«

»Nein, nein ...«

»Inspektor Negro ...«

»Ich habe sofort gesehen, wie blaß sie ist, die Signorina, sofort ...«

»Ach, die Grippe dieses Jahr ... drei verschiedene Erreger! Es schlägt auf den Magen ...«

»Nein, nein ...«

»Inspektor Negro ...«

»Vielleicht gehen wir besser nach drüben, damit die Signorina ...«

»Inspektor Negro ist, sagen wir: etwas indisponiert.«

Alvau und der Polizeipräsident gaben ein »Ah« von sich.

Grazia wurde knallrot.

»Natürlich gibt es diese Verbindungen«, sagte sie schroff und bestimmt. »Erstens: Der M. O. ist immer derselbe, bestialische Gewalt, die jedes Lebewesen am Tatort massakriert. Pure Gewalt, kein Sex, kein Fetischismus, kein gar nichts. Nichts als pure Gewalt.«

»M. O.: *Modus Operandi*«, flüsterte Vittorio dem Staatsanwalt zu, der verärgert nickte: »Ich weiß, ich weiß.«

»Zweitens: Bei jedem Fall ist mindestens eine der aufgefundenen Leichen nackt. Vollkommen nackt. Der Junge aus Palermo, der Drogensüchtige, Andrea Farolfi und Maurizio Assirelli, der Sohn der Familie aus Coriano – alle nackt, von Kopf bis Fuß nackt.«

»Das ist auch bei anderen Fällen schon vorgekommen ...«, warf der Polizeipräsident ein, aber offensichtlich hörte ihm keiner zu.

»Drittens: Es handelt sich durch die Bank um Studenten der hiesigen Universität. Junge Studenten.«

Der Polizeipräsident klatschte so heftig in die Hände, daß alle sich zu ihm umdrehten.

»Der *Studentenkiller*!« rief er. »Vollkommen absurd! Wenn ich nur daran denke, läuft es mir schon kalt den Rücken runter!« Er packte Alvaus Arm und schüttelte ihn wütend. »Ist Ihnen klar, was das bedeutet, Dottore? Ist Ihnen das klar? Wir haben hier zweihunderttausend Studenten ... können Sie sich vorstellen, was passiert, wenn bekannt wird, daß ein Verrückter die Studenten massakriert? In Bologna? Nicht auszudenken!«

Vittorio legte ebenfalls eine Hand auf den Arm des Staatsanwalts.

»Wenn Sie gestatten, Dottore Alvau, es gibt eindeutige statistische Daten ...«

»Wenn Sie gestatten, Dottore Poletto.« Der Polizeipräsident beugte sich vor und griff mit der anderen Hand nach Vittorios Handgelenk. »Also Sie mit Ihren statistischen Daten ...«

»Wenn Sie *mir* gestatten, Herr Polizeipräsident ...«

»Nein, wenn Sie *mir* gestatten ...«

Grazia saß stocksteif da, gefangen in diesem Geflecht aus Händen, die Arme drückten. Am liebsten wäre sie aufgesprungen und hätte sie allesamt weggescheucht, aber dann fiel ihr wieder ein, daß *catia001.jpg* schwarz und still in der äußersten Ecke des Bildschirms wartete.

catia001.jpg.

Grazia rückte den Pfeil auf das Icon, hielt die Maustaste gedrückt und verschob es in die Mitte des Bildschirms.

catia001.jpg.

»Dottore Alvau«, sagte sie, »ich glaube, es gäbe schon einen Grund, die Ermittlungen wieder aufzunehmen.«
catia001.jpg.
»Und welchen?« fragte Alvau.
»Verhindern, daß sich so etwas wiederholt.«
Grazia klickte zweimal auf die Maustaste, und auf dem Monitor erschien ein Foto von Catia Assirelli, elf Jahre, aufgenommen von den Mitarbeitern des Erkennungsdienstes am 21.12.1996 um 15 Uhr 32.
»O mein Gott!« schrie Staatsanwalt Alvau und wandte sich ab. »Gott im Himmel, nein! Das gibt's doch nicht!«

Vittorio hob einen Arm, dann winkelte er ihn plötzlich an, so daß die Uhr unter dem Ärmel des Regenmantels zum Vorschein kam.
»Mist, schon so spät«, sagte er, die Hand auf der Wagentür und schon mit einem Fuß in dem blau-weißen Polizeiauto, das mit laufendem Motor auf ihn wartete. »Wenn ich den Pendolino verpasse, bin ich erledigt.«
»Das schaffst du schon, das schaffst du schon«, murmelte Grazia. Sie sah zu, wie er ins Auto stieg, und wartete, bis er den Mantelzipfel gerafft hatte und sie die Tür hinter ihm zuwerfen konnte. Vittorio ließ das Fenster herunter.
»Sieht aus, als sei die Sache gelaufen, nicht? Wenigstens eine Weile wird Alvau uns freie Hand lassen und die Ermittlungen autorisieren, trotz dieses Schwachkopfs von Polizeipräsident. Wirklich gelungen, das große Finale mit dem Foto des Mädchens ... ein bißchen gewagt, aber effektiv. Gute Arbeit, Kleines.«
Grazia lächelte, ohne aufzusehen. Sie starrte auf den Asphalt des Parkplatzes vor dem Polizeipräsidium. Im aufgeblähten Bauch

spürte sie eine feuchte, weiche Schwere, aber auch weiter oben, direkt unter dem Herz, als kitzele sie jemand ganz unten in der Kehle mit der Fingerspitze, am liebsten hätte sie losgeheult. Vittorio lehnte sich aus dem Seitenfenster und drückte ihren Arm.

»Ich brauche dir ja wohl nicht zu sagen, wie sehr die AAGV an diese Operation glaubt. Unsere Glaubwürdigkeit steht auf dem Spiel, und jetzt erwarten wir von dir, daß du alles gibst. *Ich* erwarte alles. Du bist unser Mann vor Ort ... was mir an dir gefällt, ist dein unbeirrbarer, fast animalischer Instinkt, also setze ihn ein und finde mir den Studentenkiller. Küßchen.«

Grazia beugte sich vor und drückte ihm mit gespitzten Lippen einen flüchtigen Kuß auf die Wange, wie ein Kind. Vittorio zog den Kopf ein und tippte dem Polizisten am Steuer auf die Schulter.

»Wenn ich den Zug verpasse, lasse ich dich nach Sardinien versetzen«, rief er, und zu Grazia gewandt: »Du kannst mich jederzeit über mein Handy erreichen«, aber die Worte gingen bereits im Aufjaulen des Autos unter, das mit quietschenden Reifen davonfuhr.

Grazia zog eine Hand aus der Jackentasche und deutete einen Gruß an. Dann schloß sie den Reißverschluß bis zum Hals, denn die graue Abendluft war kühl. Plötzlich, mit einem Schlag, kam es ihr so vor, als ob der Parkplatz der Piazza Roosevelt um sie herum immer größer würde und Bologna sich zu einer Riesenstadt ausdehnte, die mit rasender Geschwindigkeit ins Unendliche wuchs, und sie ganz allein mittendrin, allein mit den Händen in den Jackentaschen und diesem Drang loszuheulen. Sie biß sich auf die Lippen.

»Scheiß drauf«, sagte sie bei sich, während sie die einzige Träne abwischte, die sie nicht hatte zurückhalten können.

›Menstruationssyndrom‹, dachte sie, dann sagte sie noch einmal leise »Scheiß drauf« und kehrte durch den Portikus ins Polizeipräsidium zurück.

Manchmal kommt meine Mutter herauf, um nach dem Rechten zu sehen.

Das Geräusch ihrer Stoffpantoffeln auf den Treppenstufen ist ein mattes Aufseufzen ohne Konturen. Ich höre es sofort, ich höre das Knarren des Holzes und das leise Klicken des Eherings, den sie am Finger trägt, Metall gegen Metall, wenn sie sich am Messinggeländer festhält; ihre kurzen, schweren Atemzüge, wenn sie auf halber Strecke innehält, um Luft zu holen, denn die Treppe zu der Mansarde, in der ich mich ständig aufhalte, ist schmal und steil.

Wenn ich sie höre, lege ich mich auf das Sofa und stelle mich schlafend – vorausgesetzt, ich schaffe es rechtzeitig. Reglos warte ich, bis die Klinke sich mit einem Kratzen wie von einem Räuspern senkt, bis ich das Rascheln der Pantoffeln höre, das an der Schwelle verharrt, und meine Mutter, die zu sich selber sagt: »Pst«. Und dann erneut das Kratzen der Klinke, das Aufseufzen der sich entfernenden Pantoffeln, das Knarren des Holzes, das Klicken des Eherings, das Luftholen auf halber Strecke und so weiter, bis ich nichts mehr höre. Die ersten Male, als ich mich auf das Sofa legte, ohne wenigstens einen Zipfel der karierten Decke überzuwerfen, die jetzt immer dort bereitliegt, kam sie näher, um mich zuzudecken, und manchmal merkte sie dann, daß ich wach war.

»Was tust du da, schläfst du?« fragte sie dann.

Und fing an zu reden.

Wenn ich dagegen auf dem Stuhl sitzenbleibe, wenn ich mich zurückfallen lasse und den Kopf auf die Kante der Stuhllehne lege oder wenn ich mich nach vorn über den Tisch beuge, die Stirn auf den zum Kreis geschlossenen Armen, dann funktioniert es nicht. Dann kommt sie herein, tippt mir auf die Schulter und sagt: »Wenn du müde bist, leg dich ins Bett.«

Und dann fängt sie an zu reden.

Aber wenn der Scanner an ist und vielleicht auch die Musik, dann gibt es wirklich kein Entkommen. Das hört sie nämlich auch, und dann weiß sie, daß ich nicht schlafe. Dann kann ich höchstens noch schnell die Hand ausstrecken und am Frequenzregler des Scanners drehen. Ich stelle die Chats ein. Unterhaltungen zwischen Computern über Internet.

Darauf bin ich erst vor kurzem gekommen. Bei der Übertragung von einem Modem zum anderen entstehen stoßweise, von elektrischen Entladungen verzerrte Triller, und diese Signale kann man abhören. Die Triller habe ich oft gehört, wenn ich mit dem Scanner den Äther durchforstete. Ein Hagel von modulierten Pfiffen, wie ein Schwarm kleiner, gelb trillernder Vögel in einem prickelnden azurblauen Windstoß. Ich habe sie oft gehört, aber erst vor kurzem ist mir die Idee gekommen, das Signal mit dem Audioprogramm meines Computers zu verbinden. So wurden aus den Pfiffen Wörter, die mit der tiefen, eintönigen Stimme des Decoders aus den Lautsprechern kamen, die auf dem Tisch stehen. Wenn die Daten direkt zwischen zwei Terminals ausgetauscht werden, funktioniert es nicht, aber wenn die Leute sich über Chatlines unterhalten, dann werden daraus Sätze. Mit Hilfe der Tastatur auf den Bildschirm geschriebene Sätze, die zu Stimmen werden. Stimmen der Stadt. Die anderen lesen sich. Ich lausche ihnen.

Meine Mutter haßt die künstliche Stimme meines Computers. Sie sagt: »Gott, dieses Ding … ich kann's nicht hören«, und verläßt das Zimmer. Deshalb schalte ich ihn jedesmal ein, wenn sie kommt. Aber es funktioniert nicht immer. Manchmal bleibt sie.

Und fängt an zu reden.

»Gott, dieses Ding ... ich kann's nicht hören. Was tust du? Wem hörst du zu? Ist die Musik nicht viel zu laut? Deine Ohren sind so empfindlich ... das weißt du doch.«
Tagsüber höre ich nicht Chet Baker. *Almost Blue* ist für die Nacht. Tagsüber lege ich irgendeine CD auf oder höre Radio. *Bar Fly* am
Nachmittag. Nur Jazz, kein Dazwischenreden, ab und zu ein Werbespot. Nur Jazz, Bebop vor allem.
Coleman Hawkins.
Ein violettes Sax, das sich vibrierend ausbreitet, so warm, daß Klavier, Kontrabaß und Becken sich auflösen, durchsichtig werden, vom Sax durchdrungen.
Die Stimme meiner Mutter. Grün wegen der Zigarette, die sie gerade raucht und die ich gerochen habe, als sie noch unten an der Treppe war, zusammen mit dem Haarspray der Perücke, die sie ständig trägt. Die offenen Vokale, die sich heben und senken und im kadenzierten Tonfall der Gebirgler die Silben halten. Fast als würde sie zur Musik singen. »Hättest du nur damals in der Blindenschule Klavierunterricht genommen ... dann wärst du jetzt bestimmt Musiker, statt dich hier die ganze Zeit einzuschließen und diesem Gerät da zuzuhören ... Gott, dieses Ding ... ich kann's nicht hören ...«
Die Stimme aus dem Sampler. Immer gleich, ohne Modulationen, ohne Seufzer, ohne Farben. Eine männliche Stimme, mit einem schwachen Echo, das hinter jedem R vibriert und ab und zu die Vokale zu verdoppeln scheint. Keine Pausen zwischen den Wörtern. Nur ganz kurze zwischen zwei in den Computer getippten Sätzen. »Ciao ko-omma ich heiße rrita ko-omma von wo-o tippst du-u ein fragezeichen. Aus bologna ko-omma und du-u fragezeichen. I-ich

auch aus bologna punkt. Welches sternzeichen bist du-u fragezeichen. Skorpion und du-u fragezeichen.«

Sie vermengt sich mit der Musik und der Stimme meiner Mutter, wie ein aus dem Takt geratenes Instrument. Ein Trio, Solist, Gesang und Rhythmusgruppe.

Miles Davis.

Die prallen, runden, roten Noten einer Trompete, die mitten in die Worte meiner Mutter geblasen werden. »Auch die Lehrerin damals, als du nicht mehr auf die Blindenschule gehen wolltest, die Ärmste, hat immer gesagt, *berühre die Dinge, fühle sie, benutze deine Finger* ...« Der Dämpfer plättet die Noten der Trompete, breitet sie aus wie eine Mullbinde, und darin verfängt sich der tiefe, stetige, aus dem Takt geratene Rhythmus des Vokalsynthesizers. »Wa-assermann aszendent kre-ebs mond im schü-ützen punkt. Da-as ist wuunderbar rrita ko-omma wirklich punkt. Wa-arum ko-omma verste-ehst du was davon fragezeichen.« – »Sie war so tüchtig, die Signorina, schade, daß du sie nicht mehr wolltest, bei der danach gebe ich dir ja recht, bei der hatte ich auch den Eindruck, daß ihr alles egal war ...« Die Trompete schallt jetzt ungedämpft und füllt alles mit Löchern. Gelbe Löcher, schrill, viele. »Jedenfalls, ich will ja nichts sagen, ich bestehe nicht darauf, aber ich finde, es würde dir nicht schaden, wenn du ab und zu ein bißchen nach draußen gehst ...« – »Du-u bist wie ich ko-omma rrita ko-omma uns macht nur ei-eins angst punkt. Wa-as fragezeichen. Die ei-einsamkeit punkt.« Die Trompete von Miles Davis klingt in einer langgezogenen, violetten Note aus, ein Tröpfeln, das bald erstirbt. Meine Mutter und der Computer zögern das Finale manchmal hinaus.

»Als Papa noch da war, war es anders.«

»Ja-a punkt. Die ei-einsamkeit punkt.«
Ron Carter. Ein schiefer, verstimmter Kontrabaß, der unvermittelt auftaucht. Eigentlich ist er bildschön, ein fast blaues Violett, aber heute mischt er sich mit der Stimme des Decoders und wird grün. Ich will den Scanner schon weiterdrehen, um etwas anderes zu suchen, doch dann halte ich inne, lasse die Hand an den Reglern. Einer der beiden hat gesagt: »Ha-ast du ein mikrophon zum livechatten fragezeichen«, und der andere hat geantwortet: »Ja-a punkt«.
Ich lasse den Scanner auf dieser Frequenz und drehe leiser, bis von der Stimme nur noch ein ganz zarter Hauch übrigbleibt.
»Ciao, Hörst du mich?«
Ein Mädchen. Jung. Mit Begeisterung hat sie das A von *ciao* betont, doch dann hat sie beim Ö von hörst du den Druck verringert. Enttäuscht. »Höörst du mich?« Noch weniger Druck. Besorgt.
»Kaum ... warte, ich versuch mal ... na? Jetzt besser?«
Ein Typ. Jung. Aber es liegt etwas in seiner Stimme, das nicht paßt. Gefällt mir nicht.
Das Mädchen lächelt. Ich höre es daran, wie ihre Worte sich ausbreiten, als kämen sie in einem Stück aus dem geöffneten Mund. Außerdem preßt sie die Luft heraus, bläst in die Vokale, die rot anschwellen. Ironisch. Scherzhaft. Erleichtert.
»Weißt du jetzt, wie man so ein Mikrophon benutzt, oder nicht? Ist das dein Computer, oder hast du ihn geklaut? War nur ein Witz ... ich weiß, ihr Skorpione seid immer gleich eingeschnappt.«
»Ich nicht. Ich bin friedlich. Ich bin nur in einer Beziehung Skorpion.«
»In welcher?«

»Rat mal.«

Gefällt mir nicht. Es ist eine grüne Stimme. Sie kriecht über den schiefen Kontrabaß, den man leise im Hintergrund hört, und kräuselt ihn wie Gänsehaut. Eine grüne Stimme, und grün ist sie, weil sie keine Farbe hat. Die Farbe in einer Stimme hängt von der Atemluft ab, die jemand hineinlegt. Vom Atemdruck. Ist er niedrig, dann ist die Stimme demütig, traurig, besorgt, flehend. Ist er hoch, dann ist die Stimme heiter, ironisch oder gutmütig. Ist er schwach, ist sie gleichgültig oder definitiv. Ist er kräftig, aus einem Guß, ist sie bedrohlich, vulgär oder gewalttätig. Wenn die Stimme sich hebt und senkt und die Ränder abrundet, ist sie liebevoll, boshaft oder sinnlich. Diese Stimme ist gar nichts. Sie ist nur ein klein bißchen lebendiger als die Computerstimme, ein bißchen voller, mehr nicht. Eine grüne Stimme, die so tut als ob.

»Hör mal, Skorpion ... willst du etwa über Sex reden? Du gehörst doch nicht etwa zu diesen Typen, die nur chatten, weil sie eine abschleppen wollen, hoffe ich ...«

»Nein, nein ... wie kommst du denn auf so was?« Niedriger Druck, ganz niedrig. Zu. Zu gequält. Zu niedergeschlagen. Zu gebrochen.

»Ich meinte was anderes. Ich wollte sagen, daß ich zurückgezogen lebe wie ein Skorpion, der sich unter einem Stein versteckt, ich bin immer bereit, mich gegen alles und jeden zu verteidigen. Ich verletze, um nicht verletzt zu werden. Aber manchmal fühle ich mich allein. Wie jetzt.«

»Entschuldige, Skorpion ... das wollte ich nicht. Ich verstehe dich. Manchmal fühle ich mich auch allein.«

Sie hat angebissen. Die Stimme ist weicher geworden. Ein Seufzer der Überzeugung, der den Druck von den Vokalen nimmt. Ich weiß schon, wie es weitergeht: Wie alt bist du, welche Musik hörst du, welche Hobbys hast du, wo können wir uns sehen ...

»Welche Musik hörst du, Skorpion?«

»Wie meinst du das ... jetzt gerade?«

»Wieso, hörst du denn gerade etwas? Ich kann nichts hören ...«

»Ich habe den Kopfhörer von meinem Walkman auf ... aber ich höre dich trotzdem.«

Ich kann diese grüne Stimme einfach nicht hören. Es liegt etwas darin, das mich erschauern läßt. Als wäre da noch ein anderer Ton, darunter, ein Gemurmel in den Pausen. Als betete er, aber ich glaube nicht, daß es ein Gebet ist. Er flüstert. Er flüstert etwas.

Dong, dong, dong.

»Welche Hobbys hast du, Skorpion? Ich bin an der Kunstfakultät, Butoh-Tanz, Origami und Shiatsu ...«

»Ich ... ich weiß nicht. Glaubst du an Reinkarnation?«

Es ist etwas, das unter dem falschen Klang des Vokalsynthesizers kratzt, etwas, das sich zusammenrollt. Etwas, das zischelnd an- und abschwillt. Und flüstert.

Dong, dong, dong.

Es macht mir Angst.

»Hör mal, Rita ... meinst du, wir können uns sehen?«

Abrupt bewege ich den Daumen und wechsele die Frequenz. Der Scanner bruzzelt azurblau in der schwarzen Stille. Erst in diesem Augenblick merke ich, daß die Stimme meiner Mutter seit einer Weile nicht mehr da ist. *Bar Fly* ist zu Ende, und im Radio kommt nichts Interessantes mehr. Ich habe noch die Erinnerung an diese Stimme in mir, die mir Schauder über den Rücken jagt wie damals als kleiner Junge, als ich eine Zahnspange trug und mit der Zunge

die Metallhaken auf dem Gaumen berührte. Um dieses runzlige, grüne und frostige Gefühl auszulöschen, stelle ich den Plattenspieler an und drehe die Lautstärke auf.
Almost Blue.

Und genau in diesem Moment, als der Kontrabaß flüssig zu schwingen beginnt, genau einen Augenblick, bevor Chet Baker anfängt zu singen, stellt sich der Scanner auf eine belegte Frequenz ein, und ich höre ihre Stimme.
Eine blaue Stimme.
»Hallo, Vittorio? Hier ist Grazia ... Nein, nein, alles in Ordnung ... ich wollte nur ... ja, nein, keine Sorge, der Polizeipräsident macht keine ... Ja, ich bin vorsichtig, ja ...«
Er ist nicht zu hören. Er ist ein leeres Schweigen, eine schwarze Pause. Er spricht in eins von diesen abhörsicheren GSM-Handys. Es könnte auch ein Haustelefon sein, aber deren Schweigen ist anders, eher rosa.
»Nein, wirklich, mir geht es gut ... sie haben mir zwei Männer von der Einsatzbereitschaft zugeteilt und geben mir Bescheid, falls ... natürlich strenge ich mich an ... hör auf mit meinen Tagen, Vittorio, die gehen nur mich was an ...«
Begreift er denn nicht, daß sie weint? Hört er es nicht an dem feuchten Beben unter ihrer Stimme? Sie hält die Worte in der Kehle zurück, damit sie nicht ins Rutschen geraten, wie wenn man über einen nassen Boden geht. Dann bläst sie sie durch die Lippen, wie Chet Baker. Mit geschlossenen Augen, todsicher.
»Vittorio? Bleibst du einen Moment dran? Ein Kollege macht mir Zeichen ...«
Sie hat eine Hand auf die Sprechmuschel gelegt, ich höre das ge-

dämpfte Rauschen. Ich lege den Kopf an die Scannerboxen, um ihr näher zu sein, wenn sie wiederkommt.
Ihre Stimme gefällt mir. Es ist eine weiche Stimme. Jung. Ein bißchen traurig. Ein bißchen süditalienisch. Ein bißchen tief. Warm. Rund und voll. Violett mit einem Hauch von Rot.
Die blaueste Stimme, die ich je gehört habe.
Doch als sie zurückkommt, ist sie verändert. Sie weint nicht mehr. Sie ist gefaßt, schnell und so hart, daß ich sie nur mit Mühe wiedererkenne.
»Vittorio? Ich ruf dich später zurück. Sie haben noch einen gefunden.«

»Hör mal, Rita … glaubst du an Reinkarnation?«

»Geben Sie acht, daß Sie sich nicht schmutzig machen, Signorina ... das Blut ist zwar geronnen, aber es ist bis an die Decke gespritzt, und manchmal tropft es.«

Sie fühlte sich prall wie ein Fußball. Ihr Bauch fühlte sich an, als stünde er unter dem Kleid vor wie ein Rettungsring. Sie bereute schon, daß sie statt der Jeans das Kleid angezogen hatte. Nicht wegen des vorstehenden Bauches, der existierte eigentlich nur in ihrer Einbildung, sondern weil niemand sie in diesem Aufzug, mit dem kurzen, grauen Wollkleid und den schwarzen Strümpfen, die an den Knöcheln von den Schnürriemen der Boots eingezwängt wurden, weil niemand sie so, als Inbegriff von Frau gekleidet, als Polizistin wahrnahm. Trotz der Bomberjacke und des Polizeiabzeichens, das sie am Kragen trug, hielt man sie für eine Studentin, die sich aus Neugier eingeschlichen hatte, oder für eine Journalistin, aber im Leben nicht für eine Polizistin. Dies war ein Fall für die Carabinieri, und vielleicht hielten sich deshalb nur Angehörige dieser Truppe in der verwüsteten Wohnung auf, tatsächlich war sie die einzige Frau. Aber in den Jeans hatte sie sich zu eingeengt gefühlt, also dachte sie: »Scheiß drauf«, und holte tief Luft, obwohl sie zu den wenigen Anwesenden gehörte, die keine Atemschutzmaske trugen.

Als man ihn gefunden hatte, war der junge Mann schon mindestens eine Woche tot, und man hatte ihn auch nur wegen des Gestanks entdeckt. Die Vermieterin, die ihn schon länger nicht mehr gesehen hatte, war ein paarmal hinübergegangen, um zu klingeln, aber niemand hatte ihr aufgemacht. An diesem Nachmittag dann hatte sie die Tür angelehnt vorgefunden, und durch den Spalt hatte sie den süßen, intensiven und ekelerregenden Geruch wahrgenommen, wie von gekochter Marmelade. Den Geruch des Todes.

»Einzimmerwohnung mit Bad und Kochnische. Das ist alles. Eine Studentenbude.«

Der Brigadiere war groß und freundlich. Aus Höflichkeit hatte er sogar die Schutzmaske abgenommen, dann aber angewidert das Gesicht verzogen und die Maske gleich wieder aufgesetzt. Grazia preßte die Lippen zusammen und schluckte. Die Falte zwischen den Brauen wurde noch tiefer.

»Wie sah er aus?« fragte sie.

»Wie aus dem Schlachthof, Signorina. Ich möchte wirklich nicht daran denken. Der Gerichtsarzt sagt, daß er wahrscheinlich um die zwanzig war. Gut möglich, daß es sich um Paolo Miserocchi handelt, den Studenten, der hier gewohnt hat. Zum Glück haben sie ihn schon weggebracht.«

»Ich meinte eigentlich, ob er bekleidet oder nackt war. Und bitte, nennen Sie mich nicht Signorina.«

»Sie haben recht, entschuldigen Sie ... ich dachte nicht, daß Sie schon verheiratet sind, Sie sind ja noch so jung. Außerdem darf man Signorina nach dem Gesetz ja gar nicht mehr sagen ...«

»Inspektor Negro, bitte. Nennen Sie mich Inspektor ... ich bin keine Signora, ich bin eine Kollegin.«

Der Brigadiere errötete hinter seiner Maske. Er kniff die Augen zusammen und fixierte Grazia, die sich auf die Zehenspitzen gestellt hatte, um über das Etagenbett zu schauen, die Arme auf dem Rücken gekreuzt, um nur ja nichts zu berühren. Kein leichtes Unterfangen in diesem Zimmer. Der Fußboden lag voller Gegenstände, Glasscherben, Bücher, Kleidungsstücke, CDs, die verstreuten Teile einer Holzmaske. Die Schranktüren standen offen, die Schubladen waren herausgezogen. Der Nachttisch war umgekippt. Die Poster hatte jemand von den Wänden gerissen, ein Bild von Pamela Anderson lag zusammengerollt in einer Ecke. Nur Schreibtisch, Computer und Drehstuhl waren intakt und an ihrem Platz. Und sauber.

»Natürlich war er nackt«, sagte der Brigadiere. »In dem Funkspruch hieß es, daß wir euch Bescheid sagen sollen, wenn wir eine nackte Leiche finden. Nur deshalb sind Sie hier, Inspektor.«

Um nirgendwo draufzutreten, stelzte Grazia auf Zehenspitzen zum Schreibtisch. Sie steckte die Hände unter die Bomberjacke und massierte ungeschickt ihren Rücken, aber die Schmerzen ließen nicht nach. Sie beugte sich so weit über den Computer, daß ihr der beißende Geruch des Rußpulvers zur Sicherung der Fingerabdrükke in die Nase stieg. Den Geruch des Todes roch sie fast gar nicht mehr.

»Kann ich so schnell wie möglich die Fotos der Fingerabdrücke haben?« fragte sie.

»Sie können ganz beruhigt sein, Inspektor ...« erwiderte der Brigadiere sarkastisch, »unsere sind nicht drauf. Der Gefreite, der den Computer ausgeschaltet hat, trug ...«

Grazia drehte den Kopf zur Seite, ihr Kinn raschelte über den Jakkenstoff.

»Selbstverständlich habt ihr alles gespeichert, bevor ihr abgeschaltet habt«, sagte sie hastig.

»Selbstverständlich«, entgegnete der Brigadiere nach kurzem Zögern, doch dabei wich er mit dem Blick aus, und eine seltsame Falte ließ das Lächeln unter der Maske flacher werden. Grazia preßte die Hände auf den Rücken und flüsterte: »Scheiße«, so tonlos und leise, daß der Brigadiere es wohl an ihrem Blick ablas, denn er wurde wieder rot.

»Kann ich mit dem Kollegen sprechen, der den Computer ausgeschaltet hat?« fragte Grazia. »Kann ich auf der Stelle mit ihm sprechen?« Das war keine Frage, das war ein Befehl, und der Brigadiere nickte hastig, während er die Hände auf die roten Streifen der Hose legte und sich in einer Art gekrümmter, unentschlossener Habtachtstellung nach vorn beugte.

»Aber ja ... gewiß. Canavese! Herkommen, sofort!«

Canavese stand an dem einzigen Fenster der Wohnung und atmete durch einen Spalt. Er löste sich mit einer ärgerlichen Grimasse, die sich sofort veränderte, als er neben dem Brigadiere Grazia erblickte. Rasch glitt sein Blick über ihren Körper – Busen, Beine, Lippen –, dann trat er näher und ließ dabei Stiefelschäfte, Pistolentasche und den weißen Schulterriemen entschlossen knarren. Auch er war groß, wie der Brigadiere.

»Journalistin?« fragte er, dann bemerkte er das Abzeichen. »Ah ... eine Cousine. Und auch noch hübsch ... besser als die Kollegen bei uns, was, Brigadiere? Hab ich ja schon immer gesagt, daß die Polizei ...«

Grazia blickte nach unten und sah, daß Canavese auf einem Blatt Papier stand. Der rote Spritzer darauf schien es in zwei Teile zu zerschneiden. Auf seinem Weg vom Fenster bis zu ihnen hatte er hemmungslos alles niedergewalzt, was seinen Kampfstiefeln in die Quere gekommen war. Grazia seufzte auf und schüttelte den Kopf. Sie verzichtete darauf, ihn zu fragen, ob er vor dem Abschalten die Daten gespeichert hatte.

»Erinnern Sie sich daran, ob etwas auf dem Bildschirm war? Ein Dokument ... ein Programm, etwas Geschriebenes ...«

Canavese zuckte die Achseln und schüttelte den Kopf.

»Mit so was kenne ich mich nicht aus«, erwiderte er, »auf alle Fälle war alles schwarz, bis auf eine bunte Schrift, die sich bewegt hat ... aber ich habe nicht gelesen, was da stand.«

»Das läßt sich wiederherstellen«, warf der Brigadiere ein, »bei uns in der Informatikabteilung gibt es Spezialisten, die machen Sachen, davon können Sie nur träumen ...«

»Nicht so wichtig«, murmelte Grazia, »das war nur der Bildschirmschoner, der dient dazu, in den Arbeitspausen ... Na ja, ist nicht wichtig.«

»Aber als ich den Schreibtisch berührte, ist die Schrift sofort verschwunden«, sagte Canavese, der einen Finger unter den Rand der Mütze geschoben hatte und sich über dem Ohr kratzte. »Warten Sie mal ... das Ding hier, wie heißt das noch ...«

»Monitor«, sagte Grazia.

»Genau, das hier ...« Mit der Handkante fuhr Canavese über die gekrümmte Scheibe des Bildschirms. Der Brigadiere hob den Arm, um ihn zu stoppen, aber mit einer nervösen Kopfbewegung gebot Grazia ihm Einhalt. »Da war eine dunkelblaue Zeile, die hat ihn in zwei Teile geschnitten, und oben und unten waren gelbe Vierecke, auf denen was draufstand.«

»Eine Chatline!« rief Grazia. »Er hat mit jemandem gechattet! Gut gemacht, Kollege ... Glückwunsch.«

»Danke«, erwiderte Canavese mit einfältigem Lächeln.

»Unsere Spezialisten vollbringen Wunder, Inspektor«, sagte der Brigadiere. »Und außerdem ... euch ist das doch auch schon passiert, oder? Bei dieser Sache in der Via Poma, wissen Sie noch? Da habt ihr von der Polizei doch den Computer ausgeschaltet ...«

»Ja, das stimmt«, schnitt Grazia ihm das Wort ab. »Jetzt sind wir quitt. Kann ich bitte mit der Vermieterin sprechen, die die Leiche entdeckt hat?«

Anna Bulzamini, verwitwete Lazzaroni – die von der Keksdynastie, das können Sie ruhig schreiben, Signorina –, wohnte auf der gleichen Etage, genau gegenüber. Sie sprach im Wohnungsflur mit einem Carabinieri-Hauptmann, der noch größer war als Canavese und der Brigadiere und sich Grazia in den Weg stellte, sobald er sie an der Tür erblickte. Keine Journalisten, bitte. Ach so, sicher, die Polizei. Die Expertin für Serienmörder. Seid ihr euch denn sicher? Wir glauben ja eher an eine Drogengeschichte. Dieser Miserocchi hat die gesamte wirtschaftswissenschaftliche Fakultät mit Ecstasy versorgt.

Die Keks-Lazzaronis, Signorina, schreiben Sie das. Mein Gott, nicht ganz diese Lazzaronis, aber wir sind verwandt. Ja, ich vermiete an Studenten, aber glauben Sie ja nicht, daß das sehr angenehm ist, man hat nur Scherereien. Paolo, den von gegenüber, habe ich zum letzten Mal vor acht Tagen gesehen. Da habe ich ihn nämlich auf dem Treppenabsatz gehört und bin zur Tür, um ihn an die fällige Miete zu erinnern, und als er nicht zu mir kam, wie er versprochen hatte, habe ich bei ihm geklingelt, aber er hat nicht aufgemacht, also bin ich am nächsten Tag noch mal hin. Nein, daß etwas passiert sein könnte, daran habe ich wirklich nicht gedacht. Na, weil er am nächsten Tag aufgemacht hat. Mein Gott, nicht er persönlich hat aufgemacht, aber ein Freund von ihm, und der hat gesagt, daß Paolo nicht da sei. Natürlich habe ich den Freund gesehen, ich habe ihn ja auf eine Tasse Kaffee hereingebeten, Sie wissen ja, wie die jungen Leute so sind, manchmal fahren sie eine Weile weg und vermieten solange unter, aber ich sehe das nicht gern, also wollte ich wissen, ob ... Nein, sehen Sie, ich kannte ihn nicht, er hat mir nicht gesagt, wie er heißt, und ich konnte ja schlecht seinen Ausweis verlangen, nicht? Also, wie war er. Ein ganz gewöhnlicher junger Mann, ein Student, vollkommen normal, studierte an der Universität. Rundlich, etwas dunkler Teint, mit spitz zulaufenden Koteletten und diesem Ziegenbärtchen, das jetzt so in Mode ist. Aber freundlich, gut erzogen, bloß diese Manie, daß er die ganze Zeit, als er sich hier mit mir unterhielt, den Kopfhörer aufbehalten hat, die hat mir ganz und gar nicht gefallen. Außerdem hat er alle meine Glastiere hier auf der Kommode angefaßt, und ich habe mir schon gedacht: Wart's ab, der will bestimmt stehlen. Aber ich habe aufgepaßt, und er hat nichts mitgehen lassen. Jedenfalls, na hören Sie mal, mein Geld wollte ich natürlich schon, das wächst ja nicht auf den Bäumen, oder? Also habe ich mich ans Telefon gesetzt und jeden Tag angerufen. Anfangs antwortete immer dieser junge Mann, aber heute war den ganzen Tag besetzt, und da habe ich gedacht, der macht sich bestimmt aus dem Staub und läßt mir eine meterlange Telefonrechnung da, also bin ich klingeln gegangen, aber die Tür stand offen, ich habe diesen Gestank gerochen und mein Gott, ich Ärmste. Ich muß mich setzen, sonst wird mir jetzt noch übel.

Anna Bulzamini, verwitwete Lazzaroni, hielt sich am Arm des Hauptmanns fest, der sie stützte und mit der behandschuhten Hand ihren Ellbogen tätschelte, bis er sie im Wohnzimmer auf einem Sessel abgeladen hatte. Grazia betrachtete die kleinen Glastiere, die aufgereiht auf der Kommode standen. Elefanten, Gänse, Hunde ... bedeckt von einer Schicht des Rußpulvers, mit dem die

Fingerabdrücke sichergestellt worden waren. Es sah aus, als hätte es auf die Figuren geschneit, grauer, ganz feiner Schnee, der urplötzlich und nur dort heruntergerieselt war.

Dein unbeirrbarer, fast animalischer Instinkt, hatte Vittorio gesagt.

Dein Instinkt.

Blitzschnell streckte Grazia die Hand aus und packte ein Krokodil an der Schwanzspitze, mit Daumen und Zeigefinger, um die Fingerabdrücke nicht zu verwischen. Sie hatte die Figur gerade in die Jackentasche gesteckt, als der Hauptmann sich umdrehte; sie zog die Hand so überhastet zurück, daß der ganze Inhalt herausfiel, die zusammengerollten Mordfotos, das Reservemagazin, die o. b.-Schachtel und auch das Krokodil, das auf einer Ecke des Teppichs landete. Hastig bückte sie sich, um es aufzuheben, und warf dem Hauptmann einen Blick zu, doch der hatte nichts gemerkt, sondern starrte nur auf die Tamponschachtel, die zwischen den Spitzen seiner auf Hochglanz gewienerten Stiefel gelandet war. Er hob die Schachtel mit den Fingerspitzen auf und reichte sie Grazia mit leichtem Stiefelknallen und einem dünnen Lächeln. Grazia riß ihm die Schachtel fast aus der Hand, während sie versuchte, die Fotos in die Jackentasche zurückzustopfen.

»Entschuldigen Sie, Signorina ...«, sagte Anna Bulzamini, verwitwete Lazzaroni. »Darf ich bitte mal sehen, was Sie da in die Tasche gesteckt haben?«

Grazia wurde puterrot und wußte nicht, was sie tun sollte. Sie sah den Hauptmann mit entsetzter Miene an, die dieser verblüfft und mit einem Anflug von Mißtrauen erwiderte. Signora Bulzamini, verwitwete Lazzaroni, beugte sich auf ihrem Sessel nach vorn und zeigte mit dem Arm auf Grazia.

»Das da!« rief sie. »Was ist das, was da aus Ihrer Tasche schaut? Ein Foto?«
»Ja«, murmelte Grazia verstört und zog die Fotos wieder aus der Bomberjacke, »ja, das sind die Fotos der …«, doch da hatte Anna Bulzamini schon gesagt: »Geben Sie mal her«, und der Hauptmann hatte ihr die Fotos aus der Hand genommen und sie mit erneutem Stiefelknallen der Witwe gegeben.
»Das ist er doch!«
»Wer?« fragten Grazia und der Hauptmann wie aus einem Munde.
»Der junge Mann mit dem Kopfhörer. Der in Paolos Wohnung war. Das ist er, genau derselbe.«
Grazia schluckte, ein eisiger Schauer kroch ihr den Rücken hinauf bis in den Nacken, ließ sie erstarren und nahm ihr den Atem. Das Foto, auf das Anna Bulzamini, verwitwete Lazzaroni, voller Überzeugung mit der offenen Hand schlug, zeigte einen rundlichen jungen Mann mit etwas dunklem Teint, spitz zulaufenden Koteletten und diesem Ziegenbärtchen, das jetzt so in Mode ist.
Es war der Farbausdruck von *ass3.jpg*.
Assirelli, Maurizio.
Massakriert in Coriano di Rimini am 21.12.1996.

Manchmal haken sich Milliarden winzig kleiner Angelhaken unter der Haut meines Gesichts fest und saugen es in den Rachen ein. Sie kommen von irgendwo hinter der Zunge und sprühen durch meinen Kopf wie ein Schwarm Sternschnuppen. Sie dringen durch die Poren und haken sich in der Haut fest, so dünn, daß es fast gar nicht piekst. Wenn das passiert, suche ich schnell nach etwas, worin ich mich spiegeln kann. Ich betrachte mein Gesicht gern, wenn Abermillionen winziger Lichtpunkte darauf glitzern wie mikroskopisch kleine Silbertropfen. Aber dann beginnen die Haken zu ziehen, Nase und Mund und das ganze Gesicht ballen sich in mir zusammen wie eine Faust, die alles mitreißt, Augen, Nase, Lippen, Wangen und Haare, immer tiefer hinunter, in die Kehle hinab.

Manchmal ist mein Schatten schwärzer als die anderen. Ich bemerke es, wenn ich auf der Straße gehe und sehe, daß er neben mir Flecken auf die Mauer wirft und auf Plakaten, Putz oder Steinmauern immer schärfer umrissene Streifen hinterläßt. Ich sehe zu, wie er immer dunkler wird und immer dichter, und ich habe Angst, daß jemand es bemerkt; deshalb würde ich am liebsten wegrennen, aber das ist schwierig, weil er länger wird und Fäden zieht, klebrig und schwarz fesselt er mich an Mauer und Bürgersteig.

Manchmal schlängelt sich etwas unter meiner Haut wie ein Tier, es rast, aber ich weiß nicht, was es ist, denn es zeigt sich nie. Wenn ich mir hastig die Ärmel hochziehe, kann ich es gerade noch sehen, wie eine leichte Schwellung; es rast unter der Haut an den Armen zur Schulter hinauf, als fliehe es vor etwas, und wenn ich das Hemd ausziehe, sehe ich, wie es über die Brust schlüpft, hinunter zum Bauch und dann wieder hinauf, ein länglicher Wulst, der sich rasend schnell hebt, senkt und ein Stückchen weiter vorn wieder hebt. Wenn das passiert, spüre ich ein unerträgliches Kitzeln unter der Haut, aber ich kann nichts dagegen tun. Nur einmal war ich schnell genug, ich habe mir in den Arm geschnitten und sah etwas hervorschauen, ein kleines, grünes Komma, wie ein Schwanz; und da habe ich es mit den Fingerspitzen gepackt und versucht herauszuziehen, aber es ist mir entglitten, als ob es Schuppen hätte, die sich am Rand des Einschnitts festhakten und solche Schmerzen verursachten, daß ich losließ und das Tier wieder in mich zurückschlüpfte.

Manchmal passieren mir diese Dinge.

Manchmal.

Aber immer, immer, immer höre ich in meinem Kopf das Dröhnen dieser verdammten Glocken der Hölle, sie läuten ständig, und sie läuten für mich.

Manchmal schlängelt sich etwas unter meiner Haut wie ein Tier, es rast, aber ich weiß nicht, was es ist.

»Das ist kein Krokodil ... das ist eine Zauneidechse.«
»Ich finde, mit dem Kamm da sieht es aus wie ein kleiner Drache ...«
»Nein, das ist eine Smaragdeidechse ... bei der Körperlänge muß es eine Smaragdeidechse sein.«

»Verzeihung ... können wir jetzt weitermachen?«
Der Experte des Erkennungsdienstes warf Inspektor Matera einen Blick zu und lächelte. Er trocknete sich die Hände am Kittel ab und griff mit einer Pinzette nach der Glasfigur, dann warf er Hauptwachtmeister Sarrina einen Blick zu und steckte das Krokodil, die Zauneidechse, die Smaragdeidechse oder was es auch war in die Kammer des Bedampfungsschranks. Er stellte den Rheostat ein und schaltete das Gerät an, während Sarrina aus dem Augenwinkel Grazia ansah und dabei mit dem Daumennagel gegen die Zahnkante schlug.
»Könnten Sie das bitte lassen?« fragte Grazia barsch, während sie auf die Cyanacrylatdämpfe starrte, die die Brennkammer mit zartem weißen Nebel füllten, als ob jemand von innen gegen die Glasscheibe hauchte.
»Verzeihung«, sagte Sarrina, aber an der langgezogenen, durch die Lippen gepreßten Stimme hörte man, daß er lächelte.
Der Erkennungsdienst des Polizeipräsidiums Bologna verwahrte die Fingerabdrücke in einem großen Raum, der von einem Rechner geteilt wurde, einem großen Metallkasten mit digitalen Displays, der fast bis an die Decke reichte. Unter den Gewölben und zwischen den Steinmauern des umgebauten Klosters stand der Rechner so unbeweglich da wie ein Dinosaurier im Museum, nur daß es sich hier umgekehrt verhielt: Das Skelett eines neuzeitlichen Tiers

in einem prähistorischen Saal. Die Hände in den Jackentaschen, die Handflächen auf dem schmerzenden Bauch, lehnte Grazia an dem Rechner und beobachtete die weißlichen Dämpfe des Cyanacrylats, die sich auf der Glasfigur absetzten, mit den Fettpartikeln im Schweiß der Fingerabdrücke reagierten und transparente Kreise in den Rücken des Tierchens ritzten.

»Vorsichtig, bitte«, flüsterte sie, als der Experte das phantastische, mit feinen, deutlich sichtbaren Arabesken überzogene Tier mit der Pinzette aus dem Bedampfungsschrank nahm und unter das Mikroskop schob, um es zu fotografieren. Die beiden anderen, Sarrina und Matera, starrten zu ihr herüber. Sarrina, der auf der Tischkante saß, ironisch und dreist, fast geringschätzig, Matera auf einem Stuhl, väterlich und nachsichtig, aber ebenfalls voller Überheblichkeit. Das waren die Männer, die ihr der Polizeipräsident für die Ermittlungen zugeteilt hatte, und als sie ihnen zum erstenmal die Hand schüttelte, wußte Grazia schon, daß sie nicht im geringsten an ihren *Studentenkiller* glaubten.

Matera: »Wissen Sie, Inspektor, mir wird schon übel, wenn ich an so was nur denke ... hier in Bologna. Wissen Sie, was das für einen Aufstand gibt? Haben Sie eine Ahnung von dem Durcheinander, das da entsteht? Also, ich denke lieber gar nicht erst an so was.«

Sarrina war direkter gewesen und weniger kompromißbereit: »So etwas passiert doch nur einem Inspektor Callaghan, aber wir sind hier nicht in Amerika.«

Und Grazia hatte geantwortet: »Ich heiße nicht Callaghan, sondern Negro. Und ich stamme aus Nardò in der Provinz Lecce.«

»So, das hätten wir«, sagte der Experte der Spurensicherung, während er die Platte aus dem Fotoapparat zog. »Ein wunderschönes

Negativ. Drei Finger mit Papillarleisten, reif für die Schönheitskonkurrenz. Inspektor, hier haben wir die Top Models der Fingerabdrücke ... wenn er in der Kartei ist, fische ich Ihnen binnen einer Viertelstunde Name, Adresse und Telefonnummer heraus!«

»Seien Sie vorsichtig«, wiederholte Grazia, und dann: »Überprüfen Sie die Psychiatrischen Kliniken und die Studentenkarteien«, aber der Experte nickte nur und winkte ab. Sarrina starrte sie immer noch an, sein Lächeln war ironisch und jetzt auch ein bißchen unverschämt. Grazia hatte den Reißverschluß der Jacke heruntergezogen, und es kam ihr so vor, als schaute Sarrina genau auf ihre Brüste, die im Büstenhalter zu platzen schienen; deshalb verschränkte sie die Arme davor, nahm sie aber gleich wieder weg, wegen der Schmerzen. Sie wollte etwas sagen, aber Matera kam ihr zuvor.

»Und wie geht's jetzt weiter, Inspektor? Der Polizeipräsident hat gesagt, daß Sie der Boss sind. Von mir aus ... also, Chef, dann sagen Sie uns doch mal, was wir tun sollen.«

Grazia fuhr mit der Zunge über die trockenen Lippen. Gegenüber diesen beiden mißtrauischen und erfahrenen Polizisten fühlte sie sich unbehaglich, wie damals, als sie Vittorio zum ersten Mal in seinem Büro in Rom gegenübergestanden und vor Ergebenheit gejapst hatte. Es war nicht zu übersehen, daß es Matera stank, Befehle von jemandem zu empfangen, der trotz seiner Jugend denselben Rang bekleidete wie er, aber Sarrina? Du bist so unbeherrscht und undiplomatisch, Grazia, hatte eine Kollegin auf der Polizeischule einmal zu ihr gesagt ... wie willst du bloß einen Mann finden, wenn du immer so grob und direkt bist?

»Wieso hast du was gegen mich, Sarrina?« Einfach so, grob und direkt.

Langsam hob Sarrina den Blick von der Schuhspitze, die er gerade angestarrt hatte, und sah Grazia an. Er hielt ihrem Blick stand und setzte erneut sein unverschämtes Lächeln auf.
»Weil ich euch kenne, euch Polizistinnen ... solche wie Sie, Inspektor. Immer auf hundertachtzig, damit ja jeder sieht, daß ihr besser seid als die Männer ...«
»Das ist nicht wahr.«
»... immer nur Arbeit, Arbeit und noch mal Arbeit. Ich wette, Sie sind die Tochter eines Polizisten, ich wette, daß Sie keinen festen Freund haben, ich wette, daß Sie keinen ranlassen, bis Sie nicht mindestens Hauptkommissar sind ...«
»Das ist nicht wahr.«
»... und außerdem, Herrgott noch mal, könntet ihr euch doch mal anziehen wie richtige Frauen!« Grazia verschränkte die Arme vor der Brust, Scheiß auf die Schmerzen, Scheiß auf die Menstruation, Scheiß auf alles.
»Mein Vater hatte eine Bar und wollte, daß ich wie er hinter der Theke stehe, aber ich bin Polizistin geworden, weil mir der Beruf gefällt und ich meinen Job gut machen will. Ich werde nie Hauptkommissar werden, weil ich nicht studiert habe, und ich würde mich auch wie eine Frau anziehen, aber was zum Teufel mache ich dann mit der Pistole?«
Sie drehte ihm den Rücken zu und hob die Bomberjacke an, um ihm das Halfter am Gürtel zu zeigen, aber dann merkte sie, daß Sarrina sich aufgesetzt hatte, um ihren Hintern zu begutachten; da wurde sie rot und drehte sich abrupt wieder um.
»Schluß mit dem Unsinn. Ich habe auch sämtliche Fortbildungen in Psychologie mitgemacht, Hauptwachtmeister, aber mich interes-

sieren nicht die Menschen. Mich interessieren die Monster. Schon mal was von Jagdrevier gehört, Inspektor Matera? Serienmörder sind nämlich häufig ortsgebunden wie Raubtiere, und ihre Opfer haben ein genau umrissenes Profil. Peter Sutcliffe, der Yorkshire-Ripper, brachte Prostituierte in der Gegend von Leeds um. Ed Kemper las Anhalterinnen auf der Autobahn am Campus von Berkeley auf. Jeffrey Dahmer verkehrte in den Homosexuellen-Bars von Milwaukee. Das Monster von Florenz suchte die Gegend um Scandicci heim. Unser Mann tötet Studenten der hiesigen Universität, und dazu muß er in ihre Wohnungen, in ihre Bars, in die Universität. Mit einem Namen und einem Gesicht dürfte es nicht schwer sein, ihn in einer Stadt wie Bologna zu finden.«

Sie wartete. Kein Handschlag, kein »Willkommen bei uns, Inspektor Negro«, kein gar nichts; nur der ironische, unverschämte Sarrina und Matera, der mit einem väterlichen Seufzer den Blick zum Himmel hob.

»Diese Stadt ist nicht wie die anderen, Inspektor Negro«, sagte er nur, »das werden Sie schon merken.« Sarrina lächelte erneut.

»Vorausgesetzt, er ist aktenkundig«, fügte er hinzu.

»Er ist aktenkundig.«

Der Experte des Erkennungsdienstes hielt eine Karteikarte in der Hand. In einer Ecke war ein Foto angeheftet, daneben stand ein kleingeschriebener Text. Grazia stieß sich vom Rechner ab und riß ihm die Karte fast aus der Hand. Sie legte sie auf den Tisch, sofort standen Matera und Sarrina hinter ihr und beugten sich mit ihr über die Karteikarte. Matera entfuhr nur ein Lächeln, aber Sarrina war direkter, er richtete sich auf und stieß ein »Aha!« aus, das fast ein Lachen war.

Das Foto zeigte einen jungen Mann um die zwanzig. Kopf und Oberkörper vor weißem Hintergrund. Die Hände in die Hüften gestützt, graues T-Shirt, dessen kurze Ärmel bis zu den Schultern aufgerollt waren. Schwarzes Haar mit Bürstenschnitt, an der Stirn plattgedrückt. Die Augen waren halb geschlossen, der Mund zu einem Lächeln geöffnet, hinter dem zwei Zähne schimmerten. Er schien mittelgroß, von mittlerer Statur und mittlerem Gewicht. Im Text daneben hieß es: *Alessio Crotti, geboren am 26.10.1972 in Cadoneghe (Provinz Pavia).*

Eingeliefert in die geschlossene Abteilung der Psychiatrischen Klinik Bologna am 21.01.1986.

Verstorben am 30.12.1989.

»Via Galliera einundfünfzig ... Rizzoli-Krankenhaus ... Viale Filopanti Ecke San Donato ... Strada Maggiore achtunddreißig ... Hotel Pullman Hintereingang ... Via Ferrarini ... Via Ferrarini ... Via Ferrarini ... kein Taxi in der Via Ferrarini?«

»Siena Termini achtzehn, bin schon da. Hier ist Walter, Anna ... der 65
Mann für alle Fälle. Die Via Ferrarini übernehme ich, aber sag dem Kerl, er soll gefälligst auf mich warten, ich muß sie nämlich erst mal finden. Paß auf, wenn ich innerhalb der nächsten fünf Minuten da bin, gehst du morgen abend mit mir essen, abgemacht? Oh, Anna, sag mal ... weißt du eigentlich, daß keine in der ganzen Taxizentrale so eine sexy Stimme hat wie du?«

Als kleiner Junge habe ich mich einmal in eine Stimme verliebt. Ist schon lange her, ich ging noch in die Blindenschule und fuhr jeden Nachmittag mit dem Kleinbus der Schule nach Hause. Der Fahrer hörte immer den gleichen Radiosender, und in jenem Sommer gab es eine Sendung, die immer mit demselben Lied anfing. Jeden Nachmittag packte ich so schnell es ging meine Sachen und stand schon da, wenn der Bus kam, damit ich als erster einsteigen und mir einen Platz vor dem Lautsprecher sichern konnte, denn etwa zehn Minuten nach unserer Abfahrt war die Werbung zu Ende, und es kam dieses Lied.

Heute weiß ich, daß das Lied *La vie en rose* hieß, aber damals war ich noch klein und wußte nur, daß es da ein wunderschönes Lied gab, das von einer wunderschönen Frau mit einer wunderschönen Stimme gesungen wurde. Ein sanftes Lied, voller Rs, aber keine grünen, es waren weiche, rosa Rs. Ich verstand den Text nicht, ich verstand den Namen der Frau nicht, aber das spielte keine Rolle, für mich war sie die Frau mit den Rosa R, in die ich verliebt war, wie nur ein Kind es sein kann.

»Hauptwachtmeister Avezzano an Zentrale. Kollegin Ripamonti und ich, wir haben unsere Runde beendet und fahren den Wagen jetzt zurück in die Garage. So, häng das Ding wieder ein, da, das Mikrophon, und paß auf, daß es nicht eingeschaltet bleibt. Was meinst du, Teresì ... sollen wir auf ein Nümmerchen nach San Luca fahren? Komm schon, wir haben doch noch über eine halbe Stunde, wir sagen einfach, daß die Straßen voll waren ... was ist denn das, du zeigst mir den Stinkefinger? Ach so, der Ehering ... na und? Ich bin auch verheiratet ... außerdem, letztes Mal waren wir das doch auch schon, nicht?«

»Siena Termini achtzehn? Siena Termini achtzehn? Sag mal, Walter, fährst du jetzt hin und nimmst den Kerl auf oder nicht? Der Typ hat noch mal angerufen, und der Stimme nach wird er langsam sauer ... hör zu, wenn er sich über mich beschwert, dann ist das schon das drittemal die Woche und ich fliege achtkantig aus der Zentrale. Loris hier sagt, die Via Ferrarini ist in Pilastro, da, wo sie die drei Carabinieri umgelegt haben ... Gib Gas, Walter, wenn du den Kerl aufnimmst, gehe ich die ganze nächste Woche mit dir aus ...«

In jenem Sommer lebte mein Vater noch, und wenn ich von der Schule nach Hause kam, mußte ich auf den Hof hinunter, er wollte, daß ich mit den anderen Kindern spielte. Wir spielten *Blinder Bub*, eine Art Versteckspiel, bei dem die anderen wegrannten und ich sie in den Ecken zusammentreiben oder festhalten mußte, wenn sie an mir vorbeiliefen. Oder *Geisterball*, da stand ich vor einer Garage wie ein Torwart, die anderen versuchten ein Tor zu schießen, und wenn ich den Tritt und das Pfeifen des Balles hörte, mußte ich den Schuß mit dem Körper abwehren. Wenn meine Spiele zu Ende waren, wenn die anderen die Fahrräder hervorholten oder richtig Fußball spielten, dann konnte ich wieder nach oben, ins Haus.

»Hier Rambo, hier Rambo, kann mich jemand hören? Falls jemand dran ist, soll er sich melden, es gibt nämlich Neuigkeiten über El Diablo ... das Schwein hat mich auf der Via Emilia kurz hinter Ferrara überholt und nicht mal gegrüßt, und wißt ihr, warum er es so eilig hat, mit Anhänger und allem Drum und Dran? Weil er nach Casalecchio fährt, zur Luana ... Maradona? Hörst du mich, Maradona? El Diablo, dieser Hurenbock, hat sich verliebt ...«

»Warte, Terè, ich leg den Sitz nach hinten ... Laß mal deine hübschen Titten sehen ... so hast du's gern, he? Gefällt dir das? Fühl mal, fühl mal, wie hart er ist ... gefällt dir, he? Gefällt dir das? Jetzt steck ich ihn dir ganz rein, Teresí, gefällt dir, wenn er so hart ist ... he? Gefällt dir das?«

»Mensch, Anna ... hier ist Walter. Hör mal, die Straße ist überhaupt nicht in Pilastro ... ich glaube, daß sie oben in den Hügeln ist, hör mal zu jetzt. Also ehrlich ... ein bißchen genauer hättest du dir das schon beschreiben lassen können, eine Querstraße, eine Ecke, die Gegend ... Los, mach schon, hol den Stadtplan raus und laß deine sexy Stimme hören, die mir sagt, wo ich bin, ich habe mich nämlich auf der Suche nach dieser dämlichen Straße selbst verirrt ...«

Manchmal, wenn nicht gerade *Blinder Bub* oder *Geisterball* gespielt wurde, machten die Kinder vom Hof eine Pause. Dann setzten sie sich auf das Mäuerchen und unterhielten sich, und ab und zu setzte ich mich dazu. In jenem Sommer sprachen sie oft über Frauen, die ihnen gefielen, und dieses Thema machte mich neugierig, obwohl ich ihnen nicht recht folgen konnte, weil sie nicht die Mädchen vom Hof meinten, sondern die, die sie im Kino oder im Fernsehen oder in einer Zeitschrift gesehen hatten. Auch ich wurde gefragt, wer mir gefiel, aber wie sollte ich ihnen das erklären? Wie sollte ich ihnen erklären, daß mir die Frau mit den Rosa R gefiel, weil sie eine blaue Stimme hatte? Deshalb ging ich an einem Tag, als gestreikt wurde und ich nicht in die Schule fuhr, mit einem Radio in den Hof hinunter, wartete, bis es soweit war, und führte den Kindern vom Mäuerchen die Stimme der Frau mit den Rosa R vor, die *La vie en rose* sang.

»El Diablo an Rambo ... kannst du mich hören? Hör mal, du Arschloch, was erzählst du da für eine Scheiße herum? Ich hab's so eilig, weil wenn ich nicht bis Mitternacht ausgeliefert habe, dann bin ich der Gefickte und nicht Luana ...«

»Verdammt noch mal, Terè ... das Funkgerät! Du hast das Funkgerät angelassen! So kriegen die alles mit! Oh, verdammte Hurenscheiße! Ich hab's dir doch extra noch gesagt!«

»Leck mich am Arsch, Walter! Der Bursche hat angerufen und sich meinen Namen geben lassen!«

Die da? fragten die Kinder.

Aber die ist doch schon alt! Uralt. Die ist doch bestimmt schon lange tot ...

»Mensch, Anna ... ihr könnt mich mal alle beide, du und deine sexy Stimme.«

Ich ließ das Radio stehen und rannte nach oben, und von diesem Tag an ging ich nicht mal mehr in den Hof hinunter. In jenem Sommer starb mein Vater, und kurz darauf gab ich die Schule dran. Die Sendung habe ich nie mehr gehört, das Lied habe ich nie mehr gehört, ich habe nie mehr eine so blaue Stimme gehört, bis gestern abend.

Und deshalb lausche ich auch heute nacht wieder auf die Stadt, mit Chet Baker im Hintergrund.
Blaue Stimme ... wo bist du?

»Blaue Stimme … wo bist du?«

Grazia setzte sich quer auf das Bett, stopfte das Kissen gegen die Wand, um den schmerzenden Rücken zu stützen, hakte die Stiefelspitze unter den Stuhl, zog ihn zu sich heran und legte die müden, schmerzenden Beine auf die Lehne. Aber die Stiefel zwängten die Knöchel ein, deshalb beugte sie erst ein Knie und dann das andere, löste Riemen und Schnürsenkel und streifte die Schuhe ab, wobei sie so fest gegen die Fersen drückte, daß ihr die Luft wegblieb. Einen Augenblick lang betrachtete sie die weißen, vorn etwas eingedunkelten Söckchen, die auf die Knöchel heruntergerutscht waren, dann zog sie noch einmal die Beine an und streifte sie ebenfalls ab. Sie schloß die Augen und rieb die Füße gegeneinander, das Surren des Nylons klang fast wie ein Seufzer der Erleichterung. Die Bomberjacke hatte sie anbehalten, und es kostete sie einige Mühe, die Hand in die Jackentasche zu stecken und das Handy hervorzuholen.

»Hallo, Vittorio ...« begann sie voller Elan, wurde aber sofort von der Stimme des Anrufbeantworters gestoppt. Telecom Italia Mobile. Wir verbinden Sie weiter. Bitte warten. Nach dem Signalton ...

»Vittorio, hier ist Grazia. Es ist halb elf abends, ich bin in dem Zimmer, das man mir in der Polizeikaserne gegeben hat. Es gibt Neuigkeiten. Unser Mann hat noch einen Studenten ermordet. Nur daß er es im Körper von Maurizio Assirelli getan hat, der schon bei dem Mord davor umkam, und mit den Fingerabdrücken von Alessio Crotti, der '89 in der Klapsmühle gestorben ist. Außerdem hat dieses aus zwei Toten zusammengesetzte Wesen fast eine Woche lang mit jemandem gechattet, und zwar neben der verwesenden Leiche von Paolo Miserocchi, genannt Misero, einem Studenten und Drogendealer. Eigentlich glaube ich ja nicht an Gespenster, aber wie's aussieht, hast du mich in eine unbekannte Stadt geschickt, damit ich einen Zombie suche. Tut mir leid, aber ich gebe auf, morgen fahre ich zurück nach Rom. Wenn's dich interessiert, ruf mich an, null drei drei acht zwei vier fünf acht sechs drei. Ciao.«

Mit einem trockenen Knall klappte sie das Handy zu und ließ sich auf die Bettdecke fallen. Sie holte die Glasfigur aus der Tasche und balancierte sie auf der einen Hand, während sie mit der anderen Hand ihren harten, angespannten Bauch massierte, dann sprang sie abrupt vom Bett auf. Sie zog die Bomberjacke aus, rollte das Kleid an den Hüften hoch, zog es über den Kopf und ließ es auf den Boden fallen. Anschließend klemmte sie die Daumen unter den Rand der Strumpfhose und zog sie, auf einem Bein hüpfend, ebenfalls aus. Sie griff auch nach dem Saum des weißen T-Shirts, unentschlossen, ob sie es ausziehen und nur Büstenhalter und Slip anbehalten sollte, aber plötzlich lief ihr eine Gänsehaut über die Arme, und deshalb behielt sie es an. Dann ging sie zum Tisch, kippte ein Etui um, suchte etwas mit dem passenden Durchmesser heraus, knotete ihr Haar im Nacken zusammen und steckte es mit einem Bleistift fest. Sie nahm den Laptop, klemmte sich eine vollgestopfte, grüne Kladde unter den Arm und setzte sich wieder auf das Bett.

Mit einem Fuß angelte sie nach der Bomberjacke auf dem Fußboden, schob sie beiseite und ließ das Foto von Alessio Crotti, verstorben am 30.12.1989, an die Stelle fallen, wo vorher die Jacke gelegen hatte. Quer über das Gesicht stellte sie die gläserne Eidechse, die so, mit den letzten Spuren der Cyanacrylatdämpfe, Alessio Crottis Gesicht verlängerte und den Gesichtsausdruck verzerrte.

Weißt du, was mir an dir gefällt, Inspektor Negro?, hatte vor langer Zeit

Vittorio zu ihr gesagt; am ersten Tag, als er vom formellen *Sie* des Vorgesetzten zum *Du* übergegangen war, *mir gefällt dein unbeirrbarer, fast animalischer Instinkt. Diese radikale Wirklichkeitsnähe. Deshalb habe ich dich zur* AAGV *geholt. Bei uns sind alle Psychiater, Kriminologen oder Spezialisten, nichts als Theoretiker ... so eine wie du hat uns gefehlt, Kleines.* Und bei diesem *Kleines* durchlief sie ein Schauder, ein zartes Kribbeln, das ihr die Röte ins Gesicht trieb. Radikale Wirklichkeitsnähe. Unbeirrbarer, fast animalischer Instinkt. Unbeirrbar und wirklichkeitsnah.

Grazia ließ das Foto von Assirelli auf den Boden gleiten, es landete neben dem von Crotti und wurde von einer Falte des zusammengerollten Kleides etwas angehoben. Maurizio Assirelli. Rundliches Gesicht, spitz zulaufende Koteletten und Ziegenbärtchen, wie Anna Bulzamini, verwitwete Lazzaroni, gesagt hatte. Und der Kopfhörer. Überlegte sie. Der Kopfhörer, überlegte sie. Überlegte.

Sie sprang vom Bett auf und lief zum Tisch, die Fußsohlen klatschten über den kalten Boden. Mit einem Kabel in der Hand kehrte sie zum Bett zurück und verband Mobiltelefon und Laptop. Servernummer der Staatspolizei in Rom. Password und Verbindung zum ZISED. Directory: SK-Bologna. Sämtliche Zeugenaussagen in den eingegebenen Mordfällen.

Grazia kreuzte die Beine, stützte die Ellbogen auf die Knie und beugte sich über den erleuchteten Bildschirm. Sie vergaß den aufgeblähten Leib und die Schmerzen im Bauch, die immer stärker wurden.

Bei dem Studenten aus Palermo, der in den Hügeln getötet wurde, gab es keine Zeugen, desgleichen bei dem Drogenabhängigen aus San Lazzaro. Aber bei dem in Castenaso massakrierten Paar hatte jemand ausgesagt, ihm sei ein junger Mann in der Gegend aufgefallen, ein komischer Vogel mit Walkman-Kopfhörer. Walkman-Kopfhörer. Sehr mager, geradezu klapperdürr, sah aus wie ein Fixer, geflochtene Zottelhaare, Rasta-Typ. Rasta-Typ.

Grazia lehnte sich zurück und zog ein weiteres Foto aus der grünen Kladde. Marco Lucchesi, 27 Jahre, geboren in Genua in der Via und so weiter und so fort. Vorstrafen wegen Besitz und Handel und so weiter und so fort. Verstorben in San Lazzaro am 15.11.1995. Sehr mager, geradezu klapperdürr, sah aus wie ein Fixer, geflochtene Zottelhaare. Rasta-Typ.

Grazia verließ das Bett. Sie klemmte die Daumen unter die nervenden Träger des Büstenhalters, aber sie war zu aufgeregt, um ihn auszuziehen. Sie kaute auf der Innenseite ihrer Wange, bis plötzlich ein Krampf ihren Unterleib durchfuhr und sie zu stark zubiß und auf der Zunge den süßlichen Geschmack von Blut spürte. Sie lief im Zimmer auf und ab, dann ging sie wieder zum Bett.

Fall Lucchesi. Zeugenaussagen. Der Jäger, der um vier Uhr morgens den nackten Leichnam im Gebüsch eines Grabens findet. Der Bericht der herbeigeeilten Carabinieri-Patrouille. Der Bericht der Polizei, die zwei Tage später in Ferrara die rote Ente von Lucchesi findet. Die rote Ente.

Fall Graziano. Bürgerliche Familie. Mieter eines kleinen Landhauses auf den Hügeln um Bologna. Verkappter Homosexueller. Als er verschwindet, wendet sich die Familie an *Bitte melde dich*. In der darauffolgenden Sendung kommt ein Hinweis, aber in der Zwischenzeit ist Graziano nackt und tot auf dem Land aufgefunden worden, und dem Hinweis wird nicht nachgegangen. Die Sendung war zwar nicht im Computer, aber Grazia hatte sie sich angesehen, hatte sie wie alles, das den Fall betraf, genau studiert. Es hieß, daß ein femininer Typ mit schwarzem Cavour-Bärtchen, Fischgrätmantel und auffälligem Hi-Fi-Kopfhörer in der Gegend von San Lazzaro beobachtet worden war, wie er in eine rote Ente stieg. Auffälliger Hi-Fi-Kopfhörer. Cavour-Bart und Fischgrätmantel. Femininer Typ. Grazia ließ das Foto von Marco Graziano, 25 Jahre, auf den Fußboden fallen. Das Foto stammte aus seinem Studienbuch und zeigte ihn mit Cavour-Bart und Fischgrätmantel. Femininer Typ.

Scheiße, dachte Grazia. Ihr Blick glitt vom Laptop auf den Fußboden, auf das Gesicht von Alessio Crotti. Aus diesem Blickwinkel, durch die Glaseidechse verzerrt, sah es aus, als wäre sein Mund zu einem verzweifelten Schrei aufgerissen, schief und stumm.

Bei jedem Mord war das Opfer des vorangegangenen Mordes zugegen.

Grazia zog das Verbindungskabel heraus. Sie riß die Schnur fast aus dem Handy. Die Schmerzen im Bauch waren noch stärker geworden, aber sie war zu aufgeregt, um darüber nachzudenken. Sie zurrte den Knoten um den Bleistift fest, zog dabei so heftig an den Haaren, daß es weh tat, und rannte mit zwei Sätzen ins Bad. Kaltes Wasser übers Gesicht. Die nasse Hand auf die Lippen gepreßt. Vittorio.

Als sie zum Bett zurückkehrte, fiel ihr auf, daß sie das Handy ausgeschaltet hatte und der Anrufbeantworter bereits eine Nachricht aufgezeichnet hatte.

»Hallo, Grazia? Wo zum Teufel bist du? Ich hab vorhin angerufen, aber es war dauernd besetzt ... Hör zu, was soll dieses Gefasel auf meinem Anrufbeantworter? Steigt dir dein Frauenleiden zu Kopf? Wer ist dieser Alessio Crotti? Ich prüfe das nach, häng du dich an die Chatline … sieh nach, was davon auf der Festplatte gespeichert wurde, und finde heraus, wer wen angerufen hat. Was den Rest angeht, einschließlich dieses Unsinns von wegen alles hinschmeißen, tue ich so, als hätte ich nichts gehört. Ciao, Kleines.«

76 Rasch, ganz rasch wählte Grazia Vittorios Nummer. Sie hörte es klingeln, während sie sich nervös die glatte Haut an ihrem Po kratzte, dann griff sie nach den nackten Zehen eines Fußes und hakte den Nagel des Zeigefingers unter den der großen Zehe.

Telecom Italia Mobile. Automatischer Anrufservice …

Scheiße.

»Und wo zum Teufel bist du, Vittorio? Jedesmal ist der Anrufbeantworter dran! Also, hör zu … das ist kein Gefasel, das ist eine Ermittlungshypothese. Wenn du die Zusammenhänge überprüfst, wirst du etwas Eigenartiges feststellen. Der Homosexuelle stirbt, und sie finden ihn nackt in der Landschaft, aber bald darauf taucht er bei dem Fixer wieder auf, als dieser ermordet wird, und er hat einen Kopfhörer auf. Der Fixer erwacht wieder zum Leben, ebenfalls mit Kopfhörer, und ist in Castenaso, als dort das Pärchen massakriert wird, und in der Wohnung des Studenten, der heute gefunden wurde, hört Maurizio Assirelli über Kopfhörer Musik, obwohl er schon eine ganze Weile tot ist. Ich habe es noch nicht überprüft, aber du wirst schon sehen, daß Andrea Farolfi, der mindestens schon sechs Monate zuvor umgebracht und nackt ausgezogen wurde, in Assirellis Wohnung anwesend war. Und ich verwette meine nicht vorhandenen Eier, daß Paolo Miserocchi, der seit einer Woche tot ist, in diesem Augenblick durch Bologna läuft, und zwar höchstwahrscheinlich ebenfalls mit so einem verdammten Kopfhörer.«

Grazia schluckte trocken, denn sie hatte hastig gesprochen. Sie krümmte den Rücken und zog heftig an der großen Zehe. Die Schmerzen im Bauch zwangen sie, sich nach vorn zu beugen.

»Hast du begriffen, was ich dir da erzähle, Vittorio? Hast du begriffen, was vor sich geht? Jedesmal ist das Opfer des vorhergehenden Mordes anwesend, es erwacht wieder zum Leben und ermordet den nächsten. Und willst du wissen, was ich davon halte, mein lieber Vittorio?«

Piep. Ende der Nachricht. Vielen Dank für Ihren Anruf.

Nulldreidreiachtvierviersechsnullzweiundzwanzig.

Telecom Italia Mobile …

Grazia ließ davon ab, ihren Zehennagel zu malträtieren, es tat zu weh.

»Willst du wissen, was ich davon halte, mein lieber Vittorio? Da ich nun mal nicht an Zombies, Vampire und Werwölfe glaube und da ein Toter wie Assirelli und die anderen tot ist, und zwar ein für allemal, muß es also eine rationale Erklärung für dieses ganze Durcheinander geben, und der Schlüssel zu dieser Erklärung muß bei Alessio Crotti liegen. Was die Menstruation betrifft, sei unbesorgt … wenn ich meine Tage habe, arbeitet mein Verstand sogar noch schärfer.«

Sie klappte das Telefon zu, aber bevor sie es auf das Kissen warf, sah sie noch einmal nach, ob es eingeschaltet war. Von dem Foto auf dem Fußboden schien Alessio Crotti sie mit seinem verzweifelten Schrei anzuschauen, fast jagte er ihr Angst ein. Deshalb schob sie ein Bein über den Bettrand, verrückte mit dem Fuß die Glaseidechse, bugsierte sie auf das Foto und verdeckte mit der großen Zehe Crottis Gesicht. Die Zehe blieb an dem Fotopapier kleben, und wenn sie sie hob und senkte, tauchte unter dem runden Zehennagel das Gesicht auf und verschwand wieder, verzweifelt und furchteinflößend. Plötzlich spürte sie ein anhaltendes Reißen im Unterleib und dieses feuchte, klebrige Gefühl zwischen den Beinen. Endlich.

 Grazia packte die Bomberjacke am Kragen, und während sie ins Bad rannte, hielt sie mit dem Finger den Slip im Schritt ab. Sie warf ihn in die Badewanne, dann duschte sie sich ab, und mit der trockenen Hand nahm sie die Schachtel o. b. aus der Jackentasche. Sie zog einen Tampon heraus, kratzte mit dem Fingernagel an der Zellophanzunge und riß die Folie ab. Sie hob ein Bein, umklammerte mit den Zehen den Badewannenrand und hatte schon die blauen Fäden unten an dem weißen Zylinder gelöst, um ihn auseinanderzuziehen, als sie das Handy klingeln hörte. Eine Sekunde hielt sie inne, dann ließ sie den Tampon ins Waschbecken fallen, griff nach einem Handtuch, preßte es zwischen die Beine und stürzte zum Bett.

»Hallo, Vittorio? Wo zum Teufel ...«

Es war nicht Vittorio. Es war die Stimme eines Unbekannten, tief, verlegen, kaum wahrnehmbar.

»Was sagen Sie? Wer spricht denn da? Ich verstehe nicht ... woher haben Sie meine Nummer?«

Die Stimme murmelte leise. Unterbrochen von verlegenen Pausen, dann hastig, die Wörter stapelten sich eins auf das andere. Scanner. Kopfhörer. Stimmen der Stadt. Grüne Stimme, seine Stimme. Er hat mit dem Mädchen gechattet, er hat sie nach ihrer Adresse gefragt ...

»Ich verstehe nicht ... woher haben Sie diese Informationen? Sie wissen, daß das illegal ist, nicht wahr? Wieso grün? Haben Sie etwas gesehen? Sie haben ... das heißt, entschuldigen Sie ... das hieße ja, daß Sie *blind* sind? Daß Sie gar nicht sehen *können*?«

Schweigen. Das zusammengeknüllte Handtuch zwischen die Beine geklemmt, blickte Grazia zur Decke und schnaubte.

»Hören Sie, machen wir es so«, sagte sie, »Sie geben mir Ihre Telefonnummer, und morgen früh rufe ich Sie in aller Ruhe zurück, dann können wir ... hallo? Hallo? Ach leck mich doch ...«

Grazia klappte das Telefon zu. Unmittelbar darauf läutete es wieder, und das Handy fiel ihr fast aus der Hand. Sie zuckte zusammen, das Handtuch zwischen ihren Beinen glitt zu Boden.

»Hören Sie mal, Sie, dürfte ich vielleicht erfahren, was zum Teufel ...«

»Grazia ... bist du das? Hier ist Vittorio ...«

Vittorio. Grazia seufzte erleichtert auf und zog instinktiv das T-Shirt nach unten, um sich zu bedecken.

»Was ist los? Wen hast du denn erwartet?«

»Ach, Entschuldigung ... es ist nur, wir haben die Arbeit an dem Fall eben erst aufgenommen, und schon rufen die Selbstbezichtiger an. Der muß meine Telefonate abgehört und sich dazwischengeschaltet haben ...«

»Okay, okay ... erzähl's mir später. Hör zu, ich habe über die Geschichte nachgedacht, die du mir auf den Anrufbeantworter gesprochen hast, und ein paar Dinge überprüft. Dieser Alessio Crotti ... also, der ist anscheinend bei einem Unfall ums Leben gekommen, aber das Ganze ist nicht so klar, wie es auf den ersten Blick aussieht. Ein Kurzschluß in einem Heizofen, mitten in der Nacht, in Gebäude 4 der Psychiatrischen Klinik. Das Gebäude fängt Feuer und fliegt in die Luft, als die Flammen die Sauerstoffflaschen der Krankenstation erreichen. Vom wachhabenden Psychiater und drei Patienten bleibt nur Asche übrig, die über halb Bologna geweht wird.«

»Dann muß er also noch am Leben sein. Seine Fingerabdrücke waren in Miserocchis Wohnung, also ist er am Leben. Er ist durch das Feuer wie ein Leguan.«

»Das tun die Salamander, Kleines. Aber du hast recht ... *Leguan* gefällt mir besser. Und außerdem, wenn deine Hypothese stimmt, dann häutet sich dieser Alessio Crotti oder wer immer es sei, dann häutet sich dieser Typ jedesmal ... genau wie ein Leguan. Versuchen wir, das Wie und Warum herauszufinden, aber erst mal ... Bravo, Kleines. Gute Arbeit.«

Grazia lächelte. Sie las das Handtuch vom Boden auf, legte es auf das Bett und setzte sich darauf. Sie zog die Beine an, die Fersen auf dem Bettrand, ein Fuß auf dem anderen, das Kinn streifte die geschlossenen Knie.

»Hör zu, Vittorio, was die Festplatte des Studenten betrifft ... die ist bei den Carabinieri, und die rücken sie nicht raus. Wenn wir Glück haben, bekommen wir sie vielleicht in einem Monat, es sei denn, der Staatsanwalt nimmt sich der Sache an.«

»Der gute Dottore Alvau weiß noch nicht so recht, ob er sich für den Ruhm eines spektakulären Falls oder für die Scherereien eines Mordsaufstands entscheiden soll. Ich übernehme es, ihm das mögliche Presseecho einer *Jagd auf den Leguan* darzulegen. Geht's dir gut?«

»Ja.«

»Bist du müde?«

»Nein.«

»Um so besser, du weißt ja, was dich erwartet. So schnell es geht ins Präsidium, Fahndungsfotos und über Funk Suchmeldungen nach einem Typ mit dem Gesicht von Paolo Miserocchi rausschikken. Vorausgesetzt, in der Zwischenzeit bringt unser Leguan nicht noch einen um die Ecke. Wenn er sich ein anderes Gesicht zulegt, nützen Fotos und Beschreibungen gar nichts mehr. Dann sind wir quasi blind.«

Grazia ließ die Beine herunter und donnerte mit den Fersen auf den Fußboden.

»Was hast du gesagt?«

»Was ich gesagt habe? Was habe ich denn gesagt?«

»Nein, ist nicht wichtig ... morgen. Jetzt ziehe ich mich an und fahre ins Präsidium.«

»Wieso, bist du nackt?«

»Ciao, Vittorio.«

»Ciao, Kleines. Noch mal: gute Arbeit, Glückwunsch.«

Grazia stand auf und ging ohne Eile ins Bad zurück. Die unsichere Stimme des Selbstbezichtigers kam ihr wieder in den Sinn, und sie dachte: Ach, Unsinn.

Dann sind wir quasi blind. Ach, Unsinn.

Bravo, Kleines, hatte Vittorio zu ihr gesagt, *gute Arbeit*.

Wenn er sich ein anderes Gesicht zulegt, nutzt es nichts, ihn zu sehen. Ach, Unsinn.

Sie fühlte sich feucht und schmutzig zwischen den Beinen. Sie mußte sich waschen, anziehen und zurück ins Präsidium. Fahndungsfotos und Suchmeldungen über Funk. Paolo Miserocchi. Der Leguan häutet sich.

Man bräuchte jemanden, der ihn an der Stimme erkennen kann. Ach, Unsinn.

Als sie zu dem Koffer lief, der offen auf dem Tisch lag, stieß Grazia vor dem Badezimmer mit dem Fuß gegen die Glasfigur. Sie prallte gegen die Wand und zerbrach.

Ein Blinder. Ach, Unsinn.

*»Hör mal, Rita ... meinst du, wir können uns sehen?
Meinst du, wir können uns jetzt sehen?«*

Sie sagt, *normalerweise lasse ich hier keinen rein.*

Sie sagt, *aber bei dir ist das anders, ich hab sofort gemerkt, daß du anders bist, daß etwas Besonderes an dir ist.*

Sie sagt, *wenn mein Vater erfährt, daß ich hier allein mit einem Jungen bin, dann bringt er mich um.*

Sie sitzt auf einem Stuhl, den Arm auf die Kante des hochklappbaren Küchentischs gestützt. Das Zimmer ist winzig, eine Studentenmansarde, die unter die Holzbalken des Daches gequetscht ist. Wände, Türen und Fenster, Sofa, Stuhl, Kissen, Matten, Zeichnungen, Buddha-Figürchen und Plüschtiere in allen Farben des Regenbogens. Ich sitze auf dem Sofa, einen halben Meter von ihr entfernt.

Sie sagt, *ich weiß, was du für einer bist.*

Sie sagt, *mir kommt es vor, als würde ich dich schon immer kennen.*

Sie sagt, *du bist süß, sensibel und süß.*

Sie sitzt auf einem Stuhl, den Arm auf die Tischkante gestützt und zwei Finger der Hand im Halsausschnitt des orangefarbenen T-Shirts. Sie spielt mit einem Lederriemen, den sie um den Hals trägt, und ab und zu schaut zwischen Stoff und Fingern ein Wassermann-Anhänger aus geflochtenem Kupferdraht hervor. Sie hat ein Bein im rechten Winkel über das andere gelegt, die indische Baumwollhose wirft über der Wade Falten. Am Knöchel hat sie ein buntes Stoffbändchen, grün, gelb und rot. Ich sitze einen halben Meter von ihr entfernt.

Sie sagt, *hör mal, wenn es jetzt klingelt, achte gar nicht drauf, es ist nur ein Freund von der Uni, so ein Gepiercter, du weißt schon, diese kleinen Ringe, er bringt mir ein Handy vorbei.*

Sie sagt, *hör mal, glaub ja nicht, daß ich so eine bin, dieser Freund klont sie, und wir telefonieren soviel wir Lust haben auf Kosten der Lackaffen, denen es eigentlich gehört.*

Sie sagt, *hör mal, glaub ja nicht, daß er mein Freund ist, ich bin allein, vor allem innen drin. Meinst du, daß ich vielleicht deshalb nie den Richtigen finde?*

Sie sitzt auf einem Stuhl, den Arm auf den Tisch gestützt. Auf dem Knöchel hat sie die rote, gestrichelte Spur eines Kratzers, der unterhalb des Bändchens beginnt und sich hinter der Rundung des Knöchels verliert. Auf dem Fußrücken, zwischen zwei bläulichen, leicht hervorstehenden Adern, das feine, gerötete Geflecht, das die Frotteesocken hinterlassen haben. Den hell schimmernden Nagel der großen Zehe durchläuft eine fast unsichtbare Furche, glänzender und dunkler. Ich. Halber Meter. Sitze.

Sie sagt, *hörst du mich eigentlich mit diesem Kopfhörer, den du da aufhast?*

Sie sagt, *was flüsterst du da?*

Sie sagt, *warum schaust du mich so an?*

Plötzlich spüre ich, daß meine Gesichtshaut in Milliarden haarfeiner Risse aufgesprungen ist. Ich spüre, wie sie zerplatzt, wie die Schuppen sich ablösen und die Haut über den Knochen abblättert, zurück bleibt der kahle, nackte Schädel. Die Augen haben keine Lider mehr, sie rollen nach vorn und klemmen in den Rändern der Augenhöhlen fest. Sie starrt mich die ganze Zeit an, auf ihrem Stuhl an dem Tisch, und ich frage mich, wieso sie es nicht bemerkt. Ich bin nur einen halben Meter entfernt.

Sie sagt, *warum schaust du mich so an?*

Etwas in meinem Kopf drückt meine Gesichtsknochen nach vorn. Stirn, Jochbeine und Unterkiefer krümmen sich nach außen, der

Nasenöffnung hinterher, die wie eine Kegelspitze vorsteht. Meine Augen schwellen an, werden gegen die Augenbrauenwülste gequetscht. Sie werden auf ihr zerplatzen. Wie kann sie das bloß nicht merken?

86 Sie sagt, *warum schaust du mich so an?*
Sie sagt, *warum schaust du mich so an?*
Sie sagt, MEIN GOTT, WARUM SCHAUST DU MICH SO AN?

»Warum schaust du mich so an?«

Die Engel bluten bei meiner unreinen Liebkosung,
ich muß mich besudeln, um diese Einsamkeit zu lindern ...

Zweiter Teil Reptile

Angels bleed from the tainted touch of my caress
need to contaminate to alleviate this loneliness ...

Nine Inch Nails, *Reptile*

In einer Ecke des ersten Blattes eine Anmerkung von Vittorio, mit Bleistift. Seine flüchtige, schräge Handschrift, an der Grenze der Lesbarkeit.

Leben, Tod und Wundertaten von Alessio Crotti, dem Leguan.
Wir sprechen uns, wenn ich von der Tagung in Washington zurück bin.
Gute Arbeit, Kleines.

Das erste Blatt. Überschrieben ABTEILUNG ZUR AUFKLÄRUNG VON GEWALTVERBRECHEN (AAGV).
Darunter: PSYCHOLOGICAL OFFENDER PROFILE (POP): Täter-Profil von Crotti, Alessio, geboren in Cadoneghe (Provinz Pavia) am 26.10.1972, nachfolgender Verbrechen verdächtigt.
Auf dem schneeweißen Papier des Tintenstrahldruckers zeichnete sich scharf der blaue Stempel des Kurierdienstes ab.
Das Datum: 21.03.1997.

Das zweite Blatt. AUSSAGE VON DOTT. MARIANI, FRANCESCO, KINDERNEUROLOGE (AUSZUG).
Mit Schreibmaschine, die Gs versetzt und ein wenig verblaßt auf porösem, gelblichem Papier. Manche Sätze von Vittorio mit einem geraden, tiefschwarzen Bleistiftstrich unterstrichen.

»[...] Um der Klarheit willen, nicht jedoch um eine eventuelle Schuld auf andere abzuwälzen, muß ich vorausschicken, daß ich nur ein einziges Gespräch mit Crotti, Alessio, geführt habe, zum damaligen Zeitpunkt (12.07.1983) 11 Jahre alt, wohnhaft im Pio Istituto di Educazione del Giovane, einem kirchlichen Internat. Im Verlauf des o. g. Gesprächs habe ich folgendes festgestellt:

– *die Masturbationsaktivität* von Crotti, Alessio, Hauptgrund für die von den Verantwortlichen des Pio Istituto angeforderte Untersuchung, erschien unter Berücksichtigung der Pubertätsphase, in der sich der Knabe befand, vollkommen normal;

– die gelegentlich von Crotti, Alessio, beklagten *Hörstörungen* (teilweise Taubheit, *Wahrnehmung unbestimmter Geräusche, Zischen*) waren inexistent und nichts weiter als die Folge des für ein fünfjähriges Heimkind völlig normalen Wunsches, die Aufmerksamkeit auf sich zu ziehen;
– idem bezüglich der Gewohnheit, *die Haut an den Fingerspitzen abzukauen*, und bezüglich des ausgiebigen *Betrachtens des eigenen Gesichts im Spiegel*.
Aufgrund dieser Befunde und da der Knabe, wenn auch tendenziell einzelgängerisch und schweigsam, so doch im wesentlichen intelligent und begabt, geistesgegenwärtig und von folgsamem und sanftem Wesen erschien, habe ich ihn für vollkommen gesund und völlig normal erklärt.
Niemand hat mir je von den nächtlichen Alpträumen berichtet, von den *Drachenphantasien* oder von dem *Vorfall im Spielzimmer*. Seine Erzieher haben mich lediglich von seiner Masturbationsaktivität in Kenntnis gesetzt. [...]«

Vittorio mit Bleistift an den Blattrand.
Drachen?
Spielzimmer?
Und dann ein gerader Pfeil hinunter in die rechte Ecke, zum dritten Blatt.
Grobe Einschlüsse auf dem Hellgrau des dicken Recyclingpapiers.

An den Rändern ein Wasserzeichen: OMG-*Projekt São Bernardo – Rettet den Regenwald.*

Das dritte Blatt. AUSSAGE VON PATER GIROLAMO MONTUSCHI, PIO ISTITUTO DI EDUCAZIONE DEL GIOVANE.

»Ich schicke voraus, daß ich weder Psychiater noch Psychologe bin, sondern ein einfacher Mönch, und daß es anderen obliegt, Schlüsse zu ziehen und zu urteilen. Es muß bedacht werden, daß der kleine Alessio außerhalb der Ehe gezeugt wurde, daß der natürliche Vater ihn nicht anerkennen wollte und daß die Mutter ihn sehr früh ins Heim gab, *weil ihr Lebensgefährte ihn nicht im Haus haben wollte*. Die Mutter, Albertina Crotti, starb einige Zeit darauf, als Alessio zwölf Jahre alt war, und in all der Zeit hat sie ihn vielleicht ein Dutzend Mal besucht. Ein Waisenkind also.

Deshalb war ich auch nicht sonderlich in Sorge, als das Kind etwa mit fünf, sechs Jahren wegen eines wiederkehrenden Alptraums häufig in der Nacht aufwachte und schrie, wodurch er den ganzen Schlafsaal störte. Er sagte, er träume von einem schuppigen Drachen, der ihm, wie er sich ausdrückte, *auf die Brust sprang und sein Gesicht auffraß*, aber da das Fernsehen kurz vorher einen Dokumentarfilm mit dem Titel *Galapagos: Die letzten Drachen* gezeigt hatte, der auch die anderen Kinder tief beeindruckt hatte, maß ich der Sache keine besondere Bedeutung bei. Außerdem zeigte der kleine Alessio großes Interesse für Bücher mit Illustrationen exotischer Tiere und wilder Stämme ferner Länder, für alles, was mit Abenteuer zu tun hat, also.

Kurze Zeit später wuchs jedoch meine Sorge, als Pater Filippo mich eines Nachts rief, weil der kleine Alessio aus dem Schlafsaal verschwunden war. Wir fanden ihn hinter dem Refektorium, im Spielzimmer im rückwärtigen Teil des Istituto, im Dunkeln. *Er stand vollkommen nackt vor einem Spiegel und malte sich mit Buntstiften Kreise aufs Gesicht.*

Wir bestraften ihn mit der gebotenen Strenge, und da der Vorfall sich nicht wiederholte, vergaß ich die Sache.«

Links, fast in der Mitte des Blattes, klebte ein hellblaues ›post it‹.

Vittorio.

Hast du gemerkt, Kleines? Er zieht sich nackt aus. Er betrachtet sich im Spiegel. Er bemalt sein Gesicht mit Kreisen wie die Maori-Krieger aus den Fotobänden und träumt von den Galapagos-Leguanen.

Er maskiert sich.

Warum?

Außerdem hört er Geräusche.

Welche?

Na ja, schnapp ihn erst mal. Schnapp ihn, Kleines.

Und finde diesen Blinden.

Heute nacht habe ich von ihr geträumt.
Ich habe von ihr geträumt, aber auf meine Weise: Wärme, die in Wellen über Gesicht und Finger rollt. Gerüche, die mich einhüllen und umkreisen. Sogar Geschmäcker, in denen ich mich bewege, die ich greifen und festhalten kann. Vor allem aber Klänge, der
Klang ihrer blauen Stimme, der langsam in meinem Kopf zergeht wie Schnee auf der offenen Handfläche. Aber warm, nicht kalt. Süß auf der Zunge. Und in der Nase dieser Geruch von Eisen und Rauch, kräftig, frei und frisch, ein Geruch wie manchmal, wenn der Morgen durch ein großes Fenster hereinweht.
Es war ein langer, weicher Traum, der, auch nachdem ich schon eine ganze Weile wach war, weiter in mir lastete, irgendwo zwischen Magen und Herz.
Trotzdem, auf ihren Aufruf habe ich nicht geantwortet.
Ich habe den Aufruf ein paarmal im Radio gehört und weiß, daß er auch in den Zeitungen und im Fernsehen veröffentlicht wurde, weil meine Mutter einmal heraufkam und mich fragte, ob ich der sei, von dem in *Heute aktuell* die Rede war. Der Aufruf richtete sich an den Blinden, der vorige Woche angerufen hatte. Er möge sich umgehend wieder mit Inspektor Negro in Verbindung setzen. Umgehend. Bitte.
Ich habe es nicht getan.
Ich habe sie nicht angerufen. Warum? Weil ich in all den Jahren, die ich mit meinem Scanner auf die Stimmen der Stadt lausche und höre, wie Adressen, Namen und Telefonnummern ausgetauscht werden, mich noch nie eingeschaltet und noch nie jemanden kontaktiert habe. Nie. Wozu auch? Um was zu sagen? Um mir was sagen zu lassen? Nur in jener Nacht, da war es anders. Sie blies die

Wörter voller Begeisterung heraus, ließ sie gleichzeitig aber noch ein wenig auf den Lippen vibrieren, als hätte sie Angst, sie ziehen zu lassen. Ich wollte ihr helfen. Helfen, sie herauszustoßen, sie zu blasen wie eine schöne Note, rund und voll, schallend wie ein Solo. Ich wollte ein bißchen Gelb und Rot in ihre blaue Stimme legen. Ich wollte ihr helfen.

Ich habe sie nicht angerufen. Aber ich wußte, daß sie mich früher oder später trotzdem finden würde.

Meine Mutter.

»Simone, bist du da? Hier sind zwei Herren, die mit dir sprechen möchten ...«

Ich stehe auf und berühre die Nachttischlampe auf meinem Tisch, um zu fühlen, ob sie ausgeknipst ist. Dann lege ich mich wieder auf das Sofa, ziehe die Beine an und drehe das Gesicht zur Wand. Aber diesmal nützt es nichts, mich schlafend zu stellen.

»Simone? Gott, diese Dunkelheit ... ich mache Ihnen gleich Licht. Manchmal läßt er sie tagelang an, und dann wieder ... Sie wissen ja, wie das ist. Simone ... was machst du, schläfst du?«

Das Klicken des Schalters verrät mir, daß jetzt Licht in meiner Mansarde ist. Und daß Leute da sind. Viele. Da ist meine Mutter, die leise durch das Zimmer rauscht, den Drehstuhl vor meinem Computer verrückt und sagt: »Bitte, nehmen Sie Platz«, und: »Simone, los, steh auf.« An der Tür steht ein Mann, sein Atem pfeift schwer zwischen den Zähnen. Raucheratem. Neben ihm steht noch einer. Er hat die Nase hochgezogen und spielt mit einem unregelmäßigen Klingeln, trüb und gedämpft, wie von Münzen in einer Tasche.

Aber wo ist sie?

»Ich bin Inspektor Negro, Signor Martini. Bei mir sind Inspektor

Matera und Hauptwachtmeister Sarrina von der Staatspolizei. Es freut uns, daß Sie uns sehen ... treffen wollen.«

Ich sage nichts. Ich setze mich auf dem Sofa senkrecht und verschränke die Arme vor der Brust. Gummisohlen ächzen knirschend näher. Ich höre, wie sie die Lippen öffnet und Atem holt, bevor sie spricht, ein kurzer Atemzug, als wolle sie die Wörter aufblasen, bevor sie sie hastig herausläßt, alle auf einmal. Sie ist verlegen.

»Ich heiße Grazia, ich bin sechsundzwanzig Jahre alt, von mittlerer Körpergröße, dunkelhaarig, ich trage eine olivgrüne Bomberjacke und stehe vor Ihnen, Signor Martini.«

»Na und?«

Meine Mutter: »Simone!«

»Ich dachte, Sie wollten wissen, wie ich bin ... ich habe gesehen, daß Sie zur Seite geschaut haben, und deshalb ...«

»Ich schaue nirgendwo hin, Inspektor. Ich kann nicht schauen.«

»Simone!«

»Entschuldigen Sie. Ich dachte, Sie wollten, sagen wir ... mich in Augenschein nehmen.«

Ich lächle.

»Ach ja? Und womit?«

»Simone!«

Sie sagt nichts. Ich höre das Rascheln des synthetischen Stoffes, als würde sie sich umdrehen, und einen Augenblick lang denke ich, daß sie gehen will. Nein, ich *denke* nicht ... ich habe *Angst*, daß sie gehen will. Aber ich höre nicht das Ächzen ihrer Gummisohlen. Ihre Stimme hat nur die Richtung geändert.

»Würden Sie mich einen Moment mit Signor Martini allein lassen? Sie auch, Signora, danke.«

Raucheratem pfeift heftiger. Hundert Lire sagt: »Bitte, Signora, nur einen Augenblick.« Meine Mutter sagt: »Aber ...«, dann knirscht der Türgriff, und die Tür klemmt sich mit endgültigem Aufseufzen in den Rahmen. »Aber ...«, sagt meine Mutter noch einmal, fern,

auf der Treppe, »aber ...«

Wir sind allein. Vor mir knirschen die Rollen des Stuhls über den Fußboden. Das Kissen auf der Sitzfläche schnauft. Sie hat sich hingesetzt und muß sich nach vorn gebeugt haben, mit den Ellbogen auf den Knien vielleicht, denn ich spüre ihre Stimme nah an meinem Gesicht.

»Signor Martini ... darf ich Sie Simone nennen? Können wir uns duzen?«

»Nein.«

»Hör zu, Simone ...«

Warum kommt mir plötzlich diese Ahnung einer fernen, unfaßbaren Musik in den Sinn, wie eine leichte Falte im Stoff, die sich verflüchtigt, sobald ich sie zu berühren versuche? Es ist der Anfang von etwas, der Auftakt eines Stücks vielleicht, an das ich mich nicht erinnern kann.

»Ich weiß, ich sollte dich eigentlich um Entschuldigung bitten. Ich weiß, daß ich dir besser hätte zuhören sollen, als du mich angerufen hast, und daß, wenn ich auf dich gehört hätte, wir das Mädchen vielleicht gerettet hätten ... schön wär's. Aber damals war ich abgelenkt, ich hatte anderes im Kopf, und ehrlich gesagt habe ich kein bißchen von dem verstanden, was du mir erzählt hast.«

Es ist eine rasche Bewegung, zwei Noten, die sich verhaken und gleich wieder entschwinden, so schnell, daß ich sie nicht zu fassen bekomme. Was ist das nur? Es hat mit ihrem Geruch zu tun, ich habe es in Zusammenhang damit gehört. Ihr Geruch ist nicht angenehm. Es ist der Geruch von abgestandenem Rauch, der im kalten Jackenstoff hängengeblieben ist, säuerlich von Schweiß und leicht süß, wie von Blut, wie bei meiner Mutter an manchen Tagen. Diese Musik aber, diese Noten, die sich verhaken, sind nicht so. Sie sind anders. In dem Geruch, den ich wahrnehme, liegt mehr.

»Wie auch immer, es ist allein meine Schuld, und diese Sache werde ich mein Leben lang mit mir rumschleppen. Aber nicht jetzt, jetzt ist keine Zeit dafür. Jetzt ist da jemand, den wir finden und fangen müssen. Ich ... ich würde dir am liebsten das Foto dieses Mädchens zeigen ... das Foto, wie wir sie gefunden haben. Ich habe es mitgenommen, einfach so, aus Unachtsamkeit, ohne zu überlegen, daß für jemanden, der blind ist ...«

»Ich bin zwar blind, aber das heißt nicht, daß ich nicht *sehen* kann ...«

Sie seufzt. Einen Augenblick lang spüre ich noch ihren Atem auf dem Gesicht und höre wieder diese Musik, kurz und flüchtig. Sie ist wie ihr Atem auf meiner Haut, zuerst kühl auf Wangen und Lippen, und gleich darauf warm, aber immer noch weich.

»Hör zu, Simò, machen wir's so ... verbessere mich nicht dauernd. Ich weiß selbst, daß ich immer das Falsche sage. Wenn du willst, dann lerne ich, vielleicht bist du mein Lehrer ... aber nachher. Jetzt ist keine Zeit dafür. Da läuft ein Monster herum, das die Leute auf eine Weise umbringt, die du dir nicht mal vorstellen kannst. Wir haben ihn Leguan genannt, weil man fast den Eindruck hat, als würde er sich häuten, er hat jedesmal ein neues Gesicht, nur diesmal hat er kein Gesicht, denn das Mädchen, das er getötet hat, war noch bekleidet, und deshalb muß er mit jemand anderem fortgegangen sein. Wenn du willst, erkläre ich es dir, aber später ... jetzt ist keine Zeit dafür, Simò.«

Diese Noten. Ein Baß setzt ein, eine Gitarre, außerdem Gras, frisch gemähtes Gras.

»Der einzige, der den Leguan wiedererkennen könnte, bist du, weil du seine Stimme gehört hast, du hast selbst gesagt, daß du ihn gehört hast, und da du nun mal nichts seh ... okay, da du blind bist und deine Mutter mir erzählt hat, was du den ganzen Tag über mit dem Scanner treibst, haben Vittorio und ich gedacht ...«

»Wer ist Vittorio?«

»Mein Chef, Vittorio Poletto. Er ist Abteilungsleiter bei der AAGV, aber was das ist, erkläre ich dir später. In der Wohnung des Mädchens haben wir den Akku eines Handys gefunden, und wir glauben, daß der Leguan bald ein Handy benutzen wird, oder wieder eine Chatline. Wir glauben ... besser gesagt: wir hoffen, daß er noch einmal von einem Scanner wie deinem abgehört werden kann. Wir möchten, daß du solange am Scanner bleibst, bis du ihn wieder hörst, denn du bist der einzige, der ihn an der Stimme erkennen kann. Wir möchten, daß du uns hilfst. Aber wir haben nicht viel Zeit, also entweder du sagst ja oder du sagst nein. Aber jetzt gleich. Ja oder nein. Jetzt gleich.«

Sie hat sich nach vorn gebeugt. Ein kratzendes Aufseufzen, als die Stuhlrollen über den Boden schleifen. Jetzt, wo sie näher ist, kann ich ihren Geruch deutlich wahrnehmen, und plötzlich erinnere ich mich an die Musik. Es ist *Summertime*, aber nicht die majestätische, etwas traurige Version, die man normalerweise hört, sondern diese prickelnde, eigenartige aus einem Werbespot für ein Deodorant. Das ist nämlich der Geruch, der vom Rauch der Jacke und dem Süßsauer der Haut überdeckt wird, es ist der frische, etwas wilde Geruch eines Deos, das ich erst jetzt, als sie näherkommt, riechen kann. Es ist nicht wichtig, ob es das Deo aus der Werbung ist oder nicht, ob die Musik, der Name oder dieser prickelnde Sommermorgenduft etwas mit meiner Assoziation zu tun hat. Ich weiß, daß sie von heute an diese Musik sein wird, und daß mir jedesmal, wenn ich in Zukunft an sie denke und sie sprechen höre, diese Musik in den Sinn kommen wird. Und ich weiß, daß ich etwas vermissen würde, wenn ich sie nicht mehr hören könnte.

Und deshalb, obwohl ich Angst habe, obwohl ich eigentlich nicht möchte, presse ich die Lippen zusammen und nicke.

»Ja«, sage ich, »ja, in Ordnung. Ich werde euch helfen.«

Das dürre Klingeln der e-mail in Grazias Laptop. Eine Nachricht in Eudora, *from* v.poletto@mbox.vol.it. *to* g.negro@mbox.queen.it, Betreff: Leguan. Drei Dateien in attachment.
Den Cursor auf den Schriftzug OK im grauen Feld.

KLICK.

Ich ruf dich an, sobald ich aus Mailand zurück bin.
Schnapp ihn.
V.

Die erste Datei.

AUSSAGE VON DOTT. DON GIUSEPPE CARRARO, PSYCHOLOGE (AUSZUG).

»[...] Ohne hiermit anderen Verantwortung zuzuschieben, schicke ich zunächst voraus, daß ich jeglichen Vorwurf entschieden zurückweise, den Fall unterschätzt zu haben, besonders in Hinblick auf die bekannten späteren Ereignisse.
Als ich mich mit Alessio beschäftigte, war der Junge fast 14 Jahre alt, er hatte die Mittelschule am Pio Istituto abgeschlossen und es mit einem Stipendium für die Höhere Handelsschule verlassen. Er lebte bereits mehrere Monate im Studentenwohnheim, wo er mit zwei weiteren Stipendiaten des Istituto eine Wohnung teilte.
Anfangs gestaltete sich das Zusammenleben schwierig, so daß von Zeit zu Zeit mein Eingreifen als Psychologe und geistlicher Beistand des Wohnheims erforderlich wurde. Die anderen Jungen beklagten sich über Alessio, weil er ständig vor sich hin flüsterte und Musik in einer Lautstärke hörte, die selbst durch den Kopfhörer des tragbaren Kassettenrekorders hindurch unerträglich war.

Ich stellte Alessio zur Rede, und er erklärte, er flüstere, weil er das vom Gebeteaufsagen gewöhnt sei; ich löste das Problem, indem ich ihm vorschlug, leise zu beten. Was die Musik betrifft, so verbot ich sie ihm entschieden, weil ich um den schädlichen Einfluß weiß, den sie auf die Seele der Jungen ausübt (zahlreiche Studien in diesem Zusammenhang belegen, daß der sogenannte ›satanic rock‹ ein Werk des Teufels ist!!!)

Alles schien bereinigt, und mindestens ein Jahr lang verhielt Alessio sich normal, er lernte gewissenhaft, nahm jeden Sonntag an der Heiligen Messe teil und empfing regelmäßig die Kommunion.

Ich hatte keinerlei Anhaltspunkte, etwas von dem zu vermuten, was in der Folge geschah. In Gottes Namen, wie hätte ich so etwas ahnen können?«

Die zweite Datei.

POLIZEIPRÄSIDIUM BOLOGNA. FUNKBETRIEBSZENTRALE. BERICHT NR. 1234.

»[...] Der unterzeichnete Assistente Alfano, Nicola, Besatzungsführer von Wagen 3, sagt gemeinsam mit Agente De Zan, Michele, aus, daß er am 19.03.1986 um 21 Uhr gemäß der Anweisung der Einsatzzentrale in das Studentenwohnheim in der Via Boccaindosso Nr. 35 fuhr. Die Beamten folgten den Schreien und dem Lärm, der aus dem zweiten Stock kam, und drangen in Wohnung 17 ein, wo sie unverzüglich einem jungen Mann zu Hilfe eilten, der rücklings auf dem Fußboden lag. Nachdem er dessen Tod festgestellt hatte, ließ der Unterzeichnete den Agente De Zan zurück, der beim Anblick des o.g. jungen Mannes von plötzlicher Übelkeit befallen worden war, und begab sich wieder auf den Wohnungsflur. Am

Ende des Flurs fand der Unterzeichnete einen zweiten jungen Mann vor, der sich offensichtlich in Schockzustand unter einem Tisch versteckt hatte, und nachdem er die Dienstpistole gezogen hatte, drang er in die Küche der Wohnung ein, wo er die Festnahme eines

dritten jungen Mannes durchführte, der in der Folge als Crotti, Alessio, 15 Jahre, identifiziert wurde. Besagter Crotti war vollkommen nackt und hatte sich das Gesicht mit Senf eingerieben, den er dem geöffneten Kühlschrank entnommen hatte. Er brüllte und knurrte und war so außer sich vor Erregung, daß es nicht leicht war, ihn zu bändigen und ihm die Handschellen anzulegen.«

Die dritte Datei.

Er sucht eine Maske. Er zieht sich immer noch nackt aus und beschmiert sich das Gesicht wie ein Primitiver, weil er noch nicht weiß, daß er seine Maske gefunden hat, dank dieses unseligen Märzabends. Die Gewalt, mit der er auf die Provokationen der Studenten reagiert, weist ihm den Weg, und die Klapse bietet ihm die Gelegenheit.

Weißt du, was dann geschieht, Kleines?

Der Leguan wird zur Zwangsverwahrung in die Psychiatrie eingewiesen, und dort nimmt man die Fingerabdrücke, die du gefunden hast. Er bleibt drei Jahre in der geschlossenen Abteilung, wo man ihn mit 50 ml Haloperidol Decanoat alle 14 Tage behandelt. In der Zwischenzeit unterzieht man ihn einer Reihe von Tests, versetzt ihn in Hypnose und versucht herauszufinden, was mit ihm los ist. Bis Gebäude 4 in die Luft geht und ihn von jener Identität befreit, vor der er zu fliehen versucht.

Bumm! Alessio Crotti gibt es nicht mehr.

Jetzt ist er wirklich nackt.

Jetzt braucht er eine neue Identität.

Eine neue Maske.

Jetzt ist er der Leguan.

Und aus diesem Grund tötet er die Leute. Mehr noch: Er zerfleischt sie, macht Hackfleisch aus ihnen, zerstört sie. Er vernichtet sie. Er zieht sie nackt aus, zieht sich nackt aus und nimmt ihr Äußeres an, wie eine zweite Haut.

Aber warum? Wovor läuft er davon? Wenn er ganz allein ist, zusammengekrümmt wie ein Fötus und in diese Musik versunken, die ihn wie eine Fruchtblase umfängt, woran denkt er dann? Wovor hat er Angst?

Schnapp ihn, Kleines.

Schnapp ihn, Kleines.

Die Piazza Verdi in Bologna ist ein rechteckiger Platz auf halbem Wege der Via Zamboni, der Universitätsstraße. Folgt man ihr, dann machen die Arkaden einen Bogen, schwenken langsam nach links, und an dieser Stelle öffnet sich der Platz, auf dem fünf Straße zusammentreffen, so gerade wie die Strahlen einer Kindersonne, gestochen, unregelmäßig und ebenfalls von Arkaden gesäumt. Selbst an Aprilnachmittagen bleibt es unter den Arkaden von Bologna kühl, weil die Frühlingssonne nicht bis dorthin dringt, die Arkaden liegen im Schatten, und manchmal, wenn die Sonne ganz verschwindet, herrscht Dunkel.

Schnapp ihn.

Grazia mochte die Arkaden nicht. Langsam ging sie zwischen den Ständen auf und ab, die die Ecke der Piazza zwischen dem Gebäude der Studentenmensa und dem heruntergelassenen Rolladen der Universitätskooperative einnahmen und Bücher zum halben Preis anboten. Die Abdeckplanen der Büchertische, die so weiß waren wie Zelte in der Sahara, warfen die gleißende Frühlingssonne zurück, und Grazia hatte sich die Bomberjacke ausgezogen und vorsichtig um die Hüften geknotet, damit man die Pistole nicht sah.

Schnapp ihn, Kleines.

Grazia lächelte sarkastisch, wobei sie die Unterlippe zwischen die Zähne klemmte und von innen Hautfetzen abschabte. Dann warf sie das Buch, das sie wahllos herausgegriffen hatte, so wütend auf den Tisch zurück, daß der Verkäufer sich vorbeugte und nach dem Titel sah.

Diese Stadt, hatte Matera zu ihr gesagt, ist nicht wie die anderen. Zuvor, als sie im Auto unterwegs waren, um eine frühere Mitbewohnerin der ermordeten Studentin zu suchen, hatte Matera mit den Fingerknöcheln gegen das Seitenfenster geklopft und mit dem Kopf nach draußen gedeutet. Diese Stadt, hatte er gesagt, ist nicht das, was sie zu sein scheint. Sie sagen, sie sei klein, weil Sie an den Teil innerhalb der Stadtmauern denken, der nicht viel mehr ist als eine Kleinstadt, aber Sie kennen die Stadt nicht, Inspektor, Sie haben nicht die leiseste Ahnung. Das, was Sie Bologna nennen, ist ein riesiges Gebilde, das von Parma bis nach Cattolica reicht, eine ganze Region entlang der Via Emilia, wo die Leute in Modena wohnen, in Bologna arbeiten und abends zum Tanzen nach Rimini fahren. Eine komplexe Metropole mit einer Fläche von zweitausend Quadratkilometern und zwei Millionen Einwohnern, die sich mit atemberaubender Geschwindigkeit vom Meer bis zum Apennin ausbreitet und kein echtes Zentrum hat, nur eine verschwommene Peripherie, die Ferrara, Imola, Ravenna oder Riviera heißt.

Die Freundin des getöteten Mädchens wohnte in einem der besetzten Häuser in der Via del Lazzaretto. Sara: dreiundzwanzig Jahre alt, kurze, rosa Haare, ein Ohr von einer Reihe dünner, kleiner Ringe durchbohrt, die Arme in die Ärmel des großkarierten Hemdes zurückgezogen, die Finger um die Manschetten gehakt, kaum sichtbar. Übernervös: hin und her in der Wohnung, die wie eine stinknormale Sozialwohnung aussah. Nein: mit Rita wohnte sie schon länger nicht mehr zusammen. Geld: solange sie Neuere Literatur studierte, hatte ihr Vater einen Scheck aus Neapel geschickt, dann hatte sie es geschmissen, und das war's dann mit der Kohle. Vor vier Monaten: ciao, Rita, ich kann in einem besetzten Haus in der Via del Pratello unterkommen, kostet mich keinen Pfennig, dann, als die Stadtverwaltung das Haus räumen ließ, war sie mit den anderen in die Via del Lazzaretto umgezogen. Vorher hatte sie Rita allerdings noch eine Freundin als Mitbewohnerin vermittelt.

Im April ändert sich das Licht rasch, wenn die Sonne untergeht. Die Schatten unter den Arkaden werden rot, fast fleckig, zerteilt von gelben Strahlen, die waagerecht in die Gewölbe einfallen und flink über die Mauern gleiten, und wenn man starr auf das Ende der Säulenreihe blickt, leuchten sie blutrot in den Augenwinkeln. Wenn die Sonne hinter den Dächern verschwindet und tiefhängende Wolken das Licht zu einem fahlen Violett filtern, werden die Schatten unter den Arkaden erst grau, ein metallisches Grau, und dann azurblau, ein eisenhaltiges Azur, verchromt und fast dunkelblau. Rasch wie das Licht verändert sich auch die Piazza Verdi, und um Viertel nach sieben sieht sie schon vollkommen anders aus als noch um sieben. Das fiel Grazia auf, als sie an der Universitätsbibliothek vorbeiging. Der Hausmeister schloß gerade geräuschvoll die Tür ab und warf ihr einen bösen Blick zu, weil sie neben ihm stehengeblieben war und einen Fuß auf die Stufe gesetzt hatte, als ob sie hinein wollte. Aber sie wollte sich nur den Schuh zubinden, und sobald sie den Kopf hob, sah sie, daß unter den Arkaden, zwischen den kreuz und quer mit Konzertplakaten beklebten Mauern, den Säulen mit arabischen Kritzeleien und dem mit zusammengeknüllten Handzetteln der Copy-Shops übersäten Boden kein Student mehr zu sehen war, und auch der Fixer, der vor dem Stadttheater um Kleingeld bettelte, hatte die Hände in die Jackentaschen gesteckt und sich auf die Treppe des Theaters gesetzt.

Diese Stadt, hatte Matera gesagt, ist nicht wie die anderen. Sie ist nämlich nicht nur groß, sondern auch kompliziert. Und voller Gegensätze. Geht man zu Fuß, scheint Bologna nur aus Arkaden und

Plätzen zu bestehen, fliegt man aber mit einem Hubschrauber darüber, wirkt es durch die Innenhöfe, die man von außen nicht sieht, grün wie ein Wald. Und wenn man mit einem Boot darunter her fährt, ist es voller Wasser und Kanäle wie Venedig. Arktische Kälte

im Winter und tropische Hitze im Sommer. Rote Stadtverwaltung und schwerreiche Genossenschaften. Statt sich gegenseitig über den Haufen zu schießen, waschen die vier verschiedenen Mafias lieber die Drogengelder aus ganz Italien. Tortellini und Satanisten. Diese Stadt ist nicht das, was sie zu sein scheint, Inspektor, eine Hälfte der Stadt liegt stets im Verborgenen.

Die neue Mitbewohnerin des toten Mädchens: Stefania, fünfundzwanzig Jahre alt, dunkelblauer Pullover und weiße Bluse mit Spitzenkragen, perlenbesetzte Brosche und goldener Ehering, glattes, blondes Haar, Wirtschaftswissenschaften. Nein, sehen Sie, nach ein paar Tagen, da wußte ich schon, daß das Zusammenleben schwierig wird. Die: flippte jedesmal aus, wenn mein Handy klingelte. Ich: den ganzen Tag Buddha und New Age lasse ich ja noch durchgehen, finde ich auch gut, weil es entspannt, aber ständig dieser Weihrauch, das machte mich wahnsinnig. Die: hing immer am Computer und suchte eine verwandte Seele im Internet, war so eine, die sich umbringen würde, wenn ein Komet vorbeikommt. Ich: in einer Woche fahre ich nach London, um mit einem Erasmusstipendium meinen Master in Marketing zu machen. Die Wohnung, in der sie jetzt lebte, hatte sie über eine Anzeige am Schwarzen Brett gefunden: umgebautes Gästehaus, nur als Studiergelegenheit, aber wer überprüft das schon, zwei Zimmer mit Küche und Bad, zwei Millionen achthunderttausend im Monat, auf vier Mädchen verteilt, alle aus Pesaro, alle Wirtschaftswissenschaften.

Das einzige Problem: wenn's klingelte, herauszufinden, wessen Handy es war.

Schnapp ihn.

Unter den Arkaden setzte Grazia sich zwischen zwei Säulen auf den Steinboden und ließ die Beine baumeln. Die Straße senkte sich dort so sehr ab, daß Grazia mit der Schuhspitze kaum den Asphalt erreichte. Sie wollte gerade die Arme auf die Knie stützen und sich vorbeugen, aber dann fiel ihr ein, daß hinten im Gürtel ja die Pistole steckte, und sie richtete sich wieder auf, damit die Waffe nicht unter der Bomberjacke hervorschaute. Sie drehte sich nach dem Fixer um, der auf den Stufen des Stadttheaters saß, aber er schien zu sehr damit beschäftigt, die Riemen eines Schlafsacks zu lösen, als daß er etwas mitbekommen hätte.

Schnapp ihn.

Schnapp ihn, Kleines.

Mist.

Diese Stadt, hatte Matera gesagt, ist nicht wie die anderen. Wissen Sie, Inspektor, Sie sagen: ›Die Universität, sehen wir uns mal in der Uni um, suchen wir unter den Studenten, durchstöbern wir ihre Bars, die Wohnheime, die Mensen‹ ... die Universität, Inspektor Negro? Die Universität? Das ist eine Parallelstadt, über die man noch weniger weiß. Studenten, die aus ganz Italien kommen und gehen, die Seminare schmeißen und plötzlich wieder hingehen, die bei Freunden und Verwandten schlafen, die untervermieten, aber immer schwarz und ohne Quittung und Ausweis. Wissen Sie eigentlich, daß es hier in den siebziger Jahren von Terroristen nur so wimmelte, die haben sich alle in Bologna versteckt, und wissen Sie warum? Weil in jeder x-beliebigen Stadt ein komischer Typ mit komischem Akzent, der zu allen möglichen Tages- und Nachtzeiten im Haus ein- und ausgeht und den man nicht kennt, bei dem man nicht weiß, was er macht und wovon er lebt, und der mal verschwindet und mal wieder auftaucht, weil so ein Typ in jeder ande-

ren Stadt auffallen würde, in jeder Stadt, nur nicht in Bologna. In Bologna gehört das zum Steckbrief des Durchschnittsstudenten. Die Universität, sagen Sie, Inspektor? Die Universität ist eine Stadt im Verborgenen.

Stefania, zuvor, als sie schon wieder im Treppenhaus waren: jetzt fällt's mir wieder ein, da war ein großer, magerer Typ mit tausend Ringen, Gott, war das widerlich, bei dem war ich sogar mal zu Hause. Via Altaseta vier: oberstes Stockwerk. Nicola: siebenundzwanzig Jahre, klein, mollig, Anatomie II aufgeschlagen auf dem Küchentisch. Kein Piercing: nein, tut mir leid, aber damit habe ich nichts zu tun, ich bin hier nur vorübergehend. Diese Bude: hat mir ein Freund überlassen, solange ich mich aufs Examen vorbereite, denn wenn ich nicht durchkomme, muß ich zum Militär, und dann brauche ich mir in Bologna auch keine Wohnung zu suchen. Mein Freund: ist eigentlich gar kein Freund von mir, eher der Freund eines Freundes, den ich nur bei der Schlüsselübergabe gesehen habe. Ja: er ist groß, überall Ringe. Ja: mein Freund hat von ihm erzählt. Ja: er hat mir erzählt, wie er genannt wird. Luther Blissett. Was das heißen soll: Sie wissen nicht, was Luther Blissett ist? Luther Blissett ist ein Kollektivname, den alle benutzen, die Leute machen was und unterschreiben dann mit diesem Namen, Künstler und Hacker und so. Eine praktische Identität: Wer Luther Blissett sagt, sagt so gut wie nichts.

Grazia sprang von dem Sockel auf und klopfte den Staub von der Hose. Hinter der Ecke des Theaters, wo die Straße sich zu einer betonierten Freifläche weitet, waren Matera und Sarrina zum Vorschein gekommen. Zwischen ihnen ging Rahim, einundzwanzig Jahre, Tunesier, Illegaler und Dealer, den sie ohne Grazia hinter den Graffitis der Stadtmauer ausgequetscht hatten, damit er vor einem Bullen, den er nicht kannte, nicht einen auf stumm machte. Ungeduldig hatte Grazia die ganze Zeit allein gewartet, und als Sarrina nun zu ihr hin sah und den Kopf schüttelte, stöhnte sie vor Enttäuschung auf, während Matera Rahim fixierte, mit ausgestrecktem Finger vor seinem Gesicht herumfuchtelte und jenen Blick aufsetzte, den Polizisten aufsetzen, wenn sie keine Fragen mehr haben, weil sie schon alles gefragt haben, aber trotzdem noch etwas herauskriegen wollen.

Wenn die Sonne untergeht, wenn sie endgültig hinter den Häusern verschwindet und so tief steht, daß sie unter die Erde gerutscht scheint, dann gehen auf der Piazza Verdi die Straßenlaternen an. Solange sie sich aufheizen, solange sie noch lauwarm sind, fahl und blaß, bleibt das Licht oben, als ob es an den Glaskolben festklebt, und fällt nicht in die Arkaden, wo die Schatten dunkler sind als jeder andere Schatten und die Gewölbe schwarz.

Hören Sie auf mich, Inspektor, hatte Matera zu ihr gesagt. Diese Stadt ist nicht wie die anderen.

Der Tonfall der Veneter sei *singend*, sagt man, und das stimmt auch, weil ihre Stimmen sich heben und senken, als folgten sie dem Rhythmus eines Liedes. Auf und ab, auf und ab über den ganzen Satz, der oben in der Kehle entspringt und sich einen Weg durch die

Nase bahnt, beiläufig wie eine Melodie, die man gedankenverloren vor sich hin summt. Dann scheinen sie sich plötzlich wieder an den Rhythmus zu erinnern, der Satz bricht ab und macht sozusagen einen Schlenker zurück.

»Ma va' in mona! Lo sapevi che la macchina me serve perché xe lo sciopero dei treni e allora io come ghe torno a ca'?« »Verdammter Mist! Du hast doch gewußt, daß ich das Auto brauche, weil die Bahn streikt, und wie komme ich jetzt nach Hause?«

Der Tonfall der Lombarden, der aus Bergamo zum Beispiel, sei *umkehrend*, sagt man, weil ihre Sätze zwar auch in einem Schlenker enden, aber knapper und härter. Man hat wirklich den Eindruck, als machten sie mittendrin kehrt, rasch und fast mit voller Stimme beginnen sie den Satz, betonen dann aber die vorletzte Silbe und biegen sie nach oben, so daß der Rest verpufft.

»Sentí! La macchina mi servi-iva a mè e allora? E vienici anche te a sentire i Soundgaarden, no?« »Hör zu! Ich hab das Auto halt gebraucht, na und? Wieso kommst du nicht mit zu Soundgarden?«

Der Tonfall der Emilianer sei *gleitend*, sagt man, weil sich bei ihnen die Stimme auf den Vokalen öffnet, als ob sie darübergleitet, sie auswalzt und von innen heraus dehnt, als würde man den Finger in weichem Kuchenteig kreisen lassen. Wenn sie aus Parma sind, dann rollen sie das R, und wenn sie aus Modena oder Carpi sind, dann hacken sie manchmal das O der letzten Silbe ab, kurz und hart.

»Eh, soccia che marraaglio ... adesso mi chieedi i biglietti per i Soundgaaarrrden? Eh, fiiga!« »Jetzt hör dir den an ... soll ich jetzt auch noch die Karten besorgen? Na toll!«

Der Tonfall der Ligurer sei *strömend*, sagt man, weil sie am Satzanfang häufig stocken, als wollten sie Atem holen, dann aber losbrechen. Eins ans andere geklebt sprudeln die Wörter nur so hervor, als versuchten sie einander zu fangen, bis die Stimme dann schlagartig innehält und sich auf dem letzten Vokal in zwei Noten hebt und senkt.

»Eh belín! E devochiederallaradioibibliettiancheperté-e?« »Mein lieber Mann! Ja, soll ich etwa wegen deinen Karten noch mal beim Radio anrufen?«

Der Tonfall der Römer sei *abgehackt*, sagt man, und das stimmt auch, sie schneiden die Wörter ab. Manchmal dehnen sie sie aber auch, ziehen sie sich wie Fäden aus dem Mund. *»A Marcooo! Che stai a dí? La macchina 'ndo' stà?«* »He Marco! Was ist? Wo steht das Auto überhaupt?«, wie ein Stöckchen, das zerbricht, aber noch durch einen Splitter oder eine Rindenfaser verbunden bleibt.

Singend, abgehackt, gleitend kommen die Stimmen der Stadt aus den Lautsprechern meines Scanners und umschwirren mich, vermischen sich, verbinden sich und laufen an mir herunter wie Wasser, das durch die Finger in den Abfluß gurgelt. Und ich bin mittendrin, auf meinem Stuhl mit den Rollen, und drehe mich um mich selbst, umgeben von Wörtern, immer schneller und schneller und schneller.

Das letzte Blatt ist ein A4-Vordruck mit weißen und grauen Zeilen, an den Rändern gezacktes Endlospapier. Oben aufgedruckt das Wappen der Republik Italien.

Darunter, von den ungestümen Spitzen eines Nadeldruckers durchbohrt: BEFRAGUNG DES VERDÄCHTIGEN DEIANNA, LORENZO (ABSCHRIFT).

Quer darüber Vittorios Handschrift: *bingo!*

STAATSANWÄLTIN MONTI: Eins, zwei, drei, Test ... eins, zwei, drei, Test ... funktioniert das Gerät? Können wir anfangen? Also, am 17. März 1997 ist vor uns, der Staatsanwältin von Bologna Patrizia Monti und dem Kriminalhauptkommissar Vittorio Poletto erschienen Deianna, Lorenzo, 35 Jahre, gegen den unter anderem ermittelt wird wegen sexuellen Mißbrauchs Minderjähriger ...

DEIANNA: He, Moment mal! Wir hatten doch abgemacht, daß der sexuelle Mißbrauch Minderjähriger nicht mehr existiert!

DONTI: Bitte, Signor Deianna ... wir müssen die Form wahren. Warten Sie, bis ich damit fertig bin, dann können wir uns darüber unterhalten, welche Straftaten existieren und welche nicht. Also, ich fahre fort ... sexueller Mißbrauch Minderjähriger, Zuhälterei, unsittliche Handlungen in der Öffentlichkeit, Tierquälerei und Entweihung sakraler Gegenstände. Ich weise Sie in aller Form darauf hin, daß Sie das Recht haben, die Aussage zu verweigern. Beabsichtigen Sie, von diesem Recht Gebrauch zu machen, Signor Deianna?

DEIANNA: Ich? Natürlich nicht. Deswegen bin ich doch hier. Wir sind uns doch einig, nicht?

MONTI: Einig ist nicht das richtige Wort, Signor Deianna. Sagen wir, wir erledigen hier die Präliminarien, um Ihren Antrag auf Kronzeugenstatus zu prüfen ...

HAUPTKOMMISSAR POLETTO: Entschuldigen Sie, Dottoressa ... könnten wir nicht zur Sache kommen? Ich habe nicht viel Zeit ...

MONTI: Schauen Sie, Herr Kommissar, es handelt sich hier um ein Verfahren, an das wir uns unbedingt ...

DEIANNA: Also, diesen Typ habe ich vielleicht dreimal gesehen. Das erstemal wird so im September '94 gewesen sein. Er sagte, daß er sich für Satanismus interessiert, aber es war sonnenklar, daß er keinen blassen Schimmer davon hatte. Das war so einer, der sich in Sekten rumtreibt. *Zeugen Jehovas, Sai Baba* ...

POLETTO: Wie, sagte er, hieß er?

DEIANNA: Weiß ich nicht mehr. Irgendein Name. Jedenfalls kommt er ein paar Monate später wieder und sagt, daß er bei einer Schwarzen Messe dabeisein will. Weil er Satan um was bitten will. Wir verlangen eine halbe Million als Gebühr, und er läßt einen Vorschuß von hunderttausend für eine rituelle Reinigung da. Zwei Nächte drauf sind wir in Armarolo di Budrio, in so einem abgelegenen Haus, mit fünf, sechs anderen Eingeweihten, die für eine Messe mit Jungfrau und sexuellem Ritus geblecht haben, aber der Typ läßt sich nicht blicken. Herr Richter, ich hab nicht gewußt, daß das Mädchen minderjährig war, und ich schwöre, ich hab die Kleine nicht angefaßt!

MONTI: Signor Deianna, das Mädchen behauptet steif und fest, daß sie unter Drogen gesetzt wurde und daß Sie ...

POLETTO: Was wollte er von Satan?

DEIANNA: Wie bitte?

POLETTO: Der Typ. Er wollte Satan um etwas bitten. Um was?

DEIANNA: Ach so ... na, wissen Sie, das habe ich selbst nicht kapiert. Ziemlich komisch, das Ganze. *Er wollte ihn bitten, daß er doch aufhören soll, die Glocken zu läuten.*

118 Vittorio. In Blockschrift, senkrecht am Papierrand entlang:
SAI BABA, ZEUGEN JEHOVAS ...
UND DIE GLOCKEN. ER WILL, DASS SATAN AUFHÖRT, DIE GLOCKEN ZU LÄUTEN.

Vittorio. Auf der Rückseite des Blattes. Hastige, schräge Buchstaben, aber kleiner und gedrängter. Die Zeilen knicken leicht nach unten weg, schief, verblaßt an den Stellen, wo die Handkante sich beim Schreiben zu lange auf den dicken Filzstiftstrichen abgestützt hat. Hier und da ein durchgestrichenes Wort.

Davor flieht er also. Davor hat er also Angst. Was er hört, was er mit dem Kopfhörer zu überdecken versucht und was er, wenn er allein ist, vor sich hin flüstert wie einer, dem eine Melodie nicht mehr aus dem Kopf geht, sind die GLOCKEN.
DIE SATANSGLOCKEN.
Und weißt du, was es mit den Glocken auf sich hat, Inspektor? Weißt du, wofür diese Höhle, in die ein Klöppel eingeführt wird, in der Psychologie steht, weißt du, was dieser wellenartige Rhythmus, dieses DONG DONG DONG *der Glocken bedeutet? (Du bist rot geworden, Kleines, ich weiß es.)*
Es sind die Glocken der Sünde, des TODES, *es sind die Glocken der Hölle, die dich erwarten, wenn du stirbst.*
Unser Leguan mag nicht in die Hölle, und deshalb versucht er ihr aus dem

Weg zu gehen, er versucht, der Verabredung mit den Glocken aus dem Weg zu gehen.
Und weißt du, wie, Kleines?
DURCH REINKARNATION.
Der Leguan treibt sich in Sekten herum, aber nur in solchen, die in irgendeiner Form an REINKARNATION *glauben. Und genau das tut er, nachdem er die Leute getötet hat, er schlüpft in einen anderen Körper, und zwar auf seine Weise, schneller und ohne eine ganze Lebensspanne abzuwarten. Er zieht sich nackt aus und malt sich eine Maske aus Kreisen aufs Gesicht, wie eine Maori-Tätowierung. Er häutet sich wie ein Leguan von den Galapagos-Inseln. Ein primitiver Wilder, ein Dinosaurier, ein Drache, der bereit ist, eine höhere Entwicklungsstufe zu erreichen (höher?).*
Die Opfer werden immer jünger, weil der Leguan sich dem Altern verweigert, er verweigert die sexuelle Reifung, weil sie ihm Angst einjagt, er verweigert den TOD. *Er will* UNSTERBLICH *sein.*
Vielleicht versucht er auch nur, auf andere Weise erwachsen zu werden.

Weiter unten, an den gezahnten Blattrand gequetscht. Mit Kugelschreiber. Rot.
Ist das nicht lächerlich, Inspektor Negro?
Wir wissen alles, aber das nützt uns gar nichts.
Wer ist er jetzt?
Was tut er gerade?
Wie sieht er aus?

Bitte, Glocken, läutet nicht so laut, ausgerechnet jetzt, wo ich den Kopfhörer absetzen muß.
Bitte, Glocken, bitte.
Nein?

Dann drehe ich eben die Anlage auf dem Regalbrett auf, und es ist mir völlig egal, ob mir die Lautsprechermembranen um die Ohren fliegen. Nine Inch Nails, *Mr. Self Destruct*.

Da ist ein Hammer, ein Hammer aus Stahl, so laut, als wollte er etwas in die Wand rammen, langsam zuerst, ein Schlag nach dem anderen, dann immer schneller. Auf jeden Schlag antwortet ein platschendes Dröhnen, als würde wirklich ein Hammer auf die Bodenfliesen einschlagen, auf denen das Wasser steht. Dann explodiert die Musik in einem verzerrten Krächzen, als würden tausend wild gewordene Fingernägel die beschlagene Decke zerkratzen und dabei auf den glänzenden Kacheln dieses Badezimmers Teller zerdeppern, und mittendrin, in dem chaotischen Wirrwarr der Töne, flüstert eine warme, lächelnde Stimme.

I am the voice inside your head, I am the lover in your bed, I am the sex that you provide, I am the hate you try to hide ... and I control you. Ich bin die Stimme in deinem Kopf, ich bin der Liebhaber in deinem Bett, ich bin der Sex, den du dir besorgst, ich bin der Haß, den du zu verbergen versuchst ... und ich habe dich in der Gewalt.

Ich lege eine Hand auf den beschlagenen Spiegel und bewege sie im Kreis, bis ich ein Loch soweit freigewischt habe, daß ich mich sehen kann. Ich halte mein Gesicht davor, bevor das heiße Wasser, das in Badewanne, Waschbecken und Dusche läuft, das Loch wieder mit dichtem, zartem Schleier bedeckt. Das Blut auf meinem Kopf ist geronnen, und wenn ich mit den Nägeln daran kratze, geht der Schorf ab, die Haut darunter ist nur leicht gerötet. Die Krusten auf Brust und Schenkeln sind noch zu frisch, also berühre ich sie nicht. Die zwischen den Beinen schmerzen. Die Klinge war alt, und außerdem rasiere ich mich sonst nie kahl.

Nine Inch Nails, *Heresy*.

Der Hammer, der auf das Wasser einschlägt, ist immer noch da, genauso wie die Stimme, die durch den aufgerissenen Mund brüllt, als ob die Wörter direkt aus der Kehle kämen. *Your God is dead and no one cares, if there is a hell I will see you there.* Dein Gott ist tot und keinen schert's, wenn es eine Hölle gibt, sehen wir uns da.

Dong, dong, dong. ... leise, Glocken, seid doch leise.

Ich fahre mit der Hand über das Spiegelglas, das jetzt wieder beschlagen ist, ich gehe noch näher heran und drehe den Kopf von einer Seite zur anderen. Die Nadeln, die ich mir durch die Ohrläppchen gebohrt habe, die, die ich durch die Augenbrauen und ein Nasenloch gesteckt habe, tun weh, aber nicht sehr. Ich habe nichts anderes in der Wohnung gefunden, aber ich konnte mir die Löcher doch nicht direkt mit den Ringen durchstechen, denn die Ringe sind ganz dünn und dringen nicht tief genug ein. Aber jetzt, wo die Nadeln erst mal drin sind, ist es gut, also drücke ich mit zwei Fingern die Haut an einer Augenbraue zusammen, hebe sie an und ziehe sie nach vorn, aua, dann ziehe ich eine Nadel heraus, aua, biege einen Ring auseinander und stecke das eine Ende in das Loch, drücke nach unten, aua!, ich drehe und passe auf, daß ich nicht mit den Lidern zucke oder die Stirn runzele, obwohl es verdammt brennt, denn sonst ist es noch schmerzhafter. Runde, rote Tropfen fallen in das heiße Wasser im Waschbecken, lösen sich auf und verblassen, bevor sie rasch über den Rand aus weißen Kacheln gleiten.

Dasselbe mache ich mit der anderen Augenbraue, aua, es ist schwieriger, weil es das linke ist und ich ziemlich fertig bin. Es tut weh, sehr weh, fast als würde der Ring über den Knochen schaben, aber ich drücke fester, mein Handgelenk zittert vor Schmerz und Anspannung, ICH DRÜCKE FESTER, und der Ring geht durch. Bei den Ohren geht es leichter, und bei der Nase spüre ich praktisch nichts mehr.

Kaltes Wasser in das Feuer auf meinem Gesicht. Ich drehe dem Spiegel den Rücken zu und lehne mich mit nacktem Hintern gegen das Waschbecken. Beim letzten Loch muß ich mich nicht im Spiegel sehen. Er ist dort vorne, wenn ich nach unten zwischen die Beine schaue, kann ich ihn sehen. Er pulsiert, rot und geschwollen, krümmt sich wie ein Fisch auf einem Bratenspieß.

Nine Inch Nails, *I Do Not Want This.*

Die Stimme schreit von unten, aus dem Wasser heraus, aus der Haut, reißt unter einer Zellophanmembran, die ihr Gesicht zusammenschnürt, den Mund auf und schreit. *Don't you tell me how I feel, you don't know just how I feel* ... sag mir nicht, wie ich mich fühle, du weißt überhaupt nicht, wie ich mich fühle ...

Da unten tut es weh. TUT WEH. TUT WEH!

Zusammengekrümmt knie ich auf dem Fußboden und keuche wegen der Schmerzen in meinem Bauch. Vorher, als ich mir die brennende Zigarette auf der Hüfte ausgedrückt habe, tat es nicht so weh. Bei dem Geruch der brennenden Haut, dem Zischen des Fleisches mußte ich die Augen zukneifen, aber es hat nicht so wehgetan. Das Wasser auf den Fliesen ist eiskalt und jagt mir eine Gänsehaut über die Beine. Es steht mindestens fingerhoch, aber ich lasse die Wasserhähne trotzdem auf, damit der kochend heiße Dampf das Zimmer erfüllt und mich wärmt, denn wie immer, wenn ich in einen neuen Körper schlüpfe, bin ich nackt und friere.

Dong, dong, dong ...

Vom Regalbrett über dem Waschbecken drängt sich das Klingeln des Handys zwischen die Glocken und kratzt mich im Genick wie ein dünner Fingernagel. Ich hebe die Hand und nehme es.

»Ja?«

»Hier ist Paola. Bist du's, Vopo?«

»Ja.«

»Deine Stimme klingt so komisch ... was ist denn das für ein Chaos? Hörst du Radio unter der Dusche?«

»Mehr oder weniger.«

»Wie bist du denn drauf ... bist du stoned? Hör mal, wir gehen heute abend ins Teatro Alternativo. Mauro macht bei so einer Jazz-Geschichte mit. Kommst du mit?«

»Ja, ich komme.«

»Kommst du auch wirklich? Denkst du dran?«

»Ja. Heute abend. Teatro Alternativo. Okay.«

Nine Inch Nails, *Reptile.*

Angels bleed from the tainted touch of my caress, need to contaminate to alleviate this loneliness ... my desease, my infection, I am so impure ...

Die Engel bluten bei meiner unreinen Liebkosung, ich muß mich besudeln, um diese Einsamkeit zu lindern ... meine Krankheit, meine Infektion, ich bin so unrein ...

Ich lege das Telefon auf das Regalbrett zurück, fahre mit beiden Händen über den Spiegel und betrachte mich, bis der Dampf mich nach und nach auslöscht. Das Tier, das in mir ist, rast unter der Haut. Es kreist um den Nabel und läßt den Bauch anschwellen, der sich dehnt und vorschiebt, dann steigt es höher und rast in der Kehle und unter der Gesichtshaut, die sich über den Jochbeinen hebt und unter den Augen zu bläulichen Ringen verdichtet. Es drückt gegen die Lippen, die gekräuselt vorstehen, wenn ich den Mund jetzt öffnen würde, denke ich, würde ich es vielleicht sehen, das Tier, das ich in mir habe, ich würde es im Spiegel sehen, aber ich habe Angst und tue es nicht. Mit einem dumpfen Ton schlucke ich es runter, hinunter in die Kehle, und ich atme die Luft, die kalt ist vom Wasser und heiß vom Dampf.

Ich muß mir das Foto auf dem Personalausweis ansehen, den ich im Spiegelrahmen festgeklemmt habe, obwohl es klein ist und man nicht viel erkennt. Der andere schwimmt zwar dort in der überlaufenden Badewanne, Arme und Beine hängen schon über den Rand, aber er hat kein Gesicht mehr. Dafür sind der kahle Kopf, die Tränensäcke und die fleischigen Lippen deutlich auf dem Personalausweis zu erkennen, und wo die Ringe saßen, die ich ihm ausgerissen habe, daran erinnere ich mich halbwegs. Die kahle Brust und die haarlosen Beine dagegen sind noch gut zu sehen, genauso wie die runde Narbe an seiner Hüfte.

Ich kann gerade noch einen Blick auf mich werfen, bevor der Dampf den Spiegel vollkommen beschlägt.

Wir sind gleich.

Nur die Glocken, *dong, dong, dong …* die Glocken höre ich noch immer.

Von draußen, von der Treppe aus, hörte Simones Mansarde sich an wie ein Dorfplatz, wenn Markttag ist. Stimmen, Klänge und Geräusche überlagerten sich unterschiedslos, überdeckten und vermischten sich. Durch die geschlossene Tür war nur ein Gebrumme zu hören, aber leise, wie gedämpft, so daß Grazia einen Augenblick lang dachte, sie habe eine Straße vor sich, eine unsichtbare Straße allerdings, auf der alles, Menschen, Autos, Mofas, Hintergrundmusik und Sirenen, leise brauste. Und doch war es nur ein Zimmer, Simones Mansarde, ein längliches Viereck mit vorstehenden Dachbalken über einem Sofa und drei kleinen, aufs Dach gehenden Fenstern. Auf dem Plattenteller Chet Baker, ganz leise, fast wie ein Windhauch, *Almost Blue*. Die Ellbogen auf den Tisch und das Kinn in die Hände gestützt, saß Simone fast auf der Kante des Drehstuhls. Dazu acht Scanner, allesamt eingeschaltet, allesamt in Aktion, alle auf weniger als ein Drittel der Lautstärke eingestellt.

Als Grazia hereinkam, summte Simone gerade vor sich hin, mit geschlossenem Mund. Aber nicht *Almost Blue*.

Summertime.

»Was ist los ... bist du glücklich?«

»Nein.«

Simone löste sich vom Tisch, stemmte die Hände auf die Armstützen und lehnte sich steif nach hinten. Er stellte die Füße auf den Boden und begann sich langsam, aber beharrlich hin und her zu wiegen. Grazia lächelte, als sie die Röte in seinem Gesicht bemerkte.

»Also nicht«, sagte sie. »Ich auch nicht. Ich bin wie eine Verrückte durch ganz Bologna gerannt, ohne daß etwas dabei herumgekommen wäre. Ich bin müde. Macht's dir was aus, wenn ich ein bißchen zusehe, was du so treibst? Nicht, daß du unsere einzige Hoffnung wärst, aber ...«

Simone straffte die Schultern, beugte sich vor und ging mit dem Gesicht nah an die Scanner auf dem Tisch heran, fast als wolle er den Kopf in dieses Gewirr aus Drähten und Stimmen stecken. Grazia setzte sich auf das Sofa, zog die Bomberjacke aus und ließ sich seufzend in die Polster sinken. Sie betrachtete Simone, das braune Haar, das achtlos nach hinten gestrichen war, gerade so weit, daß es die Stirn freiließ, die mißtrauisch zusammengekniffenen Lippen und das Auge mit den fast geschlossenen Lidern, das seinem Gesicht einen asymmetrischen, fast schiefen Zuschnitt gab. Sie sah zu, wie seine Finger über die Scannerknöpfe fuhren und mit einer raschen Bewegung der Fingerspitze die Frequenzen wechselten.

Siena Monza 51, wir fahren hi...

Francesca! Wo zum Teufel steckst du? Ich warte jetzt schon eine Stun...

Mephisto? Hier ist Santana, ich verlasse gerade die Mautstelle Mod...

Warte, da fährt gerade ein Auto vorbei ... ich bin jetzt in Forlì, aber ich finde den Weg ni...

Nein, du störst mich nicht ... ich bin im Zug, ich fahre nach Imola, mal seh...

»Wie stellst du es an, die alle zu verfolgen?«

»Ich verfolge sie nicht. Ich lausche und Schluß. Ich suche die Stimme.«

»Bist du sicher, daß du dich noch an sie erinnerst?«

»Ja.«

»Entschuldige. Ich wollte damit nicht sagen ... aber, hör zu, sei nicht beleidigt, ich frage aus reiner Neugier: Wie war diese Stimme?«

»Grün.«

»Grün?«

»Kalt, verstellt, gepreßt ... als ob er sie zurückhalten müßte, damit sie ihm nicht von der Zunge rutscht. Als wäre da noch etwas, das sich darunter bewegt.«

»Und warum grün?«

»Wegen dem R. Weil es ein reibendes Wort ist und ich Dinge, die reiben, nicht mag. Es war eine häßliche Stimme. Eine grüne Stimme.«

»Aha. Und meine, welche Farbe hat meine Stimme?«

Simone preßte die Lippen zusammen und streckte den Kopf noch weiter vor. Bevor er wieder in die Kabel und Stimmen eintauchte, sagte er: »Blau«, aber rasch und so leise, daß Grazia es mit Sicherheit nicht mitbekam.

Telecom Italia Mobile. Der gewünschte Teilnehmer ist momentan nicht erreichbar.

Omnitel. Wir verbinden. Bitte war...

Telecom Italia Mobile. Der gewünschte Teilnehmer hat sein Telefon ausgeschaltet. Bitte versuchen Sie es zu einem späteren Zeitpun...

»Macht's dir was aus, wenn ich mir die Schuhe ausziehe? Ich glaube nicht, daß das viel an der Geruchslage ändert, weil ich heute morgen geduscht habe, aber ich bin schon den ganzen Tag auf den Beinen und deshalb ...«

Mit zwei Fingern hob Grazia den T-Shirt-Kragen an, zog die Schultern zusammen und steckte die Nase hinein. Rasch betastete sie den Jeansstoff zwischen den Beinen und überlegte kurz, ob sie am Morgen einen Tampon benutzt hatte, ihre Tage waren nämlich fast vorbei, dann gab sie sich einen Ruck, löste sich aus den Polstern und beugte sich vor, um die Turnschuhe aufzubinden.

Chet Bakers Stimme aus den Boxen der Stereoanlage.

Das schrille, modulierte Pfeifen einer Fax-Übermittlung. Das dichte, gekräuselte Brummen eines Handys, dessen Batterie leer war. Die künstlichen Noten von Ravels *Bolero* aus einem Anrufbeantworter.

Chet Bakers Trompete aus den Boxen der Stereoanlage.

»Was gibt's?« fragte Grazia aufgescheucht. Simone hatte den Kopf gehoben und auf dem starren Hals zur Seite gedreht, als ob er etwas suchte. Sobald er ihre Stimme hörte, hielt er inne und lauschte mit dem linken Ohr in ihre Richtung.

»Nichts«, sagte er. »Ich habe dich nicht mehr gehört.«

»Ich bin hier«, antwortete Grazia, die hinter ihm stand. Sie streckte die Hand aus und berührte seinen Arm, aber Simone wich ihr aus, rutschte unmerklich an der Stuhllehne zur Seite. Er begann wieder, sich auf dem Stuhl zu wiegen, langsam und nervös. Als Grazia nähertrat und den Unterarm auf die Stuhllehne legte, hörte er damit auf. Sie hob ein Bein und setzte sich auf die Armlehne, hielt sich mit einer Hand an der Tischkante fest, um im Gleichgewicht zu bleiben. Sie bemerkte, daß Simone die Nasenflügel blähte, und aus lauter Verlegenheit wollte sie wieder weggehen.

»Ja, ich weiß. Ich hab dir doch gesagt, daß ich den ganzen Tag auf den Beinen war ...«

»Nein«, sagte er hastig und hob die Hand, ließ sie dann aber knapp vor Grazias Gesicht in der Luft schweben. »Das stört mich nicht. Aber da ist ein Geruch, den ich nicht verstehe. Wie Öl.«

Instinktiv legte Grazia die Hand an den Rücken, auf das Halfter an ihrem Gürtel.

»Das ist die Pistole«, sagte sie.

»Ach so.«

Simone legte das Gesicht auf die linke Schulter, zu Grazia hin, rutschte an der Stuhllehne herunter und schnupperte.

»Gummi. Du hast Turnschuhe angehabt.«

»Ja, aber bring mich bitte nicht in Verlegenheit ...«

»Rauch.«

»Ja, aber der stammt nicht von mir. Das ist die Bomberjacke, sie nimmt jeden Geruch an, und dann schleppst du ihn mit dir herum. Matera und Sarrina rauchen beide.«

»Geruch von Haut, kräftig und ein bißchen bitter. Geruch von warmem Stoff, ein Baumwoll-T-Shirt vielleicht. Und dann noch etwas Saures und ein bißchen Süßes ... aber schwach, schwächer als das erste Mal, als du da warst.«

»Hör zu, ich fühl mich ganz schön beschissen ...«

»Und außerdem noch *Summertime* ...«

»Verdammt, das stimmt!«

Grazia sang die ersten Noten, *na na naan*, schief und aus dem Takt, aber es war zu erkennen. Sie stieß sich vom Boden ab und gab dem Stuhl einen Schubs, daß Simone hin und her pendelte. Auch er lächelte, diesmal frei.

»*Weißer Moschus*. Ich habe es eigentlich nur deshalb gekauft, weil mir das Lied gefiel. Mensch, Simone ... du siehst aus wie in dem Film, ich weiß nicht, ob du ihn ...«

Gesehen hast, wollte sie sagen, doch sie brach ab und biß sich auf die Unterlippe. Aber Simone zuckte nur mit den Achseln und schüttelte den Kopf, das Lächeln blieb.

»Nein«, sagte er, »den habe ich nicht gesehen. Weißt du, ich gehe nicht oft ins Kino.«

Grazia lächelte und sah Simone wieder an, sein asymmetrisches Gesicht, das halb geschlossene Auge, das sie nicht sah, sie nicht musterte, das weder forderte noch fragte. Als sie die Mansarde betreten und sich auf das Sofa gesetzt hatte, war sie einen Augenblick lang erleichtert gewesen, fast ruhig, obwohl sie doch gerade dabei war, in einer verborgenen Stadt einem Gespenst hinterherzujagen, und sie hatte gedacht, daß das bestimmt nur von der physischen Erleichterung kam, sich nach einem Tag auf den Beinen hinsetzen und die Schuhe ausziehen zu können. Doch jetzt, als sie Simone ansah, dachte sie, daß es vielleicht seinetwegen war. Weil sie mit jemandem zusammensein konnte, ohne daß dieser sie anstarrte, ironisch oder väterlich, aber immer mit einer Forderung im Blick, *zieh dich doch mal wie eine Frau an, bleib bei mir und hilf mir in der Bar, schnapp ihn, Kleines*. Bei Simone war das anders. Er beobachtete nicht, er starrte nicht, er forderte nichts. Er hörte zu und Schluß. Er hörte ihr beim Sprechen zu.

Instinktiv wurde ihre Stimme sanfter, sie versuchte so freundlich wie möglich zu sprechen, weniger unbeherrscht und grob als sonst.

»Abgesehen vom Kino«, sagte sie, »was machst du sonst so, Simò?«

»Ich höre dem Scanner zu. Ich lausche auf die Stimmen der Stadt.«

»Gut. Und sonst?«

»Sonst nichts.«

»Gehst du nie aus? Du wirst doch irgendwohin gehen, oder?«

Simone hörte auf zu lächeln. Er stützte sich mit den Armen auf die Tischkante und tauchte wieder in die Kabel ein, seine Finger fuhren rasch über die Scannerknöpfe wie über die Tasten eines Klaviers.

»Nein«, erwiderte er.

Ich hab mit den Mädels ausgemacht, daß wir uns so gegen zehn im Paradiso tref...

Lalla wartet im Restau...

Sag mir eine Zeit, wann wir uns seh...

Hier ist Paola, bist du's, Vo...

Ich auch nicht, dachte Grazia. Abgesehen von einer Pizza ab und zu und einem Film mit einem Kollegen von der Ausländerpolizei, aber das konnte man nicht wirklich als Ausgehen bezeichnen.

»Aber du wirst dich doch ab und zu mit jemandem treffen, oder? Was weiß ich, Simò ... mit Freunden ...«

»Nein.«

Hör mal, wir gehen heute abe...

Ich auch nicht, dachte Grazia. Abgesehen von Vittorio und den Kameraden von der Ausbildung, aber mit denen war sie nicht wirklich befreundet.

»Und eine Freundin, Simò? Hast du eine Freundin?«

»Nein.«

Simone streckte den Kopf noch weiter vor, hinein in die Stimmen, hinein in das Summen. Dann drehte er das Gesicht zur linken Schulter.

»Und du?« fragte er leise.

Grazia zog eine Grimasse und schüttelte den Kopf.

»Ich? Nein, im Moment nicht. Ich denke hauptsächlich an die Arbeit und ... was ist los?«

Simone war so hastig aufgefahren, daß sie mit dem Bein von der Armlehne rutschte. Er hatte den Kopf zur anderen Seite gedreht, zu dem rechten Scanner. Hatte eine Hand ausgestreckt und Grazias Arm so fest gedrückt, daß er ihr weh tat.

Ja, ich komme.

Kommst du auch wirklich? Denkst du dran?

Ja. Heute abend. Teatro Alternativo. Okay.

Brummen. Das Klicken, als die Verbindung unterbrochen wurde, und das Kratzen des leeren Äthers. Simone fuhr mit den Fingern über die Scannertasten und schaltete alle aus, alle bis auf den rechten.

Brummen. Runzliges, grünes Brummen.

Grazia rührte sich, auf den weißen Socken schlidderte sie zum Bett, wo die Bomberjacke lag. Sie zog das Handy aus der Tasche und wählte blitzschnell die Nummer, während sie gewaltsam einen Turnschuh anzuziehen versuchte, der mit der Sohle nach oben auf dem Fußboden lag.

»Hallo, Matera?« schrie sie fast, dann richtete sie einen Finger mit kurzem, rundem Nagel auf Simone: »Heute abend machen wir mal eine Ausnahme, Simò. Heute abend gehen wir beide aus.«

Unter den Schuhsohlen schmale, hervorstehende Leisten, weich und griffig über einer harten, leicht ansteigenden Oberfläche: eine Gummimatte über einer Betonrampe. Ringsherum die frische, freie Abendluft, die ich wärmer und schwerer auf dem Gesicht spüre, als die Steigung endet: Vor mir, am Ende der Rampe, liegt die geöffnete Eingangstür. Weiter drinnen, noch gedämpft, vom Verkehrslärm hinter mir und von einer Stimme (ein Baß links von mir: ›Bist du Mitglied? Macht zehntausend.‹) überdeckt, das ferne Blasen eines Saxophons: das Teatro Alternativo in der Via Irnerio.

Ich lasse den Fuß über die jetzt wieder betonrauhe Fläche schleifen und stoße mit der Schuhspitze gegen eine Stufe. Bei so einer Tür gibt es immer eine Stufe an der Schwelle, aber Grazia merkt es nicht und stolpert darüber. Um nicht zu fallen, hält sie sich an meinem Arm fest und flüstert: »Entschuldige«, und dann: »Komm, da hinten ist Matera.«

Drinnen riecht es nach Rauch, trockener Rauch und süßer Rauch. Geruch von Wärme, von staubigem Beton, feucht und säuerlich von Wandfarbe. Geruch von Papier. Mit der Fingerspitze fahre ich an der Wand entlang und spüre unter der Haut die glatte, weiche Oberfläche von Papier, das an der Wand klebt. Geruch von Wein. Bitterer Geruch von Bier. Ein wilder Geruch, kräftig und schmutzig, fast unter mir. Ich ziehe Grazia, die mich führt, am Arm.

»Was ist? Mist ... ich wäre fast auf einen schlafenden Hund getreten. Hier drin ist es so dunkel, daß ich fast glaube, du bewegst dich sicherer.«

Mit der Hüfte stoße ich gegen etwas Hartes. Ich lege die Hand darauf und spüre eine glatte, nasse Oberfläche mit runder Kante. Mit den Fingern fahre ich über die Kante, sie ist länger, als mein

Arm reicht. Geruch von Wein. Bitterer Geruch von Bier. Eine Bartheke.

»Guten Abend, Signor Martini.« Raucheratems heisere Stimme bläst mir den süßlichen Geruch von altem Tabak ins Gesicht. Eine Hand drückt meine Schulter, dann wendet sich die Stimme ab. Sie flüstert, aber ich höre sie trotzdem.

»Keine Verstärkung, Inspektor.«

»Verdammt, Matera!«

»Ist Ihnen eigentlich klar, wo wir hier sind? Wissen Sie, warum das hier Teatro Alternativo heißt? Weil es ein besetzter Klub der Autonomen ist. Der Polizeipräsident sagt, daß er keine Polizisten hierherschickt, weil die sich nämlich nur blicken zu lassen brauchen, damit das Chaos ausbricht.«

»Verdammter Mist, Matera! Der Leguan ist hier!«

»Der Polizeipräsident meint, es muß sich erst mal erweisen, ob es den Leguan wirklich gibt. Jedenfalls kriegen wir keine Verstärkung. Wir sind zu dritt, Sie, ich und Sarrina, der schon im Saal ist, gleich hinter dem Vorhang.«

Grazia drückt meinen Arm, berührt mit den Lippen fast mein Ohr, und während sie auf mich einredet und mich entschlossen auf den rauhen, dichten Geruch von Leinen zuschiebt, der eine immer näher kommende Trompete abdeckt, ziehe ich den Hals ein, wegen der Schauder.

»Keine Angst«, flüstert sie, »wir suchen jetzt einen Typ mit Kopfhörer, dann führe ich dich in seine Nähe, und Sarrina spricht ihn an. Wenn du ihn wiedererkennst, wenn es unser Mann mit der grünen Stimme ist, schnappen Matera und ich ihn uns und bringen ihn weg. Keine Sorge. Es ist völlig ungefährlich. Er wird dich nicht mal bemerken. Wir müssen nur einen Typ mit Kopfhörer finden und dann ... oh, Mist!«

Grazia ließ den Arm sinken, und der Vorhang, der den Theatersaal von der Bar trennte, streifte über ihre Wange, eine rauhe, schroffe Liebkosung. Sie blinzelte und versuchte, sich so schnell wie möglich an die Dunkelheit zu gewöhnen, aber sie hatte sie schon ausgemacht. Es waren mindestens drei, die unter der blauen Funzel eines Notausgangs zu ihrer Rechten standen. Links von ihr lehnte noch einer an der Wand, spärlich von dem Licht beleuchtet, das durch die angelehnte Toilettentür einsickerte, daneben zwei Mädchen vor dem Mischpult, die gerade noch von dem rötlichen Widerschein der Arbeitslampe beleuchtet wurden. Weiter hinten, an der Bar, war noch einer, der mit dem Rücken an der mit Plakaten beklebten Wand lehnte und den Rest eines Joints in der Hand hielt, während ein anderer unter einem Graffito kniete und sich vorbeugte, um den Hund zu streicheln. Alle trugen Kopfhörer um den Hals oder hielten einen in der Hand, zierliche Kopfhörer mit runden Hörmuscheln und einer langen, verdrehten Schnur, die frei hin und her baumelte oder in einer Tasche verschwand.

»Jetzt sind wir ganz schön gelackmeiert, Inspektor«, sagte Sarrina. »Nebenan im Cineforum zeigen sie Filme in Originalversion mit Simultanübersetzung. Aber der Film heute war so ätzend, daß viele genervt waren und hergekommen sind. Die Kopfhörer haben sie behalten.«

Das Teatro Alternativo in Bologna ist ein kleines Amphitheater mit Betonstufen, die sich halbkreisförmig um eine Holzbühne hinaufziehen. Abgesehen vom Scheinwerferlicht auf der Bühne und von ein paar Lichtflecken zwischen den Pfeilern, die einen kurzen, höher gelegenen Gang abteilen, herrscht in dem Theater fast völlige Dunkelheit, in der man nur mit Mühe schwarze Gestalten, Räumlichkeiten und Bewegungen ausmachen kann. Aber auch so, in dieser tiefen Finsternis, die sich selbst dann nicht lichtet, wenn die Augen sich daran gewöhnen, auch so ist es unübersehbar, daß das Theater wie alle Lokale in Bologna am Abend voller Leute ist.

Sie sind gut. Die Trompete ist warm und voll und stößt runde Noten aus, die wie feste Blasen auf mir zerplatzen. Der Kontrabaß vibriert in meinem Körper, Akkord um Akkord, ein Klavier schlüpft hinter mich, ganz sacht, als wollte es sich heimlich davonschleichen. Die Becken scheppern so ungestüm, daß es mir vorkommt, als könnte ich mich vorbeugen und die Ellbogen darauf stützen wie auf ein Fensterbrett. Das Sax, das ich zuvor gehört habe, ist in hartnäckigem Schweigen verschwunden.

Bebop. Ein schnelles Stück, das ich nicht kenne.

Es gefällt mir.

Ich will es Grazia gerade sagen, aber da spüre ich, daß sie angespannt neben mir steht. Sie seufzt auf, so feucht, daß es wie Schluchzen klingt, dann drückt sie meinen Arm und schubst mich nach vorn.

»Okay, scheiß drauf ...« sagt sie, »wir finden ihn trotzdem.«

»Entschuldigung, hast du eine Zigarette?«

»Nein, ehrlich, tut mir leid, ist die letzte.«

»Entschuldigung ... weißt du, wer da spielt?«

»Marco Tamburini mit einer neuen Formation. Ich kenne nur das Sax, Mauro Manzoni.«

»Entschuldigung ... weißt du, wie der Film hieß?«
»Ein absoluter Klassiker ... die restaurierte Fassung von *Ugetsu Monogatari* von Mizoguchi ...«
»Entschuldigung ... weißt du, wo die Toilette ist?«
»Da.«
»Wo, da?«
»Hast du keine Augen? Steht doch an der Tür ... da.«
»Entschuldigung ... bist du der Bruder von Mirko?«
»Ich? Nein ... wieso, kennen wir uns? Wie heißt du? He, warte doch mal ... wie heißt du?«
»Entschuldigung ... weißt du, wieviel Uhr wir haben?«
»Na, hör mal, wie soll man das denn bei dieser Dunkelheit sehen?«

Ich halte mich am Saum der Bomberjacke fest und folge Grazia durch die Menge. Ab und zu bleibt sie stehen und stellt jemandem eine Frage.
Ich lausche.
Gelbe Stimme, grell, flüssig und belegt, die Silben sind gedehnt, aneinandergehängt.
Rote Stimme, groß und voll. Tief und fett. Dick.
Azurblaue Stimme, die Z zerkrümeln und lösen sich auf, brummen farblos, daß sie fast wie S klingen.
Orangefarbene Stimme, sauer wie Zitrone, sauer wie eine Orange, deren Brennen einem den Mund zusammenzieht.
Violette Stimme, verschleiert und ärgerlich, hartnäckig wie ganz leichtes Fieber, das in den Knochen vibriert und nicht weggehen will.
Rosa Stimme, zart und zischend, die hinten in der Kehle etwas

schleift und sacht aus dem Mund rutscht, als tröpfelte sie langsam von den Lippen.

Ich lausche.

Wenn ich die Stimme nicht wiedererkenne, zupfe ich einmal an der Bomberjacke, und wir gehen weiter. Wenn ich sie nicht genau gehört habe, ziehe ich zweimal, und Grazia stellt ihm noch eine Frage. Wenn er es ist, ziehe ich dreimal, rasch und entschieden.

Rote, azurblaue und rosa Stimmen.

Orangefarbene, graue und braune Stimmen.

Gelbe Stimmen.

Violette Stimmen.

Auch grüne Stimmen.

Aber seine Stimme ist nicht dabei.

»Willst du?«

Grazia hielt die Flasche vor Simones Gesicht, der verblüfft die Stirn in Falten legte.

»Entschuldigung. Es ist Bier. Willst du einen Schluck?«

»Nein, danke.«

»Vielleicht ist er ja noch nicht da. Vielleicht kommt er gar nicht. Vielleicht war er auf dem Klo, als wir im Gang waren, oder im Gang, als wir an der Bar waren, oder an der Bar, als wir auf dem Klo waren ... er könnte unten im Amphitheater sein, stumm wie ein Fisch. Aber wenn er da ist, werde ich ihn finden. Sobald das Konzert aus ist und das Licht angeht, werde ich ihn finden und schnappen.«

Sie saßen auf einem Betonvorsprung. Eigentlich lehnten sie sich mehr an, als daß sie saßen, die gestreckten Beine auf den Boden gestemmt und den durchgedrückten Rücken an der Wand. Simone,

der unsicherer war, hielt sich zudem mit den Händen an dem Vorsprung fest. Es war unbequem, sie mußten nicht stehen, immerhin, aber unbequem war es trotzdem. Doch von dort aus konnten sie kontrollieren, wer das Theater betrat oder verließ. Wer das Theater betrat oder verließ, der stolperte fast über ihre Beine, und wenn er einen Kopfhörer hatte, einen Walkman oder sogar nur eine Mütze, dann fragte Grazia ihn nach einer Zigarette, jedesmal nach einer Zigarette, weil sie inzwischen nicht mehr wußte, was sie sich noch ausdenken sollte, und Simone lauschte. Dann drückte Grazia die Zigaretten sofort an der Wand aus und ließ sie zwischen die steifen Beine fallen, sie rauchte ja gar nicht. Sobald sie sich gesetzt und Simone geholfen hatte, den Vorsprung zu finden, war Sarrina dazugekommen und hatte gefragt, ob sie ein Bier wolle. Als er zurückkam, hielt er die Flasche hinter dem Rücken und gab sie ihr rasch und unauffällig. Dann beugte er sich leicht vor und flüsterte:
»Wir sind aufgeflogen. Einer von den Gästen gehörte zu den Autonomen, die wir nach dem Anschlag auf die Feltrinelli-Buchhandlung verhaftet haben, er hat mich und Matera wiedererkannt. Wir verziehen uns nach draußen und halten uns dort bereit, sonst ist hier gleich der Teufel los.«
»Willst du wirklich nichts?«
»Nein, danke. Wirklich nicht.«
Grazia setzte die Flasche an die Lippen und legte den Kopf nach hinten. Sie nahm einen großen, schaumigen Schluck, Tropfen liefen ihr über die Mundwinkel und glitzerten auf ihrem Handrücken, mit dem sie sich rasch über die Lippen fuhr. Sie schloß die Augen, stützte die Wange in die Handfläche, stemmte einen Ellbogen aufs Knie und seufzte. Sie fühlte sich müde. Verschwitzt und müde. Am

liebsten hätte sie die Jacke ausgezogen, die Jeans abgestreift, die Schuhe in die Ecke gepfeffert und sich unter die Dusche gestellt. Am liebsten hätte sie sich unter den kalten Wasserstrahl gestellt, den Hals auf die Seite gelegt und sich das Wasser durch die Ohren in den Kopf laufen lassen. Am liebsten hätte sie Urlaub gemacht. Wäre nach Hause zu ihrer Familie in Lecce gefahren und hätte im Meer gebadet. Wäre an den Strand gefahren, hätte Simone im Schatten der Badekabine zurückgelassen und wäre mit nackten Füßen über den glühenden Sand ans Meer gehüpft.

Simone. Normalerweise, wenn sie an so etwas dachte, an ihren Strand, lag Vittorio neben ihr in der Sonne, im Sand ausgestreckt, die Hände unter dem Nacken verschränkt. Jedesmal, wenn sie nach Hause gefahren war, hatte sie ihn eingeladen mitzukommen, aber er hatte nie Zeit gehabt, und deshalb konnte sie sich nur vorstellen, wie sie die Füße mit Sand bedeckte, sich zu ihm hindrehte und ihn ansah, und wie er den Kopf hob und lächelte. Aber jetzt hatte sie an Vittorios Stelle Simone gesehen, und einen Augenblick lang hatte ein Anflug von schlechtem Gewissen dieses Bild getrübt. Simone, Vittorio ... warum Vittorio? Warum immer er? Vittorio war nicht da, jetzt, in diesem Moment, er war eigentlich nie da. Wut stieg in ihr auf, und sie kniff die Augen noch mehr zusammen. Simone. Simone neben ihr am Strand.

Sie atmete tief durch, aber statt salzigem Meergeruch roch sie den süßen, stechenden Rauch eines Joints. Abrupt öffnete sie die Augen, suchte die Dunkelheit nach einem Leguan mit grüner Stimme und Kopfhörer ab. Sie nahm noch einen Schluck Bier, das prickelnd an ihrem runden Kinn herunterlief. Dann lehnte sie sich mit dem Nacken gegen die kalte Wand und schloß erneut die Augen.

Urplötzlich höre ich es.
Ich hatte nicht damit gerechnet, aber ich höre es, es wird von einem zarten Kratzen angekündigt, das violett in der Luft vibriert, während es ringsherum seltsam still ist.
Almost Blue.

Das Sax fängt damit an. Ein Solo, das aus dem Nichts kommt, als ich schon vergessen hatte, daß es ja auch noch da war, sanft und verhalten wie ein Wispern. Sofort danach setzt die Trompete ein, auch sie sanft und verhalten, in das Sax hineingeblasen, das sich darumwickelt wie Papier um ein Geschenk, ein blaues Geschenk, fest und rund, wie wenn man die Hand um einen Gummiball schließt.
Almost blue, there's a girl here and she's almost you ... beinah traurig, da ist ein Mädchen, sie ist fast wie du ...
Almost blue, almost flirting with this disaster ... beinah traurig, beinah spielen wir mit dieser Katastrophe ...
Almost blue, there's a part of me that's only true ... beinah traurig, ein Teil von mir ist wirklich wahr ...
Ich habe es noch nie live gehört. Ich habe noch nie gehört, wie es von leibhaftigen Musikern gespielt wird, ohne das Rauschen der Boxen und ohne das Knistern der Nadel. Ich habe es noch nie so anders gehört, mit abgewandelten Noten, bildschön und voll, eine nach der anderen, ohne daß man im voraus weiß, wie die nächste sein wird. Noch nie hat es so auf meiner Haut vibriert und auch darunter, so heftig und so heiß, daß ich nicht anders kann als die Lippen zusammenzupressen, bis sie anfangen zu zittern, und ich das Gesicht auf die Schulter lege, um die Tränen zu verstecken, die an meinen Wangen herunterlaufen.

Nie habe ich es wirklich gehört, außerhalb der Mansarde. Es ist so schön, daß es mir Angst macht.

»Nimm«, sagte Grazia, ohne die Augen zu öffnen, als sie spürte, wie Simones Finger über das Flaschenglas auf ihren Handrücken hinabglitten. Sie hob den Arm, aber Simones Finger preßten weiter, und da lächelte Grazia und nahm, immer noch mit geschlossenen Augen, die Flasche in die andere Hand, drehte die kalte, bierfeuchte Handfläche nach außen, schloß sie um Simones Hand und verschränkte die Finger mit denen von Simone.

Da ist sie.
Die grüne Stimme. Da ist sie.
Sie geht an mir vorüber und flüstert durch die Lippen, leise, aber ich höre es und weiß, daß sie es ist.
Dong, dong, dong ...
Ich drücke Grazias Finger so fest, daß sie aufstöhnt. Sie begreift sofort und fragt mich nur: »Wo ist er?«, schnell und hart.
»Vor mir. Er geht gerade vorbei.«
»Wo vor dir? Hier wimmelt es von Leuten ... rechts, links, oder wo?«
»Ich weiß nicht, er spricht nicht mehr ... links, glaube ich.«
»Welcher ist es? Der Kleine? Der Große? Der mit den gelben Haaren?«
»Woher soll ich das wissen? Ich weiß nicht, welcher es ist.«
»Mist ...«
Grazia läßt meine Hand los. Ich höre, daß sie aufsteht. Ich höre, daß sie sich bewegt.
Dann höre ich sie nicht mehr.

Vor Simone standen drei Typen mit Kopfhörer. Einer war klein und dicklich und hielt den Empfänger der Simultanübersetzung in der Hand, die Schaumstoffmuscheln klebten auf halber Höhe an seinem Hals, als ob sie ihn strangulieren wollten. Der zweite war groß und hatte einen grauen Anorak an, unter einer Skimütze sah eine Haarlocke hervor. Kinn und Hals verschwanden unter einem roten Palästinensertuch, und die Skimütze verdeckte die Ohren, aber da war ein Kabel, ein weißes Kabel, das auf eine Schulter fiel und außen an der Jacke entlang in einer Tasche verschwand. Der dritte war ein Typ mit kahlrasiertem Kopf. Auch er hatte Kopfhörer wie die anderen, und als er einen Moment stehenblieb, um sich eine Zigarette anzuzünden, sah Grazia in seinem Gesicht drei kleine Ringe funkeln, zwei in den Augenwinkeln und einen an der Nase.

›Mist‹, dachte Grazia, »Mist«, sagte sie noch einmal leise zu sich selbst, dann öffnete sie den Reißverschluß der Bomberjacke, zog die Pistole hinter dem Rücken hervor, ließ den Arm sinken und versteckte die Waffe hinter einem Bein. Dann machte sie rasch einen Schritt vorwärts, weil die drei gerade hinausgehen wollten.

»Entschuldigung ... darf ich dich etwas fragen?«

Der Typ mit der Skimütze blickte auf die Hand hinunter, die Grazia ihm auf die Brust gelegt hatte, blinzelte und steckte rasch die Nase in den Schal.

»Warum?« erwiderte er. »Was zum Teufel willst du?«

»Ich möchte dich nur etwas fragen, mehr nicht. Komm mit nach draußen, ja?«

»Wieso? Wer zum Teufel bist du? He ... verdammt, was willst du?«

Sie hatte ihn am Arm gepackt, unauffällig, aber entschlossen, mit der linken Hand umklammerte sie seinen Ellbogen, sie hatte sogar ein Lächeln aufgesetzt, das ruhig und höflich wirken sollte, vielleicht gewinnend, aber er war trotzdem zurückgewichen und versuchte sich loszumachen.

»Wer bist du überhaupt? Was zum Teufel willst du? Laß mich durch ...«

»Nur eine Sekunde, okay? Ganz ruhig ... warum versteckst du dich? Zeig mal dein Gesicht, zeig mir mal den Kopfhörer unter der Skimütze ... Matera! Sarrina!«

Sie drehte sich zum Eingang, hob die Hand, um den Vorhang beiseitezuschieben, und da sah er die Pistole.

»He-e, was hast du mit der Knarre vor? Wer zum Teufel bist du? Ein Bulle?«

Ich höre Schreie.

Ich höre, daß links von mir Bewegung in die Leute kommt.

Ich stehe auf und rufe: »Grazia?«, taste mit ausgebreiteten Armen um mich, aber Grazia ist nicht da.

Ich höre Raucheratems Stimme, die sagt: »Schön ruhig, Palästinenser ... sonst tust du dir weh«, ich höre die Stimme von Hundert Lire, die sagt: »Ruhe, Leute, Ruhe ... es ist nichts passiert!«, und eine andere, die schreit: »Bastard! Faß mich nicht an, du Bastard!«

Ich höre andere Stimmen: »Was willst du? Laß ihn in Ruhe!«, »Ein Bulle! Scheiße, der ist Bulle!«, »Sie verhaften Germano! Diese Wichser verhaften Germano!«

Ein einziges Durcheinander. Die Musik bricht ab. Ich höre nichts mehr, keine Trompete, kein Sax, nur Stimmen, die schreien, hastiges Rascheln von Kleidern, eiliges Knirschen von Sohlen auf dem Beton.

Dann die Stimme von Grazia.
»Verdammt! Das ist kein Kopfhörer ... das ist ein Hörgerät!«

Warum schaut der mich so an? Warum starrt er mich an?
Vorher saß er da mit einer Frau, und jetzt schaut er mich plötzlich an. Schaut mir genau ins Gesicht.
Wer ist das? Ich kann ihn nicht richtig sehen, es ist zu dunkel, aber ich weiß, daß er es auf mich abgesehen hat.
Er schaut mich an. Er schaut mich irgendwie komisch an. Mit vorgeschobenem Kinn und leicht geneigtem Kopf, als ob er nicht wirklich mich anstarren würde, sondern nur in meine Richtung. Durch mich hindurch. In mich hinein.
Er schaut mich die ganze Zeit an, also mache ich einen Schritt nach vorn, damit ich ihn besser sehe, und ich merke, daß seine Augen geschlossen sind, aber auch so, mit geschlossenen Augen, starrt er mich die ganze Zeit an, und da weiß ich, ich weiß, weiß, weiß, daß er weiß, wer ich bin, daß er all die glitzernden Punkte in meinem Gesicht sehen kann, er sieht, wie die Haut über meiner Stirn platzt und sich plötzlich wie eine Gummimembran zurückzieht und wie sich das Nasenbein vorschiebt, mein Gesicht ist jetzt ein spitzer Schnabel, und er sieht auch die Glocken, die Glocken der Hölle, die in meinem Kopf dröhnen.
Er schaut mich die ganze Zeit an, die ganze Zeit schaut er in mich hinein und sieht auch dieses Ding, das unter meiner Haut rast, das sich unter den Kleidern hebt und senkt, es wischt an meinem Arm hoch, über die Brust, es läßt meinen Hals anschwellen und rast über die Zunge und drückt gegen die Lippen, es drückt, drückt, drückt, und da öffne ich den Mund und zeige ihm dieses Tier, das in

mir ist, auch sein Hals schwillt an, auch das Tier reißt den Mund auf und läßt die Zunge gegen diesen Mann zischeln, der mich anschaut, der immer noch in mich hineinschaut, mit geschlossenen Augen.

146 Dann umklammere ich meine Lippen, schlucke trocken und drücke alles hinunter, so gewaltsam, daß es weh tut.

Ich fliehe, ich lasse die Zigarette fallen, die ich mir gerade angesteckt habe, ich drücke sie unter der Schuhsohle aus und schlüpfe durch die Menge zu einem Notausgang.

Aber vorher präge ich mir noch das Gesicht ein, das Gesicht dieses Mannes mit den geschlossenen Augen, der in mich hineinsehen kann.

Wer bist du?

Verdammt, wer bist du?

»Wer bist du?«

Mein Blitz durchzuckt den Himmel,
du bist noch jung, doch du mußt sterben.

Dritter Teil Hell's Bells

My lightning's flashing across the sky
You're only young but you're gonna die.

AC/DC, Hell's Bells

il Resto del Carlino

WENDE IM FALL DER TOTEN STUDENTEN

EIN EINZELTÄTER HAT DIE SECHS STUDENTEN AUF DEM GEWISSEN

Opfer nackt aufgefunden
Polizei sucht Mann mit Codenamen Leguan

Bericht von Marco Girella

BOLOGNA – Die gute Nachricht ist, daß die Polizei ermittelt. Angeblich haben sich die Verdachtsmomente so weit verdichtet, daß mit der baldigen Festnahme des Täters zu rechnen ist. Die schlechte Nachricht ist, daß in Bologna ein Serienmörder sein Unwesen treibt, der mindestens sechs Morde auf dem Gewissen haben soll. Bei den Ermittlern heißt er nur der ‚Leguan'. Monatelang erwies sich die Mauer des Schweigens, die um die Ermittlungen herum errichtet wurde, als undurchdringlich, doch jetzt sickert die schreckliche Wahrheit langsam durch: Der Gesuchte hat sechs junge Leute massakriert, die Leichen entkleidet und dann vermutlich ein abscheuliches Ritual vollzogen.

Der Leguan mordet ohne Erbarmen, sein Unterschlupf sind die unzähligen Behausungen der auswärtigen Studenten. Nur: Warum haben die Ermittler die sechs Morde so lange unterschätzt? Warum gingen sie zunächst von verschiedenen Tätern aus? Zur Unterstützung der Bologneser Polizei hat sich dem Vernehmen nach eine Spezialeinheit aus Rom in die Ermittlungen eingeschaltet. Sicher ist zum gegenwärtigen Zeitpunkt nur, daß die Jagd auf den Leguan vor einer Woche eröffnet wurde. Damals händigte die Polizei den Zeitungen ein Phantombild aus – das wir hier noch einmal abdrucken – und gab es als das Bild eines gefährlichen Räubers aus. Wie sich jetzt aber herausstellt, handelt es sich um eine nach wie vor frei herumlaufende Bestie – den Leguan. *Berichte Seite 2 und 3*

la Repubblica

Fondatore Eugenio Scalfari — Direttore Ezio Mauro

Sechs Morde in fünf Jahren

Der Studentenkiller

Warum schweigt die Stadt

Von unserem Korrespondenten PIETRO COLAPRICO

Bologna – Sechs Studenten der hiesigen Universität sind in den letzten Jahren ermordet worden. Und so unglaublich es auch klingen mag: Verwandte, Freunde, Kommilitonen, alle haben die ganze Zeit über geschwiegen. Ob zur Geheimhaltung der Ermittlungen oder damit die Trauer der Angehörigen nicht in die Öffentlichkeit getragen wurde – genützt hat es jedenfalls nur dem Mörder. Leguan – so hat die Mordkommission den Mann getauft, der in den vergangenen Wochen ein-, zwei-, dreimal zugeschlagen hat, in die Wohnungen der jungen Leute eingedrungen ist und sie dann nackt und leblos liegengelassen hat.

Offiziell gibt es auch heute noch keine Ermittlungen. So absurd es auch erscheinen mag, der Polizeipräsident will »weder bestätigen noch abstreiten«. Gerüchten zufolge sollen Drogen und Sex im Spiel sein, als ob diese beiden Sachverhalte ausreichten, das Gemetzel unter den Studenten zu erklären. Nein, das alles bestätigt nur den Eindruck, daß man in Bologna die jungen Opfer eines Serienkillers in einem Sarg des Schweigens verschwinden lassen wollte.

Fortsetzung Seite 19

Il Messaggero

Erst Dementi, jetzt grausige Spur

Ein Serienmörder geht um

von MARCO GUIDI

Endlich gibt es plausible Neuigkeiten: In die Ermittlungen über die nackt aufgefundenen Mordopfer ist Bewegung gekommen. Nachdem man die Öffentlichkeit anfangs mit einer schlichtweg nicht nachvollziehbaren Abfolge von Dementis und Ablenkungsmanövern hingehalten hat, scheint man sich nun endlich auch bei den Ermittlern entschlossen zu haben, die Spur zu verfolgen, die doch auf der Hand lag: Ein Serienmörder geht um. Tatumstände, Übereinstimmungen und Besonderheiten – alles sprach für diese Hypothese. Nur die Ermittlungsbehörden haben die Augen vor der Wahrheit verschlossen (wir hoffen sehr, daß wir eines Tages den Grund dafür erfahren). Gestern dann der plötzliche Kurswechsel, ein Kurswechsel, der genauso mysteriös ist wie zuvor die beharrliche Weigerung, einen Wahnsinnigen als Täter in Betracht zu ziehen. Dem Anschein nach hat die neue Spur sogar einen Codenamen: ›Operation Leguan‹ – was immer das auch bedeuten mag.

Fortsetzung Seite 19

l'Unità

Hinter dem Mord an den Bologneser
154 Studenten steckt ein Serienkiller

Die sechs Opfer des ›Leguans‹

Alle Leichen nackt aufgefunden. Angeblich wichtiger Zeuge aufgetaucht

Drei Mordtaten, ein Mörder. Ein Einzeltäter steckt hinter der Ermordung der sechs Studenten, die in den letzten Monaten in Bologna ermordet wurden. Alle sechs starben durch die Hand des ‚Leguans', wie die Ermittler diesen gefährlichen Verrückten nennen, auf den sämtliche Merkmale eines Serienkillers zutreffen. Um bei der Wahrheit zu bleiben – von offizieller Seite dringt kein Wort durch das sorgsam gewahrte Stillschweigen von Polizei und Staatsanwaltschaft. Aber die Indiskretionen häufen sich. Inzwischen ist gesichert, daß die bisher als Einzeltaten gehandelten Verbrechen in Wirklichkeit wie Steinchen in einem großen, makabren Mosaik sind. Es gibt verschiedene Anhaltspunkte, daß die drei Verbrechen zusammengehören: Da wäre das gemeinsame Milieu, der unstete, recht freizügige Lebensstil der auswärtigen Studenten sowie der Umstand, daß die Opfer vollkommen unbekleidet aufgefunden wurden (ein Detail, das bis jetzt von den Ermittlungsbehörden verheimlicht wurde). Aber vor allem gibt es jetzt einen Zeugen, der die Ermittler zum Leguan führen soll: jemand, der anscheinend alles gesehen hat und rund um die Uhr unter Polizeischutz steht. **Stefania Vincenti**

»Da hast du ja was Schönes angerichtet, Kleines.«
Grazia preßte die Lippen aufeinander und zog die Nase hoch. Im Rachen spürte sie deutlich den herben Geschmack der Tränen, die sie zurückzuhalten versuchte. Sie sah zur Seite, starrte auf die Spitzen ihrer Stiefel, die sie über den Boden schleifen ließ, starrte mit aufgerissenen Augen, denn wenn sie auch nur einmal geblinzelt oder den Blick zu Vittorio gehoben hätte, hätte sie losgeheult, und das wollte sie unter keinen Umständen. Und so saß sie auf der Tischkante neben dem Computer des Erkennungsdienstes, ließ die Beine baumeln, starrte auf die Stiefelspitzen und schluckte ab und zu, damit der Schleier vor ihren Augen nicht feuchter und dichter wurde.

»Der Polizeipräsident ist außer sich. Es ist ihm nicht gelungen, die Presseleute zu überzeugen, daß es keinen Studentenkiller gibt, und er weiß, daß es ihm mit den Müttern der Studenten noch schlechter ergehen wird. Im Moment macht ihm der Innenminister am Telefon die Hölle heiß. Um die Wahrheit zu sagen, ich bin auch nicht besonders glücklich, Kleines.«
Vittorio kramte geschäftig in dem Aktenkoffer, den er auf dem steinernen Fensterbrett abgelegt hatte. Mit den Fingerspitzen fuhr er über einen Stapel Disketten.
»Stimmt schon, ich wollte, daß die Öffentlichkeit von der Sache erfährt, aber doch nicht so. Strategisch gesehen ist diese Art von Informationspolitik übertrieben und voreilig. Alvau macht sich jetzt bestimmt in die Hose und muß unter Zeitdruck entscheiden, ob die Ermittlungen trotz der möglichen Panik in der Stadt fortgesetzt werden sollen oder ob er die bequemere Variante wählen und Jagd auf Einzeltäter machen soll.«
Vittorio fand die Diskette und zog sie aus dem Stapel, hielt sie an

einer Ecke fest und schlug sich damit sacht gegen die Nasenspitze, wobei er nachdenklich die Stirn in Falten legte.

»Ich hatte ihn schon fast«, sagte Grazia. Sie zog die Nase hoch, schluckte, um die Stimme zu trocknen, und starrte weiter auf die Stiefelspitzen. »Ich war nah dran.«

Vittorio nickte und steckte die Diskette in die Manteltasche. Dann zog er mit zwei Fingern eine der Innentaschen des Aktenkoffers auseinander und nahm einen Kamm heraus, mit dem er sich durch das Haar fuhr, während er sein Spiegelbild in der Fensterscheibe betrachtete.

»Ja. Wenn der Leguan wirklich in diesem Theater war, dann bist du diejenige, die am nächsten dran war. Nur daß du dich auf den Falschen gestürzt hast.«

»Er sah am verdächtigsten aus! Herrgott, Vittorio, du hättest ihn sehen sollen! Er sah genau so aus!«

Vittorio legte den Kamm an seinen Platz zurück, dann ordnete er mit den Fingern das Haar an den Schläfen. Er beugte den Kopf näher an die Fensterscheibe, nickte zufrieden. Als er fertig war, drehte er sich zu Grazia um, nahm ihr Kinn zwischen Daumen und Zeigefinger und hob ihr Gesicht an. Grazia preßte die Lippen noch fester zusammen und verzog die Mundwinkel.

»Hör zu, ich weiß, daß du gut bist. Der Zeuge, den du gefunden hast, die Intuition mit dem Leguan, der sich häutet, die Idee, ihn mit einem Scanner abzuhören ... gute Arbeit, Kleines. Wild und unbeirrbar, wie ich es mag. Aber gute Arbeit hin, gute Arbeit her – ich weiß auch, daß du noch nicht viel Erfahrung hast und daß ich dich hier mit einer Ermittlung allein gelassen habe, die eine Nummer zu groß für dich ist.«

Grazia versuchte den Kopf zur Seite zu drehen, aber Vittorios Finger hinderten sie daran. Sie blinzelte hastig, und eine Träne, eine einzige, löste sich aus dem Augenwinkel und lief warm zum Ohrläppchen hinunter.

»Unsere Abteilung ist noch neu und hat in erster Linie beratende Funktion, aber ich möchte, daß wir eine echte operative Einheit mit Fachleuten und klaren Zuständigkeiten werden. Dazu brauchen wir einen Erfolg, und der Leguan könnte dieser Erfolg sein. Ich wollte, daß mein unbeirrbares, wildes Mädchen mir mit einer diskreten Ermittlung, die nicht allzu viel aufdeckt, ein paar stichhaltige Beweise liefert. Du hast zuviel Aufstand gemacht, aber egal. Ruhig, Kleines, ich nehme die Sache jetzt in die Hand.«

»Muß ich zurück nach Rom?«

Vittorio verschwand zunehmend hinter einem glänzenden Schleier, aber Grazia konnte trotzdem sehen, wie er noch einmal vor die Fensterscheibe trat, um eine Strähne zu bändigen, die ihm in die Stirn gefallen war.

»Nein. Nur halte dich zurück, bis die Wogen sich geglättet haben. Und komm dem Polizeipräsidenten nicht unter die Augen. Wenn sie ihn nicht schon nach Hause gebracht haben, dann ist dein Blinder noch bei der Kripo, um das Protokoll aufzunehmen. Sieh zu, ob du noch mehr aus ihm herausholst.«

Mit dem Knie schubste er ihre Stiefel nach hinten und gab ihr einen leichten Klaps unter das Kinn. »Kopf hoch, Kleines«, sagte er, dann winkelte er den Arm an, sah auf die Uhr und murmelte: »Mist, in fünf Minuten habe ich ein Interview mit dem Fernsehen, dann noch eins im Radio, und das ist erst der Anfang.« Als er das Zimmer verließ, dachte er erst im letzten Moment daran, den Kopf unter dem steinernen Bogen einzuziehen.

Grazia zog noch einmal die Nase hoch, die Lippen über dem zitternden Kinn zusammengepreßt. Sie schlug die Hände vors Gesicht, beugte sich vor, drückte den Kopf gegen die Brust und fing an zu weinen. So leise wie möglich.

Aua.

Ein plötzlicher Schmerz in der schwarzen Finsternis um mich herum. Ich bin mit dem Bein angestoßen. Auf halbem Weg hat sich etwas Hartes und Festes in meinen Oberschenkel gebohrt und mich fast aus dem Gleichgewicht gebracht.

Ich lasse die Arme sinken und spüre die kalte, glatte Oberfläche eines Kotflügels unter den Handflächen. Ich fahre mit den Fingern darüber, um das Ende der Kühlerhaube zu ertasten, und gehe humpelnd darum herum. Dann bleibe ich stehen, die Hand immer noch auf dem Metall. Ich bin verwirrt und zögere einen Moment.

Der Hof des Hauses, das weiß ich, ist klein und viereckig. Unter meinen Füßen knirscht der Kiesstreifen, und weiter vorne, ein paar Schritte entfernt, müßte ich den harten, unnachgiebigen Betonbürgersteig spüren, direkt vor den Stufen und der Haustür. Nur mit dem Auto hatte ich nicht gerechnet.

Und wenn noch eins dasteht? Wenn ein Fahrrad am Bürgersteig lehnt? Wenn etwas auf dem Boden liegt?

Ich lausche.

Nur das Verkehrsgeräusch von der Straße hinter mir, jenseits des kleinen Hofes.

Ich schnuppere.

Fauliger Bananengeruch aus der Mülltonne links von mir.

Ich löse mich von dem Auto. Ich strecke ein Bein vor und ertaste mit der Fußspitze den Kies vor mir. Ich breite die Arme aus, die gespreizten Finger kratzen durch die Luft. Ich mache einen Schritt vorwärts, aber vor mir bewegt sich etwas, abrupt schirme ich mein Gesicht mit den Armen ab. Eine Fliege vielleicht, denn es ist nicht mehr da.

Ich mach noch einen Schritt.

Noch einen Schritt.

Unter der Fußspitze fühle ich die abgesetzte Betonkante, ich beuge mich vor und taste mit den Händen nach der Wand. Ich finde sie und lehne mich erleichtert dagegen. Mit kleinen Schritten schiebe ich mich vorwärts, streife den staubigen Putz fast mit der Wange. Als meine Hand gegen die vorstehende Kante eines niedrigen Fensterbretts prallt, fährt mir der Schmerz bis in den Ellbogen.

»Soll ich Ihnen helfen?«

Eine Frauenstimme rechts von mir. Eine Hand, die meine Schulter berührt und dann hinunter zum Arm fährt und mein Handgelenk umfaßt. Eine andere Hand, die mich am Ellbogen nimmt und geübt stützt.

»Vorsichtig mit den Stufen. Seien Sie unbesorgt, lassen Sie sich führen ... ich kenne mich damit aus, wissen Sie? Mein Sohn ist auch blind.«

Ich lasse mich führen.

Ich wollte probieren, den Hof mit geschlossenen Augen zu überqueren. Wie der Mann, der in mich hineinschaut und dem ich gestern abend bis nach Hause gefolgt bin. Jetzt glaube ich, daß ich sie noch eine Weile geschlossen lassen muß, obwohl es mich hinter den Lidern juckt und trotz des unbändigen Verlangens, sie zu öffnen.

»Ich warte hier unten auf meinen Sohn, er müßte eigentlich jeden

Moment kommen«, sagt die Frau, »aber solange kann ich ja Ihnen helfen. Mein Sohn heißt Simone. Kennen Sie ihn?«

»Simone?« erwidere ich, während ich mit der Hand nach der Haustür taste, die sie mir aufhält. »Ja, ich kenne ihn. Gut sogar. Seinetwegen bin ich hier.«

»Simone Martini? Ach, der Blinde ... der ist vor einer Viertelstunde weggegangen. Castagnoli hatte gerade Feierabend und fährt ihn nach Hause.«

Der Beamte sah sie an, einen Ellbogen auf der Armlehne seines Stuhls und ein Knie gegen die Schreibtischkante gestemmt. Grazia zog die Nase hoch und fuhr mit dem Handrücken über die Wangen, die sich noch feucht und klebrig anfühlten.

»Tust du mir einen Gefallen? Ruf bitte Martini an und sag ihm, daß ich auf dem Weg zu ihm bin.«

»Zu Befehl ... gleich, wenn das rote Lämpchen ausgeht. Die aus dem anderen Büro blockieren die Leitung.«

Grazia steckte die Hände in die Taschen der Bomberjacke und lehnte sich gegen einen Aktenschrank. Sie senkte den Blick auf irgendeine Stelle auf dem Fußboden und spürte den indiskreten Blick des Beamten auf ihrem Körper.

»Ganz schön erkältet, was?«

»Ja.«

»Willst du ein Tempo?«

»Nein.«

Das Radio lief. Auf dem Schreibtisch stand ein kleines Taschenradio, dessen kurze Antenne zur Seite abstand. Aus dem ovalen Lautsprecher bruzzelte verzerrt und unangenehm eine Stimme. Eine

Empfangsstörung fegte die Stimme hinweg, der Beamte seufzte. Er beugte sich über den Tisch, legte die Finger an die Antenne, und die Stimme im Lautsprecher kehrte zurück, immer noch dumpf und etwas verzerrt, aber verständlich.

»Fragen wir Dottore Poletto, den Leiter der Abteilung, die sich ausschließlich mit der Jagd auf Serienkiller befaßt ...«

»Noch so ein Wichser«, sagte der Beamte. Er öffnete die Hand, und das heftige, dichte Rauschen aus dem Lautsprecher überdeckte jetzt Vittorios Stimme. Der Beamte berührte erneut die Antenne und sagte: »Ich kann ja nicht den ganzen Tag in dieser Haltung bleiben«, dann spreizte er ganz langsam die Finger, das Rauschen kehrte zurück, aber schwächer.

»Wir ermitteln in alle Richtungen, jeder Hypothese wird nachgegangen. Ich persönlich denke, daß es den Leguan gibt, hier und jetzt. Und daß wir ihn fassen werden.«

»Aber die Festnahme des jungen Autonomen? Wird das nicht zu einem neuen Fall Carlotto? Gleich den idealen Schuldigen präsentieren, zumal er auch noch politisch motivierte Vorstrafen hat?«

»Ich bin Ihnen dankbar, daß Sie diese Frage gestellt haben. Der Fall Carlotto hat mit dieser Sache überhaupt nichts zu tun, und soweit ich weiß, ist der Autonome bereits wieder auf freiem Fuß. Es handelte sich lediglich um den Fehler einer jungen Kollegin, die ein bißchen zu impulsiv vorgegangen ist ...«

»Na toll!« Der Beamte hob den Hörer ab, das rote Blinklicht auf seinem Apparat war verloschen. »Immer das gleiche ... die schicken irgendeine arme Sau von Untergebenem vor, der ist dann an allem schuld, und sie brauchen sich nicht zu blamieren. Wie lautet die Nummer?«

Grazia nannte sie ihm, dann kaute sie auf ihrer Wange, den Blick immer noch auf den Fußboden gerichtet. Sie versuchte, nicht auf Vittorios Stimme zu achten, die durch das Knistern des Radios heiser klang und sich mit der lauteren Stimme des Beamten, der in den Hörer sprach, mischte.

»Falls der Untersuchungsrichter es für angebracht hält, werde ich nicht zögern, die Leitung der Ermittlungen zu übernehmen ... aber zwingen Sie mich nicht, Dinge zu sagen, die nicht in meine Kompetenz fallen ...«

»Ist da Martini? Kriminalpolizei. Inspektor Negro wollte Ihnen mitteilen, daß sie zu Ihnen fährt und mit ...«

»Ja, zur Zeit hat unsere Dienststelle nur beratende Funktion, aber ich bin von der Notwendigkeit überzeugt, daß ...«

»Na ... ich denke mal, so vor zwanzig Minuten, aber um diese Uhrzeit wird auf den Straßen einiges los sein. Jedenfalls kommt die Kollegin gleich, sie wartet dann auf ihn.«

»Warum wir ihn den Leguan nennen? Ach, das war eine Intuition meinerseits. Wissen Sie, ich habe mir gedacht ...«

»Keine Ursache. Auf Wiedersehen.«

Grazia blinzelte, die Arme vor der Brust verschränkt, Lippen und Zähne zusammengepreßt. Die noch feuchten Wimpern gingen ihr auf die Nerven. *Keine Sorge, Kleines, ich nehme die Sache jetzt in die Hand.*

»Dein Blinder ist noch nicht eingetroffen«, sagte der Beamte. »Zu Hause machen sie sich Sorgen, weil er noch nicht da ist ... glaub ich gern, hilflos wie er ist. Jedenfalls habe ich dem Typ gesagt, er soll sich keine Sorgen machen, weil ... He, was zum Teufel ...«

Wie von der Tarantel gestochen hatte Grazia sich umgedreht und war so überstürzt auf den Schreibtisch zugeschossen, daß der Beamte nach hinten gegen die Stuhllehne zurückwich und mit einer Hand das Gesicht abschirmte, als ob er einen Faustschlag abwehren wollte. Vittorios Stimme ging in einem noch heftigeren und lauteren Rauschen unter, diesmal endgültig.

»Hast du dem *Typ* gesagt? Welchem *Typ*?«

»Was weiß denn ich ...«

»Wer war am Telefon?«

»Woher soll ich das wissen? Ein Mann, irgend so ein Typ. Verdammt, Inspektor ... der halt dran war.«

Es riecht süß nach Zitronen und scharf nach Putzmitteln. Das Leder des Rücksitzes ist weich und haftet ein wenig an den Handflächen, wenn ich darüberstreiche. Offenbar hat Hauptwachtmeister Castagnoli den Wagen erst vor kurzem waschen lassen.

Um mich herum das knurrende, monotone Geräusch des Motors, das anschwillt, wenn wir anfahren, sich gleich darauf aber wieder beruhigt. Nein, ich fahre nicht gerne Auto. Als würde man sich im Stehen bewegen. Gefällt mir nicht.

»Haben Sie kein Radio?« frage ich, aber dann schüttele ich den Kopf, weil ich das Klicken des Einschaltknopfes gehört habe, noch bevor das grünliche Rauschen der Radionachrichten mich von hinten überflutet.

»Wir bedanken uns bei Dottore Poletto, dem Leiter der Sondereinheit für Serienkiller ...«

»Nein, ich meinte den Polizeifunk. Hat Ihr Auto kein Funkgerät?«

»Nein, es hat keins. Das ist kein Dienstwagen ... das ist mein eigenes Auto. Ich habe Feierabend, und da es auf dem Weg liegt ... Aber ich habe CB-Funk ... ich bin Funkamateur. Geht das auch?«

Schade. Ich hätte gerne mal den Polizeifunk ohne Scanner gehört. Direkt aus dem Auto, live wie die Musik. Ich hätte so gerne mal auf einen Funkruf geantwortet, während irgendwo im Äther jemand zuhört ...

»Dieser verdammte Stau«, brummt Hauptwachtmeister Castagnoli und reicht mir das CB-Mikrophon. »Herrgott ... schon wieder rot!«

Grazia beugte sich vor und kramte das Blaulicht unter dem Sitz hervor. Sie legte es auf den Knien ab, während sie mit einem Finger das Seitenfenster herunterließ und gleichzeitig das Batteriekabel in den Zigarettenanzünder stöpselte. Sie ließ den Elektromagneten des Blaulichts auf das Blechdach schnappen. Einen Augenblick später fuhr das Auto an, und sie wurde in den Sitz gedrückt.

An der Ausfahrt des Parkplatzes auf der Piazza Roosevelt bremste Matera scharf, dann ließ er auf der fünfhundert Meter langen Via della Zecca den Tacho auf hundertzehn schnellen und machte wieder eine Vollbremsung, bevor er herunterschaltete und mit quietschenden Reifen in die Via Ugo Bassi einbog, hinter sich das Geheul der Sirene. Mit kurzen, ruckartigen Bewegungen legte er die Gänge ein, während er sich mit dem anderen Arm am Lenkrad festzukrallen schien und sein massiger Körper durch den gespannten Sicherheitsgurt zurückgehalten wurde. Grazia hatte es noch nicht geschafft, den Gurt anzulegen, mit der Schnalle in der Hand wurde sie ständig zwischen Tür, Armaturenbrett und Sitz hin- und hergeworfen. Sie stemmte die Füße nach vorn und quetschte sich mit den Schultern gegen den Sitz, als Matera hinter einem Autobus erneut scharf bremste, das Steuer nach links riß und den Bus mit minimalem Abstand überholte. Er schnitt ihm den Weg ab und bog in die Via Marconi ein, während der Busfahrer, ein kahlköpfiger, junger Mann mit Ziegenbärtchen, wie wild hupte und seine zusammengekniffenen Lippen einen stummen Fluch formten.

Grazia biß die Zähne zusammen, sie kauerte auf dem Sitz, die Knie angewinkelt und die Füße gegen das Armaturenbrett gestemmt, eine Hand oben am Haltegriff über der Beifahrertür und die andere um den Sicherheitsgurt gekrallt. Sie hatte vergessen, wie es war, dieses nervenaufreibende Kribbeln unter der Haut und die Adrenalinstöße, die ihr den Atem verschlugen. Es war wie damals, als sie noch Streife fuhr: Sie starrte durch die Windschutzscheibe, auf die Heckpartien der Autos, die urplötzlich verschwanden, wenn Matera das Lenkrad herumriß und überholte, auf die Passanten, die wie angewurzelt auf dem Zebrastreifen stehenblieben, um sie vorbeizulassen, auf die Fahrräder, die blitzschnell an den Seitenfenstern vorbeischossen, wie damals starrte sie durch die Windschutzscheibe, ohne an irgend etwas denken zu können. Bei Banküberfällen hatte die Zentrale in neun von zehn Fällen ein paar Sekunden, bevor sie am Tatort eintrafen, Entwarnung gegeben, und das Nachlassen der Spannung war so heftig gewesen, daß sie sich vollkommen erschöpft gefühlt hatte. Auch jetzt, in diesem Wagen, der mit Blaulicht durch die Stadt raste, hätte sie am liebsten die Entwarnung gehört. Eine Stimme im Funkgerät, die sagte *Immer mit der Ruhe, falscher Alarm, Simone ist in Sicherheit, Kleines, mach dir keine Sorgen.*

»Mist!« knurrte Grazia, als Matera mit kreischenden Bremsen hinter einer doppelten Reihe von Autos anhielt, die die Straße versperrte. »Du wußtest doch, was auf den Straßen los ist!«

Matera sagte nichts. Er schaltete herunter, und während der Motor hysterisch aufbrüllte, ordnete er sich auf der Busspur ein und trat das Gaspedal bis zum Anschlag durch.

Die Sirene nähert sich schnell von hinten. Sie kommt auf gleiche Höhe und überholt uns mit einem gelben Schrei, der mir Schauder über den Rücken jagt.
»Was rast du denn so!« sagt Castagnoli und hupt zweimal. »Du kommst doch auch so an!«

An der Via Costa standen die Autos so dichtgedrängt vor der Ampel, daß sie einfach nicht Platz machen konnten, so sehr Matera auch auf die Hupe drückte. Ein LKW versuchte zu wenden und blockierte die Straße. Grazia klinkte den Sicherheitsgurt aus, stülpte das Spiralkabel des Blaulichts über den Kopf und stürzte aus dem Wagen.
Mit dröhnenden Schritten rannte sie los. Um schneller zu sein, drückte sie sich kraftvoll von den Fußspitzen ab, die Hände waren zu Fäusten geballt, die Ellbogen flogen vor und zurück. Sie stürmte an den Passanten vorbei, die sich umdrehten und ihr hinterhersahen, und dabei zählte sie die Nummern über den Hauseingängen mit, 11 ... 13 ... 15 ... 17, keuchte durch den halb geöffneten Mund, 19 ... 21 ... 23..., vornüber gebeugt, den Kopf zwischen den Schultern, 25 ... 27–33. Sie bog in den Durchgang ein, der auf den Innenhof führte, prallte vor lauter Schwung mit der Schulter gegen die Mauer, konnte sich aber auf den Beinen halten, indem sie sich an der Kühlerhaube des geparkten Autos abstützte, und rannte über den knirschenden Kies zur Haustür. Dort blieb sie einen Moment stehen, vornüber gebeugt, die Hände auf die Knie gestützt, nur

einen Moment, um wieder zu Atem zu kommen, dann richtete sie sich abrupt auf, riß den Reißverschluß der Bomberjacke nach unten und zog die Pistole heraus.

Die Haustür über den beiden Stufen war offen. Grazia drückte mit den Fingern gegen die Zierleiste aus Mattglas, stieß die Tür auf und schlüpfte rasch hinein.

Eine Treppe führte zu einem Absatz hinauf, machte dann kehrt zum nächsten und verschwand über ihrem Kopf.

Immer noch außer Puste, begann Grazia hinaufzugehen, die Pistole hinter dem Oberschenkel verborgen, falls jemand aus einer Wohnung trat.

Simones Wohnung im zweiten Stock. Über der Klingel das Messingschild mit der Gravur *Martini*. Die helle Holztür angelehnt.

Mit der Hand fuhr Grazia durch die schweißnassen Haare, die ihr an der Stirn klebten, und schob sie zur Seite. Kalte Schweißtropfen rannen lästig über ihren Rücken, das T-Shirt klebte an den Schultern. Sie legte eine Hand an die Tür und stieß auch diese auf.

Der Flur in Simones Wohnung. Hinten die Tür zur Mansardentreppe. Rechts die Tür zur Küche. Links, näher, die zum Wohnzimmer. Alle drei angelehnt.

»Simone?« rief Grazia. »Signora Martini?«

Die Tür zur Treppe bewegte sich plötzlich und fiel mit einem Ruck ins Schloß.

Klong!

Grazia zuckte zusammen und konnte ein Stöhnen nicht unterdrükken, es klang fast, als hätte sie Schluckauf. Sie hob die Pistole und lud durch, dann ging sie mit wild schlagendem Herzen auf die Tür zu, legte die Hand an die Klinke und öffnete.

Die Treppe, die zu Simones Mansarde hinaufführte. Schmal, steil, fast senkrecht, an der Wand ein Messinggeländer. Oben, wo die hölzernen Stufen endeten, die Mansardentür. Geschlossen.

Grazia knipste das Licht an, es war dunkel in diesem Teil der Wohnung, aber die Glühbirne auf halber Höhe der Dachschräge blendete, also schaltete sie das Licht sofort wieder aus. Im Halbschatten blinzelte sie und rief noch einmal: »Simone! Signora Martini!« Dann stieg sie hinauf.

Oben auf der Treppe, hinter der Tür, das gedämpfte Rauschen der eingeschalteten Scanner, keine belegte Frequenz eingestellt. Auf dem Treppenabsatz hinter dem Spalt zwischen Türflügel und Fußboden, ein schwarzer Schatten, reglos in der Mitte. Oben auf der Treppe, unter der Tür, bewegte sich der schwarze Schatten plötzlich.

Grazia biß sich so fest auf die Lippe, daß Blut kam. Sie hob die Pistole, zielte beidhändig auf die Tür, Daumen über Daumen, wie sie es in der Polizeischule gelernt hatte.

»Inspektor Negro!« rief sie. »Staatspolizei! Wer ist da hinter der Tür? Ich bin bewaffnet und komme jetzt rein. Wer ist da?«

Simone hätte sie schon längst gehört und ihr geantwortet. Simones Mutter hätte ihr ebenfalls geantwortet. Dieser Schatten war nicht Simones Mutter. Dieser Schatten war nicht Simone.

Es war der Leguan.

Castagnoli lächelt, ich höre es daran, wie seine Lippen sich feucht über den Zähnen spannen.

»Natürlich können wir den Polizeifunk einstellen. Sagen Sie's aber nicht weiter ... sonst bin ich geliefert.«

Ich lächele ebenfalls und feuchte mit der Zunge die Lippen an. Die Vorstellung, jemand könnte mich hören, während ich spreche, jagt mir einen Schauer über den Rücken, es verschlägt mir den Atem. Ich weiß, ich sollte es nicht, der Hauptwachtmeister wird vielleicht wütend, aber ich kann der Versuchung nicht widerstehen. Also drücke ich auf den Knopf am Mikrophon, so fest, daß er knirscht.

»Grazia?« sage ich. »Grazia, bist du da?«

»Ja!« rief Grazia, »ja, ich bin da!«
Als sie Simones ein wenig von Rauschen verschleierte Stimme hinter der Tür hörte, schrie sie erleichtert auf. Sie seufzte so tief, daß aller Atem aus ihrer zugeschnürten Kehle entwich, dann ließ sie die Arme sinken, nahm den Finger vom Abzug, ließ die Pistole baumeln, öffnete die Tür und trat schwungvoll ein.
»Verdammt, Simò! Du hast mir ganz schön Angst eingejagt!«
Sie stolperte über etwas, das auf der Schwelle lag, und fiel vornüber, ohne daß ihre Finger die Klinke zu fassen bekamen, während Castagnolis Stimme aus dem Scanner heraus sagte: »He, Signor Martini, so haben wir aber nicht gewettet! Geben Sie das Mikrophon her!« und gleich darauf in einem noch dichteren Rauschen unterging. Grazia schlug der Länge nach hin. Die Pistole entglitt ihr und schlitterte langsam über den klebrigen Mansardenfußboden bis zu der bespritzten Wand, bis zu den rot befleckten Gardinen, die wie wild vor den geöffneten Fenstern flatterten, bis zu dem nackten Fuß des Leguans, dessen Zehen sich um die Pistole schlossen. Grazia hob den Kopf, doch genau in diesem Augenblick wurde die Gardine vom Luftzug aus der offenstehenden Tür nach hinten geweht

und verhüllte den Leguan wie ein Schweißtuch aus rot gefärbter Gaze. Grazia starrte auf diese blutige Larve ohne Gesicht und Körper unter dem dünnen Stoff der Gardine, die Kurven und Vorsprünge auf ihm formte, sich um die Ringe schmiegte, die Höhlen von

Augen und Nase nachzeichnete und sich rot in den aufgerissenen Mund stülpte. Grazia unterdrückte mit Mühe einen Schrei, der Schreck lähmte ihre Glieder und drückte sie zu Boden. Sie sah, wie der Leguan sich nach der Pistole bückte, sah, wie sein Gesicht durch die Gardine hindurchschimmerte wie eine Maske aus Lehm, die unzählige haarfeine Sprünge hatte, eine kahle, nackte Maske unter glänzenden Acrylfasern und geronnenen Spritzern. Aber sie hatte sich geirrt, der Leguan bückte sich nicht, um die Pistole aufzuheben. Mitten in der Bewegung hielt er inne, ließ die Zunge gegen die Gardine schnellen, sah Grazia einen Augenblick lang an und gab einen Laut von sich, der im tonlosen Rauschen der Scanner fast wie ein Hauchen klang.

Plötzlich drang die schrille Sirene von Materas Wagen aus dem Innenhof herauf und erfüllte das Treppenhaus. Hinter der Gardine bewegte sich der Leguan. Er hielt sich am Fensterrahmen fest, stemmte ein Knie auf das Fensterbrett und sprang hinaus. Grazia hätte ihn vielleicht über das Dach verfolgt, vielleicht wäre sie ans Fenster gestürzt und hätte auf ihn geschossen, doch als sie sich gerade aufrappeln wollte, sah sie, worüber sie gestolpert war, sie begann, um sich zu schlagen, blindlings, außer sich, und Schauder liefen ihr über den Rücken bis hinauf zu den schweißnassen Haarwurzeln.

»Mama?« rief Simone unten von der Treppe. »Mama?«

Ich höre Raucheratem, er holt mich ein und stößt mich mit dem Arm zur Seite. Um nicht zu fallen, halte ich mich am Treppengeländer fest und rufe: »Grazia?«, denn ich habe Angst.

Raucheratems Schritte donnern über das Holz der Stufen und hallen im Treppenhaus wider, dann höre ich ihn schreien: »Heilige Mutter Gottes!«, und da stürze ich weiter, nach oben. Aber als ich die Tür erreiche, spüre ich Grazias Hände, die mich aufhalten, mich packen und zurückdrängen, während sie sagt: »Nicht reingehen! Nicht reingehen!«

Dann rieche ich den scharfen Geruch des Haarsprays meiner Mutter, ich rieche den Geruch von Blut, sehr viel Blut, und da fange auch ich an zu schreien.

»Wie geht es ihm?«

»Weiß nicht. Er spricht nicht, er sagt nichts, er antwortet einsilbig, wenn ihm danach ist. Er weint. Er ißt nicht. Es geht ihm wie einem, dessen Mutter ermordet wurde und der versteckt unter Polizeischutz leben muß.«

»Nicht in diesem Ton, Kleines. Es ist weder meine Schuld noch deine ... es ist passiert und Schluß.«

In der Innenstadt von Bologna gibt es Straßen, die, wenn man von der einen Seite kommt, an der Via Indipendenza enden, zwischen den Mofas der Schüler, die vor dem McDonald's stehen, zwischen den Fahrrädern der Leute, die die Straßenseite wechseln, um die Schaufenster unter den Arkaden zu betrachten, und zwischen den Bussen, die sich hupend einen Weg bahnen. Geht man aber anders herum, führen sie ins Nichts, auf andere, immer kleinere Straßen, die sich hinter einer Biegung verlieren.

Vittorio winkelte den Arm an, und mit einem nervösen Ruck der Hand, der von einer schnellen Bewegung des Kinns begleitet wurde, strich er eine Haarsträhne nach hinten, die ihm in die Stirn gefallen war. Die zusammengekniffenen Augen ritzten ein feines Geflecht aus Falten in sein Gesicht, und trotz seiner Bräune wirkte er blaß, fast grau, wie einer, der lange nicht geschlafen hat. Grazia dachte, daß sie ihn noch nie so gesehen hatte. Seit sie ihn kannte, war er ihr immer vorgekommen, als sei er gerade aus dem Urlaub zurückgekehrt, frisch und brillant. Untadelig. Vor allem aber unfehlbar.

Doch jetzt machte er einen anderen Eindruck. Fast als sei er nicht mehr der Mann, bei dem sie vor Ergebenheit gejapst hatte, als er zum erstenmal ihre Hand geschüttelt und gesagt hatte: »Willkommen bei der AAGV, Inspektor Negro«, und sie sich gefühlt hatte wie Jodie Foster in *Das Schweigen der Lämmer*. Derselbe Mann, der ihr brennende Röte übers Gesicht gejagt und ein unbezähmbares, freudiges Lächeln entrissen hatte, als er zum ersten Mal während einer Dienstbesprechung ihren Namen erwähnt hatte. Der in ihrem Innern einen Schauder und ein zartes Kribbeln ausgelöst hatte, als er sie zum ersten Mal *Kleines* genannt hatte. Einmal hatte sie sogar geträumt, daß sie mit ihm schlief, und sie war sicher, daß er es gemerkt hatte, als sie ihm am nächsten Morgen begegnet und feuerrot geworden war. Aber das war nur einmal passiert, und es war ein Traum gewesen. Jetzt war es anders.

»Kann ich mal die Pension anrufen? Ich will Sarrina sagen, daß ich ihn gleich ablöse ...«

»Was ist mit deinem Handy?«

»Ich habe vergessen, den Akku zu wechseln.«

Vittorio steckte die Hand in die Manteltasche, zog das Handy hervor und reichte es Grazia mit ausgestrecktem Arm, dann überquerte er die Straße und steuerte auf einen Zeitungskiosk zu. Sie wählte die Nummer der kleinen Pension in San Lazzaro, wo sie Simone versteckt hatten, und ließ sich mit dem Zimmer verbinden. Sie sagte nur: »Grazia«, und: »Ich komme jetzt« dann unterbrach sie die Verbindung und wartete, bis Vittorio sich von dem Zeitungsverkäufer den Weg hatte erklären lassen.

In der Innenstadt von Bologna gibt es Straßen mit einer verborgenen Seele, die nur sichtbar wird, wenn jemand sie einem zeigt. In der Innenstadt von Bologna gibt es eine Straße, wo sich unter einer Arkade ein Loch öffnet, ein viereckiges Fensterchen mit Holzladen und Eisenrahmen, das in eine Häuserwand gehauen zu sein scheint. Wir sind in der Innenstadt von Bologna, im Zentrum einer Stadt im Binnenland, aber man braucht nur den Fensterladen aufzustoßen, und in der Öffnung erscheint ein Fluß, ein Wasserlauf zwischen senkrechten, von Feuchtigkeit angenagten Häuserfronten, vor denen Boote vertäut liegen. Nicht weit entfernt, gleich hinter der nächsten Biegung, kann man den Fluß sogar atmen hören, fast brüllt er im Würgegriff einer Schleuse, wo man einen Augenblick zuvor, nur ein paar Schritt weiter, lediglich den Verkehrslärm von der Via Indipendenza gehört hat.

»Ich bin kein Polizist«, sagte Vittorio. »Ich bin Psychiater. Ich weiß, daß Serienkiller geschnappt werden, weil sie Leichen unter dem Fußboden verstecken und diese anfangen zu stinken, weil sie ihre Opfer entwischen lassen oder weil sie aus übermächtigen Schuldgefühlen heraus einen Fehler machen. Aber wie genau man sie schnappt, das weiß ich nicht. Ich habe alles daran gesetzt, daß mir diese Ermittlungen übertragen wurden, und jetzt, wo Alvau sich endlich durchgerungen hat, weiß ich nicht, wo ich anfangen soll.« Er lächelte, aber es war ein ironisches, böses Lächeln. »Soll ich dir etwas verraten, Kleines? Diesen Leguan ... ich will ihn nicht in erster Linie schnappen, ich persönlich bin eher daran interessiert, ihn zu verstehen.«

»Ich nicht. Ich will ihn schnappen. Und bitte, Vittorio ... nenn mich nicht mehr Kleines. Das nervt.«

Vittorio klopfte sich mit der Antenne seines Handys auf die Lippen. Mit zusammengekniffenen Augen blickte er in die Sonne, die hinter den Arkaden verschwand. Er sagte nichts, ebenso wenig wie Grazia, die an anderes dachte. Sie dachte an Simone. An das, was sie für ihn empfunden hatte, als sie ihn an der Tür zur Mansarde in die Arme genommen hatte. An das Verlangen, ihn mit der Bomberjacke zu umfangen, damit niemand ihn berühren konnte. An dieses zarte Gefühl in ihrem Innern, dem sie noch keinen Namen gegeben hatte und dem sie vielleicht auch gar keinen Namen geben wollte, sie war nämlich nicht daran interessiert, die Dinge zu verstehen, sondern sie zu packen. Sie wußte nur, daß sie traurig war, wenn Simone traurig war, und glücklich, wenn auch er es war. Und jetzt, wo er nicht da war, konnte sie es nicht erwarten, bis sie wieder bei ihm war.

Vittorio schob die Antenne zusammen und steckte das Handy in die Tasche. Er sah auf die Uhr und schüttelte den Kopf.

»Ich bin spät dran«, sagte er. »Soll ich dich mitnehmen?«

»Danke, ich komme schon zurecht. Ich muß noch etwas erledigen.«

»Du Glückliche. Ich habe den Wagen nämlich in einem versteckten Sträßchen geparkt und habe keine Ahnung, wie ich ihn jemals wiederfinden soll. Hör mal, Kleines ... Grazia. Der Leguan ist jetzt nackt und muß wieder töten. Wenn er sich ausgezogen hat, dann weil er auf den Blinden wartet, also schließ dich in der Pension ein und paß auf, daß dir niemand folgt.«

Er kniff ihr in die Wange, sagte: »Ciao, Kleines«, und ging rasch fort.

Grazia sah ihm nach, bis er hinter einer Ecke verschwand, und zum letzten Mal suchte sie in ihrem Innern einen Hauch von jenem Kribbeln, das sie nicht mehr spürte. Dann zuckte sie die Achseln und betrat den Plattenladen.

Im Fernsehen sah er jünger aus.
Ist aber nicht wichtig.
Ich beobachte ihn, während er durch die Gassen geht und sich mitten auf die Straße stellt, um, zunehmend nervös, die Reihen der geparkten Autos abzusuchen. Schließlich findet er seinen Wagen am Ende einer Sackgasse, fast verdeckt von einem hölzernen Baugerüst. Ich habe gesehen, wie er ihn dort abgestellt hat, heute morgen, als ich begann, ihm zu folgen. Auch nachdem die Frau gegangen und er wieder allein war, bin ich ihm gefolgt, denn sie will ich nicht, die Frau macht mir Angst.
Auch jetzt folge ich ihm.
Ich halte Abstand, damit er mich nicht bemerkt, halte mich hinter den Arkaden, quetsche mich hinter die Fallrohre, die verrostet und mit einer Kruste aus Taubendreck überzogen sind. Aber jetzt gehe ich schneller, bis ich ihn erreicht habe, strecke den Arm aus und berühre seine Schulter.
Die Schlüssel fallen ihm aus der Hand.
»Was zum Teufel ...«, sagt er, dann starrt er mich entgeistert an.
Das erste, was er ansieht, ist der Kopfhörer über meinen Ohren, und als er ihn bemerkt, sehe ich, wie seine Augen sich ein bißchen verengen. Aber sie weiten sich gleich wieder, huschen verblüfft über meinen Körper.
Ich bin nackt.
Nackt, mit Handschellen an den Gelenken.
»Kommissar Poletto?« frage ich. Hastiges Nicken. Er hebt die Hand zu den Schößen seines Regenmantels, zögert aber. Sein Blick gleitet rasch über die Straße, über die verrammelten Fenster der Häuser, über die verlassenen Arkaden, über den Regenmantel und die

Schuhe, die ich fallen gelassen habe, und kehrt dann zu mir zurück. Einen Augenblick lang denke ich, daß er das Tier bemerkt hat, das sich unter meiner Schulter bewegt hat, obwohl ich es mit aller Kraft ruhig zu halten versuche. Doch er schaut nur auf meinen nackten und enthaarten Körper, betrachtet meinen kahlrasierten Schädel, betrachtet die kleinen Ringe, die in meinen Augenwinkeln funkeln, betrachtet den Kopfhörer und den Walkman, den ich mit Klebeband an der Hüfte befestigt habe. Die gehobene Hand kramt entschlossener unter dem Regenmantel.

»Ich habe dich im Fernsehen gesehen«, sage ich. »Ich will mich stellen. Ich bin der Leguan.«

Die Hand kommt unter dem Regenmantel hervor und richtet eine kleine schwarze Pistole auf mich. Er macht einen Schritt nach hinten und schaut sich um, als wüßte er nicht, was er tun soll. Offensichtlich hat er Angst. Um ihn zu beruhigen, hebe ich die gefesselten Hände.

»Halt!« ruft er. »Keine Bewegung, oder ich schieße!«

Mit der Schuhspitze schiebt er den Schlüsselbund zu mir hin.

»Aufschließen«, sagt er, aber ich bin schon dabei, bücke mich, hebe mit den gefesselten Händen den Schlüsselbund auf und schließe die Tür auf. Dann klettere ich hinein, rutsche mit nacktem Hintern über das Leder der Rückbank. Auch er setzt sich nach hinten und verriegelt mit der Fernsteuerung im Schlüssel die Türen; aber er ist so nervös, daß er zu kräftig draufdrückt und es zwei, dreimal versuchen muß. Als es geklappt hat, lehnt er sich mit dem Rücken gegen die Tür und kaut auf der Unterlippe. Die schwarze Pistole ist immer noch auf mich gerichtet. Er hält sie beidhändig, sie zittert ein bißchen.

»Ich will dir nichts tun«, sage ich zu ihm. »Ich habe mir die Handschellen absichtlich angelegt. Ich habe mich nackt ausgezogen, damit du siehst, daß ich keine Waffen habe.«

»Rühr dich nicht. Alles andere überlaß mir. Wenn du dich bewegst oder näherkommst, erschieße ich dich.«

Ich rühre mich nicht. Das Tier streift langsam über den Bauch, so tief drinnen, daß man es fast nicht sieht. Das Nasenbein pocht unter der Haut, aber es schiebt sich nicht vor. Die Glocken sind ganz tief unten, unter der Musik aus dem Walkman, *dong, dong, dong*, sie gleiten über die Lippen, *dong, dong, dong ...*

»Beantworte meine Fragen. Du hast mich in den Fernsehnachrichten gesehen?«

»Ja.«

»Welche?«

»Die um halb zwei.«

»Hast du Signora Martini getötet?«

»Ja.«

»Wie?«

»Ich habe sie getötet.«

»Wie?«

»Ich habe sie getötet. Warum fragst du mich das?«

»Weil ich in diesem Moment eine Scheiß-Angst habe, aber nicht weiß, ob du der Leguan bist oder ein nackter Selbstbezichtiger in Handschellen. Darum.«

»Ich bin kein Selbstbezichtiger. Ich bin es. Ich bin der Leguan.«

Er sieht mich weiter an. Er kneift die Augen zusammen, beißt sich so fest auf die Unterlippe, daß ich einen kleinen, roten Fleck zwischen seinen Zähnen erkenne. Vielleicht hat er gesehen, daß meine

Nase sich vor und zurück bewegt, die Haut über den Jochbeinen in unzählige kleine Falten zieht wie ein Finger von einem Gummihandschuh. Das Tier nicht, das kann er nicht gesehen haben. Das habe ich im Mund, es sitzt still auf der Zunge. Ich höre, wie sein Herz schlägt, *dong, dong, dong*. Es schlägt wie die Glocken.
»Du hast einen Kopfhörer auf«, sagt er und deutet dabei kaum merklich mit dem Pistolenlauf auf meinen Kopf. »Warum?«
»Um das zu überdecken, was ich in mir höre. In meinem Kopf.«
»Und was hörst du?«
»Ich höre die Glocken.«
Jetzt kaut er nicht mehr auf der Unterlippe. Er reißt die Augen auf und flüstert: »O Gott!«, läßt sogar die Pistole sinken. Dann hebt er sie sofort wieder und quetscht sich noch mehr gegen die Tür. Er atmet heftig durch die zusammengepreßten Zähne, aber er schaut mich jetzt anders an, immer noch erschrocken, aber intensiver, bestimmter. Neugieriger.
»Okay«, sagt er, »okay, in Ordnung ... du bist der Leguan. Ich nehme dich jetzt mit ... ich weiß zwar nicht wie, aber ich werde es tun, o Gott, bleib du nur ganz ruhig, o Gott, keine Bewegung, oder ich schieße ...«
Plötzlich zuckt er zusammen und stöhnt, und ich sehe, wie sein Finger sich um den Abzug spannt, aber ich begreife nicht wieso. Etwas, das entfernt an ein Schnalzen erinnert und kaum durch die Musik in meinen Ohren dringt, läßt mich zu dem Walkman hinuntersehen. Das Band hat sich verheddert und die Stoptaste ausgelöst.
Die Musik füllt mir immer noch die Ohren und schürft die Trommelfelle ab, dann erst merke ich, daß sie aufgehört hat, und da bricht sie schlagartig ab.

DIE GLOCKEN.
Ich werfe den Kopf zurück und donnere gegen das Seitenfenster, bei jedem Glockenschlag, der in meinem Hirn explodiert, donnere ich dagegen, *dong, dong, dong*, immer lauter. Er schreit: »Keine Bewegung! Ich schieße! Keine Bewegung!«, aber ich kann nicht anders und donnere gegen das Fenster, die Glockenschläge brechen durch meine Stirn und stoßen meinen Kopf nach hinten, er donnert und donnert, bis ich höre, wie hinter mir das Glas zerspringt. Ich reiße den Kopfhörer von den Ohren, die Glocken läuten jetzt wahnsinnig laut, *dong, dong, dong*, und jetzt brülle auch ich, ich halte mir die Ohren mit den Ellbogen zu, weil meine Handgelenke doch gefesselt sind, und schreie: »Mama! Mama!«, und er brüllt: »Keine Bewegung, keine Bewegung! Verdammt, ich schieße!«, aber er schießt nicht, er richtet die Pistole auf mich, aber er schießt nicht, er hört mir zu.

Ich schreie: »Mama!« Ich presse mir die Ellbogen auf die Ohren und schreie: »Mama! Mama, ich höre die Glocken!«

»Welche Glocken?« fragt er. »Wie sind die Glocken? O Gott! Selbsthypnose! O Gott! Red schon, wie sind die Glocken?«

Ich reiße die Augen auf. Die Lider kräuseln sich, rollen sich nach hinten auf, und die Augäpfel schwellen an, als wollten sie herausspritzen, getrieben von den Tränen, die die Wangen überfluten wie das Wasser aus einem geplatzten Aquarium. Die Oberlippe drückt auf die Unterlippe und quetscht sie nach unten, auf das Kinn, mein Gesicht wird immer länger und reicht jetzt bis auf die Brust, und die Stimme kommt aus einem Loch, gepreßt und schrill wie der Schrei eines Delphinbabys.

»Mama! Ich höre die Glocken! Mama! MAMA!«

Ich werfe mich auf dem Sitz hin und her, schlinge die Arme um die Ohren und werfe mich auf dem Sitz hin und her, schlage gegen die Scheibe und gegen die lederne Rückenlehne. Ich zittere und schreie durch die zusammengepreßten Zähne, aber das Läuten hört nicht auf, *dong*, *dong*, *dong*, es hört nicht auf, es hört nicht auf.

Aus der Ferne sticht seine Stimme in mein Hirn.

»Keine Bewegung! Keine Bewegung! Rühr dich nicht und sag mir, wo du bist! Wer bist du jetzt? Wer bist du?«

Ich schreie. Mein Mund öffnet sich, er verschlingt fast das ganze Gesicht und quetscht die Augen gegen die Stirn. Meine Stimme klingt geschwollen und düster, sie hallt in der Kehle wie auf dem Grund einer schwarzen Höhle.

»Bei dem Jungen krieg ich eine Gänsehaut, Agata! Der ist nicht normal! Ich will ihn nicht im Haus haben! Er oder ich! Er oder ich! Er oder ich!«

»MAMAAA!«

Mein Mund klappt zu, die Lippen krümmen sich nach außen, und meine Stimme zieht sich zu einem so spitzen Schrei zusammen, daß die Wagenfenster in einer Kaskade weißer Splitter zerspringen.

»Warum?« fragt er, fern, sehr fern. »Warum wollen sie Alessio nicht? Rühr dich nicht, komm nicht näher, oder ich schieße! Wer will Alessio nicht? Warum?«

»Der Mann schreit meine Mama an. Ich liege in meinem Zimmer im Bett, aber von dort aus kann man trotzdem alles hören. Der Mann schreit meine Mama an. Er sagt, *dieser Junge raubt einem den letzten Nerv, Agata! Dauernd muß ich mir anhören: leise, sonst hört er uns, leise, sonst hört er uns! Du mußt dich von ihm freimachen, Agata, entweder er oder ich! Er sagt, weißt du noch, neulich Nacht? Weißt du noch, als wir gerade gebumst haben und plötzlich die Schlafzimmertür aufgeht und dieser Junge in Unterhose und Unterhemd reinkommt und* MAMA, MAMA! ICH HÖRE DIE GLOCKEN *schreit? Bei dem Jungen*

krieg ich eine Gänsehaut, Agata! Er macht mir Angst! Dieses winzige Kind mit den Händen auf den Ohren, das weint und wie wahnsinnig MAMAAAAA *kreischt!«*

Ich schreie, aber meine Stimme geht in den Glockenschlägen unter, die das Auto zermalmen und die Karosserie verbiegen, bis das Wagendach uns zerquetscht. Ich will hier weg, ich will hier raus, aber er brüllt: »Beweg dich nicht, verdammt noch mal!«, und da hebe ich die Arme und schlage ihm die Pistole aus der Hand.

Plötzlich platzt meine Haut, zieht sich wie Gummi über den Knochen zurück, die Nase schiebt sich schlagartig vor und zerrt das übrige Gesicht hinter sich her. Ich mache einen Satz nach vorn, und bevor er sich rühren kann, pickt mein Schnabel in sein Auge.

Hinterher wird mir klar, daß ich einen Fehler gemacht habe.

Ich wollte mich ihm nur stellen, damit er mich zu dem Blinden führt, der in mich hineinschauen kann.

Aber jetzt ist es zu spät.

Ich krame in seiner Tasche. Ich suche nach einer Visitenkarte, einem Zettel, einer Adresse auf einem Briefumschlag, einem Notizblock. Ich durchwühle seine Kleider und finde ein Handy. Als ich es aus der Tasche ziehe, berühre ich aus Versehen eine Taste, irgendeine, und das Telefon schaltet sich ein, grünes Licht zuckt durch den roten Innenraum des Wagens.

Von allein wählt es die zuletzt eingetippte Nummer.

Eine Stimme antwortet. Ich lausche und lege auf.
Dann gleite ich nach vorn, auf den Fahrersitz, und schalte das Licht ein, weil es mittlerweile dunkel geworden ist, aber ich sehe trotzdem nichts. Also trockne ich meine Hände an den Beinen ab und schalte die Scheibenwischer ein, um den dichten, roten Nebel von der Windschutzscheibe zu wischen.
Aber der rote Nebel ist nicht draußen.
Er ist hier drin.

»Pensione Fiore, San Lazzaro ... Sie wünschen. Sie wünschen? Hallo? Hallo? Hallo? Hm ... hat aufgelegt.«

Summertime.
Es hallt in meinem Kopf, sobald Grazia das Nebenzimmer betritt, aber ich weiß nicht, ob es daher kommt, daß ich ihre Schritte durch die offene Tür gehört habe oder weil ich ihren Geruch so sehr vermisse, daß er den der Spaghetti mit Fleischsauce überlagert, die unberührt neben mir stehen.
Ich höre sie sprechen.
»Schärf es dem Mann an der Rezeption noch mal ein. Hier kommt nur hoch, wer die Erlaubnis dazu hat. Und schnapp dir in jedem Fall den Hörer und ruf im Zimmer an, um Bescheid zu sagen. Okay?«
Ich höre, wie Hundert Lire grunzt. Ich höre, wie er zur Tür des anderen Zimmers geht, und ich höre, wie die Tür sich schließt. Ich höre Grazia seufzen. Ich höre die Bettfedern leise quietschen, als hätte sie sich auf die Bettkante gesetzt, und ich höre die Stiefelschnallen klirren. Ich höre die Schnürsenkel, die auf das Leder peitschen, sich aus den Löchern fädeln, und ich höre den dumpfen Schlag eines fortgeschleuderten Schuhs.

Grazia zog auch den anderen Stiefel aus, dann bog sie den Rücken durch und löste über dem Stoff des T-Shirts den Haken des Büstenhalters. Sie wollte gerade die Träger abstreifen und durch die Ärmel ziehen, als ihr Blick durch die Verbindungstür zwischen den beiden Einzelzimmern auf Simone fiel. Sie lächelte und überlegte, daß es zu den unbestreitbaren Vorteilen des Beisammenseins mit einem Blinden gehört, daß man sich frei und ungezwungen ausziehen kann; also packte sie das T-Shirt am Kragen und zog es über den Kopf. Dann streifte sie den Büstenhalter ab, und wo sie schon mal dabei war, ließ sie auch die Jeans herunterrutschen. Einen Augenblick lang überlegte sie, ob sie auch die Strumpfhose ausziehen sollte, behielt sie dann aber an, las das T-Shirt vom Boden auf und zog es über, links herum, wie es war. Sie trat vor den Spiegel über

der Kommode, drehte den Kopf hin und her und fuhr sich mit den Fingern durch das Haar, um es zu ordnen. Da fiel ihr Simone wieder ein, Simone, der sie weder in Unterwäsche noch ungekämmt sehen konnte, aber sie schämte sich dennoch und versuchte trotzdem, sich schön zu machen. Sie verharrte eine Weile mit zusammengepreßten Lippen und gerunzelter Stirn, dann schloß sie die Augen und lächelte.

Ich höre Grazia kommen. Ich höre das azurblaue Streichen ihrer Strümpfe auf dem Teppichboden. Ihr Geruch ist nah, Geruch von Öl, Nylon, Baumwolle, kräftiger von Haut und Summertime.
Sie setzt sich auf die Armlehne meines Stuhls, und ihre frische, strumpfrauhe Haut streift die Fingerknöchel meiner Hand, die darauf liegt. Hastig ziehe ich sie zurück.
Sie sagt: »Du hast nichts gegessen.«
»Nein.«
»Hast du keinen Hunger?«
»Nein.«
»Ich habe eine Überraschung für dich. Willst du sie hören?«
»Nein.«
Sie steht auf und stellt etwas auf den Tisch. Rasch zerreißt sie dünnes Zellophan wie bei den Zigarettenschachteln meiner Mutter. Meine Mutter. Ich möchte an sie denken, aber es gelingt mir noch nicht, den ganzen Tag schon vermeide ich es. Außerdem ist da

noch ein Geräusch, das mich ablenkt. Ich kenne es, es ist die Klappe eines Kassettenrekorders, die sich mit einem Klicken schließt. Das Klavier. Der erste einzelne Akkord, und unmittelbar darauf das verhaltene Aufseufzen der Schlagzeugbesen. Nur eine Drehung, ganz kurz, die Noten des Klaviers sind wie Wassertropfen, dann diese andere Stimme, sie ist heller, aber langsam, und sie singt *Almost Blue*. Es hat mir gefehlt. Gott, wie hat es mir gefehlt. Sie auch, Grazia auch, alle beide. Aber ich habe Angst. Meine Mutter ist tot, und dieses *Almost Blue* ist nicht das, das ich kenne.

»Die Version von Chet Baker, die du mir vorgespielt hast, hatten sie nicht da«, sagt Grazia. »Es gab sie als CD, aber ich habe nur einen Kassettenrekorder. Das ist die Version von Elvis Costello. Im Beiheft steht übrigens, daß er *Almost Blue* geschrieben hat. Wußtest du das?«

»Nein. Ich lese keine Beihefte. Ich lausche und Schluß.«

Grazia sagt: »Macht's dir was aus, wenn ich rede?«

»Ja.«

»Macht's dir was aus, wenn ich bei dir bleibe?«

»Ja.«

»Warum?«

»Weil ich allein sein und meine Ruhe haben will.«

»Na, dann bleib doch allein und hab deine Ruhe.«

Grazia machte einen Schritt vorwärts, streckte den Arm aus und schaltete den Rekorder ab. Dann ging sie zur Tür, lehnte sich gegen den Rahmen, verschränkte die Arme vor der Brust und betrachtete ihn, reglos und still.

Auch Simone verhielt sich reglos und still. In sich zusammengesunken saß er auf seinem Stuhl, eine Hand auf der Armlehne und die andere im Schoß, zur Faust geballt. Das Kinn auf die Brust gelegt und den Mund zusammengepreßt, die untere Lippe über die obere zu einer kindlichen Grimasse geschoben. Ein Auge war ein wenig geöffnet und gab ihm dieses asymmetrische, verzerrte Aussehen.

Reglos und still, alle beide.

Grazia reglos, als ob sie nicht mehr existierte, still, als hätte sie nie existiert, fern, jenseits des Geruchs der Spaghetti mit Fleischsauce. Sie betrachtete Simone. Sie betrachtete Simone, weiter nichts, und betrachtete ihn auch noch, als er den Kopf hob, als ob er diese so leere Stille schnuppern wollte, die nicht einmal von *Almost Blue* gefüllt wurde, und sie betrachtete ihn auch, als er »Grazia?« sagte, leise beim erstenmal, fast nicht zu hören, »Grazia?«, lauter beim zweitenmal, mit einem Anflug von Sorge, »Grazia, wo bist du?«, noch lauter und fast erschrocken, und da ließ sie die Arme sinken und stieß sich mit einem Ruck vom Türrahmen ab.

Plötzlich spüre ich sie ganz nah. Ich spüre ihren Geruch und die Wärme ihrer Haut vor dem Gesicht, und dann spüre ich ihre Lippen auf meinen. Ich weiche mit dem Kopf zurück, aber ihre Hände fahren um meinen Hals und drücken mich an sich.

Ich zittere. Ich möchte nicht, aber ich zittere, während ihre Lippen sich weich auf meinen bewegen, ich zittere, als ihre Finger am Kragen meines Hemdes entlangfahren, als sie sich quer auf meine Beine setzt, als sie meine Hand nimmt und unter ihr T-Shirt geleitet und ich die warme, glatte Haut an ihren Hüften spüre.

Dann zieht sie das T-Shirt aus, und *Summertime* überflutet mich, so gewaltsam, daß ich nichts mehr wahrnehme, nur ihren Atem und das Surren ihrer Strümpfe, die zu Boden gleiten, während sie sich rasch auf mich setzt. Meine Hände liegen unbeweglich auf ihren Hüften, aber sie nimmt meine Handgelenke und schiebt sie höher, zwischen den Fingern spüre ich die rosa Rundung ihrer Brüste und die azurblauen Spitzen ihrer Brustwarzen, und ich höre, wie sie durch die Lippen flüstert: »Drück zu.« Sie stöhnt auf und beugt sich über mich, ich spüre, wie sie mich umfängt, spüre ihren Geruch und ihre Wärme, den herben, intensiven Geruch der Schultern und der Brüste, die sich an mich pressen, den feuchten Druck ihres Mundes und der Zunge, die heiß durch meine Lippen gleitet, bin wie elektrisiert, als sie meine berührt. Rasch schnallt sie meinen Gürtel auf, zieht die Hose herunter, ich spüre, wie ihre Schenkel meine Beine umklammern, und ich spüre die feuchte Glut, als sie sich einen Moment lang nach hinten beugt und aufstützt, um meine Hose abzustreifen.

»Es ist das erste Mal«, flüstere ich und spüre, daß sie lächelt, ganz nah.

»Für mich nicht«, sagt sie. »Aber fast.«

Mein Rücken krümmt sich, als sie mich berührt, ich ziehe mich in einem Krampf zusammen, als sie mich nimmt, und ich stöhne mit ihr, als ich sie auf mir spüre und um mich herum, feucht, weich und heiß, sie stößt und drückt mich, ich kralle meine Hände in ihre verschwitzte Haut, und immer noch zitternd, glaube ich, stoße und drücke auch ich.

Als ich ihr schnelles Keuchen auf dem Mund spüre, öffne ich die Lippen und suche ihre Zunge.

»Zitterst du jetzt nicht mehr?«

»Nein.«

Sie lagen auf dem Fußboden. Grazia hatte nach Simones Hemd gegriffen und: »Ein Klassiker« geflüstert, während sie es überstreifte. Simone war nackt auf dem Rücken liegengeblieben, den Kopf auf dem Teppichboden nach hinten gebeugt, die Arme ausgestreckt, wie ein Kreuz. Grazia hatte gesagt: »Ich kann dich so nicht sehen«, hatte ihm einen Arm unter den Nacken geschoben und sich auf ihn gelegt, ein Bein quer über seine. Dann hatte sie seine Hand genommen und sich aufs Gesicht gelegt.

»Willst du nicht wissen, wie ich aussehe?« fragte sie.

»Nein. Ist mir egal.«

»Angeblich bin ich verdammt hübsch, und ich habe ein kleines Muttermal auf der Lippe, das sehr sinnlich sein soll. Faß es an.«

Sie nahm seinen Finger und fuhr sich damit über den Mund, über das Muttermal und dann weiter unten, über die Lippen, die sich über der Fingerspitze zu einem Kuß schlossen.

»Normalerweise fasse ich die Leute nicht gern an ...« sagte Simone.

»Mich auch nicht?«

»Nein ... dich schon. Es ist nur, hör zu, Grazia ... frag mich nicht nach Dingen, die ich nicht verstehe. Gesichtszüge, Körperformen, Augen- und Haarfarbe ... davon weiß ich nichts, ich kann das nicht sehen, es bedeutet mir nichts. Ich habe meine eigenen Farben und meine eigenen Formen. Wenn ich dich nur mit den Fingern berühren würde, würde ich dich in Einzelteilen wahrnehmen, und das will ich nicht, auch wenn mir bestimmte Einzelheiten sehr gefallen.«

Seine Hand fuhr über Grazias Schulter, den Rücken hinunter, über dem Stoff des Hemdes, weiter über die kühle Kurve ihres Hinterns und hinein in die noch heiße Höhlung zwischen ihren Beinen. Grazia stöhnte kurz auf, die Unterlippe zwischen den Zähnen.

»Für mich bist du alles zusammen. Du bist ein Geruch. Ein Klang. Du bist du.«
»Und welcher Geruch bin ich?«
»Schmierfett, Schweiß, frische Baumwolle und *Summertime*.«
»Hört sich nicht besonders toll an.«
»Aber es ist schön ... mir gefällt's. Aber du willst ja wissen, wie ich mir dich vorstelle. Also gut, ich sag es dir, denn ich weiß, wie du aussiehst. Du hast so durchsichtige Haut, daß meine Finger hindurchdringen, und blaues Haar.«
Grazia blieb still. Eine Weile fuhr sie mit der Fußsohle über Simones Bein, dann zuckte sie die Achseln und gab ihm einen schnellen Kuß auf die Wange.
»Ich weiß nicht, was das bedeutet, aber es klingt gut. Ich gehe duschen.«

»Kommissar Poletto. Sagen Sie, wo ist die Signorina mit dem Blinden noch mal? Danke ... Oh, das ist doch ein Cutter, nicht wahr? Darf ich Sie um einen Gefallen bitten? Würden Sie ihn mir bitte ausleihen?«

Grazia schob die Tür der Duschzelle beiseite und kam hinter dem Glas zum Vorschein. Sie schloß die Augen, damit kein Shampoo hineinlief, lehnte sich so weit wie möglich hinaus und spitzte die Ohren.

»Hast du nach mir gerufen?« fragte sie.

Sie hatte die Türen zum Bad und zu dem anderen Zimmer offen gelassen, aber der Duschstrahl prasselte so laut und heftig gegen das Milchglas, daß sie kaum ihre eigene Stimme hörte. Es war ihr vorgekommen, als hätte sie ein Geräusch gehört, einen Mißton in dem heißen Wasserfall, der über ihren Körper lief, und im ersten Augenblick hatte sie gedacht, es sei das Telefon. Auf Zehenspitzen schlüpfte sie aus der Zelle, um nicht auszurutschen, hielt sie sich am Waschbecken fest. Dann nahm sie die Pistole, die sie auf das Bidet gelegt hatte, und ging, die brennenden Augen zusammengekniffen, zur Tür.

Simone war in seinem Zimmer, nackt saß er im Sessel, und den Bewegungen seines Kopfes nach, schien er einer Musik zu lauschen, die sie dort hinten nicht hören konnte.

Sie kehrte unter die Dusche zurück, aber bevor sie die Schiebetür schloß, nahm sie einen der Plastikbeutel mit dem Namen des Hotels und der Aufschrift ›Bitte keine Binden in das WC werfen‹, steckte die Pistole hinein und legte sie neben Shampoo und Badeschaum auf die Metallablage. Sie warf den Kopf zurück, ließ sich das heiße Wasser über das Gesicht prasseln, daß es ihr den Atem nahm und in Nase, Ohren und sogar in den geöffneten Mund lief. Dann blähte sie die Wangen und spuckte das Wasser gegen das Kästchenmuster auf dem Milchglas, wie sie es schon immer getan hatte, wenn sie unter der Dusche stand, schon als kleines Mädchen.

Sie nahm das Duschgel und spritzte sich einen grünen Kringel auf die Handfläche. Als sie sich mit dem Kiefernschaum Bauch und Schenkel einseifte, mußte sie unwillkürlich lächeln, dann kam ihr Vittorio in den Sinn. Was er wohl sagen würde? Wie sollte sie es ihm sagen? Und wann?

Hinter der Glastür bewegte sich etwas. Ein heller, vertrauter Schatten mit den Umrissen eines Regenmantels mit hochgeschlagenem Kragen. Instinktiv legte Grazia die Hand auf die Plastiktüte mit der Pistole, während sie mit der anderen die Tür beiseite schob.

»Vittorio!« rief sie und seufzte kurz auf. Dann bewegte sich der Schatten und versetzte ihr einen so heftigen Schlag gegen den Kopf, daß sie fast aus der Dusche geschleudert wurde.

Ich habe sie erwischt.

Ich sehe zu, wie sie auf die Hände fällt. Sie klammert sich an den Wannenrand und versucht aufzustehen, aber ihre Beine rutschen weg.

Ich gebe ihr einen Tritt in die Seite, sie reißt den Mund auf und stöhnt, dann knie ich mich hin, nehme den Beutel, der ihr aus der Hand gefallen ist, prüfe, ob er schwer genug ist, und schlage ihr damit auf den Kopf.

In aller Ruhe ziehe ich mich nackt aus.

Ich lege meine Kleider ab und stelle mich ebenfalls unter die Dusche.

Ich lasse das Wasser über meinen kahlrasierten Kopf und den Kopfhörer laufen, es rinnt über meinen enthaarten Körper bis zu dem Walkman, der zischend und stotternd zwischen meinen Beinen baumelt.

Gitarren und Stimme leiern, schlängeln sich blitzschnell in meinen Ohren wie die Zunge eines Reptils, ein elektrischer Regenschauer, ein hysterischer Donner, der immer näher rollt, ein Blitz, der den Himmel durchzuckt wie ein greller Schrei.

I want take no prisoners, no spare no lives … nobody's putting up a fight … ich werde keine Gefangenen machen, ich werde kein Leben schonen, Widerstand ist zwecklos … *I got my bell, I'm gonna take you to hell … I'm gonna get you, Satan get you …* ich habe meine Glocke, ich nehme dich jetzt mit in die Hölle, ich komme jetzt und hole dich, Satan kommt dich holen …

Dann bricht *Hell's Bells* ab, der Walkman schweigt, in mir bleiben nur die Glocken der Hölle.

Ich steige aus der Dusche und betrachte mich im Spiegel.

Das Tier rast unter der Haut und verzerrt mein Gesicht. Die Augen werden leer, zwei schwarze Höhlen. Die Lippen spannen sich über den Zähnen zu einem düsteren Knurren.

Hinter mir bewegt sich die Frau und berührt meinen Knöchel.

Ich drehe mich um, nehme den schweren Beutel, knie mich wieder hin und erledige sie.

Das ist nicht Grazias Schritt. Diese nackten Fersen, die über den Boden stapfen, die Haut, die an den Fliesen klebenbleibt, diese Zehen, die über den Teppichboden streifen, sind nicht ihre.

Das ist nicht Grazia.

Jemand steht vor mir. Jemand, der nicht spricht, doch er riecht und atmet. Ich habe Angst.

Da sind Tropfen, die langsam auf den Teppichboden fallen. Ich habe Angst.

Dann die Stimme.
Grün.
»Ciao. Erinnerst du dich an mich?«

196 Er schaut mich an, aber er sieht mich nicht.
Er schaut durch mich hindurch, er schaut in mich hinein, aber er sieht nichts.
Ich reiße den Mund auf, strecke die Zunge heraus und zeige ihm das Tier, es plustert sich auf und zischelt ihn an, aber er sieht es nicht.
Ich gehe zu ihm hin, lege den Kopf an seinen, lege meine Ohren an seine Ohren, damit er die Glocken hört, aber er hört nicht.
Ich will auch so sein.
Ich will wie du sein.
Ich will du sein.

Er sagt: »Schau, siehst du es?«, und ich höre, daß er den Mund vor mir aufreißt, vor Anstrengung muß er husten.
Er sagt: »Hörst du? Hörst du die Glocken?«, und drückt mein Gesicht gegen seines, gräbt seine Finger in meine Wange und preßt sein kaltes, nasses Ohr gegen meines.
Ich höre ein Knacken, es knackt mehrmals, als würde etwas aus einer gezahnten Hülle geschoben.
Er sagt: »Ich will auch so sein.«
Er sagt: »Ich will wie du sein.«
Er sagt: »Ich will du sein.«
Ich rieche den Geruch von Metall nahe an meinem Mund.
ICH HABE ANGST.

Was ist das, diese kalte, nackte Frau, die mich angesprungen hat? Von wo ist sie gekommen? Ich hielt sie für tot, statt dessen hat sie sich an meine Hüfte geklammert und mich zu Boden gerissen. Ich dachte, ich hätte sie getötet, statt dessen umklammert sie mich, dreht mich auf den Rücken, knurrt wie ein Tier und packt mich an der Gurgel. Ich dachte, sie wäre nicht mehr da, statt dessen schlingt sie die Beine um meine, hält mich mit ihrem Gewicht am Boden und drückt mir den Hals zu.

Ich ersticke. Ich bekomme keine Luft. Ich spüre, wie ihre Daumen unter meinem Kinn zudrücken, spüre die zugeschnürte Kehle, ich bekomme keine Luft. Ich packe ihre Handgelenke, kratze über ihren Rücken und ihre Schultern, stoße ihr blutverschmiertes Gesicht zurück, reiße an ihren klatschnassen Haaren, aber sie läßt nicht locker, sie klemmt meine Beine ein, hält mit den Füßen meine Knöchel fest, quetscht ihre Stirn gegen meine, schnürt mir den Hals zu, und ich bekomme keine Luft.

Ich öffne den Mund. Meine Zunge fährt von ganz allein durch die Lippen. Wenn ich ihr nur das Tier in mir zeigen könnte, würde sie vielleicht von mir ablassen, aber ihre Fingernägel stecken in meiner Haut wie Haken, ihre Finger schnüren meinen Hals zu, und das Tier ist unten geblieben und kommt nicht vorbei. Ich möchte sie schlagen, ich möchte den Schnabel ausfahren und sie töten, aber ihre verschwitzte Stirn drückt gegen meine, und ich schaffe es nicht. Ich spüre ihren heißen Atem auf dem Mund, ich spüre, daß sie heftig atmet, also drücke ich die Zunge noch weiter heraus und versuche auch, Luft einzusaugen, aber ich kann nicht, denn sie drückt immer weiter, und ich bekomme keine Luft, ich bekomme keine Luft, ich bekomme keine Luft.

Mit aller Kraft drückte Grazia immer weiter zu, obwohl ihre Finger schmerzten, obwohl sie alles doppelt sah und den Kopf nicht mehr hochhalten konnte, trotz des rotgestreiften Schleiers vor dem Auge. Sie keuchte vor Anstrengung, versteifte Arme und Beine, damit der Leguan unter ihr sich nicht rührte, und drückte auch dann noch zu, als sie spürte, wie die Hand, die ihren Rücken zerkratzte, von ihren Schultern glitt und kraftlos auf dem Fußboden aufschlug, während die andere unbeweglich auf ihrer Wange liegenblieb, die Finger in ihrem Haar verheddert. Sie wußte, sie war der Ohnmacht nahe, also konzentrierte sie sich auf dieses erstickte Stöhnen in ihrem Ohr, drückte zu, um es zu zerstören, drückte immer weiter zu, bis die Kraft aus ihren Armen wich und die Finger sich lösten, bis der rot-weiße Schleier so dicht wurde, daß ihr zerschlagener Kopf sich mit undurchdringlichem, feuchtem Nebel füllte. Sie verlor das Bewußtsein, die Hände schlossen sich noch immer um diese Kehle, aber sie hatten nicht mehr die Kraft zuzudrücken, ihr Kopf rutschte von der Stirn des Leguans und glitt, aufgehalten von des anderen regloser Umarmung, langsam und fast sanft auf den Fußboden.

Ich habe einen kalten, nassen Knall neben mir gehört, das dumpfe Trommeln von Schritten vor mir, und dann das rauhe Schleifen nackter Körper auf dem Teppichboden. Lärm kämpfender Körper. Geruch kämpfender Körper. Ich habe gehört, wie Grazia mit den Zähnen knirschte, knurrte und keuchte, wie vorhin, als wir miteinander geschlafen haben, und ich habe ein langes Stöhnen aus offenem Mund gehört, ein bis zum letzten herausgepreßtes Röcheln. Dann höre ich nichts mehr. Stille. Vollkommene Stille, die mich er-

starren läßt, als ich kniend über den Teppichboden taste und immer wieder frage: »Grazia? Grazia, wo bist du?«
Dann dieses Würgen, dieses kurze, heisere, aus der Kehle gespuckte Röcheln. Das Knurren eines Tiers.
Eines noch lebendigen Tiers.

Ich stoße die Frau zur Seite, ich schaffe sie mir vom Leib, ziehe den Arm zurück und schüttele die Hand, um sie aus ihren Haaren zu entwirren.
Sie hat mich fast umgebracht, aber sie ist vorher ohnmächtig geworden, und jetzt hätte ich die Gelegenheit dazu, aber es ist unwichtig, weil jetzt alles ganz schnell geht.
Der Blinde, der in mich hineinschaut, kniet auf dem Boden, die ausgestreckten Hände kratzen durch die Luft. Als er hört, daß ich aufstehe, daß ich mich auf den Bauch drehe und genau vor ihm aufrichte, verharrt er reglos.
Ich hebe den Cutter auf, der mir bei dem Überfall der Frau aus der Hand gefallen ist, gehe wortlos um den Blinden herum und bleibe hinter ihm stehen.
Er erstarrt, als ich ihn an den Haaren packe und seinen Kopf hochziehe, als ich ihn mit den Beinen zwinge, den Rücken gerade zu machen, und seinen Nacken zwischen die Schenkel klemme, damit er stillhält.
Die Glocken schlagen jetzt wie noch nie zuvor. Sie hämmern in mir, meine Trommelfelle pochen, meine Augen quellen aus den Höhlen, und das Totengeläut läßt meinen Kopf auf dem Hals hin und her schlagen.
Das Tier rast wie wild unter der Gesichtshaut. Es entstellt mein

Gesicht, Lippen und Stirn schwellen an, der Kiefer verrenkt sich so sehr, daß ich fast nicht mehr sprechen kann.

Ich sage: »Ich will auch so sein«, während ich ihm über die Haare streiche und ihn mit den Beinen festhalte.

Ich sage: »Ich will auch so sein wie du«, während ich mit einer Hand sein Kinn packe, damit er mir nicht plötzlich entwischt.

Ich sage: »Ich will auch du sein.«

Dann setze ich den Cutter an meine Augen, kneife die Lider über der Klinge zusammen und stoße zu.

Himmel, dieser Schrei! Nie werde ich diesen Schrei über mir vergessen, der nicht der Schrei eines Menschen zu sein scheint – es ist ein grüner Schrei, so grün es nur geht, der über die Decke kratzt und wie wahnsinnig zwischen den Wänden hallt und das ganze Zimmer ausfüllt, er läßt nicht nach, und die Finger schließen sich immer noch um mein Kinn, die Beine pressen immer noch gegen meinen Nacken, während von oben Tropfen heiß und hart auf mein Gesicht fallen, er gellt immer weiter, platzt in der Kehle, kreischend, als würde er an den Zähnen entlangschrappen, immer weiter, immer weiter, als sollte er nie mehr aufhören.

Himmel, dieser Schrei!

Unter meinen Sohlen das Kratzen von frischgeschnittenem Gras, spitz und hart.

Grün.

Über meinem Kopf der frische, offene Geruch des Sommerhimmels.

Blau.

In meiner Hand ein Apfel, glatt, rund und groß.

Rot.

Ich strecke den Arm aus und taste, bis ich unter den Fingern die kalte Rückenlehne der Bank spüre. Mit der Hand fahre ich über die abgeblätterte Farbe, und mit dem Bein suche ich die Sitzfläche, folge der Kante, bis ich die Ecke gefunden habe und die richtige Entfernung berechnen kann, um mich zu setzen. Langsam lasse ich mich nieder, erst mit einer Handfläche und dann mit dem übrigen Körper, aber als ich die Metalleisten berühre, fällt mir der Apfel herunter, und da verharre ich reglos, ohne zu atmen, die Ohren gespitzt, um, noch bevor er den Boden berührt, zu hören, wohin er fallen wird.

Ich höre ihn, links von mir auf dem Gras. Er rollt auf mich zu. Ich bücke mich, strecke den Arm aus und erwische ihn beim ersten Versuch. Aber dann richte ich mich gleich wieder auf und gehe weg, mit der Fußspitze über das Gras tastend, weil ich Stimmen gehört habe, die sich nähern.

Ich will mit keinem reden, ich will keinem zuhören. Vor allem nicht dieser Polizistin, die mich so bald wie möglich sehen möchte.

Ich will allein sein.

Später werde ich hoch ins Zimmer gehen und ein bißchen Musik hören.

Jazz.
Bebop.
Chet Baker.
Ich habe eine CD geschenkt bekommen, aber ich hätte lieber eine Schallplatte gehabt, weil man bei Platten die Rillen unter den Fingern spürt und das Stück erraten kann, während CDs zu glatt sind und man nichts spürt. Der CD-Player hilft einem auch nicht weiter, weil die Knöpfe nicht hervorgehoben sind und zu viele kombinierte Funktionen haben, die ich einfach nicht wiederfinde oder vergessen habe. Ich habe mir kleine Dreiecke aus Klebeband zuschneiden lassen und die Tasten markiert, aber irgendwann gehen sie immer ab.
Es gibt da dieses Lied, das ich gerne hören würde, aber ich weiß nie, wo es ist, und meistens muß ich erst alle anderen Stücke hören, bis es endlich kommt.
Almost Blue.
Blau.
Manchmal, wenn ich es anhöre, schlafe ich auf dem Stuhl vor dem Fenster ein. Wenn die Sonne scheint, ist es dann, als würden sich Millionen kleiner Angelhaken von außen in meinem Gesicht festhaken und daran ziehen, denn ich habe sehr helle Haut, sagen die anderen, sie ist sehr empfindlich und verbrennt sofort.
Manchmal, wenn ich ins Bett gehe, kommt mir die Dunkelheit dunkler vor als sonst, denn ab und zu brennt die Notlampe durch, und die winzige Veränderung in der Helligkeit, diesen minimalen Widerschein kann ich noch wahrnehmen. Aber das passiert selten, weil man hier in der geschlossenen Abteilung die Notlampe nicht ausmachen darf, nie.

Manchmal rast ein Schauder unter der Haut. Aber der Arzt sagt, es sei nichts, nur leichtes Fieber, es kommt von dem Sinofenin, das sie mir geben. 50 ml alle vierzehn Tage.

Aber die Glocken, die Glocken der Hölle in meinem Kopf ... ja, die

höre ich nicht mehr.

Mit einem kurzen Seufzen, das nach Staub roch, fiel die Schallplatte auf den Teller. Der Tonarm löste sich leise knackend aus der Halterung, es klang wie ein Schnalzen mit der Zunge, aber trocken, nicht feucht. Eine Zunge aus Plastik. Leise rauschend fuhr die Nadel durch die Rille, ein-, zweimal hat es geknistert. Dann setzte das Klavier ein, der Kontrabaß und danach die verschleierte Stimme von Chet Baker, die *Almost Blue* sang.

Simone hörte sie, als sie noch unten an der Treppe stand, sie bewegte sich zwar leise, aber es waren doch erst zwei Tage, seit sie aus dem Krankenhaus entlassen worden war, und damit ihr nicht schwindelig wurde, mußte sie sich am knarrenden Treppengeländer festhalten.

Sobald er sie hörte, schaltete er mit einem zielstrebigen Ruck des Daumens den Scanner aus und machte auch Chet Baker leiser, aber nur ein klein wenig. Er stellte die Füße auf den Boden, drehte sich auf dem Stuhl zur geschlossenen Tür hin und nahm sie ins Visier, als ob er sie sehen könnte, er zielte nur ein klein bißchen zu weit nach links.

Als er sie nicht mehr hörte, lächelte er, denn er wußte, daß Grazia ihn wie immer hinters Licht zu führen versuchte und sich auf der halben Höhe der Treppe hingesetzt hatte, um die Schuhe auszuziehen. Aber die Schnürsenkel ihrer Stiefel verrieten sie, das Knarren der Stufe, auf die sie sich gesetzt hatte, verriet sie. Das Knacken des Knies verriet sie, als sie aufstand und, auf Zehenspitzen und mit angehaltenem Atem, weiterging.

Er stellte sich schon auf das Knirschen der Türklinke ein, so leise wie ein Flüstern.

In wenigen Augenblicken würde Grazia die Mansarde betreten, mit ihrem Geruch von Fett, Schweiß, frischer Baumwolle und *Summertime*. Mit dieser Musik, die sie immer begleitete und die auch jetzt wieder leise in seinem Kopf hallte.

Auch wenn er Grazia nicht sehen konnte – er wußte, wie sie aussah. Sie hatte so durchscheinende Haut, daß seine Finger hindurchdrangen, und ihr Haar war blau.

FVA

Claire Beyer

Rosenhain

Sechs Geschichten von fünf Sinnen

Frankfurter Verlagsanstalt

1. Auflage 2003

Schutzumschlag- und Einbandgestaltung:
Bertsch & Holst, Frankfurt am Main
Herstellung: Thomas Pradel, Frankfurt am Main
Satz: Fotosatz Reinhard Amann, Aichstetten
Druck und Bindung: GGP Media, Pößneck
Printed in Germany
ISBN 3-627-00103-6
1 2 3 4 5 – 07 06 05 04 03

Rot

Das Salz kommt von den Tränen der Fische! Der Notar Johan Bengte hatte es Bo nachgerufen, als sie schon im Flur des Nachlassgerichtes stand. Ihr sagte diese Bemerkung ebenso wenig wie alles andere, was er ihr zuvor mitgeteilt, nein, vorgetragen hatte. Denn Bengte war der Rezitator und sie seine Zuhörerin. Das Stück hieß Testamentseröffnung, er aber hatte heute kein dankbares Publikum. Bo zeigte sich weder gerührt noch demütig, noch war ein habsüchtiger Zug in ihrem Gesicht zu entdecken gewesen. Nur Ungläubigkeit, Unverständnis und Zweifel. Schnell hatte der Notar das Interesse am Spiel verloren und die Amtshandlung mit entschlossener Eile vollzogen. Sie sei Erbin. Ihr Großvater Sverre Grote habe ihr ein beträchtliches Vermögen hinterlassen, und da sie die einzig bekannte Nachfahrin sei, könne sie das Erbe annehmen – oder auch nicht. Er wippte dabei mit den Zehenspitzen, und obwohl er wieder sicher auf den Fersen landete, flogen die Papiere zu Boden. Schnell stopfte er alles in ein großes Kuvert und bemühte sich nicht einmal mehr, freundlich zu sein. Sie unterschrieb.

Bo Grote hatte ihre scheinbare Gleichgültigkeit mit einiger Mühe gespielt. Was gingen den Notar ihre Gefühle an. Sie hatte seine großspurige Generosität von Anfang an nicht gemocht, sollte er doch Ergriffenheit bei denen suchen, die ihm feuchte Blicke zuwarfen und deren Trauerkleider tausend Taschen hatten. Sie war gekommen, das Erbe abzulehnen. Dass sie es sich anders überlegt hatte, lag an ihrem Trotz. Und den Fakten.

Jetzt umklammerte sie den Umschlag, der wegen seiner Größe nicht in ihren Stoffbeutel passte, und die Neugier überkam sie wie ein wilder Hunger. Nur mit größter Anstrengung riss sie das Kuvert nicht schon unter dem Torbogen des Nachlassgerichts auf. Selbstbeherrschung hatte sie ihr Vater gelehrt, der Neugier verabscheut und es entschieden abgelehnt hatte, spontanen Wünschen nachzugeben. Wer dem Teufel auch nur den kleinen Finger reiche, verliere nicht nur die ganze Hand, sondern vor allem seine Seele. Ihr Vater fehlte ihr. Seine liebevollen Erziehungsversuche hatten oft genug an der Eisbude geendet, wo er augenzwinkernd versicherte, der Teufel meide in jedem Fall italienisches Eis, weshalb die Erfüllung solch kleiner Wünsche für die moralische Entwicklung ungefährlich sei. Er hätte gewusst, was richtig oder falsch war, und je länger sie die Straße entlanglief, desto mehr Zweifel überkamen sie, ob sie das Erbe hätte annehmen dürfen. Ihren Großvater hatte sie kaum gekannt. Als er im vergangenen Monat starb und sie das Mobiliar und die persönlichen Dinge aus seiner Blockhütte abholen musste, war ihr, als beginge sie einen Diebstahl. Man hätte die Tradition der Verbrennung persönlicher Gegenstände beibehalten sollen. Selbst wenn einem der Verstorbene nicht nahe stand, wurden Kleidungsstücke, Geschirr oder Kopfkissen zu Fetischen, die nichts als Trauer über den Tod auslösten.

Sie hat darüber den Himmel vergessen. In Norwegen schaut jeder zum Himmel, der aus dem Haus tritt. Schon die ganz Kleinen schauen nach oben und wissen, was er vorhat. Heute hat er viel vor. Seit dem Morgen türmt er Wolken übereinander und wird nicht eher damit aufhören, bis die unterste platzt, damit die Menschen den Blick senken und er sich in Ruhe neue, wunderbare Farben ausdenken kann. Es ist die Zeit, in der man in eines der Restaurants einkehrt. Davon gibt es in Trondheim viele, auch in der Kjopmannsgate. Hier ist sie oft, trifft sich mit Freunden, hatte sich auch mit den Eltern getroffen, die nicht in ihre Wohnung kommen wollten. Ihre Mutter hatte stets vorgegeben, wegen einer Tierfellallergie nicht kommen zu können, obwohl Bo nur eine Schildkröte namens Thor besaß.

Ein heftiger Regenschauer ließ Bo schneller gehen. Weil sie keinen Schirm dabeihatte, war das Kuvert vor Nässe weich geworden. Der Pub im alten Kaufmannshof hatte die Tür weit geöffnet, und in der Loggia war noch ein Tisch frei. Bo liebte es, bei Regen auf den Nidelv zu schauen. Er schien die Wassermengen von oben mit der gleichen stoischen Gelassenheit zu ertragen wie die Geschichte der Stadt.

Den nass gewordenen Umschlag legte sie neben sich auf einen Stuhl, und nachdem der Kellner ihr Kaffee gebracht hatte, löste sie vorsichtig die Schnur, die um eine Art Schneckenklammer gewunden war. Sie ertastete das kleine flache Buch, zog es hervor. Seine Farbe war rot, auf dem Umschlag stand in goldfarbenen Buchstaben auf Deutsch: *Sparkassenbuch*. Innen Zahlen und das Wort *Zinsen*, ganz unten der Betrag, den sie schon vom Notar erfahren hatte: Über sechshunderttausend Deutsche Mark. Das sind in Kronen …

Bo hatte noch immer nur eine geringe Vorstellung davon. Schnell schob sie das rote Buch ins Kuvert zurück. Der Kellner stand vor ihr, wollte wissen, was sie zu essen wünsche. Ohne in die Karte zu sehen, nannte sie ein Gericht. Aber als es serviert wurde, stocherte sie vor Nervosität ohne Appetit darin herum. Ihr Großvater sollte ein vermögender Mann gewesen sein? Davon hatte sie nichts gewusst und davon hatte sie in seiner Hütte nichts erahnen können. Klobige selbst gezimmerte Möbel, ein verrußter Ofen und über der dreibeinigen Kiefernholzkommode ein blind gewordener Spiegel. Sie hatte alles in ein Lagerhaus bringen lassen. Auch die Kleidung. Nur einen schweren Fellmantel, der im Winter auf dem Fenstersims liegen könnte, hatte sie sich mit nach Hause genommen. Bo ließ sich die Rechnung geben. Der Kellner schaute fragend auf den Teller, sie zuckte nur mit den Schultern.

Es hatte aufgehört zu regnen. Der Fluss gurgelte und schluckte jetzt doch an seinem ansteigenden Pegel. Sie begleitete ihn ein Stück weit, war in Gedanken aber bei dem Umschlag, aus dem sie bisher nur das Sparbuch hervorgeholt hatte. Jetzt erst beglückwünschte sie sich lachend dazu, das Erbe nicht ausgeschlagen zu haben. Sicher, ganz sicher hätte ihr Vater ebenso gehandelt. Vielleicht hätte er neue Kirchenbänke bauen lassen. Oder Orgelpfeifen gekauft, einige röchelten schwer unter der Feuchte, die durch das geschwärzte Holz gedrungen war. Sie ist niemandem etwas schuldig. Keiner hat ihr vor sechs Jahren geholfen, als man die Eltern nach dem Unfall fand. Bo blieb stehen. Das Sparkassenbuch stammte aus Deutschland. Großvater Sverre hatte Geld aus Deutschland bekommen. Inzwischen war sie am Busbahnhof angelangt, fuhr nach Hause, nach Lade, dem östlichen Vorort.

Bei Sissel war der rotweiße Sonnenschirm noch aufgespannt. Das bedeutete, dass ihr Laden geöffnet war. In drei runden Körben lagen Äpfel, Birnen und Bananen, daneben stand eine Kiste mit kleinen hellen Kartoffeln, und auf einem alten Fischernetz hatte sie Salat ausgebreitet, der jetzt am späten Nachmittag matt seine Blätter hängen ließ. Bo hatte jetzt doch Hunger und nahm einen Salatkopf mit. Das Herzstück wird sie ihrer Schildkröte zum Fressen geben und wie immer erstaunt dabeisitzen, wenn der kleine Thor schmatzend Teile davon abbeißt und dabei eine, wie von einer Gartenschere abgetrennte, gerade Linie zurücklässt. Den zartroten Lachs habe sie erst am Nachmittag bekommen, sagte Sissel und packte ihn ein, ohne auf das Ja von Bo zu warten. Sissel widersprach man nicht.

Gelassen biss sich Thor durch das Salatherz. Er streckte seinen alten Echsenhals hervor und krallte sich dabei in ein Teppichstück, das ihm Bo zurechtgeschnitten hatte, weil er auf den Holzdielen keinen Halt fand, was sie anrührte und ihr zugleich deutlich machte, dass eine Schildkröte nichts in einer Wohnung zu suchen hat. Thor lebte auf eine langsame Weise, verlangte gerade so viel, wie sie zu geben bereit war. Eine Freundin hatte ihn zur Pflege dagelassen und ihn nicht wieder abgeholt. Thor schien der Wechsel egal zu sein. Für Bo aber war dieses kleine gepanzerte Ding ein Grund, sich in ihrer Wohnung willkommen zu fühlen. Ihr Vater hätte es gerne gehabt, wenn sie nach dem Studium wieder ins elterliche Haus zurückgekommen wäre. Aber Bo verstand sich nicht mit ihrer Mutter. Keiner außer dem Vater verstand sich mit ihr. Als müsste sie ihrer Größe und ihrem Umfang gerecht werden, schlug oder drückte sie alles um sich herum platt und warf so große Schatten, dass nichts gedeihen konnte. Ob es sich um ihre Tochter handelte, die nicht wachsen wollte, oder die Walfischsteaks, die sie beinahe in das Holzbrett klopfte. Verschont, weil sie ihn anhimmelte, blieb der Vater. Er schwebte wie eine Feder durch das Leben der Mutter, und wenn sie ihn umarmte, tat sie es mit einer Zartheit, die Bo nie in ihr vermutet hätte. Zum tödlichen Unfall kam es, weil ein Gasrohr leckgeschlagen oder abgerissen worden war. Genau hatte sich das nicht mehr feststellen lassen, denn das Haus war völlig zerstört worden. Bo stand damals vor den Trümmern, aber wenn sie die Erinnerung daran suchte, sah sie immer nur ihren Großvater, der einen Zweig roter Beeren auf die Steine legte, dann auf sie zutrat, sich vornüber neigte und ihr einen Kuss auf die Stirn gab. Zu der Trauerfeier, an der die Kirchengemeinde geschlossen teilnahm, kam er nicht. Ihr Vater hatte einmal gesagt, es gebe so viele Arten der Trauer, wie es die der Freude gebe.

Ihren Großvater hatte sie danach nie wieder gesehen. Zu sehr war sie mit dem Studium und später mit ihren Unterrichtsvorbereitungen beschäftigt. Beide waren sich immer fremd geblieben, über den Tod hinaus. Zu seiner Beerdigung kamen die, die jeden Tag zum Friedhof gingen, gekannt hatte sie niemanden.

Es gab keinen Grund mehr, den restlichen Inhalt des Kuverts nicht genauer zu besehen. Sie hatte gegessen, das Geschirr weggeräumt, Tee zubereitet und sich eine Decke geholt. So richtig warm wurde es nie in der

Wohnung. Das rote Sparbuch lag wie ein Stein auf dem Stapel Blätter. Bo schob es zur Seite, fächerte die Papiere auf. Dokumente, darunter das Kennwort für die Bank: *Das Salz kommt von den Tränen der Fische*. Neben dem Testament ein gefalteter Brief. Sie glättete ihn, sah, dass er an ihren Großvater gerichtet war und von einer Frau namens Marion Hansen stammte. Ich hoffe, Sverre, stand da, du wirst das Geld, das dir zusteht, annehmen. Es gehört dir, ich habe es für dich angelegt. Alles Weitere erfährst du vom Trondheimer Notar. Wenn du mit mir reden möchtest, findest du mich unter untenstehender Adresse. Sie habe ihn sehr geliebt, lautete der Abschiedsgruß, und hoffe inständig auf Vergebung.

Thor verschlang das Salatherz, ohne Geräusche zu machen, während Bo erstaunt den Namen ihres Großvaters betrachtete und für einen Moment glaubte, es müsse sich um eine Verwechslung handeln. Ihn als Geliebten angesprochen zu sehen, konnte sie sich kaum vorstellen, ihn, den hageren, wortkargen Waldgänger. Sie nahm den Umschlag und sah auf das Datum. Es lagen vier Jahre zwischen dem Brief und Sverres Tod.

Bo wartete einige Tage, dann schrieb sie an jene Marion Hansen aus Hamburg, nachdem sie sich bei Johan Bengte vergewissert hatte, dass man ihr das Erbe unter keinen Umständen mehr nehmen konnte. Der Notar lächelte, als er ihr die Auskunft gab. Sie gönnte ihm den späten Triumph.

Die Antwort kam, als sie sie schon nicht mehr erwartete. Doch Monate später lag ein dickes Kuvert im Briefkasten. Bo erkannte deutsche Briefmarken und ließ sich diesmal keine Zeit, es zu öffnen. Sie las noch auf der Treppe. Liebe unbekannte Bo Grote, ich habe ihren Großvater geliebt – und diese Liebe hat mich gerettet. Hier ist meine Geschichte, unsere Geschichte war es nie und wird es nie mehr sein. Ihre Marion Hansen.

Bo begann zu lesen:

Fisch kaufte ich nur auf dem Großmarkt. In der Frühe des Morgens waren meist nur wenige Menschen unterwegs. Schichtarbeiter, die von der Arbeit auf der Werft zurückkehrten, und müde Verkäuferinnen, auch Zeitungsausträger, die mit ihren schweren Taschen schief und gebückt liefen. Ich liebte diese frühe Stunde. Wartete, bis sich die Tore des Großmarktes öffneten, stand abseits und sah zu, wie die Händler ihre Stände aufbauten. Blumen, Fische, Gewürze, Tee oder Kaffee. Die Tagesangebote standen auf Schiefertafeln notiert. Wer hier kaufte, wusste, was er wollte. Es waren Floristen und Fischhändler, Marktfrauen und Köche, wie Jasper Philip. Und auf ihn wartete ich, stand dort, wo der weiße Lieferwagen seines Hotels jeden Morgen hielt. Dieser Platz wurde freigehalten, auch ohne ein Verbotsschild. Ein dunkelhäutiger Junge, verschlafen und ernst, stand wie ich immer schon da. Er riss die Tür auf, kaum dass Jaspers Wagen angehalten hatte, trug dessen Körbe und schleppte Eisstücke zum Kühlen heran. Dafür bekam er Geld. Ich wusste nicht, wie der richtige Namen des Jungen lautete. Alle nannten ihn *Earl Grey*, weil er ausschließlich diese Sorte trank. Er genoss seinen Tee, und ich genoss die von Gerüchen erfüllte Luft, trank und aß sie zugleich, biss mich durch diesen großen Gewürzstrauch, bis ich den Sauerampfer, den Klee, die Pfefferminze, den frisch geräucherten Fisch, das Brot und den Honig wiederfand, all das, was auf den langen Bänken in den Obstgärten meiner Eltern aufgebaut gewesen war und wir als Kinder schmecken, riechen und kosten durften. Die Erinnerungen daran füllten meinen Korb, und noch immer glaube ich, dass meine Freude am Kochen allein der Suche und dem Wiederfinden meiner Kindheit dient. Auch Jasper Philip erinnerte mich daran, wenn er majestätisch die schmalen Wege zwischen den Ständen abschritt, deren Ware er wie ein Goldschmied auf Güte und Beschaffenheit prüfte. Nicht *ich* wähle den Fisch, der Fisch wählt *mich*, gab er an, wenn er nach seinem Geheimnis gefragt wurde. Er war bei den Händlern geachtet und gefürchtet. Schenkte er einem keine Aufmerksamkeit, tuschelten die anderen, der könne bald zumachen. Zog er einen den anderen vor, standen die Einkäufer dort in langen Reihen an. Jasper Philip war sich nur scheinbar seiner Macht nicht bewusst. Exzentrisch und eitel, entging ihm nicht eine Bemerkung während seines Rundgangs. Manchmal durfte ich in sein Küchenreich, wo er seine Auftritte zelebrierte wie ein Zauberer. Eine Taube aus dem Ärmel, ein Kaninchen? Nicht bei Jasper. Er hatte eine Gabe dafür, die Dinge auseinander zu nehmen und unerwartet neu wieder zusammenzusetzen. Seine Formel, wenn es so etwas überhaupt gab, hieß: Sieh, fühl und erneuere deine Sinne. Er bereitete ihnen einen Boden, auf dem du dich wie ein Kind erstaunt, neugierig und wohlig wieder fandest. Er lehrte das archaische Gedächtnis der Zunge und füllte es mit der Magie seiner Gewürze, und er ließ sich fürstlich dafür bezahlen.

Ein Stern mehr brachte ihn weiter nach oben, und bald waren auch jene da, die sich zuvor über ihn mokiert hatten. Auch Erik, mein ehemaliger Mann. Sprach ich ihn darauf an, gab er zur Antwort, ich würde die Spielregeln nie begreifen. Dazu müsse man in die obere Gesellschaftsschicht hineingeboren sein. Ich solle nicht kommentieren, wovon ich nichts verstünde. Was Erik aber nicht daran hinderte, mich mitzunehmen, wenn er mit Geschäftsfreunden einen Abschluss feiern konnte. Wir waren oft im Hotelrestaurant. Jasper Philip hatte es bei seiner Übernahme *Homo Novus* getauft. Indes gab es wirklich Neues. Das Publikum war ein anderes. Auch das Interieur. Es zeigte die deutliche Handschrift eines Innenarchitekten, der damit vertraut war, Individuelles so zu arrangieren, dass beliebige Elemente entstanden. Jeder konnte sich wohl darin fühlen, vorausgesetzt er war in der Lage, dafür zu bezahlen. Mit anderen Worten, man blieb unter sich, war zu Hause in Apricot und Chamois, in Ledersesseln und Chippendalestühlen. Edelhölzer für die Tische und Stühle, dort wo man seinen Espresso oder Aperitif einnahm, Seidentapeten an den Wänden, die in einer Stuckgalerie gipfelten, von der noch immer der Reichtum unsichtbarer Ahnen zu rieseln schien. Und dann das Personal. Man servierte virtuos, begrüßte die Gäste mehrsprachig und erstarrte ansonsten diskret in den Säulengängen, um nur keine Indiskretion zu begehen oder gar nach außen dringen zu lassen. Der Ton des Raumes war von einer künstlich gedämpften Eleganz, den Atem holte man sich aus einer Wolke von Dior und Armani, und die Worte waren temperiert, als habe man sie auf Zimmerwärme heruntergekühlt. Jeder wusste, hier tafelte man nicht, um Geschäfte zu machen, sondern um Erfolge zu feiern. Die gedrosselten oder geschärften Zahlen lagen in den Luxuslimousinen zwischen Aktendeckeln, bewacht von Chauffeuren, die stolz ihre Uniformknöpfe im Lack spiegeln ließen. Dies war meine Welt geworden, mein Ersatz für die verlorene Kindheit, die Jasper mit seinen Speisen wieder heraufbeschwören konnte, um sie mich dann nur schmerzlicher vermissen zu lassen. Eine seiner Besonderheiten war das *Amuse-Gueule*. Für die Frauen, ich wusste damals noch nicht, dass es nur für Einzelne galt, gab es eine feine rote Pfeffermischung darüber, den Männern wurde die schwarzgraue Variante gereicht. Ich liebte Jaspers Kunstfertigkeit, ein Gericht aussehen zu lassen, als hätte es Kandinsky gemalt, und es holte mich in die Realität zurück, dass Erik es nicht wahrnahm, weil er sich damit beschäftigte, die anderen Gäste zu taxieren: den Chefarzt der Klinik, der von Leber oder Galle oder verstopften Kanülen erzählte, oder einen fremdländischen Geschäftsmann, der sich damit brüstete, schon mehr Schusswunden gesehen zu haben als die ganze Pathologie zusammen. Und dass sich jener nicht mehr in seine Heimat getraue, weil er wohl für einige Schüsse selbst verantwortlich sei. Erik nahm den Klatsch zum Anlass, seine Gäste zu unterhalten. Nicht einer war darunter, der es mit Blicken auf den Teller belassen hätte.

Mir gegenüber hing ein goldgerahmter Spiegel. Dort saß ich und starrte das bleiche Gesicht an, das sich mir zeigte, das mir fremd war, weil ich die Farben der Augen nicht mehr erkennen konnte, wegen der Brechung des Lichts oder der Schwärze des gealterten Silbers, vielleicht auch, weil Jasper mir zu nahe gekommen war. Erik und ich hatten uns im Restaurant verabredet, dann aber kam, wie so oft, sein Anruf, er sitze fest, am Flughafen oder in irgendeinem Meeting, und komme erst anderntags. Ich ging dann immer, ohne bestellt zu haben. Dieses Mal blieb ich, vielleicht weil Jasper gerade in diesem Moment aus der Küche trat, um die Vorspeisen zu servieren. Ich ließ ihn gewähren, als er mir die Hand auf die Schulter legte und darum bat, nach dem Essen auf ihn zu warten. Mit jedem Gang wuchs meine nervöse Ungewissheit, aber ich erinnere mich noch immer an den samtigen Geschmack des Fisches. Auch daran, wie Jasper mich später hastig entkleidete, und ich daran dachte, dass er mit demselben Gesichtsausdruck einer Artischocke die gepanzerte Hülle abriss, um an das Herz zu gelangen. Am nächsten Morgen nahm er mich zum ersten Mal auf den Großmarkt mit. Er sprach während der Fahrt darüber, was am Abend auf der Menükarte stehen würde. Zwischen den Ständen bat ich ihn, mir eines seiner Kochbücher zu signieren, das ein Händler ausgelegt hatte. Er nahm es, tauchte die fein gespitzte Feder einer Taube in die Tinte des Octopus, schrieb dann *Für Maria*. Er ging zum Fischbecken, ließ mich stehen. *Marion*, sagte ich leise, aber er hörte mich schon nicht mehr. Seine ganze Aufmerksamkeit galt längst einem Hummer, der mit seinem ungleich großen Scherenpaar hilflos durch die Luft fuhr. Das Buch steckte ich ein, es würde mich nicht verraten. Danach sahen wir uns öfter. Ich drängte Erik, seine Gäste in ein anderes Lokal zu führen. Er ließ, da er keinen Grund erkannte, meine Einwände nicht gelten. Steif behauptete er, kein Koch werde dem Fisch oder Fleisch so gerecht wie Jasper. Er koche wie ein Gott, und er verehre ihn.

An einem Abend kam Jasper wie immer an unseren Tisch, um seine Kochkünste feiern zu lassen. Er begegnete meinem Mann zuvorkommend, sah mich lachend an. Wieder einmal ging es um die Gewürze, deren Basis der rote Pfeffer war, wie Jasper es ausdrückte. Weitere Geheimnisse gebe er unter keinen Umständen preis. Außerdem wisse er sie selber nicht, zumindest nicht im Detail. Jasper hob theatralisch die Arme, aber keiner glaubte ihm. Damit sei doch ein gutes Geschäft zu machen. Ob Erik es war, der das sagte, weiß ich nicht mehr. Aber ich wusste, dass er immer sofort dann Witterung aufnahm, wenn sich ein Produkt noch nicht um den Erdball verbreitet hatte. Jasper wehrte ab. Die Mischung gehöre ihm, sie sei sein Kapital und mindestens genauso sicher verwahrt wie die Rezeptur von Coca Cola. Womit er endgültig Eriks Jagdfieber geweckt hatte. Von da an verbrachten wir fast jeden Abend im *Homo Novus*.

Wir bekamen unseren Platz, unantastbar wie ein Chorgestühl im Dom. Die beiden wurden einander auf eine monströse Weise wichtig, jeder des anderen Konkurrent. Und für Erik bedeutete es darüber hinaus die Aufnahme in eine Kaste, die sich zur Begrüßung nur noch über die Schulter hauchte, da der Kuss auf die Wange schon Einzug gehalten hatte in die *scène or-*

dinaire. Bald vereinbarten sie, ich wurde nicht gefragt, den Urlaub gemeinsam in Norwegen zu verbringen. Erik und ich sollten vorausfahren, Jasper käme später nach, weil er sein Lokal nur für kurze Zeit schließen könne. Er besaß dort ein Ferienhaus, wir sollten in der Nachbarschaft untergebracht werden. Mit einigen Flaschen Dom Perignon wurde der Plan besiegelt. So kam ich zu Sverre, aber damals war es für mich nur Norwegen. Es war mir immer gleichgültig gewesen, wo wir die Urlaube verbrachten, weil von den Ländern, die wir im Lauf unserer Ehe besuchten, nie mehr als die Hotelanlage übrig blieb. Der Himmel würde auch dort kein anderer sein.

Aber diesmal war alles anders. Am Storfjord, eine Hütte, rot wie Blut und schwarz wie die Wälder auf den Hügeln hinter uns. Auf der Fahrt dorthin, Erik lenkte den gemieteten Landrover, rasteten wir auf der asphaltierten Straße, die am Wasser entlangführte. Ich hatte auf die Farben gesehen, die mich mit ihrem Spiel narrten. Als habe jemand einen hellen Schleier über das Meer gezogen, gewoben in Schatten von Blau, Türkis und Grün. Das irisierende Lichtspiel brach die Starre in mir, riss sie wie Folien auseinander. Das Wasser nahm die Schwere fast beiläufig an sich und zog sie mit auf seine Bahn, als hätte sie kein Gewicht. Alles dem Meer zu überlassen, war leichthin geschehen. Vielleicht, weil ich wusste, dass dies eine Illusion war wie das Spiel der Farben. Zögen sie doch wirklich fort, die Schwüre und Appelle, die falschen Zeugnisse und nächtlichen Dämonen, die sich auf den Damast hockten und auf die Brust trommelten, so lange und so oft es ihnen gefiel. Die sich so wohl fühlten, dass sie immer wieder kamen und ich mir angewöhnte, mit ihnen zu reden. *Warum kommt ihr, wenn alles zu spät ist?*, wollte ich wissen. Sie machten sich wichtig und redeten von Gewissen und Bestrafung. Reue? Reue sei nur ein Höcker auf der Schuld, die dadurch größer werde, hässlicher. Und Buße? Ja, wenn du büßt, sagten die Dämonen, wem nützt das? Buße, das ist doch nur Kosmetik des schlechten Gewissens. Bezahle weiter, Marion, was willst du denn jetzt noch anderes tun? Lebst du etwa schlecht? Ein Haus im Grünen, genügend finanzielle Mittel, dir jeden Wunsch zu erfüllen, Zeit über Zeit für deine kleinen Eitelkeiten! Willst du das alles aufgeben, nur weil dein Mann dich verachten würde, wüsste er, dass du ihn betrügst. Er schleppt nicht daran. Nicht an deinem Betrug und nicht an deinem Schweigen. Du bist schuldig. Du hättest es verhindern können. Aber wo war deine Kraft dafür? Du hast ja noch nicht einmal das Studium durchgehalten. Wo würdest du denn hingehen danach? Na siehst du. Musst eben in Kauf nehmen, dass wir deine Wegbegleiter sind. Schickst du uns heute fort, nur zu. Wir haben Zeit.

Doch als wir damals in Norwegen am Meer entlangfuhren, und ich zusah, wie sich die Wolken in den Farben des Wassers zu ihrem Ballett trafen, schien es, als öffnete meine Seele für einen Moment ein Fenster und lehnte sich weit hinaus.

Die Hütte bestand aus zwei großen, hellen Zimmern, die ringsum mit Holz ausgeschlagen waren. Ich roch so lange daran, bis ich verstand, warum das Holz so wunderbar duftete: Es war nicht imprägniert. Licht und leicht waren die Möbel, als habe man sie Carl Larssons Bildern entliehen. Mir gefiel, was ich sah. Und ich nahm das größere Zimmer.

Das Töten von Fischen habe ich in Norwegen gelernt. Erik schlief immer noch, wenn ich am Morgen zum Fjord ging und den Anglern zusah. Es war mild am Wasser, die Steine glänzten dunkel in ihrer Nässe. Einer der Männer drückte mir schweigend eine Angel in die Hand, schloss seine dicke Windjacke, machte Platz für mich. Ich setzte mich dazu, lernte Köder zu befestigen, keine Würmer, weil in diesem Land, dessen raue Natur mir schon jetzt so viel Geborgenheit gegeben hatte, keine lebenden Köder erlaubt waren. Ich lernte, auf das Rucken der Angelschnur zu reagieren, lernte, die Fische mit einem Schlag auf die Steine zu töten, sie auszunehmen, den Möwen die Innereien zuzuwerfen. Auch die Köpfe warf ich zurück ins Wasser, wenn die Angler mit ihrem Fang verschwunden waren. *Warum sind die Augen der Fische unempfindlich gegen das Salz?*, fragte ich. Keiner sah bei der Frage auf, aber später räusperte sich Sverre, der mit der Windjacke, die alte Mure habe ihm erzählt, das Salz käme von den Tränen der Fische, als sie ihre Sprache verloren. Das waren seine ersten Worte an mich, liebe unbekannte Bo, von Sverre, Ihrem Großvater, meinem Geliebten. Ich habe ihn verletzt, weil ich das, was er mir zu geben versuchte, nicht verstand.

Erik blieb so gut wie immer in der Hütte. Manchmal stand er von seinem Laptop auf, schüttelte den Kopf. Wie schaffe es ein Land, das nur drei Prozent seiner Fläche agrarwirtschaftlich nutzen könne, so lange autark zu bleiben. Ich konnte kaum glauben, was auf dem Bildschirm zu sehen war: Norwegen, zerlegt in viele Tortenstücke.

Erik hatte aus seinem Zimmer in wenigen Stunden wieder einen Raum gemacht, in dem er sich wohlfühlte: ein Büro. Ich glaube fast, er ist gleich nach seiner Geburt in ein Büro gekrochen und hat sich beeilt, erwachsen zu werden, um den Stuhl zu erreichen oder das Telefon bedienen zu können. Ich meinte den wahren Grund zu erkennen, warum er mit mir und Jasper nach Norwegen gegangen war: Erdöl und Pipelines. Er hatte den einzigen Tisch in Beschlag genommen, um Pläne zu betrachten. Wenn ich mit dem Geschirr davor stand, sagte er, wir könnten am Kamin essen. Saß er vor dem knisternden Feuer, den Teller auf den Knien, starrte er auf den Tisch, als wüchse die Pipeline quer durchs Zimmer, unter unseren Beinen hindurch. Ich beschloss, nicht mehr zu kochen. Wir sollten essen gehen, schlug ich vor, und er war sofort einverstanden, dann aber gingen wir doch nur ein- oder zweimal fort, denn jedes Mal, wenn ich schon an der Tür stand, hackte er noch auf dem Taschenrechner herum und sah mich an wie ein Ergebnis, mit dem er nicht zufrieden war. Manchmal gelang es mir, ihn zu einem Spaziergang zu überreden. Weil er aber umherstapfte, als messe er die Holzmeter ab, und sich nach ein paar Mückenstichen aufführte, als habe er jetzt Malaria, gab ich den Versuch auf. Dann, wenn ich zu lange alleine fortblieb, fuhr er mich an, ob ich nichts Sinnvolleres mit meiner Zeit anfangen könne. Schon Nietzsche habe bemerkt, dass wir nur deshalb so gerne in der freien Natur seien, weil diese keine Meinung über uns habe. Aber da ich ja ein Studium nur begänne, um es abzubrechen, könne ich dies nicht wissen.

Erik liebte Zitate. Seine ganze Bildung beschränkte sich darauf, aus irgendwelchen Sammlungen Sätze zu lernen, mit denen er seinen Geschäftspartnern imponierte. Er war immer ein glänzender Schüler gewesen, hatte auch sein Studium der Volkswirtschaft mit *summa cum laude* abgeschlossen. Aber er lernte alles nur, um abgefragt die Antworten zu geben, die als die richtigen galten.

Sverre, der Fischer, Ihr Großvater, wurde mein Begleiter, mein Auge und Ohr, mein neugeborener Sinn für den Geschmack des Waldes. Schließe deine Augen. Ein zarter Sprössling. Öffne den Mund. Ist das die Birke, die Hure des Waldes? Nein, die Kiefer ist es, du trittst auf sie und kennst doch keine Faser ihres Lebens. Und dann eine Süße, die mich lächeln ließ. Eine Beere. Ich konnte ihn nicht sehen, aber ich spürte, dass er mich betrachtete. Nimm mich in den Arm, Sverre. Er sagt, halt still, ein Käfer hat sich in deinem Haar verfangen, und dann fährt er mit seiner Hand hinein, die Hand, die nach Beeren und Wasser duftet, und ist fort, als ich den Nacken nach hinten biege.

Komm weiter. Neue Blätter, er gibt sie mir in die Hand. Was ist nicht gut an mir, Sverre! Aber er ist schon voraus, überquert auf runden Steinen einen Bach, dreht sich nicht um. Kommt dann doch zurück, weil ich es alleine noch nicht einmal schaffe, die Uferböschung zu überwinden. Stellt sich hinter mich, hält die Oberarme fest, trägt mich, und dann bin ich auf der anderen Seite, sicher und trocken.

Schweigend gingen wir einem hellen Platz entgegen, und dort, wo ich eine Lichtung erwartete, endete der Wald hoch über einem Fjord. Die Felsen hatten die Weichheit des Wassers bewahrt, auch als es sich längst tiefer grub, um mit verbissener Wildheit seine Arbeit fortzusetzen. Sverre sagte, höre auf die Stille, lerne ihre Sprache. Sie kennt alle Fragen. Und die Antworten?, frage ich. Sie sind dann nicht mehr wichtig.

Erik wusste von unseren Streifzügen. Manchmal spottete er. Ob ich zu allem noch einen Vaterkomplex entwickelt hätte. Den *alten Norweger* nannte er ihn. Sverre war sechzig Jahre alt, ich vierunddreißig.

Erik fuhr nach Oslo. Zwei, drei Tage. Geschäfte, erklärte er, und um Jasper abzuholen. Es war mir recht. Ich wollte für Sverre kochen. Die Fische zubereiten, die wir am Morgen aus dem Fjord geholt hatten, als dieser noch schläfrig träge unter dem nächtlichen

Dunst lag. Der Fang war gut. Silbern und glänzend lagen zwei wunderbare Forellen auf den Steinen, der Tod hatte ihnen die Schönheit belassen. Nur frische Butter und Gewürze aus dem Wald sollten daran, mehr nicht, Sverre bestand darauf. Jede Speise brauche, dort wo sie gegessen werde, die heimischen Gewürze und Kräuter, alles andere sei Unfug. Da könne sein Freund Jasper Philip meinen, was er wolle. Er verstehe nicht, warum er sich alle paar Monate von ihm die rote Gewürzmischung hole. Nirgendwo entfalte sich ihr Geschmack besser als hier, an dem Ort, wo sie zu finden sei. Aber Jasper verstehe es eben, aus allem ein Geheimnis zu machen. Gerissen genug sei er …

Wie wurdet ihr zu Freunden, wollte ich wissen. Sverre jedoch antwortete nicht. Er sah auf das Wasser, und wenn er dies tat, flossen meine Fragen davon, und er unternahm nichts, sie mit einer Antwort einzuholen.

Sanft nahm ich Sverres Hand und legte sie auf mein Gesicht. Er zog sie zurück, ohne mich anzuschauen, doch fühlte ich für Augenblicke eine Weichheit, die er nicht verbergen konnte. Er wolle noch in den Wald, allein, aber er werde am Abend da sein. Ich hielt ihn nicht zurück, lächelte aber, als er sich umwandte, noch vor der ersten Wand aus Fichten.

Ich schwamm weiter hinaus als jemals zuvor, trocknete mich sorgfältiger ab und betrachtete meinen Körper länger, als ich es je getan hatte. Ich war schön an diesem Tag. Beschloss, die Haare nicht straff und glatt zu fönen, ließ sie einfach nur trocknen, auch wenn sie sich noch so unbändig um den Kopf kringelten, legte weder Make-up noch Rouge auf und fand mich noch immer schön.

Sverre kam, als das Essen gerade fertig war. Er sah mich überrascht an, sagte jedoch nichts. Trug ein sauberes kariertes Hemd, darüber eine Weste aus Leder, deren grobe Nähte verrieten, dass sie in Handarbeit entstanden war. Ich zeigte darauf. Du? Nur ein Nicken. Schon holte er die Fische aus der Gusspfanne, filettierte sie mit wenigen geübten Handgriffen und streute ein Gewürz aus einem Beutel darüber, den er aus der Westentasche geholt hatte. Ein rotes Gemisch aus Körnern, Beeren und Pulver. Dann ließ er mich kosten. Noch ehe Pfefferschärfe die Zunge einrollen konnte, glitt ein mildes samtweiches Etwas darüber, verband sich mit ihr, die Zunge wurde weich und fleischig, der Gaumen öffnete sich wie ein Blütenkelch, und in die satte Feuchtigkeit drang der Geschmack von Pfeffer und Waldbeeren, das zarte Fischfleisch war der Hauch von Festigkeit, der sich unter dem sanften

Druck der Zunge wie eine Hostie an die Gaumenwand schmiegte, und als ich nach und nach diesen Bissen herunterschluckte und dabei die Augen wieder öffnete, sah ich Sverre, dessen Pupillen sich weit geöffnet hatten.

Wir aßen jetzt schweigend, dann tranken wir Aquavit und betrachteten, noch immer still, die Farben des Himmels. Bahnen, gewebt aus rotvioletten, orangenen und ockergelben Fäden, schlossen sich zum Polarlicht zusammen. Die Sonne, erklärte Sverre, sende kleinste Teilchen aus, die elektrisch geladen seien und in alle Richtungen, wie ich sehen könne, ausströmten. Wenn sie sich der Erde nähern, werden sie eingefangen wie in einem Netz, im magnetischen Feld. Und weil alle Feldlinien in Richtung der Pole führen, treffen sie sich dort und stoßen mit den Molekülen der Luft zusammen. Aus jedem Zusammenstoß entsteht ein winziger Funke. Millionen und Abermillionen solcher Funken erzeugen das Polarlicht.

Sverre, ich weiß, wie das Polarlicht entsteht. Aber ich weiß nicht, was die *alte Mure* dazu sagt, erzähle mir davon.

Ich zündete eine Kerze an und rollte mich unter einer Decke zusammen. Die alte Mure, sagt er, hält das Polarlicht für Fackeln, die die Seelen zum Himmel bringen, und wenn das geschieht, weint sie, weil ihr das nie vergönnt sein wird, denn die alte Mure ist unsterblich. Sie war, so erzählen es die alten Leute, ein Kind von außergewöhnlicher Schönheit. Lebte am Oberen Fjord mit fünf Brüdern als Jüngste und wurde von ihren Eltern abgöttisch geliebt. Wenn die Sonne auf ihr Haar schien, sah man silberne Fäden darin, als hätte sie der Mond hineingesponnen, und ihre Haut hatte sommers wie winters eine hellbraune Färbung, die von den Augen zu kommen schien, denn diese waren wie die dunkelsten Haselnüsse, die man sich vorstellen konnte. Volle Lippen und ein kleines energisches Kinn rundeten das Bild ab, das sich die Natur für sie ausgesonnen hatte. Die kleine Mure aber dankte es keinem. Nicht den Eltern, die sie so sehr liebten, nicht den Brüdern, die ihr jede Last abnahmen, und nicht der Natur, die es so gut mit ihr gemeint hatte. Undankbar und zornig war sie Tag für Tag, und bald wusste niemand mehr, was man mit ihr machen sollte. Also brachten die Eltern sie eines Tages in die Wälder, ließen sie zurück und hofften, dass die Einsamkeit ihren Zorn besänftigen würde. Aber die kleine Mure, ungeübt und verwöhnt wie sie war, fand keinen eigenen Weg, denn schon nach wenigen Schritten ermüdete sie. Bald jedoch gelangte sie an einen ruhigen Bachlauf und kühlte dort ihre Füße, als aus der Tiefe des Grundes plötzlich eine Stimme zu ihr sprach. Mure, sagte das Wasser, ich mache dir ein Angebot. Du gibst mir deinen Zorn und deine Schönheit, und ich werde dir meinen Gleichmut und die Unsterblichkeit dafür geben – und ich werde dir den Weg zurück zu deinen Eltern zeigen. Mure, müde und hungrig, war mit allem einverstanden. Eine große Schläfrigkeit überkam sie, und als sie wieder aufwachte, war aus dem ruhigen Bachlauf ein Wasserfall geworden, ein wilder, gefräßiger Katarakt, der alles verschlang, was sich in seine Nähe wagte. Bald kamen Tiere und Pflanzen und Sonnenstrahlen heran, um den goldenen Fall des Wassers und die silbernen Fäden der Perlen darin zu sehen. Mure fand, so wie der Bach es versprochen hatte, den Weg nach Hause, weil sie aber ihre Schönheit verloren hatte, erkannten sie weder ihre Eltern noch ihre Brüder. So ging sie zurück in die Wälder und lebt seither dort. Manchmal kann man sie am Wasserfall weinen hören, wenn dieser wild und zornig über die Felsen in den Abgrund schießt. Und manchmal spricht sie auch zu Waldgängern, dann, wenn diese ganz still auf den Moossteinen sitzen.

Er war aufgestanden.

Bitte, geh noch nicht! Ich möchte mehr von dir wissen! Ich hielt seine Hand fest, er zog mich an sich, küsste meine Stirn und ging schnell auf seine Hütte zu, die über unserer lag, am Hang, dessen freie Fläche man dem Wald abgerungen hatte.

Am nächsten Morgen stand er an meinem Bett. Zieh dich an, wir gehen. Er sah mich, nackt, wie ich aus dem Bett stieg, sprach nicht, während ich mir die Kleider überzog. Wir würden den Tag im Wald verbringen. Er ging voraus. Schnell, aufrecht und sicher. Schlug manchmal einen Zweig beiseite und wählte Wege, die weich und leicht waren und immer wieder zu Lichtungen führten, auf denen hohe Gräser mit wolligen Köpfen wuchsen, in die der Wind fuhr, Büschel herausriss und wie Schneeflocken vor sich her trug, bis sie über dem Fjord schwebten. Ich hielt seinem Tempo kaum stand, und oft musste er hinter Wegbiegungen auf mich warten. Ist es noch weit, bis wir unser Ziel erreicht haben? Wir haben kein Ziel, Marion, nur die Zeit.

Während einer Pause fragte ich ihn, ob er immer hier gelebt habe. Nein, lange Zeit in Trondheim, am

Mellomweien, aber das sage mir nichts. In der Nähe des Musikhistorischen Museums war es, wo er gearbeitet habe. Er mochte die Stadt und dann wieder nicht. Es sei so gewesen, dass er nach dem Tod seiner Frau auf gepackten Koffern saß, aber nicht wusste, wohin er sollte. Also machte er weiter, als wäre nichts geschehen. Aber der Schmerz ging vor wie ein Parasit. Systematisch habe er sich durch ihn hindurch gefressen. Bald darauf spürte er, dass er sich über seine Nerven legte. Die Augenlider zuckten, die Hände zitterten, wenn er nach dem Kaffeebecher griff, im Ohr beginnend, klopfte sich der Schmerz durch den Kopf. So heftig, dass er ihn unter der Schädeldecke fühlen konnte. Dann verschloss er seine Augen, seine Ohren und den Mund.

Und als dieser Krüppel torkelte er mehr und mehr den Weg von seiner Wohnung zum Museum. Den jungen Mann auf der Parkbank, der einzigen auf seinem Weg dorthin, habe er erst bewusst wahrgenommen, als dieser ihn eines Tages laut begrüßte. Er grüßte zurück, was ihm schwer gefallen sei. Der Junge, wie er später erfuhr, nahm die Bank täglich in Beschlag, um dort sein Frühstück einzunehmen. Die gegenseitigen Begrüßungen wurden zum morgendlichen Ritual, doch eines Tages sah er von weitem, dass ein Ehepaar vom

Haus gegenüber darauf Platz genommen hatte. Er kannte die beiden vom Sehen. Sie saßen da und sahen starr geradeaus, als hätte jemand zwei Figuren aus Beton abgesetzt und vergessen. Daraufhin sei er neugierig geworden, wollte wissen, was aus dem freundlichen Mann geworden war. Also änderte er am nächsten Morgen seinen Tagesablauf, und von diesem Moment an zog sich der Parasit in ihm unmerklich zurück, denn nichts verabscheue dieser so sehr wie die Neugierde. Er war eine halbe Stunde früher als sonst zur Stelle und beobachtete die Parkbank, sah seinen Freund in eine Zeitung vertieft heranschlendern und erkannte, dass dies das Signal für die beiden Alten war, die Bank zu besetzen. Der Junge blieb kurz stehen, schien etwas sagen zu wollen, überlegte es sich offenbar anders, denn er ging kopfschüttelnd weiter. Die beiden auf der Bank verharrten so lange, bis der Mann nicht mehr zu sehen war. Dann standen sie auf, liefen auf das gegenüberliegende Haus zu und verschwanden in ihrer Wohnung. Dieser Vorfall habe ihn ins Leben zurückgeholt. Seine Arbeit im Museum gab er schon wenige Tage später auf, und er ging hierher, wo seine Familie seit Jahrzehnten eine Hütte besäße. Der Mann, von dem er erzählt habe, sei Jasper gewesen.

Er ließ meine Hand los und sah mich an. Nichts mehr erwarte er, seine Wahl sei getroffen. Es gebe nur das Entweder-Oder. Kierkegaard, fügte er leise hinzu und zitierte: Wenn die Wahl gesetzt ist, kann es einem Menschen gelingen, seine Seele zu erretten, die Welt zu gebrauchen, ohne sie zu missbrauchen.

Wir gingen weiter, machten eine kurze Rast am Mure-Fjell, wo ich mich auf die Moossteine setzte und den Geräuschen lauschte. Aber nur das Tosen des Wasserfalls war zu hören, keine Mure, keine Weisheit.

Wir rasteten hier, um etwas Wasser zu trinken und ein Stück hartes Brot zu essen, das Sverre bei sich trug. Er holte noch einige Schellbeeren aus dem Rucksack, die ich aus seiner Hand mit den Lippen aufnahm. So gebückt fuhr er mir durchs Haar, worauf ich ganz stillhielt. Als er unvermittelt damit aufhörte, wandte ich mich ihm zu, legte beide Hände auf sein Gesicht und küsste ihn. Seine Lippen aber blieben hart und geschlossen.

Mit einem Ruck war er aufgestanden. Ich wollte etwas sagen, ihn bitten, stattdessen schrie ich, aber mein Schrei verfing sich im herabstürzenden Wasser, wütete um die Felsen, die unverrückbar gegen die Strömung ihren Platz behaupteten, und wurde schließlich ans Ufer gespült, wo er zwischen hell glänzenden Kieselsteinen versank. Sverre war weitergegangen, und ich konnte seinen Schritten nicht mehr folgen.

Ich hatte nichts außer dem Stück Trockenbrot und den Beeren gegessen, dennoch war ich nicht hungrig. Für einen Moment hoffte ich, Sverre würde zur Feuerstelle kommen und mich abholen, aber er kam nicht. Ich fand zurück, einen Lichtschein in seiner Hütte konnte ich jetzt, wo es dunkel geworden war, nicht ausmachen. Lange Zeit saß ich am Fenster, sah auf das nächtliche Licht, betrachtete dann wieder meine Hände. Sie sahen ungepflegt aus, die Nägel hatten schmutzige Ränder, rissig, und die Finger waren von den Beeren verfärbt. Ich schloss mich in die Sauna ein, die an unsere Hütte grenzte und die außer Sverre keiner benutzte, duschte danach lange, und wieder zurück, wickelte ich mich in eine Decke und widmete meine Aufmerksamkeit einem Buch und der Eingangstür. Aber Sverre kam nicht.

Der Duft von Kaffee, schwer, schwarz und würzig, weckte mich. Sverre hatte ihn zubereitet, und als er mich sah, nickte er mir wie an jedem Morgen zu. Der Vorfall am Mure-Fjell sollte offenbar unausgesprochen bleiben, denn er erwähnte gleich die Ankunft von Jasper und Erik, die jeden Moment kommen würden, redete vom Wetter und der zu erwartenden Hitze, redete überhaupt ununterbrochen, als fürchte er, ich könnte ihm eine Frage stellen.

Als Erik und Jasper schließlich eintrafen, war ich fast froh darüber. Jasper freute sich, mich zu sehen, wie er mir leise sagte. Den Nachmittag hätte er mit Sverre zu arbeiten, aber am Abend hoffe er auf unsere Gesellschaft. Erik nickte, saß bereits am Laptop, um die Nachrichten abzufragen, die er inzwischen erhalten hatte. Ich stand am Kamin und betrachtete die mit viel Tüll und Goldschleifen eingepackten Cremes, Lotionen oder Parfums, die mir Erik wie immer von solchen Ausflügen mitgebracht hatte, und stellte sie zu den anderen. Er sah noch nicht einmal auf, als ich mich bedankte.

Ich weiß nicht mehr wie, nicht mehr warum ich ihm erzählte, dass Jasper Sverre nicht einfach nur besuche, nein, dass er hierher komme, weil Sverre ihm die Gewürze herstellte. Ich sah Eriks Augen und begriff auf der Stelle meinen Fehler, aber es war zu spät. Als Jasper am späten Nachmittag zu uns kam, bestand Erik darauf, dass der Koch und ich mit dem Boot zu einem Platz fahren sollten, wo er Forellen gesehen habe, wie man sie an keiner anderen Stelle des Fjords finden würde. Wir stiegen in das Boot und fuhren ein

Stück weit die Küste entlang, dann drehte Jasper den Motor ab. Er fragte mich, was Erik wisse. Schließlich sei das zwischen uns ja nichts Ernstes. Alles habe seine Zeit. Ja? Er zwinkerte mir zu. Ich wandte meinen Blick zum Bergrücken, der im Laufe der Jahrmillionen aus der Form geraten war und dessen Krallen am Ufer festgewachsen schienen. Wir fuhren schweigend zurück. Forellen hatten wir nicht entdeckt.

Sverre war während unserer Bootsfahrt von Erik nach Trondheim geschickt worden. Das Papier für den Drucker sei ausgegangen. Wie immer erreichte Erik, was er wollte. Als wir später beim Abendessen saßen, wunderte ich mich nicht darüber, dass ein unaufschiebbarer Geschäftstermin unseren Urlaub beendete. Wir brachen auf, ohne dass ich mich von Sverre verabschieden konnte. Ich fuhr den ganzen Weg bis zur Fähre, denn Erik telefonierte ohne Unterlass.

Kein Tag, an dem ich nicht an Sverre dachte. An unsere Spaziergänge, an seine Geschichten, an Norwegen. Aber ich hatte mein altes Leben wieder aufgenommen, was hieß, auf Erik zu warten. Insgeheim hoffte ich, dass aus dem großen Geschäft, das er sich versprochen hatte, nichts geworden war, auch weil es darum ging, mein schlechtes Gewissen gegenüber Sverre zu besänftigen. Ich war auch an ihm schuldig geworden.

Wir gingen nicht mehr aus, jedenfalls nicht gemeinsam. Ich hielt mich vom Großmarkt fern, denn auf Jasper wollte ich unter keinen Umständen treffen. Mehr als einmal hatte ich einen Brief an Sverre begonnen, doch ich fand einfach nicht die richtigen Worte. Dass Erik seine Geschäftsidee zurückziehen würde, damit rechnete ich nicht. Er war wie ein Hai, der sich in seine Beute verbissen hatte. Jede Zahnreihe war eine Zahlenreihe. Aufzugeben hieße, die Beute den anderen zu überlassen.

Dann kam der Tag, vor dem ich mich gefürchtet und den ich gleichzeitig herbeigesehnt hatte. Erik hatte Gäste eingeladen. Ich sollte ein Fischgericht zubereiten, ging zum Händler, musste mich mit dem begnügen, was kein Jasper mehr haben wollte. Vor dem Bassin wartete ich nicht lange darauf, dass ein Fisch mich wählte, ich nahm den, der sich gut verarbeiten ließ, für mehrere Personen reichte und wenig Gegenwehr leisten konnte. Der Händler streifte rote Gummihandschuhe über, holte ihn mit einem Köcher, verließ den Verkaufsraum. Das Töten erledigte er draußen. Es war ein Drachenkopf. Zu Hause schuppte ich ihn, nahm ihn aus. Ich löste Filets heraus, entfernte die Gräten. Für die Marinade stellte ich, wie ich es gewohnt war, alles bereit. Ingwer, Reiswein, Sojasoße, rote Paprikawürfel, passierte Tomaten, Knoblauch und Salz. Aber Erik hatte gesagt, ich solle den Fisch nur braten und unter keinen Umständen würzen. Ich briet also die Filets nur in heißem Öl, nahm zum Ablöschen etwas Fischsud, der hellrot schimmerte. Der Kopf des Fisches lag mit den Gräten auf einem Stück Küchenpapier. Die Augen waren weit aufgerissen, als schwimme er noch immer im Bassin. Ich deckte sie zu.

Als sie kamen, war ich bereits umgezogen. Meine Haare glatt, die Hände hatte ich gegen den Fischgeruch mit Zitrone gesäubert.

Vier Gäste, Erik, ich.

Der Drachenkopf lag ungewürzt auf einem silbernen Tablett, genau wie Erik es verlangt hatte. Jetzt stand er auf, ging in sein Büro. Als er wiederkam, hielt er eine Glasphiole in der Hand. Er gefiel sich im Zentrum, die Aufmerksamkeit aller war auf ihn gerichtet. Hier sei, dabei senkte er seine Stimme, ein Gewürz, für das er den höchsten Preis bezahlt habe, und deshalb solle jeder hier verstehen, dass er heute Abend an etwas ganz Besonderem teilhabe.

Er streute einen Hauch vom roten Gewürz auf den zerteilten Fisch, vorsichtig und konzentriert, um Wichtigkeit zu zelebrieren. Dann hob er sein Glas. Er trinke auf den Erfolg! Zwar habe ihn seine Frau mit diesem Mann hier – sein Fischmesser war auf Jasper Philip gerichtet – betrogen und damit seine Ehe zerstört, was aber mache das schon, er habe etwas anderes dafür bekommen. Schon von diesem Monat an werde dies hier, er deutete auf die Glasphiole, als seine Gewürzmischung an den Ständen aller Supermärkte zu kaufen sein.

Jasper sprang auf, stieß dabei den Stuhl um und schrie im Hinausgehen, die Sache würde in jedem Fall ein Nachspiel haben. Ich räumte den Tisch ab und verließ Erik noch in dieser Nacht.

Die Rezeptur fand als *Rotes Gold* reißenden Absatz. Jasper Philip war es nicht gelungen, Erik den Diebstahl nachzuweisen, vor allem, weil er die Zusammensetzung des Gewürzes nicht kannte. Im Folgejahr wurde ihm ein Stern aberkannt. Trotzdem blieb sein Lokal erste Wahl. Erik wurde, wie er vorausgesagt hatte, noch reicher, weshalb er mich bei der Scheidung Jahre später großzügig abfinden musste. Das Geld für die Gewürze aber wollte ich nicht. Es gehörte Sverre, meiner Liebe.

Marion Hansen, Hamburg.

* * *

Bo Grote legte die Akten der Marion Hansen zur Seite und schlug wieder das Sparkassenbuch auf. Sie sah, dass niemals ein Betrag abgehoben worden war. Die einzigen Kontobewegungen waren die Zinsbeträge, Summen, die über ihrem Jahreseinkommen lagen. Sie suchte lange nach einem Foto ihres Großvaters, fand aber keines. Enttäuscht schloss sie die Augen. Ihre Erinnerung an ihn begann erst am zerstörten Elternhaus. Ein alter hagerer Mann, schweigend die Ruine betrachtend, aus der der Rauch noch dunkel emporstieg. Nachdem er den Zweig mit roten Beeren auf die Steine gelegt hatte, wandte er sich ihr zu, gab ihr den Kuss und zog aus seiner selbstgenähten Weste ein Beutelchen, dass er vorsichtig öffnete. Er griff nach ihrer Hand und schüttete etwas vom rötlichen Inhalt darauf. Koste, sagte er zu ihr, das ist mein Gewürz, so schmeckt Gold. Dann drückte er ihr den Beutel in die Hand, drehte sich um und ging.

Sie hatte das alles vergessen, wie so vieles, was am Tag des Unfalls geschehen war. Bo stellte damals das Gewürz, ohne es zu beachten, in ihren Küchenschrank. Sie holte es jetzt hervor, schüttete ein kleine Menge in ihre Handfläche und kostete vorsichtig mit der Zungenspitze. Zunächst spürte sie nichts. Dann aber öffnete sich ihr Gaumen wie ein Blütenkelch, und in die satte Feuchtigkeit drang der Geschmack von Pfeffer und Schellbeeren und der Duft von Sverres Wald.

Kapitelle

Agnes liebte Überraschungen, verabscheute es aber, wenn ihr einer die Augen zuhielt. Sie riss Jans Hände zornig herunter. Er war ungewöhnlich früh nach Hause gekommen und hatte es verstanden, das Parkett zu überlisten, das sonst selbst leiseste Schritte verriet. Auch die Tür zu ihrem Arbeitszimmer öffnete er geräuschlos. Er hob sie so weit an, dass sie, Millimeter aus den Angeln, frei schwebte. Agnes hatte an einem Brief geschrieben. Hastig warf sie eine Zeitung darüber, ehe sie herumfuhr. Sie hätte ihn Jan zu lesen gegeben, ihn gebeten, seinen Namen darunter zu setzen, denn er war an einen gemeinsamen Freund gerichtet und beinhaltete nichts, was ihr Mann nicht wissen durfte. Erst die darüber geworfene Zeitung machte ein Geheimnis daraus.

Beim Abendessen lenkte Jan das Gespräch darauf, aber die belanglosen Zeilen hatten ihre Leichtigkeit eingebüßt. Sie packten schweigend ihre Koffer für die Urlaubsreise, die sie am nächsten Tag antreten wollten. *Haben wir den Fotoapparat, Reiseführer, die Pa-*

piere? Jan versuchte unverbindlich zu sein. Den Brief sprach keiner der beiden mehr an. Agnes war überzeugt, dass er ihre Reaktion nicht verstehen würde, und Jan hatte Angst davor, eine Antwort zu bekommen, die er nicht hören wollte.

Am anderen Tag brachen sie früh auf.

Jan betrachtete Agnes aus den Augenwinkeln, während er den Wagen steuerte. Sie hatte den Beifahrersitz weit nach hinten gekippt, schlief oder gab vor zu schlafen. Er hätte gern ihr Gesicht berührt, fürchtete aber, sie werde sich abwenden, wie so oft in letzter Zeit. Früher hatte sie es gemocht, wenn er sich über sie beugte, sie mit der Berührung seiner Lippen in die Nacht begleitete. Kurze Zeit blieben ihre Augen noch geöffnet, und sie betrachtete ihn mit den dunklen Pupillen einer Katze. Dann verschwand sie im Schlaf und bog ihm ihren Körper entgegen, nahm seine Nähe wie etwas, das zu ihren Träumen gehörte. Am nächsten Morgen erzählte sie schlaftrunken, sie habe wunderbare Dinge gespürt und wünsche sich nichts so sehr, als niemals aufgewacht zu sein.

Seine Hände umklammerten jetzt das Lenkrad so fest, als müsse er sich an einem Seil halten. Er wusste, dass sie so abweisend war, seit er nicht mehr zum Training ging. Dabei hatte er es ihretwegen aufgegeben. Dreimal die Woche und an den Wochenenden die Wettkämpfe. Es musste doch schief gehen, wenn er sie so oft alleine ließ. Aber Agnes dankte ihm nicht. Wenn er sie berühren wollte, fuhr sie sich über die Haut, als verscheuche sie eine lästige Mücke.

Als sie sich der Grenze näherten, entspannte er sich, suchte nach seinem Pass, forderte Agnes auf, ihren ebenfalls bereitzuhalten. *Pässe? Wir leben nach Schengen! Europa ist offen! Hast du das nicht mitbekommen?* Sie stellte den Sitz gerade und berührte ihn an der Wange. *Das war doch nur Spaß, ich bitte dich!*

Für die kommenden Tage hatten sie sich viel vorgenommen. Zu viel, sorgte sich Agnes. Sie hatte die Route ausgearbeitet und über Wochen zusammengestellt. Ihr Ziel war die Provence, weil sie sich inzwischen für Gegenden interessierte, die bewusster als andere mit der eigenen Geschichte lebten. Die Moderne habe dort wenig verdorben, hatte sie Jan erklärt, alles sei, ob sakral oder weltlich, interessant genug, um mit langem Atem den Freunden davon zu berichten. Jan hatte keine Möglichkeit gesehen, seine vagen Wünsche von einem Aufenthalt in den Bergen oder am

Meer in Worte zu fassen. Er hatte ihr nie viel entgegensetzen können.

Als er Agnes kennen lernte, hatte sie gerade eine Arbeitstelle als Restauratorin gefunden, die sie über Jahre absichern würde, sofern der Bischof Wort hielt. Der Auftrag, die Deckengemälde der Stadtkirche freizulegen, war per Handschlag erteilt worden. Auf der Suche nach geeigneten Halterungen für das schmale Gerüst war sie in einem Sportgeschäft auf Jan gestoßen, der als Fachverkäufer mit viel Engagement das Passende heraussuchte und immer wieder betonte, wie sehr er sich darüber freue, ihr behilflich sein zu können.

Sonst habe er es ja nur mit Bergsteigern zu tun, die immer gebräunt und schlecht gelaunt nach Haken und Ösen wühlten und sich nicht beraten ließen, weil, wie sie unisono erklärten, von der richtigen Wahl ihr Leben abhinge. Agnes hatte gelacht, als er ihr das mit wilden Gesten demonstrierte, und seine Einladung zu einem Abendessen angenommen. Danach hatte er oft neben ihr auf dem Gerüst gesessen und ihr schweigend bei der Arbeit zugesehen, ihre Geduld bewundert und ihr Wissen, an dem sie ihn teilhaben ließ.

Die Trauung feierten sie in der Stadtkirche, wo hinter dem Altar das Gerüst hervorragte. Agnes arbeitete zu dieser Zeit in der Apsis am Faltenwurf eines Gewandes, das bereits in einem hellen Goldton erstrahlte. Das Gesicht des Trägers war noch nicht von der staubigen und schmutzigen Schicht befreit worden, denn es hatte einen Dissens mit dem Bischof gegeben, der auf einer hierarchischen Farbgebung bestand. Agnes hatte die Arbeit unterbrechen müssen, und mehr als ihre Heirat beschäftigte sie der noch namenlose Jünger, zu dem sie während der Zeremonie immer wieder hinaufschaute. Als sie Jans Blick spürte, senkte sie irritiert den Kopf.

Der Urlaub war die erste gemeinsame Reise nach der abgeschlossenen Restaurierung. Vier Jahre hatte es gedauert, bis die Abendmahlszene im Deckengewölbe in hellen, leuchtenden Farben wiederhergestellt war. Das Freilegen des üppigen Beiwerks der barocken Komposition war mühsam gewesen, aber es hatte sich gelohnt, und mit einem Gottesdienst wurde die Stadtkirche auch für Besucher freigegeben. Der Bischof zeigte sich großzügig.

Sein Gesicht hatte Agnes immer fasziniert. Es war von einem Wirrwarr roter Adern durchzogen und schien um Hilfe zu flehen wie ein altes, rissiges Bild. Sie konnte sich nur schwer von diesem Eindruck lösen, wenn sie in der Kirche standen. Er vermittelte ihr einen weiteren Auftrag, der im Frühjahr beginnen sollte, eine Kirche derselben Stilrichtung. Und er schenkte ihr einen Fotoband über die Provence. Sie brauchte wirklich Luft. Eine Zeit lang keine pausbackigen Engel, keine Drapierungen und Spitzenschnörkel, keine wulstigen Hälse und üppigen Gewänder mehr. Aber auch im Buch des Bischofs schlug sie nur die Seiten auf, die Abbildungen von Kirchen zeigten. Jan hörte müde zu, wenn sie darüber redete.

Stell dir vor, du gehst über eine Brücke, und auf der gegenüberliegenden Seite erwartet dich eine andere Zeit! Was du dort sehen kannst, ist alt, weil es in Vergessenheit geraten ist.

Aus Kirchen oder Klöstern waren Stallungen und Scheunen geworden. An den Pfeilern rieben sich Kühe, und in der Krypta lagerten Äpfel oder Eier. Die Menschen benutzten die Gebäude als Kühlkammern, auf den Grabplatten lag Streu für das Rind. Abends trieben sie Schweine in einen Pferch, der vormals die Apsis gewesen war, und auf Taufsteinen wurden Hühnern die Hälse durchgeschnitten. An den Wandhalterungen der Kerzen hingen Schinken und das Geflügel, um auszubluten.

Doch als die Elektrizität bis ins letzte Dorf am Berg kam, wurden die alten Bauten nicht mehr gebraucht, man überließ sie der Zeit, die würde schon mit ihnen fertig werden. Aber die Mauern hielten, sie waren für die Ewigkeit erschaffen. *Restitutio in integrum.* Erneut öffneten sich die Türen. Man sieht mit einem Mal, was immer dort gestanden hat. Aber erst die wiedergewonnene Bedeutung verwandelte die Steine in Gold.

Sie hoffe, dort einmal einen Auftrag zu bekommen. Agnes wandte sich Jan zu. Er war eingeschlafen. Gedankenverloren betrachtete sie sein Gesicht.

Steine. Sie liebte es, mit Steinen zu arbeiten. Ihre Lehrer hatten davon abgeraten, weil Feinmotorik und filigrane Technik verloren gingen, wenn man mit Hammer und Meißel arbeite. Sie ließ sich stets nur mit halbem Herzen davon überzeugen, und die Reise in die Provence sollte auch ein Stück weit Orientierung in diese Richtung werden.

Jan war aufgewacht und zog sie zu sich heran. Sie sträubte sich, schob ihn fort. Plötzlich packte er sie an den Schultern. Sie solle ihm sofort sagen, was er ihr überhaupt noch bedeute.

Musst du mich erst noch restaurieren?, schrie er, *wie den Jünger in der Kirche?* Wieso sie ihn geheiratet habe? Um zu beweisen, dass sie alles bekomme? Mit diesem Gefühl stehe sie doch jeden Morgen auf! Um ein lebendiges Wesen nicken zu sehen, könne sie sich einen Hund anschaffen.

Das war wenige Tage vor ihrer Abreise gewesen. Agnes war nicht darauf eingegangen, hatte sich auf den Balkon gesetzt. Als sie nach geraumer Zeit wieder zurückkam und mit ihm reden wollte, lag er ausgestreckt auf dem Bett und schlief. Agnes sah ihn lange an, flüsterte, wie sie es oft in der Kirche tat: *Weil du so schön bist, habe ich dich geheiratet.*

Agnes wusste nicht, dass sich auch Jan von der Reise in die Provence neue Orientierung erhoffte. Er verabscheute seine Arbeit, vor allem, wenn sie ihn darauf ansprach. Er hatte dann immer das Gefühl, sich rechtfertigen zu müssen. Vielleicht war er nicht glücklich damit, aber wirklich schlimm waren die Momente, wenn sie im Geschäft auftauchte. Warum, fragte er sich dann, schäme ich mich für die Werbeplakate und die Registrierkasse? Dabei kannte er die Antwort, ließ sie nur nicht gelten: Weil er noch immer in demselben Sportgeschäft arbeitete, wo er schon als Schüler in den Ferien ausgeholfen hatte. Nach dem Abitur wollte er dort zunächst nur jobben, aber dann hatte ihn der Inhaber mit Reiseleitungen gelockt, und er verpasste den Absprung. Die Reisen übernahm schließlich der Juniorchef, er wurde Verkäufer.

Agnes hatte ihm vorgeschlagen, Sport und Kultur zu verknüpfen, Reisen darüber auszuarbeiten, sie wolle ihm dabei helfen. *Stones meet Stones*. Ja, die heilige Agnes ließ sich tatsächlich in die Niederungen des Sports hinab, und fast hätte er sich von ihrem Vorschlag überzeugen lassen. Wären da nicht ihre Augen gewesen, die ihn grau und spöttisch ansahen, als betrachte sie ein Werbeplakat hinter der Ladentheke.

Jan dachte daran, während er Avignon ansteuerte. Liebte er sie, weil sie seine Frau geworden war? Sie saß still neben ihm, hatte die Beine angezogen und schwieg, aber es war kein Schweigen, das Ruhe ausstrahlte. Diese Bewegungslosigkeit. Wo war sie denn schon wieder? Er war immer in Bewegung.

Seine Erfolge beim Klettern und Bergsteigen konnten sich sehen lassen. Er hatte zwei Achttausender gemacht, Steilwände bezwungen, Kälte und Eis, den inneren Schweinehund überwunden, weitergemacht, wenn andere längst aufgegeben hatten. Er war stolz auf sich, aber von Agnes gab es kein Zeichen der Anerkennung. Achttausend Meter – und sie saß zwanzig, wenn es hoch kam auch mal vierzig Meter über dem Boden auf einem Gerüst, und alles, was sie dabei tat, war, mit dem Pinsel Farbe auf etwas aufzutragen, was andere schon vor ihr zur Perfektion gebracht hatten. Dann stand sie unten, den Kopf weit in den Nacken gelegt, lächelnd, satt, zufrieden, und forderte ihn auf, die Augen des Petrus oder eines anderen Heiligen zu studieren, die sie so gemalt habe, dass sie jedem Betrachter folgen würden. Oder er solle auf das kleine Tier im Hintergrund achten, das sei ihre Beigabe. Sie klopfte sich vor Lachen auf die Schenkel, dass die so genannten Experten es nicht bemerkt hatten. In diesen Momenten beneidete er sie, sie, die die Kuppel erreicht hatte, die keine achttausend Meter brauchte, keinen anderen Gipfel, noch nicht einmal eisige Winde oder bewundernde Blicke derer, die mutlos zurückblieben. Er beneidete sie darum, etwas Bleibendes vollendet zu haben. Er ließ sich zu leicht ablenken.

Inzwischen fuhren sie in Richtung Apt, von dort weiter in den Grand Luberon, an seinen südlichen Hängen vorbei in die Weinlandschaften des weiten Tales bis vor die Tore von Monosque. Der Reiseführer hielt jetzt, weit im Hinterland, so präzise Wegbeschreibungen bereit wie: Biegen Sie an dem Trafohäuschen links ab ... Entsprechend verfallen wirkten die Kapellen und Türme, die es nicht in die Reiseliteratur geschafft hatten und bestenfalls als Taubenschlag dienten. Agnes wollte anhalten. Sie stiegen aus dem Wagen und liefen über einen bewachsenen Steinhügel in den ehemaligen Innenhof einer Kirche. Sie setzten sich auf die Erde, die noch immer die späte Wärme der Herbstsonne gespeichert hatte. Auf einer Anhöhe war über dem lichten Kiefernwald die Einsiedelei Saint-Pancrace zu sehen.

Seit dem 17. Jahrhundert Wallfahrtsort und auch heute noch bewohnt. Dort beginnen wir unsere Reise in die Romanik. Jan nickte nur.

Erst als es dunkelte, fuhren sie weiter und fanden in Apt eine Pension. Die Besitzerin war eine kleine zierliche Frau, die den Sonnenblumen auf ihrer Schürze keine Zeit ließ, sich in ihrer ganzen gelben Schönheit zu zeigen. Jetzt, im Frühherbst, waren nur wenige Gäste da, und so wurde auf zwei Etagen renoviert und geputzt. Seidene Vorhangberge lagen im Flur, überall roch es nach Schmierseife und Lavendel.

Agnes fühlte sich wohl. Vom Fenster ihres Zimmers sah sie auf die Balkone der Häuser gegenüber, deren schmiedeeiserne Geländer an so schmalen Simsen entlangführten, dass kaum ein Blumentopf darauf Platz fand. In den Gassen lag Kopfsteinpflaster. Fett und wulstig erlaubten die Steine den wenigen Passanten nur ein langsames Vorankommen. Über den Hauseingängen erkannte Agnes kleine Bögen mit Insignien oder eingemeißelten Wappenfragmenten. Dem geübten Blick von Agnes erschlossen sich Früchtegirlanden, in denen Jahreszahlen standen, Tiersymbole, die auf den Erbauer hinwiesen, längst in Vergessenheit geratene Familienwappen. Das war Agnes' Welt. Es ging um Sehen, Deuten, um Hinweise, denen sie nachgehen konnte. Mit viel Geduld fand sie Geschichten, denen allein schon das Alter Wahrheit verlieh.

Mit Jan hatte sie weniger Geduld. Jeden Versuch, seine Sprache oder nur ein Zeichen von ihm zu deuten, hatte sie schon lange aufgegeben. Vielleicht gab es auch nichts zu erkennen. Jan erklomm einen Berg, weil er klettern wollte oder um seine Kraft zu messen. Nicht, weil er etwas zu finden hoffte. Ihm genügte es, seinen Namen in Gipfelkreuze zu ritzen: Jan was here. Er sah das, was er greifen konnte. Hatte diese Eigenschaft sie zu Beginn ihrer Freundschaft erfrischt, war sie inzwischen zur Last geworden, und sein anfängliches Interesse an Kunstgeschichte glaubte sie nach und nach als eine gut getarnte Lüge zu durchschauen.

Am nächsten Morgen wollte Jan zum Frühstücken in ein Bistro, irgendwo in der Nähe. Ohne Frühstück sei er nicht bereit, sich den gefährlichen Ruinen zu nähern, lachte er sie an, als hätte er ihre Gedanken erraten.

Sie wollte nicht mit ansehen, wie er das Croissant in der Kaffeeschale versenkte, den Kopf schräg hielt, um das triefende Gebäck mit einem Bissen über der Tasse zu verschlingen, wie er dann mit beiden Händen die Schale fasste, sie beinahe über den Kopf stülpte, damit die nicht aufgelöste Zuckerspur in seinen Mund tröpfelte, wie er mit dem Messer Marmelade aus dem Glas kratzte und es entlang der Schneide ableckte, wie er ein weiteres Croissant nahm, es in zwei Teile riss, ihr einen vors Gesicht hielt mit den Worten: *Willst du?* Dennoch folgte sie ihm. Der Geruch von Ammoniak zog durchs Haus, davon wurde ihr übel.

Nicht ganz eine Stunde später saß sie auf dem Beifahrersitz. Jan war beim Frühstück aufmerksam gewesen. Nichts von dem, was sie befürchtet hatte, trat ein. Er hatte nicht einmal mit vollem Mund nach ihren Plänen gefragt, und als sie von einem Gebäude sprach, das von einem immer währenden Nebel umgeben geheimnisvoll und majestätisch am Rande eines Weihers lag, waren seine Augen dunkel vor Stolz auf sie gerichtet.

Von Apt fuhren sie über Forallquier nach St. Michel-l'Observatoire. Sie deutete auf die Sternwarte. Durch Wiesen und Weinfelder führte die Straße einen Hügel hinauf. Dort stand, als sei sie langsam aus dem Plateau herausgewachsen, eine kleine Kirche. Das sorgfältig gearbeitete Mauerwerk war komplett erhalten. Kleine Säulen mit Kannelierungen, antikisierten Pflanzen, umrundeten die Kapitelle. Ihr guter Zustand überraschte Agnes. Immerhin stamme das Gebäude aus dem 12. Jahrhundert, *art Roman*. Jan wollte wissen, was das bedeute. Damit werde ausgedrückt, antwortete Agnes, dass die Formen von Rom hergeleitet seien. *Du kennst doch Rom?* In diesem Stil verschmelze die römisch-christliche Gestaltung mit dem Formwillen des Nordens. Jan sah sie starr an.

Das Kreuz sei der Grundriss. Sie legte sich auf

den Boden, die Beine geschlossen, beide Arme weit ausgebreitet. Das ist das lateinische Kreuz! Der Grundriss der romanischen Kirchen.

Agnes hatte die Augen geschlossen und schien etwas zu sehen. Ihr Gesicht strahlte wie das eines Kindes, wenn der Drachen endlich in die Höhe gestiegen ist, bis zu den Wolken, und der Wind den neuen Freund zur Begrüßung herumwirbelt.

Hätte sie Jan angesehen, wäre sie erschrocken gewesen.

Später saßen sie, Seite an Seite, lange Zeit schweigend nebeneinander. Schließlich nahm Agnes ihn versöhnlich in den Arm, während er über ihre Schulter auf den Horizont schaute. Dann zog sie ihn mit sich zum Portal. Kleine Säulen, umrankt von Akanthusblättern. Steinmetzzeichen und plastische Elemente. Fresken mit verwaschenen geheimnisvollen Inschriften. Sie führte Jans Blick mit dem Zeigefinger zu den Kapitellen. Säulenköpfe, eingesperrt zwischen dem stützenden Träger und der lastenden Decke. Romanische Kapitelle seien belehrend, warnend, sich erhebend und dann wieder drohend oder stärkend in einer wortarmen Zeit, wo nur wenige lesen und schreiben konnten. Sie sind zwischen Wirklichkeit und Wollen angesiedelt, zwischen gewölbtem Kirchenhimmel und lehmigem Boden. Sie gleichen das Sehen aus, machen das nicht Perfekte vergessen.

Während Agnes wie eine Tänzerin die Kirche umrundete, stand Jan da. Er kannte die Schritte des Tanzes nicht, sein Rhythmus war ihm fremd und abweisend zugleich. Es war ihm, als führe sie einen Totentanz auf.

In der Hitze des Frühherbstes bündelte die Sonne ihre letzte Kraft und legte sie über die felsigen Hügel. Weit darunter lag zwischen Rebstöcken ein Feld, auf dem rostrote, gelbe und grüne Kürbisse um die Wette wuchsen, obwohl sie zwischen dem Weinlaub und dem verdorrten Lavendelfeld nicht wie etwas aussahen, das mit dem lehmigen Boden verbunden war. Form und Farben zeigten die ganze Laune der Natur. Jan hätte es nicht gewundert, wenn sie auf dicken Beinen zum Kirchplatz gekommen wären und am Tanz teilgenommen hätten. Er rannte den Hügel hinunter, trat nach einem Kürbis, bis dieser platzte. Sein gelboranges Fruchtfleisch breitete sich wie ein Lavafluss auf dem Boden aus, wie frisch Erbrochenes. Agnes hatte ihn beobachtet, war ihm langsam gefolgt, berührte ihn an der Schulter. Morgen solle er seine erste Klettertour machen. Darauf bestehe sie.

Madame Fleur war mit dem Hausputz fertig. Überall standen getrocknete Sonnenblumen in hohen Vasen, und auf der Treppe grinste ein ausgehöhlter Kürbis den Ankommenden auf die verstaubten Schuhe. Es roch nach Waffeln und Kompott. Im Zimmer stand bald ein Teller, auf dem sich das Backwerk türmte, großen vierblättrigen Kleeblättern ähnlich, bestäubt mit einem zarten Hauch Puderzucker und Schokoladenraspeln. In einer Schüssel, die auf einem heißen Wasserbett schwamm, lagen Heidelbeeren. Jan saß auf einem Stuhl und betrachtete das Arrangement mit einem breiten Lächeln. Er griff sich eine Waffel, riss ihr ein Blatt aus, tunkte es in die Schüssel, nahm das nächste. Sie liebt mich ... sie liebt mich nicht ...

Fast hatte er den Berg abgetragen, Agnes wollte nichts davon. Sie hatte sich nach dem Duschen auf das Bett gelegt, über ein Buch gebeugt. Jan schlug es zu, obwohl sie protestierte. Sein Kuss schmeckte nach Heidelbeeren und Schokolade. Später zeigte er ihr auf der Landkarte, wo er am andern Tag in den Fels steigen wollte, allein. Und als Trophäe bringe er eine Distel mit. Er malte ihr den gefährlichen Aufstieg auf den Rücken. Sie schlief darüber ein.

Der wahre Bergsteiger schaut sich den Sonnenaufgang vom Gipfel aus an!

Jan hatte es auf ihren Skizzenblock geschrieben. Er war früh aufgestanden, Agnes hatte sein Fortgehen nicht bemerkt. Sie ärgerte sich, denn die Zeit seiner Abwesenheit hatte sie nutzen wollen. Jetzt war es schon fast zu spät für das, was sie sich vorgenommen hatte. Auf dem Teller lag noch eine Waffel, die Ränder wölbten sich schon leicht nach oben, dennoch schmeckte sie ihr. Das Heidelbeerkompott rührte sie nicht an. Stattdessen lief sie zum Bistro und trank zum Erstaunen des Wirts eine große Schale Tee. Beim Hinausgehen hörte sie, wie er zischte: *Anglaise, pah!* Sie lachte zurück und sah ihn darüber schmunzeln.

Das Gebäude am Ende der Straße war ihr schon beim ersten Betrachten aufgefallen. Es musste sehr alt sein. Zumindest Teile davon, denn neben der grob gemauerten Eingangsfassade gab es einen Anbau, der eindeutig aus einer anderen Zeit stammte. Agnes sah vor sich den hoch aufgerichteten Torbogen, dessen Öffnung, mit großporigen Steinquadern abgeschlossen, Platz für beladene Fuhrwerke geboten hatte. Im tiefen Dunkel des Inneren befand sich eine zweiflügelige Eisentür, die keinem Fremden Einlass gewähren würde. Neben dem Torbogen führten breite Stufen zu einem in gleicher Art gerundeten Portal. Links und rechts zwei Fensternischen, deren Relief Motive maurischen Ursprungs aufwies. Das Bogenportal hatte unter seiner Last schwer gelitten. In Hohlräumen steckte zum Entsetzen von Agnes Styropor, das nachlässig mit Gips zugeschmiert worden war. Die Inschrift über und seitlich der Tür war kaum mehr zu entziffern. Sie stieg die Treppe hinauf, um besser sehen zu können, betrachtete die Zeichen genau. Sie hoffte überall darauf, versteckte Weisheiten zu finden, solche, die nur für Eingeweihte zu verstehen waren. Und oft genug befürchtete sie, davon ausgeschlossen zu sein.

Erst jetzt hatte sie bemerkt, dass jemand in der Fensternische stand und sie aufmerksam beobachtete. Eine Frau, fast noch ein Mädchen. Als sie Agnes' Blick auffing, öffnete sie das Fenster und beugte sich über den Mauersims. Agnes fragte nach der Inschrift. Sie sei Restauratorin. Ob sie die Zeichen von der Treppe aus betrachten dürfe. Sie stellte sich vor. Auch die junge Frau nannte ihren Namen, Lucie. Schnell schlug sie das Fenster zu und stand gleich darauf in der weit geöffneten Tür. Woher sie komme. Aus Köln? Das ist in Deutschland? Hat sie einen Mann und Kinder? Bleibt sie lange? Kann sie die Inschrift lesen, und macht es Mühe, sie zu reinigen? Sie müsse es gleich dem Vater erzählen, der im Bett liege und nichts mehr mache, außer in staubigen Büchern zu lesen.

Lucie lässt sie stehen, kommt bald darauf zurück und zieht Agnes ins Innere des Hauses. Nur langsam gewöhnen sich ihre Augen an die Dunkelheit. Als sie den langen Flur verlassen und in ein Zimmer treten, wird es besser. Es ist ein kleiner, niedriger Raum mit zwei Fenstern zum Innenhof. In einer Ecke Stühle aus Kunststoff, dahinter eine graue verwahrloste Palme. In der Mitte ein runder dreibeiniger Holztisch, darauf ein bulliger Kassettenrekorder, eine Tasse aus Steingut mit abgestoßenem Rand. An den Wänden vergilbte Tapeten mit floralem Muster, und als Wandschmuck hängt an der Längsseite, etwas schief, ein Hausaltar. Die große Vase mit den Porzellanrosen bedeckt Maria und das Jesuskind.

Lucie strahlte. Sie wiederholte die Fragen, hatte keine vergessen und nickte bei jeder Antwort, als hätte sie sie erwartet. Wegen der Kosten solle sie sich keine Sorgen machen, erklärte Agnes, wenn sie die Inschrift freilegen würde. Das hinge auch von ihrem Vater ab. Der sei einverstanden, sagte Lucie schnell. Sie lachte dabei lautlos und zeigte kreideweiße Zähne. Agnes schätzte ihr Alter auf achtzehn, höchstens zwanzig Jahre. Die langen kastanienbraunen Haare trug sie offen, vermutlich, weil keine Haarspange diese Locken hätten bändigen können. Das kurze Kleid mit den Spaghetti-Trägern zeigte viel von ihrer schlanken, sehnigen Figur. Sie war barfüßig, und es passte zu ihr. Eine schöne Kindfrau, die sich dessen bewusst war. Sie nahm Agnes am Arm, zog sie über den dunklen Flur in ein weiteres Zimmer. Es war groß, die halb geschlossenen Fensterläden dämpften das grelle Licht, das sich einen Weg durch die Lamellen suchte und auf den Boden leuchtende gelbe Zeichen malte.

In einem Bett aus schwerem Holz lag Lucies Vater. Laurent Petit. Obwohl sein Bart und die buschigen Haare, die ihm bis zur Schulter reichten, schneeweiß waren, hatte er ein jugendliches Gesicht. Er entschuldigte sich, sie in diesem Zustand empfangen zu müssen, er fühle sich nicht gut. Lucie solle Wasser und Wein für den Gast holen und einen Stuhl. Agnes lehnte nicht ab. Sie ließ es auch zu, dass Laurent Petit sie schweigend betrachtete. Dabei stützte er sich leicht auf, und Agnes sah ein schwarzes, bedrucktes T-Shirt. Den Aufdruck konnte sie nicht lesen, weil er in den Falten verschwunden lag. Sie sprachen über die Inschrift, und er wollte wissen, wie sie vorgehen würde. Agnes wehrte ab, sie würde nicht wirklich restaurieren, dafür reiche die Zeit nicht. Vielleicht gelänge es ihr aber, sie besser sichtbar zu machen. Das wäre doch schon etwas, oder? Sie lächelte ihn an. Doch zuvor wolle sie alles fotografieren. Morgen? Ja, morgen, gab sie zur Antwort und ging, ohne auf das Mädchen zu warten.

Jan war bereits zurück. Er saß in der chrom- und stahlblinkenden Küche, in der nur das gemauerte Spülbecken aus einer vergangenen Zeit zu sein schien. Jan sah Madame Fleur dabei zu, wie sie mit flinken Stichen kleine Stoffbeutel mit Herzen und Blumenkränzen bestickte und mit Lavendel füllte, um sie auf dem Wochenmarkt zu verkaufen. Er saß im Zwielicht, gebräunt und schön. Von dem Ausflug wollte er nichts berichten. Später, sagte er, als sie ihn danach fragte. Sie aßen in einem Restaurant am Marktplatz zu Abend, schwiegen zunächst, doch beim Kaffee tauchten beide aus ihren Erlebnissen heraus und begannen, Agnes zuerst, vom vergangenen Tag zu erzählen. Dann Jan. Er war mit dem Auto nahe an das Gebirge herangefahren, hatte sich oft verirrt, weil die Strecke schlecht ausgeschildert war, und schließlich eine Wand gefunden, die sich zum Klettern eignete. Ob es das sei, was er gesucht habe? Er hob resigniert den Arm. Es werde doch schwieriger, als er sich das vorgestellt habe. Hier sei nichts erschlossen. Was konnte er da schon ausrichten. Vielleicht sollte er jemanden fragen. *Deinen Chef?*, warf Agnes ein. *Ja, mal sehen*. Jan verstand die Ironie nicht. Sie schlug ihm vor, am nächsten Tag weitere Felsen zu suchen, während sie sich der Inschrift widmen wollte, von der sie erzählt hatte, das würde doch gut zusammenpassen. Jans Blick war auf den Marktplatz gerichtet. Dort ging Lucie, einen Korb mit Obst schwenkend. Agnes lachte leise. *Das ist Lucie*.

Lucie? Ach?

Am anderen Morgen stand Agnes früh auf, machte Fotos und sah sich die Inschrift des Hauses näher an. Mit einer Stahlbürste sollte es ihr möglich sein, den ärgsten Schmutz zu beseitigen. Sie beeilte sich, den Werkzeugkoffer zu holen, als die Tür geöffnet wurde und wie aus einer dunklen Höhle Laurent Petit im Türrahmen erschien. Er hatte noch immer das schwarze T-Shirt an, und diesmal konnte sie die Schrift lesen. Montségur. Er verbeugte sich leicht, bat sie herein. Vor ihr gehend öffnete er die Tür zum Innenhof. Die grauen Stühle waren überraschend bequem. Laurent Petit betrachtete sie heute wie einen Eindringling, den er einzuschätzen suchte. Ihr schien, als habe er sie hereingeholt, um sich über etwas klar zu werden. Er schwieg lange. Sah sie an, sagte schließlich, er verstehe es nicht, sie sei doch eine Restauratorin im Urlaub. Warum gehe sie nicht ans Meer und spüle den Staub herunter? Nein, sie rätsele an Inschriften herum, die niemanden mehr interessierten. Glaube sie noch immer, die Provence sei das Mekka, das jeden Künstler inspiriere? Wie naiv! Der einzige Wandel sei der Handel. Er habe das kapieren müssen, als er aus Paris mit der Vorstellung herkam, noch einmal von vorne beginnen zu können. Und jetzt mache das Licht, das gerühmte fantastische Licht der Provence aus ihm einen Affen, der sich mit Farben und Pinsel im Kreise drehe. Und sie als Restauratorin, er sah dabei in Agnes' Augen, mache doch die Illusionen nur deutlicher, verstärke die Konturen. Lege dort Gold auf, wo es abgeblättert sei. Deshalb könne sie auch keinen Abgrund unter sich spüren und mit stoischer Gleichmütigkeit den Spuren folgen, die Künstler gezogen hätten – Ochsen wie er, nicht wissend, welche Saat in den Rillen aufgehen würde.

Kommen Sie, trinken wir ein Glas Wein! Die Inschrift interessiert mich nicht. Die Kunst interessiert mich nicht. Das einzige, was mich noch interessiert, ist, was Lucie am Abend kochen wird.

Sie sind verbittert? Agnes sagt es leise.

Verbittert? Das sei ein Wort, das sich zu malen lohne.

Natürlich bin ich verbittert. Karl der Fünfte hat Tizian den Pinsel aufgehoben, als er ihm herunterfiel. Das war der Moment, als die Malerei den Ritterschlag erhielt. Davor, Mon Dieu, war der Maler doch nichts anderes als ein Dolmetscher der biblischen Legenden. Und heute existiert die Kunst doch nur noch in den Köpfen der Betrachter. Hocken wir nicht alle in gläsernen Kugeln? Mutter Erde wird bald ihr letztes Feuerwerk entzünden, und was von ihr übrig bleibt, wird Gott vor die Füße rollen. Wie ein schwarzer Golfball. Er braucht nur noch einzulochen. Drei unter Par.

Ich erschrecke Sie? Na, gehen Sie an die Arbeit. Als brave Handwerkerin werden Sie das, was angefangen ist, beenden wollen. Voilà.

Das Gespräch war für ihn vorbei.

Agnes wollte ihm sagen, dass Gott kein Zyniker sei, unterließ es aber. Laurent Petit würde es nicht verstehen können.

Es folgten Stunden geduldiger Arbeit an den Zeichen über dem Türbogen. Am späten Nachmittag war Jan gekommen. Er hatte sich auf die Stufen gesetzt und sah ihr zu. Lucie brachte in einer Karaffe frisches Wasser, die sie unerreichbar für Agnes auf eine Mauer stellte. Sie setzte sich zu Jan. Hatte sich die Sonne bisher unentschlossen über den Platz an den Treppen gelegt, fand sie jetzt ihr Ziel in Lucies Haar. Sie legte kupferhelle Streifen darüber, spielte mit Licht und Schatten, ließ es rot aufflammen und schwarz wie ein Rabengefieder glänzen, begleitete es auf die helle Haut des Rückens, wenn das Mädchen lachte und den Kopf dabei nach hinten warf.

Agnes riss sich an einer Stahlborste, machte dennoch weiter. Sie sah auf die freigelegten Worte, übersetzte ... *Oculis vitam*: Augen des Lebens. Durch meiner Augen Kraft ..., sie suchte nach einem Taschentuch, um das Blut abzuwischen. Vergeblich folgte sie den Linien des nächsten Buchstabens, denn alles Licht schien auf der Haut von Lucie zu tanzen. Im Werkzeugkasten fand sich eine Lupe. Doch auch damit sah sie nur auf verkarsteten Stein. *Oculis vitam*.

Lucie war aufgestanden, hatte Jan an der Hand genommen, deutete Agnes an, sie wolle ihm den Garten zeigen. Agnes drückte einen Holzspatel in den Stein, um keine Spuren zu zerstören. Noch immer war nicht zu sehen, wohin die Buchstaben führten, Lucie aber zog Jan zu der Ecke des Hauses. Agnes sah es aus den Augenwinkeln. Sie hatte den blutenden Finger an die geöffneten Lippen gelegt. Jetzt waren nur noch die Schatten zu sehen. Agnes warf den Spatel zur Seite, setzte sich auf die Treppen. Ein, zwei Stunden benötigte sie sicher noch, um die Inschrift lesbar zu machen. Sie starrte sie so lange an, bis sie auf dem Stein zu schwimmen begann. Zunächst unendlich langsam. Dann drehte sie sich schneller und schneller, Wellen schlugen höher, und aus den Worten wurden zwei Gestalten, die sich umarmten, verschmolzen. Agnes sah sie nicht nur, sie hörte sie auch. Die Worte lachten über sie. Trau schau wem …

Eine Tür fiel ins Schloss. Agnes schrak auf, packte ihr Werkzeug zusammen. Langsam ging sie zur Pension zurück. Morgen. Morgen würde sie das Geheimnis lüften.

Über Nacht waren Wolken aus dem Norden herangezogen, und obwohl sie noch keinen Regen brachten, war es kälter geworden. Nebelschleier lagen wie vergessene Tücher auf dem Kopfsteinpflaster. Agnes hatte am Fenster gesessen und gesehen, wie Jan schwankend von einer Hauswand zur anderen den Eingang zur Pension suchte. Damit er Madame Fleur nicht weckte, war Agnes ihm entgegengeeilt, hatte ihn an den Schultern gepackt, worauf er aufheulte. Er stammelte ihr Erklärungen ins Ohr, die sie nicht hören wollte, weil alles an ihm nach Schnaps und Wein roch. Die Turnschuhe abstreifend, fiel er auf das Bett und schlief sofort ein.

Wie er es dann geschafft hatte, früh am Morgen frische Croissants vom Bäcker zu holen, konnte sie sich nicht erklären. Aber der Frühstückstisch war gedeckt, Tee aufgebrüht, und in einer Vase leuchtete ihr freundlich das Gelb einer Sonnenblume entgegen.

Wo warst du? Versumpft, abgefüllt von Laurent Petit. Lucie war nicht dabei. Ist doch noch ein Kind! Laurent habe den ganzen Abend nur von ihr, von Agnes gesprochen. Ihre Ernsthaftigkeit gelobt, ihre Sturheit und die Geduld, mit der sie die Inschrift säuberte. Aber wenn sie sie freigelegt habe, würde sich der Fluch des Hauses erfüllen. Er hoffe fast darauf, damit endlich alles zu Ende sei. Geweint habe der Mann, was hätte er machen sollen.

Jan rieb sich das Gesicht, als sei er noch immer müde. Sie aber wusste, er wollte nicht, dass sie in seine Augen sah.

Agnes beschloss, dass die Inschrift warten könne. Stattdessen würden sie jene Klosteranlage besuchen, die sie im Bildband des Bischofs entdeckt hatte. Die Fahrt dorthin war auch ein Friedensangebot an Jan.

Der Scheibenwischer schob Staub und Feuchtigkeit zu einem Halbkreis, und an den Seitenfenstern sammelte sich Wasser in quirligen Bahnen. Bis zum Mittag brauchten sie, um die Gorges de la Méouge zu erreichen, dann ging es immer enger und höher am gleichnamigen Flüsschen entlang, das sich tief in die Berge eingegraben hatte. Am Plateau machten sie wieder kehrt. Sie hatten nicht gefunden, wonach sie suchten, und tranken in einer Auberge, die Küche hatte schon geschlossen, Cidre und Wasser. Es dämmerte schon, als nach weiteren Irrfahrten wie aus dem Nichts ein Monument auftauchte, das Agnes fast den Atem nahm. *Ora et labora.* Schaut nicht, ich bin kein Götze, kein Bild, das ihr euch zu Nutzen machen sollt! Agnes fror vor Glück. Die Buchen schüttelten sich, griffen mit nackten Ästen nach dem Wind, der das Laub aufwirbelte und es gegen die Grabsteine an der Mauer warf. Sie waren fast zugedeckt davon, als sollten sie ein Geheimnis wahren, eine vergebliche Mühe, denn längst waren die Namen darauf verwittert. Keiner wollte Zeuge dieser Zeit sein.

Zögernd war Agnes ausgestiegen, hatte die Autotür vorsichtig eingerastet, als befürchte sie, die alte Klosteranlage könne gleich einer Fata Morgana im Berg versinken. Mächtige Schwingen aus Stein stützten die Mauern. Zahlreiche Nebengebäude, die Fensterluken schmal geformt wie Fragezeichen, standen wie zornige Krieger um die Kirche. Sie näherte sich dem Kloster.

Jan, der zunächst im Auto geblieben war, kämpfte sich durch den Wind. Obwohl blass und müde vom Tag und der vorigen Nacht, bestand er darauf, sie zu begleiten, die frische Luft tue ihm gut. Als sie sich nach ihm umsah, deutete er mit dem Zeigefinger auf einen steilen Abhang. Ob sie das auch gesehen habe? Auf halber Höhe vermute er den Eingang zu einer Höhle, unter dem Überhang, leicht zu erreichen! Sie zog ihn zurück. Eine Zeit lang ging er stumm neben ihr, lief dann auf die Kirche zu und verschwand in ihrem Innern. Für ihn gab es Bedrohung nur, wenn ein Seil reißen könnte.

Agnes hatte, bis sie Jan in die Kirche folgte, träumend in einer der steinernen Nischen gesessen. Das Portal war schwer zu öffnen, und es dauerte lange, bis sich ihre Augen an das Dunkel gewöhnt hatten. Das Längsschiff, Vierung, die Apsis, Säulen. Jan war nicht zu sehen. Sie rief seinen Namen, verließ die Kirche schließlich wieder und fand den Kreuzgang. Umrundete die Säulen, berührte sie dabei zart und hob den Blick hinauf, zu den Kapitellen, deren Ornamentik Blätter, Blumen, Palmetten und Flechtbänder schmückten. An anderer Stelle Masken, groteske Menschenköpfe und Fabelwesen. Das Bestiarium erinnerte an nordische Mythen. Widar, Wotan, der Wolf Fenris und die Schlange Migdar deutete sie, war aber nicht sicher. Aus steinernen Augen stierten sie Wesen feindselig an. Agnes wandte den Blick ab, dachte an Apt. Dort hatte sie früher einmal in den Trompen unter der Vierungskuppel Evangelistensymbole entdeckt. Einen Engel als Symbol für Matthäus, der geflügelte Löwe für Markus, ein Stier für Lukas und dann schließlich der Adler für Johannes. Freunde von ihr hießen so. Drillinge, die Söhne des Pfarrers. Markus, Lukas, Johannes. Matthäus war jünger und behindert, er war mongoloid. Matthäus war immer dabei, wenn sie sich getroffen hatten. Die Kirche und der Friedhof waren, wenn sie sicher sein konnten, dass der Pfarrer nicht in der Nähe war, ihr Spielplatz gewesen. Hinter den Figuren und Säulen, unter den Epitaphen und hinter den Grabsteinen lauerten die Feinde. Tabu war nur die Apsis. Nicht einmal Matthäus betrat sie, obwohl er sich fröhlicher als die anderen in der dunklen Kirche bewegte. Wie alt waren sie damals? Acht, neun Jahre vielleicht. Sie wurden einmal erwischt, als sie Steinquader mit Micky-Mouse-Figuren bemalten, worin Markus großes Geschick zeigte. Sie mussten die Steine wieder säubern, während der Pfarrer ihnen die Bedeutung der Inschriften erklärte. Die Drillinge fanden die doppelte Strafe so grausam, dass sie die Kirche nur noch während des Gottesdienstes betraten oder um sie zu schmücken. Agnes aber hörte begierig zu, wollte mehr erfahren und bekam ein Buch, das sie nicht mehr zurückgeben konnte, weil die Pfarrersfamilie wegzog.

Matthäus war bei einem Unfall, der sich auf dem Friedhof ereignet hatte, gestorben. Ein Grabstein war umgefallen, die steinerne Engelsgruppe darauf hatte den zarten Kopf zerschmettert. Keiner hatte es richtig verstanden, warum der Pfarrer es nicht zu verkraften schien. Schließlich hatte er drei gesunde Kinder. Es war Stadtgespräch gewesen, für kurze Zeit. Für Agnes war es nie vorbei.

Die Sonne, die sich den ganzen Tag über nicht gezeigt hatte, war ungesehen hinter einem der Hügel versunken. Sie hatte Hunger. Jan blieb verschwunden. Sie umrundete das ganze Kloster, traf auf das geschlossene Tor zur Abtei. Dieser Bereich war nicht für Besucher zugänglich, obwohl längst keine Mönche mehr dort lebten. Sie rief, bekam keine Antwort. Es wurde dunkel, und sie wollte die Taschenlampe aus dem Wagen holen, als ihr einfiel, dass Jan den Schlüssel hatte. Zurück in die Kirche. Dort nahm sie sich eine große weiße Kerze, die vor einer Nische stand. Wenn Jan ein Spiel daraus machte, sich zu verstecken, würde sie ihm klar machen, wie sehr sie seine Kindereien anödeten.

Die Kerze wie eine Waffe vor sich, leuchtete sie jeden Winkel aus, auch die Apsis mit dem Chorgestühl. Das Dunkel schluckte alles außerhalb des Kerzenscheins. Agnes hatte Angst, glaubte etwas in ihrem Rücken zu hören, suchte nach der Wand und schlich Schritt für Schritt an ihr entlang. Jede Nische war wie eine bodenlose Falle, aus der sie sich im letzten Augenblick befreien konnte. In einer befand sich eine Tür ohne Griff. Agnes klopfte die Steine ab, horchte, als handele es sich um die Klänge eines Instrumentes. Sie war schon fast wieder ans Portal zurückgelangt, wandte sich nochmals um, denn ein Luftzug ließ die Kerze aufflackern. Sie starrte in die Flamme, vermied jede Bewegung. Das schmale Licht fiel auf einen Sockel, der ihr beim Betreten der Kirche nicht aufgefallen war. Er stand seitlich neben einer Säule, sie trat heran, konnte einen Treppenabgang sehen. Sie versuchte vergeblich ihn auszuleuchten. Vor ihr lag der Weg zur Krypta. *Jan!* Das Echo ihrer Stimme wurde leiser, verstummte. Stattdessen Musik. Die Orgel! Nein, sie hatte keine Orgel gesehen. Agnes setzte sich auf die Treppe, stellte die Kerze daneben, hielt beide Ohren zu. Sie kannte die Angst mit ihren Geräuschen und Schatten, wusste damit umzugehen. Sie war oft genug alleine auf ihrem Gerüst gesessen, wenn sie kein Ende beim Restaurieren der Totentänze und Strafgerichte fand. Doch nie war sie der Angst so nahe gekommen wie in diesen Minuten. Panisch löschte sie die Kerze. Für Augenblicke fühlte sie sich besser. Nur einen Moment Atem holen. Leise, damit die Toten sie nicht hörten, die eingebettet im geheiligten Boden lagen, schwere Steinplatten auf den Gebeinen. Und auch nicht die Steine, die von gemurmelten ängstlichen Gebeten ganz feucht und dunkel waren. Nicht die leeren Nischen, einst gebaut für längst geraubte Figuren.

Sie zündete die Kerze wieder an, rutschte mehr, als dass sie lief, die abgeschliffenen Steintreppen hinunter. Vor einer schweren verschlossenen Tür hielt sie inne. Dahinter musste die Krypta sein. Agnes schlug dagegen, ohne Erfolg. Lange stand sie unbeweglich auf der untersten Treppenstufe. Dann glaubte sie einen Schatten zu sehen, schrie auf, stürzte die Treppe hinauf, rannte weiter zum Ausgang.

Der Lichtstrahl traf sie ohne Vorbereitung. Kirche, Abtei und Hof waren in helles Scheinwerferlicht getaucht. Illuminiert. Sie stellte die Kerze unter das Portal. Im Kreuzgang fand sie eine steinerne Bank, nur zur Hälfte beleuchtet. Einer der Strahler musste ausgefallen sein. Sie setzte sich auf die dunkle Seite und dachte nach. Wann hatte sie Jan zuletzt gesehen? Vielleicht sollte sie versuchen, den nächsten Ort zu Fuß zu erreichen. Doch nicht einmal die Richtung ahnte sie, in die sie würde gehen müssen. Sie blieb sitzen und rief laut um Hilfe. Sie war sicher, Jan wollte sie ärgern oder ihr einen Streich spielen, und dabei war etwas passiert. Oder er war fortgegangen. Zu Lucie. Jan und seine Überraschungen. Dieses Mal war er zu weit gegangen. Kälte und Hunger trieben die Gedanken in einen Fluss, der alle Überlegungen mit sich nahm. Sie sah nach oben. Die Gesichter auf den Kapitellen waren zu Fratzen erstarrt. Sie riefen, sie schrien es ihr zu: *Zwischen Jan und dir gibt es kein Kapitell, nichts, was euer Ungleichgewicht austarieren kann*, keine Vermittlung zwischen Steinsäule und schwebender Decke. Weil er es verstanden hatte, ehe sie darauf kam, war er verschwunden. Ihm war nichts geschehen, er hatte sie schlicht verlassen.

Agnes erhob sich und ging langsam zu der kleinen Anhöhe, lehnte sich an einen Baum und zog die Beine an den Körper. Sie wusste alles über die alten verwitterten Inschriften, kannte sich blind aus in gotischen Minuskeln mit den Kapitalis-Versalien, wusste aus feinkörnigem Sandstein jede umlaufende Inschrift zu entziffern, aber war nicht in der Lage gewesen, die Zeichen ihres Mannes zu deuten. Sie hatte seine Nähe nicht gesucht, sie hatte sie zugelassen. Während sie die Gegenwart über die vergangenen Epochen definierte, musterte er das Material, mit dem sie umging, wie einen Feind der gemeinsamen Zukunft. Aber er behandelte den Gegner mit dem Respekt des Unterlegenen. Hierin – Agnes nahm es mit Erstaunen zur Kenntnis – lag eine Stärke, die sie nicht aufbringen konnte.

Sie wird ihm das sagen, käme er zurück. *Jan!* Sie rief lauter, als beabsichtigt. Die eigene Stimme war ihr fremd geworden.

Jan hatte im Kircheninneren auf Agnes gewartet. An eine Säule gelehnt, betrachtete er das Bauwerk. Sein Interesse erlosch bald. Neben Grabplatten, deren Inschriften er nicht entziffern konnte, gab es nur noch einen gemauerten Altar, den ein hohes schmuckloses Gitter schützte. Dahinter Überreste eines Chorgestühls, zur Linken eine steinerne Figurengruppe. Er trat näher an das Gitter, sah, dass die Zeit den Gesichtern alle Konturen genommen hatte. Durch die Stäbe betrachtete er die Wand und die Kuppel der Apsis. Er suchte mit zusammengekniffenen Augen das Mauerwerk ab, glaubte Teile einer Freskenmalerei zu entdecken, ein Band aus hellgrauer Farbe, darauf Pferde mit langen Köpfen, die ihn an Elche erinnerten, trat einige Schritte zurück, doch aus dieser Perspektive war nichts von Malerei zu sehen, und wo er Pferde zu erkennen geglaubt hatte, nahm er nur noch die Maserung der Steine wahr. Aber die Zwischenräume im Mauerwerk schienen gewollt zu sein. Kleine Nischen, die sich in unregelmäßigen Abständen bis zur Kuppel zeigten. Er zählte sie. Überlegte vergeblich, welche Bedeutung sie haben könnten.

In einem der kleinen schwarzen Löcher blitzte etwas kurz auf, fast hätte er es übersehen. Jan trat wieder näher an die Absperrung. Dieses Mal hatten ihn seine Augen nicht genarrt. In einer der Nischen erkannte er einen Gegenstand, der sich vom Hintergrund abhob.

Was Agnes dazu sagen würde? Er musste ihr zuvorkommen, sie davon überzeugen, dass auch er sehen konnte. Er wollte in ihrer Welt herumklettern, stellte sich ihr Erstaunen vor, wenn sie ihn entdeckte.

Jan rüttelte an der Absperrung, als er hörte, dass die Eingangstür geöffnet wurde. Reflexartig versteckte er sich hinter einer Säule. Agnes. In ihrem hellen, langen Kleid stand sie genau im Mittelpunkt des riesigen Raumes. In die Stille hinein hörte er sie seinen Namen rufen. Typisch ihre Haltung. Den Kopf leicht geneigt, fielen die hellen Haare bis auf die Arme, bedeckten sie wie ein Schleier. Ihr Hals offenbarte zugleich Kraft und Zartheit. Nur die groben Schuhe störten dieses Bild. Als hätten sie die Aufgabe, sie am Boden festzuhalten. Jan liebte Agnes in diesem Moment. Er hielt still, schaute auf seine Frau, die sich unsicher umsah und dabei auch den Pfeiler musterte, hinter dem er sich verborgen hielt. Sie konnte ihn nicht sehen. Er antwortete auch dann nicht, als ihr Rufen eindringlicher wurde. Schließlich verließ sie die Kirche, und mit einem harten Schlag schloss sich das Portal.

Jan rieb seine Hände warm, wie ein Pianist vor dem Auftritt. Ohne Seil und Haken zu klettern, war nicht ungefährlich, aber das alte Mauerwerk bot genügend Halt für seine trainierten Finger. Das Gitter war schnell überwunden. Hinter dem Altar begann er den Aufstieg, zog sich geschickt an Vorsprüngen hoch. Die kleine Nische über sich fest im Blick, auch wenn kaum ein Lichtstrahl mehr darauf fiel.

Aus Metern wurden Zentimeter. Je mehr er sich dem unteren Bereich der Kuppel näherte, desto mehr Pausen brauchte er. Zwei der Öffnungen waren bereits überwunden. Beide leer. Es musste eine der nächsten sein. Sicher war er sich nicht. Da er seinen mühsamen Aufstieg nach den Mauervorsprüngen ausrichten musste, hatte er das Ziel aus den Augen verloren. Noch fühlte er sich kräftig genug, sich selbst an den kleinsten Unebenheiten sicher halten zu können, doch die Anspannung wurde größer. Der Schweiß brannte in den Augen, Arme und Beine schmerzten, aber die nächste Nische war schon fast in Augenhöhe. Als er sie erreichte, sich festhalten konnte und auch mit den Füßen Halt fand, atmete er durch. Langsam richtete er sich auf.

Zwei riesige, starr nach vorne gerichtete Augen einer Eule, die sich nach einem betont langsamen, fast lasziven Lidschlag über einen unbewegten Augapfel schnell wieder öffneten und deren Blick ihn zu durchbohren schien, erschreckten Jan derart, dass ihm eine heftige instinktive Abwehrbewegung den Halt nahm. Die wenigen Sekunden, bevor sein Fall von einem hervorstehenden Stein und der Figurengruppe abgebremst wurde, erlebte er in höchster Angst. Er wollte schreien, aber ein anderer als er schien es zu tun. Über ihm die weiten Schwingen des aufgestörten Vogels, der durch das Kirchenschiff segelte und verschwand.

Eulenfrau ist weise
Eulenfrau bringt Tod
wenn sie über Tages fliegt
hast du immer Not

Als kleiner Junge hatte er das mit der Tante gesungen, bei der er aufgewachsen war. Und leise die Melodie in seinem Ohr, verlor er das Bewusstsein.

Agnes horchte auf, weil sie Stimmen zu hören glaubte. Auf ihrer Armbanduhr war es zehn Uhr abends, sie wollte die Zeit mit der Kirchturmuhr vergleichen, aber dort standen beide Zeiger nach oben, als wollten sie andeuten, hier findest du keine Zeit mehr, keine Vergangenheit und keine Zukunft. Im diffusen Licht der Beleuchtung schienen die umliegenden Gebäude nahe herangerückt. Sie glaubte, hinter den Fenstern Bewegungen wahrzunehmen, und schrie kurz auf. Einzig ein Vogel antwortete kreischend. Obwohl sie kaum den Mut aufbrachte, die Gebäude noch einmal zu durchsuchen, öffnete sie das Portal. Ging die Wege, die sie schon gegangen war, rief vergeblich nach Jan. Sie verließ die Kirche und bewegte sich vorsichtig auf die Pfeiler des Kreuzganges zu. Schien ihr Gesicht wie in einem Spiegel darin zu erkennen. Grau, versteinert und kalt. Sie zeichnete die vermeintlichen Konturen mit den Fingerspitzen nach. Zwei Augen, die nicht sehen, ein Mund, der nicht spricht, eine Stirn, die Poren aus Stein. Sie suchte in den Linien ihr Gesicht, bis ihre Fingerspitzen brannten. Dann bückte sie sich zu den Grasbüscheln, die den Steinplatten getrotzt hatten und fest und grün dazwischen hervorwuchsen, riss ein paar Gräser heraus, bettete sie in ihre Hand und drückte ihr Gesicht hinein. Sie war überrascht, wie feucht sie waren, bis sie begriff, dass die Gräser in ihren Tränen lagen.

Die Fratzen der Kapitelle stierten gleichmütig auf

sie herab. Agnes wich ihrem Blick aus, suchte die Stelle, wo sie vor wenigen Augenblicken ihr Gesicht zu erkennen geglaubt hatte. Sie fand sie nicht mehr. Die Kühle des Platzes war inzwischen unangenehm geworden, sie entschied sich unsicher, noch einmal zur Anhöhe zu gehen. Dann wollte sie den Fußweg zurück antreten, denn selbst wenn sie das Auto mit Gewalt öffnen würde, sie könnte es nicht starten, obwohl Jan ihr einmal gezeigt hatte, wie die Kabel verbunden werden mussten. Sie hatte sich damals nicht einmal zu ihm hingebeugt.

Vor ihr tauchte ein Mann in Arbeitskleidung auf. Er käme, um abzuschließen. In seiner Hand hielt er einen Schlüsselbund, lief schwankend auf das große Portal zu. Dennoch brachte er Agnes unbeschadet zur nächsten Stadt und ließ sie vor den Treppen der Polizeistation aussteigen. Zögernd öffnete Agnes die Tür und trat ein.

Der Polizist sah eine junge Frau, die verzweifelt zu sein schien. Er aber hatte schon zu viel gesehen, um nicht misstrauisch zu sein. Und während Agnes vom Verschwinden Jans berichtete, sah er in ihre Augen. Sie mochten eine andere Geschichte erzählen, jedoch, er konnte sich täuschen. So beherrscht wie sie die Fakten darlegte, ging eine kontrollierte Kühle von ihr aus.

Der Polizist griff zum Telefon, und eine Stunde später waren sechs Männer und eine Frau auf dem Weg zum Klosterberg, obwohl das Tal nun bereits in tiefer Dunkelheit lag.

Die Suche nach Jan dauerte nicht lange. Sie begannen in der Kirche, weil Agnes ihn dort zuletzt gesehen hatte. Während der Polizist die notwendigen Schritte zur Bergung einleitete und die Männer zurückschickte, kniete Agnes bei Jan. Sie war es, die ihn gefunden hatte, weil ihr bei Licht aufgefallen war, dass ein Kopf aus der Evangelistengruppe in der Apsis fehlte. Jetzt konnte sie auch deutlich sehen, dass die Figuren aus einer anderen Epoche stammten. Sie waren von jemandem – vielleicht um sie vor dem Verwittern zu retten – nachträglich an diesen Platz gestellt worden. Sie fand den Kopf – und sie fand Jan. Er lebte. Sie nahm seine Hand und legte sie auf das steinerne Haupt. *Matthäus*, sagte sie, *es ist Matthäus*.

Der Rosenhain

So war der Rosenhain also doch bewohnt. In all den Jahren meiner Besuche – es war jedes Mal ein Kurzurlaub – hatte ich nie jemanden in der Nähe des Hauses gesehen. Kein Auto, keine trocknenden Wäschestücke, auch die Fensterläden waren, soweit ich mich erinnern konnte, stets geschlossen. Aber in diesem Jahr war der Weg hinauf mit blühenden Rosen gesäumt. Jemand hatte sie farblich sorgsam abgestimmt. Eigenwillig war, dass der erste Stock Rosen in leuchtendem Weiß trug, wie auch der letzte, der am Ende des Weges die Treppen umwuchs, die zu dem im Stil eines Pavillons gebauten Haus führten. Die dunkelweißen im unteren Teil des Hanges rankten um ein kreisrundes Gitter, ihre Blüten und Blätter bedeckten den Metalldraht fast gänzlich. Ich vermied bewusst, die Blütenblätter zu berühren, wenngleich ich sie aus allernächster Nähe betrachtete. Und sooft ich dies während meiner Spaziergänge in den letzten Tagen tat, konnte ich nie Ungeziefer oder einen Fäulnisfleck entdecken. Vom zarten Gelb des Maises bis zum grellen Orange billiger Plüschtiere variierten die nächsten Stöcke, von der hellen Farbe einer Heckenrose bis zum Violettschwarz alter Wunden schimmerten die Blüten.

Jeder Wegbiegung gab ich einen Namen. Das ist die Heckenrosenkurve. Karminplatz. Die blutige Kurve. Das Höllenfeuer. Die blaue Minute. Der afrikanische Star. Und ganz oben: Der Federnhain. Wie die meisten Freilandblumen duften auch Rosen unmerklich, sie verströmen ihr Geheimnis nicht. Man muss sich ihnen nähern, und ich schloss dabei die Augen, um all die Süße aufzunehmen. Der Duft! Ich roch an allen Blütenfarben, nahm den Eindruck mit zum nächsten Stock. Es gelang mir nicht, Unterschiede auszumachen. Die weiße Rose roch nicht weniger süß als die violettschwarze, die dem Höllenfeuer glich, nicht intensiver als die in der Farbe des reifen Maises. Es überraschte mich.

Das Haus war also bewohnt. Ich stand am Federnhain und sah überall Bänke, Sonnenschirme und Tische, auf denen Rosen in Büscheln lagen. Verwirrt wollte ich zurückgehen, als ein Mann in heller Freizeitkleidung aus dem Haus trat, mich ansprach und bedauernd meinte, ich sei zu früh, das Rosenfest finde erst bei Sonnenuntergang statt. Er fragte, wie mein Name sei.

Ich entschuldigte mich, hätte mich von den Rosen verführen lassen. Ich ginge nur spazieren.

Aber man wolle ja, dass es den Leuten gefiele. Ich solle nur zum Gewächshaus gehen. Der Gärtner freue sich über Lob.

Ich mochte nicht, war gewohnt, am Ende des Weges geschlossene Rollläden und die Treppenstufen zu finden, zwischen denen Unkraut wuchs. Ich hatte Stille erwartet und war auf die Verbindlichkeit eines Hausherren getroffen, fühlte jedoch einen unbestimmten Zwang, ging zum Gewächshaus, traf den Gärtner. Er stützte sein Kinn auf einen Rechen. Ich begrüßte ihn, erklärte meinen Besuch. Auf meine Frage, weshalb er die weißen Rosen unten am Hain pflanze, antwortete er, das liege am Boden. Und die maisgelben? Das liege am Boden. Und dass es keine Schädlinge gebe, liege ebenfalls am Boden.

Er verzog keine Miene, als ich mich verabschiedete. Mit schnellen Schritten ging ich den Hang hinunter, begegnete keinem, offenbar waren die erwarteten Besucher noch nicht auf dem Weg. Ganz unten, vor der letzten Kurve, blickte ich zurück. Von dieser Stelle aus war das Haus nicht mehr zu sehen.

Am nächsten Morgen wollte ich vor der Abfahrt, die ich für den Spätnachmittag geplant hatte, noch einmal den Weg hinauf. Nicht bis zum Haus, der Besitzer sollte sich nicht gestört fühlen. Die Rosen wollte ich besuchen, die farbigen Blüten, geschlossen oder geöffnet, betrachten, den Duft aufsaugen und diese Eindrücke mitnehmen.

Es war ein heller, ein weißer Morgen. Keine Biene zerrte an den Blütenstempeln, weder Wespen noch Hummeln waren zu sehen. Die Vögel hatten ihren morgendlichen Gesang schon eingestellt und klammerten sich, in Gruppen verteilt, an die Stromleitung, die über alle Rosenstöcke hinweg zum Haus im Rosenhain führte. Meine Zeit war knapp. Ich musste noch packen, die Rechnung begleichen und den Wagen tanken. Also zwang ich mich, schnell an den weißen, den gelben, den orangenen Blüten vorbeizugehen. Bis zu den karminroten Rosen hielt mein Vorsatz, dann fingen mich Farbe und Duft ein, die unbeschwerte Hingabe siegte über Zeitnot und verplanten Alltag. Ich beugte mich leicht, schloss die Augen und sog den Wohlgeruch in mich ein, genoss es, sah nichts, hörte nichts, war versunken in die Süße, die alle Rosen gemein hatten, roch an den Blütenblättern, deren zarte Häute unter dem leichten Sog des Atems die Nasenflügel berührten und sanft zitternd wieder zurückfielen.

Ein harter Schmerz riss meinen Kopf zurück. Ich hörte meinen Schrei, wehrte mich gegen den Griff in mein Haar und suchte dem zu entkommen, was diesen Schmerz verursachte. Jemand zerrte an mir, zog meinen Kopf in den Nacken und flüsterte: *Mitkommen!* Dass es die Stimme des Mannes vom Haus war, erkannte ich erst, als ich in sein Gesicht sah. Ich weiß nicht mehr, was ich genau sagte oder worum ich bat. Ich erinnere mich aber bis heute daran, dass seine Haut großporig und blass war und die Lippen feine rote Risse hatten.

Weiter!

Der Angst gehörte meine ganze Konzentration, wie zuvor alle Freude dem Duft und den Farben. Da jedes Sichwehren den Schmerz verstärkte, versuchte ich mich schließlich ganz ruhig zu verhalten.

Weiter!, wiederholte der Mann, schob mich voran, zwang mich in das Haus. Man wird mich suchen, dachte ich, sagte es auch. Ein festerer Zug am Haar war die Antwort.

Wir waren jetzt im Gebäude, traten in einen großen Raum. Wortlos wurde ich zu einer von drei Türen geführt, ich öffnete sie und sah eine steile Holztreppe. *Und jetzt nach unten!* Der Mann hatte mein Haar losgelassen. Ich hielt unwillkürlich meinen Kopf mit beiden Händen fest, war vom nachlassenden Schmerz überrascht. Mit einem Stoß gegen die Schultern zwang er mich, die Stufen hinabzugehen. Er blieb unmittelbar hinter mir, was ich mehr erspürte als hörte. Vor mir erkannte ich einen kleinen Flur und eine grau gestrichene Tür. Schnell, noch ehe das Ende der Treppe erreicht war, drehte ich mich, schlug nach ihm, holte mit den Ellenbogen aus, traf seinen Brustkorb, den Bauch. Obwohl er offensichtlich nicht darauf gefasst war, reagierte er sofort. Ich erinnere mich an den Stoß, daran, dass meine Füße keinen Halt mehr fanden, und an den Augenblick des Fallens.

Mein Gefängnis maß sieben mal fünf Schritte. Ein schlichtes Holzbett, ein kleiner runder Tisch mit einer abgeschabten Resopalplatte. Hinter einem zur Hälfte zurückgezogenen schmutzig grauen Vorhang: Waschbecken, Toilette, Spiegel. Keine Sitzgelegenheit. Ein vergittertes Klappfenster, das ich nur erreichen konnte, wenn ich den Tisch auf das Bett stellte und mich an der Wand entlang bis zum Gitter hangelte. Das Fenster gab den Blick zum Hof frei, ich sah eine Schubkarre, sie stand vor dem Gewächshaus, und Rosenbüsche, jene weißen, die die Treppen umsäumten.

Mein Gepäck! Man würde mich suchen, wenn ich nicht zurück zur Pension kam! Und das Auto! Ansonsten würde mich so schnell niemand vermissen. Meine Wohnung war schuldenfrei, eine kleine Rente meines früh verstorbenen Mannes deckte die laufenden Kosten. Als freie Messeberaterin war ich viel unterwegs, es gab keinen Freundeskreis, weil ich keine Bindungen mehr wollte. Immerhin hatte ich eine Chance.

Ich lag auf dem Bett, schlief irgendwann ein. Wieder aufgewacht, war mir meine Situation sofort gegenwärtig. Ich war geübt darin, mich schnell in neue Umgebungen und Situationen einzufinden. Der Mann hatte mir alle persönlichen Dinge gelassen, auch die Uhr. Spätnachmittag war es inzwischen, und ich hatte

Hunger. Im Haus war alles still. Mein Klopfen und Rufen war unbeantwortet geblieben. Ich rief erneut, lauter, versuchte mit meiner Nagelfeile das Türschloss zu öffnen. Der Schatten des hereinbrechenden Abends erreichte mein Fenster, dann wurde es dunkel. Ich dachte erst jetzt an Licht, sah schemenhaft eine nackte Glühbirne, aber als ich den Schalter betätigte, blieb es dunkel.

Ein Geräusch riss mich aus meinen Überlegungen. Die Tür wurde geöffnet, der Mann stand im Rahmen, schob mit dem Fuß meine Reisetasche ins Zimmer. Nicht d a s. Er habe das Gepäck abgeholt, die Wirtin sei sehr zuvorkommend gewesen und ließe mich grüßen, das Auto habe er in seine Garage gefahren, ich würde es ohnehin die nächste Zeit nicht benötigen. Das einzige Gefühl, das mir blieb, war der Hunger.

Ich bin hungrig!

Ich betrachtete ihn im Gegenlicht, er trug die Freizeitkleidung vom Vortag, und – er lächelte jetzt. *Das trifft sich gut. Ich bringe etwas zum Essen, dabei können wir reden. Aber es sollte klar sein, dass jede weitere Dummheit Ihre Situation verschlimmert!*

Es dauerte lange, bis er zurückkam. Ich hörte das Klappern eines Schlüsselbundes.

Wie ist Ihr Name?

Er fragte es beim Betreten des Raumes. Ich überlegte, dass er mich unterschätzen würde, wenn ich mich naiv gab. War es doch klar, dass er ihn kannte, meine Wirtin hätte ihm kaum das Gepäck ohne meinen Namen ausgehändigt. Er will spielen, spielen wir.

Mein Name ist Pia.

Essen Sie etwas, Pia.

Einige Scheiben Brot lagen auf einem Teller – wahrscheinlich Reste vom Rosenfest, Käse und Schinken, dazu eine Flasche Mineralwasser, zwei Pappbecher. Ich sah ihm zu, wie er alles auf den kleinen Resopaltisch stellte, ihn dann zum Bett schob, auf dem ich saß.

In unbekannten Situationen reagiere ich völlig anders, als ich es von mir gewohnt bin. Ich aß, als handele es sich hier um ein geheimes Rendevouz, ein Vorspiel zu einer intimen Nacht. Ich sog den Duft des Brotes und des Schinkens ein, schmeckte im Käse die Milch und die Sennerei und betrachtete mein Gegenüber. Wenn ich auf Fremde treffe, nehme ich sie als Ganzes wahr, gleichzeitig achte ich auf Details, erinnere mich in der Regel an Physiognomie und Kleidung, präge mir Äußerlichkeiten ein und erkenne Gesichter wieder. Ich gewann meine Routine zurück. Auch diesen Mann fixierte ich. Ich wollte ihn später beschreiben können. Als ich dies dachte, brach alles in mir zusammen. Ich fing an zu weinen, konnte nicht mehr aufhören. Damit hatte ich eine Chance verspielt. Ich wusste es. Der Mann schob den Tisch weg, stieß mich unwirsch an, stand schließlich auf und verließ den Raum. Er sperrte die Tür hinter sich ab. Kurz darauf ging das Licht aus, er musste die Sicherung herausgedreht haben. Ich hörte noch Schritte von draußen, und schemenhaft war zu erkennen, dass etwas vor das vergitterte Fenster geschoben wurde. Es war eine Matratze.

Es musste noch früh am Morgen sein, denn als man die Matratze wieder entfernte, fiel nur wenig Licht in mein Zimmer. Gleich darauf das Geräusch des Schlüssels in der Tür. Ich hatte im Dunkeln den Tisch umgestoßen, ihn eilig wieder aufgestellt und alles, was am Abend heruntergefallen war, aufgesammelt und zurückgelegt.

Er stand im Raum.

Kommen Sie!

Ich dachte einen Moment, er ließe mich frei. In diesem Augenblick war ich bereit, alles zu vergessen, das Eingesperrtsein, die Demütigung – alles. Mit diesem Gedanken folgte ich ihm die steile Holztreppe hinauf. Er öffnete die zweite der drei Türen. Ich roch den typischen Geruch eines Badezimmers, Seifen und Essenzen. Der Mann ließ mich allein, kam kurz darauf mit meiner Reisetasche zurück. Ich stand noch da, wo er mich hingeschoben hatte.

Wortlos verließ er das Zimmer. Dieses Mal verschloss ich die Tür – mit einem einfachen Drehriegel. Das Bad war klein, fensterlos und vollständig weiß gekachelt. In den Boden war eine Badewanne eingelassen, die fast die Hälfte des Raumes einnahm. Ich stellte die Temperatur der Mischbatterie auf 38 Grad, schüttete ein wohl riechendes Salz aus einem Kristallflakon, den ich auf einem kleinen venezianischen Glastisch entdeckt hatte, in das sprudelnde Wasser. Die Wärme des Bades half dabei zu vergessen. Ich schloss die Augen, atmete tief den Geruch der Essenz ein, die dem Wasser eine helle perlmutterne Farbe verlieh. Der Duft war von einer intensiven Süße, er war der der Rosen des Gartens.

Ich fühlte mich in diesem Augenblick, umgeben von Wärme, so sicher, dass ich die Ruhe fand, nachzudenken. Der Mann war offensichtlich geisteskrank, zumindest psychisch schwer gestört. Ich fand keine andere Begründung für seine Tat und sein Verhalten.

Nur so erklärte sich auf der einen Seite seine Barschheit und Gewalttätigkeit, andererseits diese Art von Fürsorglichkeit, ja, fast meinte ich, eine Sorge um mein Wohlergehen zu spüren. War ich in großer Gefahr? Grundsätzlich bejahte ich meine Frage, machte aber Einschränkungen. Ich hoffte, dass es zu einem Gutteil auch auf mein Verhalten ankommen würde. Ich musste richtig handeln, auf ihn einwirken, musste einen Weg finden, der es ihm ermöglichte, mich freizulassen. Ich würde ihm ein Geschäft anbieten. Es ging sicher nicht um Geld. Er hätte längst davon gesprochen. Ich würde ihn vorsichtig auf das Rosenfest ansprechen, versuchen, das Gespräch darauf zu lenken, um in Erfahrung zu bringen, was geschehen war. Mein Gespür sagte mir, dort würde ich den Schlüssel finden und dann bald wissen, wie ich der Situation entkommen könnte. Es war lächerlich, nicht gefährlich. Ja, meine Lage war absolut lächerlich. Ich kannte ihn nicht, genauso wenig, wie er mich kannte. Er hatte es nicht planen können, woher hätte er wissen sollen, dass ich den Spaziergang noch einmal machen würde. Unsere Chancen standen gleichauf. Geschicktes Taktieren würde den Sieger ausmachen. Mein erster Schritt dorthin war geschafft. Ich lebte, lag im warmen Wasser, umgeben von Duft und Wärme.

Es fiel mir schwer, aus der Wanne zu steigen. Ich hatte ihn ausgesperrt, und er machte keinen Versuch einzudringen. Weiße Handtücher lagen auf der Heizung, waren leicht angewärmt. Ich hüllte mich darin ein, stand vor dem großen Spiegel, der von der Decke bis zum Boden reichte und an dessen Seiten kleine Lichterketten hingen, wie sie oft während der Adventszeit in Vorgärten an Büschen oder Bäumen angebracht werden. Der Spiegel war beschlagen. Ich fand ein Tuch, wischte vorsichtig das Kondenswasser ab und erschrak, als ich in mein Gesicht sah. Trotz der Wärme im Raum und des anregenden Bades war ich blass, fast weiß, die Augen verquollen und gerötet. Ich ließ das Badetuch fallen, stand jetzt nackt vor dem Spiegel. Angesichts meiner Nacktheit wurde mir die Unwürdigkeit meiner Lage gänzlich bewusst. Ich stand da und weinte.

Langsam wandte ich mich ab, zog Jeans und Pulli an, machte mir nicht die Mühe, die Haare zu fönen. Er klopfte. Ich nahm meine Reisetasche, entriegelte das Schloss und trat hinaus. Die dritte Tür stand weit offen. Der Mann sah meinen Blick, lief hin und verschloss sie. Ich aber hatte in einen hohen, hellen Raum gesehen, auf den großflächigen Tischen vor den Fenstern standen Phiolen, Schüsseln und Mikroskope. Vereinzelt erkannte ich abgeschnittene, in Büscheln zusammengefügte Rosen.

Sie gehen voraus!

Er schob mich zur Holztreppe, ich stieg hinunter, hielt die Reisetasche fest in beiden Händen. Der Mann folgte mir nicht, rief mir etwas zu, das ich nicht verstand. Im Zimmer brannte Licht, die Matratze war wieder vor das Fenster geschoben worden.

Der kurze Blick in den dritten Raum beschäftigte mich, so dass ich keine Gegenwehr geleistet hatte, als er mich zur Holztreppe dirigierte. Offenbar hatte meine Entführung nichts mit dem Rosenfest zu tun. Vielleicht war ich doch nicht zufällig da. Was, wenn ich ihm die Tat durch meinen ungeplanten Besuch nur erleichtert hatte? Meine Lage wurde dadurch nicht besser. Im Gegenteil. Diesmal stellte ich in panischer Angst den Tisch auf das Bett, rüttelte und zog am Fenster, das keinen Millimeter nachgab. Ich stieg wieder herunter, suchte nach der Nagelfeile und schlich – die Zimmertür stand offen – die Holztreppe hoch, versuchte das Schloss zu bewegen. Ich musste vorsichtig sein. Im Haus war es ruhig. Das Kratzen der

Feile war leicht zu hören. Zwei Schlösser verriegelten die Tür. Ein einfaches, veraltetes, meist nur noch für Holzverschläge gebrauchtes Schloss. Das andere war ein Sicherheitsschloss. Es war aussichtslos, mit der kleinen Feile und meiner ganzen Unerfahrenheit etwas auszurichten. Ich weiß nicht, warum ich erst jetzt auf die Idee kam, durch das Schlüsselloch zu sehen. Erschrak, denn ich sah den Mann zwischen den beiden anderen Türen stehen, den Kopf mir zugewandt. Obwohl er unmöglich erkennen konnte, dass ich durchs Schlüsselloch schaute, fühlte ich mich ertappt. Mehr fallend als kletternd floh ich die Holztreppe hinunter, stellte den Tisch, der noch auf dem Bett stand, auf den Boden und verkroch mich unter die Decke.

Über dem angespannten Warten war ich eingeschlafen, wachte erst auf, als er im Zimmer stand. Er trug einen blauen Kittel, wie sie oft von Hausmeistern oder Handwerkern getragen werden, Jeans, seine Füße steckten in schwarzen Gummistiefeln. Er stand vor meinem Bett. Ich zog die Wolldecke bis zu den Schultern. Das raue Gewebe hielt mich davon ab, den Kopf hineinzudrücken.

Er war groß und kräftig. Sein Alter schätzte ich auf ungefähr fünfzig Jahre. Das Gesicht rasiert, er trug eine randlose Brille, die ich zuvor noch nicht an ihm gesehen hatte. Das Haar war grau. Von einem Punkt aus, mitten auf der Schädeldecke, fiel es dicht und fächerartig nach allen Seiten. Es erinnerte mich an Dächer von Eingeborenenhütten.

Ich sagte nichts in diesem Augenblick. Das erste Wort würde eine Entscheidung bringen. Ich hielt den Atem an. Als er sich auf das Bett setzte, sprang ich auf, zog an der Wolldecke und hockte mich in die Ecke unter dem Fenster. Die Tür stand offen.

Ein Räuspern von ihm und nach unendlicher Zeit die Worte:

Unterlassen Sie die Versuche zu fliehen. Ihre Freiheit hängt davon ab, ein Spiel zu gewinnen, dessen Regeln ich festgelegt habe.

Was für ein Spiel?

Ein Spiel, in dem Sie eine Aufgabe zu lösen haben.

Zunächst meine Ungläubigkeit. Dann aber stimmte ich zu, ich musste Zeit gewinnen. Ein Spiel; das hatte eine Bedeutung, die ich nicht verstand.

Er werde jetzt die Rosen holen.

Ich saß noch immer in meiner Ecke, als er ohne weiteres Zögern den Raum verließ und ihn hinter sich abschloss. Schon nach kurzer Zeit war er zurück und legte einen bunten Rosenstrauß auf den Resopaltisch.

Lernen Sie die Farben der Rosen am Duft zu erkennen!

Er zog eine schwarze Augenbinde aus seiner Manteltasche.

Und Sie werden es so oft versuchen, bis Sie es können! Dann sind Sie frei.

Er ging. Kopfschüttelnd nahm ich eine Blüte, roch daran und legte sie wieder zurück. Mich erinnerte die Situation an das Märchen, in dem die Müllerstochter Stroh zu Gold spinnen sollte. Schließlich legte ich alle Rosen nebeneinander auf das Bett, setzte mich davor, stülpte die Augenbinde über. Stach mich gleich an einem Dorn. Ich riss die Binde wieder herunter und steckte meinen blutenden Finger in den Mund. Also würde ich zuerst einmal alle Dornen entfernen. Nacheinander brach ich sie ab, stach mich dabei noch öfter, und als ich es schließlich geschafft hatte, warf ich sie in die Toilette. Jetzt setzte ich die Augenbinde wieder auf, packte die Rosen zu einem Bündel, wählte eine Blume aus deren Mitte. Ich roch daran, versuchte mich zu konzentrieren, wollte mich an den Duft erinnern. Ein feiner süßer Geruch. Es musste eine helle Farbe sein. Ich spähte durch die Augenbinde und sah auf die Schwarzviolette. Wiederholte, immer wieder, und wenn ich einmal eine Rose richtig bestimmt hatte, war es Zufall.

Ich packte die Rosen zusammen, legte sie in das Waschbecken.

Als der Mann mir das Abendessen brachte, Schwarzbrot, Käse und Obst, sagte ich ihm, dass ich sein Spiel nicht mitspielen würde. Er antwortete nicht darauf, ging zum Waschbecken.

Weshalb haben Sie die Dornen abgebrochen?

Ich hob meine zerstochenen Hände hoch.

Dann werde ich Ihnen Handschuhe bringen. Die Dornen bleiben!

Er nahm den Strauß, ging zur Tür, drehte sich noch einmal um und sagte, ab morgen solle ich die Ergebnisse der Versuche zu meinem eigenen Nutzen in einer Tabelle festhalten.

Ich hatte täglich eine von ihm festgesetzte Anzahl durchzuführen, und anfangs tat ich dies auch. Ich roch nicht nur an den Rosen, sondern zerrieb die Blütenblätter, zog sie in die Länge, zerknüllte sie, legte sie ins Wasser, aß sogar welche. Ich roch am Blütenansatz, am Stiel, den Blättern, an den Schnittenden, den Dornen. Umsonst. Täglich neue Rosen, die vom Vortag nahm er stets wieder mit.

Ich wusste nicht, wie lange ich schon eingesperrt war. Meine Uhr vermisste ich. Vermutlich lag sie im Badezimmer. Wenn er frische Rosen gebracht hatte, machte ich wahllos Kreuze auf der Tabelle, warf die Blüten ins Waschbecken. Er schloss jetzt immer ab, wenn er den Raum verließ. Meine ganzen Überlegungen konzentrierten sich darauf zu fliehen. An einem Morgen hörte ich, dass es stark regnete. Vielleicht hatte ich heute Ruhe. Aber er kam, legte den nassen Strauß auf den Tisch. Ich setzte mich wie immer, wenn ich ihn hörte, in die Ecke unter dem Fenster.

Wie lange soll dieser Unsinn noch dauern?

Er drehte sich um, und als ich sein Gesicht sah, wusste ich, dass ich wieder einen Fehler gemacht hatte. Er war wütend. Als er an mich herantrat, hob ich schützend die Arme über den Kopf. Er packte mich am Handgelenk und sagte:

Sie arbeiten nicht gründlich! Halten Sie sich an die Spielregeln!

Einen Moment lang hatte ich das Gefühl, er beobachte mich heimlich durch das Fenster. Ich würde ein Laken davor hängen.

Meine Stimme war fest, als ich ihm antwortete, der Raum hier sei muffig, andere Gerüche würden mich beeinträchtigen. So sei es unmöglich, das Experiment durchzuführen. Einen Augenblick stutzte er. Dann aber, schon im Hinausgehen, sagte er:

Sie haben nicht mehr viel Zeit!

Ich wollte handeln. Zuerst verhängte ich das Fenster, so fühlte ich mich sicherer. Die Rosen lagen in kleinen Pfützen, die das abgetropfte Regenwasser gebildet hatte. Ich holte mit dem Arm aus und schleuderte sie in eine Ecke. Schließlich sammelte ich sie wieder ein, stach mich dabei mehrmals in die Finger. Eine Waffe! Ich riss die Blütenköpfe ab, nahm aus der Reisetasche ein Wäschestück, umwickelte die Enden so, dass ich den Strauß festhalten konnte, ohne mich zu verletzen. Wenn er mir das Abendessen bringen würde, wollte ich mich neben die Tür stellen und ihm dann den Strauß ins Gesicht schlagen. Ich war nervös, zwang mich aber zur Ruhe.

Um mich zu beschäftigen, zog ich mich um, suchte nach meinen Schuhen, setzte mich schließlich auf das Bett, den Dornenstrauß griffbereit. Alle Vorbereitungen mussten etwa eine Stunde gedauert haben. Er würde bald mit dem Essen kommen, die Rosen schnitt er stets am Spätnachmittag. Ich schob den linken Ärmel meines Pullovers zurück und schlug mich leicht. Einige Dornen hakten sich in die Haut. Schon diese leichte Berührung war schmerzhaft. Ich wusch das Blut ab, wartete.

Jetzt hörte ich den Schlüssel. Er musste auf der Treppe sein. Obwohl ich bis aufs Äußerste gespannt war, konzentrierte ich mich auf die Geräusche. Er schloss die erste, die obere Tür auch heute nicht ab! Ich atmete durch, hielt den Dornenstrauß fest in der Hand, hatte meine Position eingenommen. Das Licht! Sollte ich es ausmachen? Für weiteres Überlegen war es zu spät. Er hatte das Tablett mit einer Hand an seine Hüfte gedrückt, als ich mit voller Wucht zuschlug. Zweimal. Dreimal.

Er war so überrascht, dass er nicht gleich nach mir griff. Diesen Augenblick nutzte ich, hastete durch die Tür und zog sie hinter mir zu. Voller Panik hangelte ich mich die schmale Holztreppe hinauf, suchte den Türgriff und – hielt einen Knauf in der Hand. Darauf hatte ich beim ersten Mal nicht geachtet. Meine Beine gaben nach, mir wurde übel, Speichel floss, mein Herz raste, ich fiel die Treppen hinunter. Er stand neben mir. Blut lief ihm aus kleinen Wunden über das Gesicht, den Hals, tränkte den Kragen seines weißen Hemdes.

Langsam setzte ich mich auf. Mein ganzer Körper schmerzte. Er verharrte noch immer an der gleichen Stelle, holte ein Taschentuch, fuhr sich damit übers Gesicht, betrachtete es und schüttelte langsam den Kopf.

Haben Sie noch immer nicht verstanden? Ihre Versuche zu fliehen, verzögern nur das Spiel. Sie werden lernen, die Farben der Rosen am Duft zu erkennen! Es ist Ihre einzige Chance. Versuchen Sie so etwas nicht noch einmal! Sonst zwingen Sie mich, das Spiel zu beenden!

Damit ging er. Ich stand vorsichtig auf, humpelte zum Waschbecken. Steckte meinen Kopf unter das fließende Wasser. Der Dornenstrauß lag am Boden. Er war sich seiner Sache so sicher, dass er ihn nicht mitgenommen hatte. Ich war gezwungen zu begreifen, dass nur das Eingehen auf seine Forderungen zur Freiheit führen konnte.

Ich würde seine Aufgabe morgen nochmals zu lösen versuchen, obwohl es mir völlig sinnlos erschien. Dass meine einzige Chance darin bestehen sollte, die Düfte den Farben zuzuordnen, fand ich absurd.

Als ich erwachte, stand das Tablett mit dem Frühstück auf dem Tisch. Der Dornenstrauß war verschwunden. Daneben lag eine Mappe, die ich zuvor nie gesehen hatte. Darin befanden sich Fotos von Rosen. Sie mussten vom Rosenhain sein. Der Blütenstand war fortgeschritten, alle Knospen waren weit geöffnet. Ich roch an den Bildern. Sie gaben nur den herb-bitteren Geruch der Abzüge von sich. *Rosa centafolia*. Die zarte Rose kannte ich aus vielen Abbildungen. Meine Großmutter hatte sie in mein Poesiealbum geklebt, und ich hatte eine auf den Sarg meines Mannes gelegt. Rose, Liebchen. Sie hat Einzug in die Literatur gefunden wie keine andere Blume. Königin, Schönste. Ich fühlte mich beraubt, der Freiheit, der Schönheit, der Ästhetik. Die Erinnerung an ihren Geruch verursachte mir inzwischen Übelkeit.

Den Gedanken, ob er sein Versprechen einlösen würde, verdrängte ich und wartete jetzt voller Ungeduld auf die frischen Rosen. Die Fotomappe hatte ich zugeschlagen. Angespannt horchte ich nach draußen. Lange Zeit stand ich so, tat nichts, als in die Stille hineinzulauschen. Endlich war es Nachmittag. Er hatte mich so weit, ich war begierig auf meine Arbeit, flehte die Rosen fast herbei. Als er sie brachte, waren die Blüten, wie auf den Fotos, weit geöffnet. Das zarte Innere bot sich mir in seiner ganzen Schönheit dar. Je drei weiße, gelbe, orangene, feuerrote und schwarzviolette Blüten. Ich zog den Tisch an mein Bett und begann. Er hatte den Raum verlassen. Zunächst sortierte ich nach Farben, um den Duft zu intensivieren, zog die Augenbinde über, nahm ein Trio auf, hielt meine Nase daran. Dann das nächste. Kaum glaubte ich, eine Nuance erkannt zu haben, sah ich mich getäuscht. Ich tat all das, was ich bereits versucht hatte. Ich erreichte nichts. Nicht an diesem Tag und nicht an den nächsten.

Der Mann sprach mich nicht mehr an. Allein den Tabellen galt sein Interesse. Dass ich kein Ergebnis vorzuweisen hatte, wohl auch nie eines erzielen würde, löste in mir Panik aus. Ich ging so weit, die Rosen unter mein Kopfkissen zu legen. Das Essen ließ ich immer öfter stehen. Mit den Rosen im Arm lief ich im Zimmer auf und ab, roch zuletzt überhaupt nichts mehr. Hockte immer häufiger in der Ecke unter dem Fenster, täuschte Arbeitseifer vor, wenn er kam.

Auch an diesem Vormittag. Ich hatte nachts lange Zeit wach gelegen, war schließlich aufgestanden und hatte mich vor den Tisch gestellt, die Mappe mit den Fotos fest in der Hand haltend. Als er am Morgen hereinkam, sah ich nicht auf. Er hatte einen Stuhl mitgebracht. Der Klang des ersten Wortes nach tagelanger Stille.

Der Sommer ist vorbei. Heute müssen Sie es können!

Ich sah ihn an. Er hatte die Rosen auf den Tisch gelegt, das Fenster von innen verdunkelt und das Licht gelöscht. Ich nahm dennoch die Augenbinde und setzte sie auf.

Heute muss ich es können. Ich hatte Angst und war gleichzeitig erleichtert. Ein letztes Mal roch ich an den Blütenkelchen, die sich mir entgegenstreckten. Ich hörte mich sprechen, betete die Farbskala herunter, roch nichts dabei, vernahm nur das Geräusch des Lichtschalters nach jeder Antwort. Jetzt schob er den Stuhl zurück, trat hinter mich und nahm mir die Augenbinde ab.

Es ist Ihnen nicht gelungen! Damit ist das Spiel vorbei. Sie können gehen!

Mechanisch stand ich auf. Er hatte die Tür aufgesperrt, weit geöffnet und drückte mir mein Gepäck in die Hand. Aus seiner Hemdtasche nahm er ein Kuvert, gab es mir. Vor der Treppe drehte ich mich um. Er schien mich nicht mehr zu bemerken. Stand da, den Kopf zu den Rosen geneigt, die er jetzt im Arm hielt.

Ich war frei! Auch die nächsten Türen standen offen. Schnell verließ ich das Haus. Es war regnerisch und kühl. Mit geschlossenen Augen sog ich die Luft ein. Lief den Kiesweg entlang, der von verblühten Rosen gesäumt war. Mein Auto stand unten am Hang.

Tauchen

Es war einer dieser immer gleichen Tage, an denen ich meinen Platz am Meer aufsuchte. Er lag im Schatten, nahe der Felswand. Von dort ging es nicht weiter, was mir nur recht war, denn es gab mir das Gefühl, nicht wählen zu müssen. Links von mir lag der Strand, die Besucher kamen zögernd an, blieben stehen, sahen nach der Sonne, schützten dabei die Augen mit den Händen und tasteten mit nackten Zehen im Sand nach der besten Stelle für den Sonnenschirm und die Bastmatten. Sie setzten sich, schauten zum Horizont, erhoben sich wieder, ordneten ihre Sachen, streiften ihre Kleider ab. Auf dem Weg ins Wasser drehten sie sich noch einmal um, als würden sie sich einprägen, was sie zurückließen.

Mich sahen sie nicht, keiner hob den Blick über seinen Besitz hinaus. Mir kam das gelegen, ich wollte nicht, dass sie sich von mir beobachtet glaubten. Ich interessierte mich nur für das Meer. Die Rituale der

Badenden nahm ich wie den Lauf der Sonne. Auch sie streifte meinen Sitzplatz nie, weil ein Überhang der Felswand, zackig und zerklüftet, sie daran hinderte. Jeden Tag wollte ich dort verbringen, seit ich den Platz vor Jahren entdeckt hatte. Manchmal, wenn das Wasser über den Sandstrand stieg, wurde es ungemütlich, die Gischt ergoss ihren milchweißen Schwall über mich, doch meist konnte ich den Weg der Wellen abschätzen und ihnen ausweichen. Ich atmete tief ein, roch die Kraft des Meeres und wusste stets, wann ich meinen Platz verlassen musste.

Die beiden Männer, die jetzt den Weg über die Felsen in meine Richtung einschlugen, hatte ich hier nie zuvor gesehen. Als sie näher kamen, erkannte ich Taucheranzüge und Sportschuhe, was die Leichtigkeit erklärte, mit der sie sich auf den scharfkantigen Steinen bewegten. Auch ich hätte Schuhe tragen sollen, konnte mich aber nie dazu entschließen. Stattdessen nahm ich immer wieder Schnittwunden in Kauf, die im salzigen Wasser brannten.

In ihrer Gummihaut wirkten die Männer wie Zwillinge, doch beim genaueren Hinsehen bemerkte ich den Altersunterschied und tippte auf Vater und Sohn, obwohl allein ihre Statur dafür sprach, nicht ihre Gesichtszüge. In Wahrheit war mir das gleichgültig. Ich hoffte nur, dass sie bald wieder kehrtmachten. So war es auch. Der Jüngere kletterte noch ein Stück das Kliff hoch, während sich der Ältere vor mir auf einen Felsen gesetzt hatte und den Blick aufs Meer richtete. Das alles dauerte gerade so lange, dass sie nichts von der Magie mitnehmen konnten, die mich jeden Tag an diesen Platz zog. Sie nickten mir zu, verschwanden dann schnell und leichtfüßig. Ich blieb noch eine Weile, zählte zwanzig weitere Wellen ab, ehe ich aufbrach. Behutsam und viel langsamer als die beiden vor mir.

Zum Abendessen kehrte ich immer bei Juan ein. Er musste sich bei mir keine große Mühe geben, weil ich nur Wein, Brot, einige Oliven und Käse zu mir nahm. Sobald er mich sah, holte er den kleinen Tisch aus der Küche, stellte ihn an den Rand der Terrasse, direkt vors Geländer, schob einen Stuhl heran, und noch bevor ich meine Beine ausgestreckt hatte, servierte er schon. Wir sprachen fast immer nur übers Wetter, was uns beinahe zu Freunden machte, weil dies als gegenseitiges Einverständnis galt, sich in Ruhe zu lassen. Von meinem Tisch aus sah ich den Muschelsuchern zu, die sich, ausgestattet mit Körben oder manchmal auch mit Strohhüten, über den nassschwarzen Sand beugten, ihre Schätze prüfend gegen das Licht hielten und sie dann zufrieden lächelnd in die Behältnisse legten. Missgriffe warfen sie ins Meer zurück, um sie am anderen Tag wieder aufzuheben, weil das, was sie zum Aufsammeln bewogen hatte, seine Wirkung nicht verlor.

Juan räumte den Tisch ab. *Ein schöner Abend*, sagte er, wie immer, wenn er das Wachstuch säuberte. Ich erinnere mich nicht, ob er in diesen Momenten je etwas anderes gesagt hatte. Auf der Insel gab es nur schöne Abende. Milde Abende. Perfekte Abende. Dafür sorgte die Lage am Breitengrad. Dass es Juan dennoch erwähnenswert schien, musste daran liegen, dass er die Bemerkungen seiner Gäste übernommen hatte. Gäste, die nicht daran gewöhnt waren, allabendlich in weich temperierter Luft zu speisen. Solche Überlegungen anzustellen, war mein Luxus. Ich wollte nichts anderes denken. Wer auch immer gesagt hatte, ich könne so weit weglaufen, wie ich wolle, immer würde ich mich mitnehmen, hatte Unrecht. An dem Ort, den ich verlassen hatte, war mein Denken und Fühlen zurückgeblieben und unbrauchbar geworden. Etwas, das einer Pflanze glich, einer Pflanzenseele, hatte ich mitgebracht. Zum Überleben war das reichlich, mehr wollte ich nicht.

Juan kümmerte sich um die anderen Gäste, die nach und nach auf der Terrasse Platz nahmen. Viele Deutsche darunter, die nach freien Tischen Ausschau hielten. Die Einheimischen suchten nach bekannten Gesichtern, die Engländer den Blick auf das Panorama, den Franzosen war die Nähe zur Küche wichtig. Allen gemeinsam war der Gesichtsausdruck, wenn die Sonne am Horizont versank. Was jetzt kommen würde, kannte ich so gut, dass es mich langweilte. Mütter hielten beim Füttern ihres Nachwuchses inne, ältere Paare nickten einander zu, Verliebte küssten sich. Männer, denen der Anblick kaum eine erhöhte Herzfrequenz bescherte, strahlten, weil sie ihren Frauen in solchen Augenblicken Held und Halt waren, und der Koch stand in der halb geöffneten Tür, um eine Zigarette zu rauchen, was ihm verboten war. Aber er wusste, es war der Moment, in dem er von allen ungestört einige tiefe Züge nehmen konnte.

Nicht, dass mich der Anblick der untergehenden Sonne unberührt ließ; ich liebe den Augenblick, wenn sich die Gewalt des roten Lichtes aus dem Blickfeld entfernt und mich mit der Kühle der aufkommenden Nacht allein lässt. Dieses Naturschauspiel jedoch hat eine Dramaturgie, deren Inszenierung ich nicht verstehe, die ich auch nicht verinnerliche, weil ich mich davor scheue, eine Absicht dahinter zu vermuten. Ich begriff schon nicht, wie Juan es schaffte, selbst übel gelaunten Gästen freundlich entgegenzutreten. Wie sollte ich den Lauf der Welt verstehen oder die Tatsache, dass Menschen in der Lage sind, sich als Teil dieses Spektakels zu empfinden. Das Ich dabei als Zentrum, nicht die Sonne, nicht die Erde.

War die Vorstellung am Horizont beendet, machte Juan die Lichterkette an, die die Terrasse in einen großen bunten Saal verwandelte. Kreisrunde Lampen gaben gerade so viel Licht, um die Gesichter der Gäste erkennen zu können. Sie waren milder als in den hellen Momenten am Strand.

Am Nebentisch hatten die beiden Taucher Platz genommen. Sie schauten zu mir und unterhielten sich leise, dann nickten sie mir grüßend zu, hoben ihr Glas. Der Ältere bestellte ein Essen, das alles sein durfte außer Fisch, wie mir Juan im Vorbeigehen zuflüsterte. Sie gestikulierten, und es sah inmitten des Lärms aus, als hätten sie ihre ureigene Sprache gefunden. Es dauerte, bis ich begriff, dass der Jüngere stumm war.

Seine Finger und Hände malten beredt Zeichen in die Luft, die der Ältere aufmerksam verfolgte und auch zu beantworten schien, denn wieder nickte der Jüngere. Ich beobachtete die beiden so unauffällig wie möglich. Wie jeden Abend lag ein Buch geöffnet vor mir auf dem Tisch, und ich schien mich darin zu vertiefen. Doch auf der Terrasse las ich selten. Hier draußen zeigten die Seiten nur eine unendliche Reihe von Wörtern. Die zwei Männer am Nachbartisch, von denen ich später erfuhr, dass sie nicht Vater und Sohn, sondern Freunde waren, unterhielten sich mit einer Lebhaftigkeit, wie ich sie selten bei Menschen gesehen habe. Ich schob meinen Stuhl in den dunklen Bereich der Terrasse. Mir kam es vor, als sprächen sie über mich, und das gab mir ein unbehagliches Gefühl.

Juan brachte mir noch ein Glas Wein. Als die beiden Taucher aufstanden, um an den Strand zu gehen, sah ich ihnen nach.

Anderntags suchte ich wieder meinen Platz bei den Felsen auf. Es war kühler geworden, Wolken waren aufgezogen. Außer mir gab es noch keine Strandbesucher an diesem Morgen. Mit klammen Fingern strich ich über die Steine, sie fühlten sich feucht an, als hätten sie über Nacht im Wasser gelegen. Alle Spuren des Vortages waren verwischt, der Sand lag da wie ein schwarzer Teppich, meine Schritte zeichneten sich kaum darauf ab. Allein Strandkäfer, ihre pittoresken Fresszangen in ständigem Einsatz, gruben kleine Fährten ein und schienen mir stärker, als ich es jemals zu sein vermochte. Ich hinterließ keine Spuren, wenn ich mich am Rande der Felsen bewegte.

Es begann zu regnen, was selten war im August. Ich legte meine Kleider ab und ging zum Wasser.

Die ersten Schritte auf dem harten Sand sind überwältigend. Wenn die Fußsohlen Halt finden, ist es, als hätte ich niemals gravitätischer einen Boden berührt. Und dann wird alles anders. Gischt, die sich wie selbstverständlich meiner annimmt, kringelt sich an den Beinen hoch, bleibt bei mir, während ich weitergehe, in die Tiefe, langsam einen Berg hinunter. Die Welt scheint auf dem Kopf zu stehen. Ich stehe am Gipfel der Berge unter mir. Das Wasser trägt mich darüber, hat einen Mantel aus Myriaden von Tropfen um mich gelegt. Nie fühle ich mich behüteter in meiner Nacktheit. Ich entkomme in diesen Momenten unverletzt einem Netz, bin zeitlos, bin raumlos.

Auf dem Rücken schwimmend fing ich den Regen ein, lag auf den Wellen. Die Bewegungen übertrugen sich und schaukelten mich wie eine sanfte, große

Mutter. Ihre Gutmütigkeit schien an diesem Tag unbegrenzt, denn sie trug mich leise zum Strand, ehe sie, von einer wütenden Kraft angestachelt, ihren mächtigen Rücken anhob.

Haben Sie Angst, vom Regen nass zu werden?

Der Taucher half mir auf die Beine. Noch ehe ich etwas sagen konnte, gab er mir ein Frotteetuch. Er sah zu, wie ich mich abzutrocknen versuchte, was unsinnig war, denn es regnete heftig.

Er stand da und sah mich an, als überlege er, ob ich mich zum Tauchen eigne. Zumindest kam mir das so vor. Aber ich kann in den Gesichtern der Männer lesen, so viel ich möchte, es geht mir wie mit den Büchern, die während des Essens aufgeschlagen an der Seite liegen: Ich sehe die Worte, verstehe aber ihre Bedeutung nicht, weil ich keinen Zusammenhang herstellen kann. Als ich dann vor mich hinmurmelte, dass ich mich nicht zum Tauchen eigne, verstand er mich nicht, bat darum, etwas lauter zu sprechen. Altes Taucherleiden, erklärte er, der bestimmt noch keine fünfzig war. Meine Worte wiederholte ich dennoch nicht.

Dass er mich gemustert hatte, irritierte mich kaum. Scham zu empfinden, ließ ich nicht mehr zu. Vermutlich hätte ich sie früher gespürt, doch seit sich meine Gleichgültigkeit von innen nach außen gekehrt und schließlich jede Eitelkeit vertrieben hatte, machte es mir wenig aus. Ich fühlte nichts, weil ich weder die Vorstellung noch die Erwartung hatte, Gefallen zu finden. Wenn er mich betrachten wollte, sollte er es tun. Er tat es offen und ungeniert.

Ich fror, und deshalb kleidete ich mich rasch an, versuchte meine Haare trockenzureiben, bis das Handtuch nach Salz und Tang roch. Der Regen hatte nachgelassen, und der Taucher lud mich ein, am Abend mit ihm zu Juan zu gehen. War sein stummer Freund abgereist? Er bejahte meine Frage. Er habe einen Auftrag bekommen, mehr sagte er nicht darüber, strich stattdessen mit den Fingern über seinen blanken Schädel, und ich überlegte, wie seine Haarfarbe gewesen sein könnte. Seine Augen waren grün wie frisch gewaschene Jade.

Juan sah mich fragend an, als wir bei Sonnenuntergang auf die Terrasse kamen. Ich hob die Schultern, und er brachte zwei Stühle. *Also, Taucher*, sagte ich, nachdem er sich vorgestellt hatte.

Sie kommen aus . . . ?

Das ist unwichtig, gab ich zur Antwort. Ich wollte keine Erklärungen, blieb einsilbig, nannte ihm nicht einmal meinen Namen. Er schien es zu akzeptieren. Ob ich ständig auf der Insel lebe? Ich widersprach nicht, ging aber auch nicht näher darauf ein. Längst wollte ich wieder allein sein mit meinen Gedanken. Deshalb war ich hier an diesem Ort, den ich vor Jahren entdeckt hatte. Damals schon hatte ich gespürt, dass dies ein Platz war, an dem man schweigen konnte, ohne sich einsam zu fühlen.

Und nun begann ein Spiel mit einem Fremden – oder war es eine Schlacht? Meist begreife ich erst, wenn die Wege sich trennen, worum es sich gehandelt hat.

Wir tranken ein Glas Wein, und ich hielt seinem Blick stand. Sah den Muschelsuchern zu, kehrte zu meinen Gedanken zurück, fand keinen hinreichenden Grund, das Gespräch zu vertiefen, schob mein Glas zurück. Der Taucher legte seine Hand auf meinen Arm, bat mich zu bleiben, weil er mir eine Geschichte erzählen wolle.

Ich mag Geschichten. Mein Zimmer ist voll gestopft mit Büchern. Wenn ich alle gelesen habe, beginne ich wieder von vorne und hoffe darauf, dieses Mal mehr zu erfahren. Das gelingt dann, wenn die Figuren zu mir sprechen. Sie erzählen mir, wenn ich vertrauter mit ihnen bin, hinter vorgehaltener Hand, was beim ersten Mal verschwiegen wurde.

Als er mich bat, nicht zu gehen, sah er mich an, als stünde ich wieder nackt vor ihm. Ich bemerkte es, auch wenn er es verbergen wollte. Aber wie sollte er mir etwas vormachen? Zu viele hatten mich auf diese Art betrachtet. Von seiner Geschichte erwartete ich nichts, zog mein Glas aber wieder heran und ließ zu, dass Juan es füllte.

Er wisse nicht mehr genau, wie er zum Tauchen gekommen sei, begann er, vielleicht habe ein Geschenk seiner Mutter den Wunsch in ihm geweckt, als sie ihm zum achten Geburtstag eine Taucherbrille schenkte. In jede Pfütze habe er seinen Kopf gesteckt, in alle Wasserfässer. Das Baden an jedem Samstag sei der Höhepunkt der Woche gewesen. Die Wanne, alt und fleckig, barg Geheimnisse, Hinweise auf Höhleneingänge, auf Schätze, die unterm Haus vergraben waren, alles was ein Kind sieht und nicht weitererzählt, weil es früh lernt, dass die Erwachsenen zu dumm sind, es zu begreifen, und darüber lachen oder sich Blicke zuwerfen.

Der Streit eines Paares am Nachbartisch lenkte uns ab. Ein Gast riss seiner Begleiterin eine Blume aus dem Haar, warf sie zu Boden. Ein Stuhl fiel um. Ehe die Situation eskalieren konnte, kam ein Mann an den Tisch, hob die Blume auf, reichte sie der Frau. Das

Paar setzte sich wieder, schwieg jetzt. Der Fremde, der den Streit geschlichtet hatte, wandte sich kurz um, ich sah für einen Moment sein Gesicht und war überrascht, den jungen Taucher zu erkennen. Als ich meinen Begleiter darauf ansprach, wich er aus. Ich müsse mich täuschen, sein Freund sei abgereist, er selbst habe ihn zum Flugplatz gebracht.

Wenn ich hätte gehen wollen, wäre dies der Moment dafür gewesen. Doch ich blieb und sah auf das Meer. Während der Taucher weiter sprach, wandte ich mich den Wellen zu, ließ meine Gedanken abschweifen. Worte wie Brandung tauchten auf, Zitatfetzen: *Das Wallen erregten Wassers, wie eine Flamme lodernd. Die Abende dem Meer, die Nachmittage dem Meer, die Frühe den Bildern, die das Meer auf seinen silbernen Mantel zaubert!*

Ich hatte getan, was von mir erwartet worden war, ehe ich auf die Insel kam. Einen Ehemann versorgt, seine Eltern während ihrer Krankheiten gepflegt, Steuererklärungen abgegeben. Ich lebte in einer alten Villa einer gepflegten Wohngegend und hätte zu dieser Jahreszeit den Garten für den Herbst vorbereitet. Ein Blick auf die Uhr zeigte mir, dass ich in diesen Minuten stumm neben meinem Mann die Nachrichten verfolgt hätte, um danach meine Lektüre wieder aufzunehmen, den Stuhl weit zurückgeschoben, damit das Blättern ihn nicht störte, wenn er das Fernsehprogramm ansah bis zum Schluss. Nie wechselte er den Sender, weil er das, was er einmal wählte, verbissen verfolgte, auch wenn es ihn langweilte oder wütend machte. Um Mitternacht begannen seine Vorbereitungen auf die Nachtruhe.

Ruhe, weil ich nicht mehr mit ihm schlief. Ich wusste, dass er einmal wöchentlich zu einer Frau ging, die den Ruf hatte, als Prostituierte zu arbeiten. Anfangs hatte es mich beschäftigt. Als mir bewusst wurde, wie sehr ich seit langem seine Nähe verabscheute, machte es mir nichts mehr aus. Mit der Zeit schätzte ich die Dienste der Frau, ich ging so weit, sie zu bedauern, und war an Festtagen fast geneigt, ihm eine Kleinigkeit als Geschenk für sie mitzugeben.

Ich unterließ es, weil ich nicht mit ihm darüber sprechen wollte.

Dabei hatte ich ihn gemocht. Ich arbeitete als Krankenschwester für die Familie, pflegte seine Eltern. Man führte ein großes Haus. Der Sohn wohnte in einem Nebengebäude, das bis auf ein paar Gartengeräte leer stand. Es war vorgesehen, dass mein Mann die Firma seines Vaters weiterführen sollte, doch ein

Konkurs machte die Pläne des Alten zunichte. Er hatte das nicht überlebt, und seine Frau war ihm kurz darauf gefolgt. Sie brach auf dem Friedhof zusammen, als sie verblühte Kränze abräumte. Mein Mann reagierte auf den Tod seiner Eltern und den Zusammenbruch der Firma gelassen. Geschickte Anwälte retteten das Privatvermögen, und so konnte er sich dem widmen, was er am liebsten tat: der Vernichtung von Ameisen. Er führte den Privatkrieg gegen sie mit Zorn und Akribie, und dabei tötete er sie nicht einfach, indem er sie zerschlug oder zertrat. Er baute infame Fallen, in die er sie hineinlockte und meist ertränkte.

Ich war nach dem Tod seiner Eltern dageblieben, weil er es so wollte. Er sei an mich gewöhnt, sagte er, küsste mich und bat um meine Hand. Damals mochte ich seine Schrulligkeit. Auch gefiel mir der ruhige Gang der Tage. Und es gab nichts, was mich nach draußen zog. Ich blieb und verlor irgendwann die Erinnerung an das Früher, auch deshalb, weil er nicht danach fragte.

Das Ende der Ehe war wie ein Ortswechsel, bei dem etwas zurückgelassen werden musste, weil Platz dafür fehlte – eine Kommode, ein Schrank oder eben ein Mann.

Am Tag, als ich ihn verließ, war ich nach dem

Frühstück wie immer aus dem Haus gegangen, weil er die Zeitung in Ruhe auf dem großen Esstisch lesen wollte. Manchmal ging ich zum Einkaufen, oft aber verließ ich das Haus nur, weil er darauf bestand, obwohl das Gebäude über zwei Dutzend Zimmer verfügte. Allerdings nutzten wir davon nur drei Räume. Im Laufe der Jahre war mein Ausgehen zur immer gleichen Zeit zum Ritual geworden, so dass ich auch dann ging, wenn ich mich krank fühlte.

An diesem Morgen lag Glatteis wie ein Spiegel auf den Straßen. Ich war erst am Rande des Parks angekommen, als ich ausrutschte und hinfiel. Nachdem ich mich wieder aufgerappelt hatte, schleppte ich mich zu der nächstbesten Bank und zog vorsichtig meinen Mantel aus. Der Arm war gebrochen. Ich hätte zurückgehen können, ich hätte rufen können. Aber ich blieb einfach sitzen und betrachtete das verdrehte Gelenk. Es schmerzte, aber etwas anderes schmerzte stärker. Ich versuchte es aufzuspüren. Wie lange ich dort gesessen habe, den lädierten Arm mit meiner Tasche stützend, habe ich vergessen, auch den Arztbesuch und den Namen des Hotels, in dem ich in jener Nacht schlief. Am nächsten Morgen flog ich mit einer Gruppe lärmender Touristen dem Ort entgegen, in dem ich seit vielen Jahren lebe. Der Bruch war bald verheilt, alles ließ sich regeln, nur der unbekannte Schmerz nicht. Er hatte sich in mir eingenistet. Und manchmal, wenn ich das Meer betrachtete, war ich mir gar nicht mehr sicher, ob ich ihn als Feind sehen sollte.

Die auftauchenden Erinnerungen und die beiden Streitenden in meiner Nähe hatten schon jetzt mehr Unruhe gebracht, als ich ertragen wollte. Ich ärgerte mich, der Einladung gefolgt zu sein, ärgerte mich noch mehr darüber, belogen zu werden, denn es war der junge Taucher, den ich gesehen hatte, dessen war ich mir sicher. Zu genau erinnerte ich mich an die Mimik des Jungen, der nicht sprechen konnte.

Nichts davon verriet ich, während ich dem Taucher weiter zuhörte, mit halbem Ohr.

Seit er sich erinnern könne, sei das Tauchen seine Leidenschaft.

Er habe studiert, auch mit Examen abgeschlossen, doch nur, weil sein Vater ihm ansonsten die Unterstützung verweigert hätte. Schon während der Studienzeit habe er jede Möglichkeit gesucht, zu tauchen, und dann in einem Aushang gelesen, dass im Rahmen eines Forschungsprojektes in Slowenien erfahrene Taucher gesucht würden.

Erfahren!, lachte er, *ich war alles andere als erfahren.*

Mit Passion, nicht mit Profession habe das zu tun gehabt. Sie hätten in Zelten gehaust und über eine Ausrüstung verfügt, die ihn noch heute entsetze. Auch das Kartographieren des Höhlensystems, denn darum ging es, sei schwierig gewesen. Dazu habe sich hartnäckig das Gerücht gehalten, sie hätten sich umsonst auf den Weg gemacht.

Dennoch habe er dieses dunkle Wasser geliebt und gefürchtet.

Ob er schon erwähnt habe, dass in Slowenien auch eine Frau dabei gewesen sei? Eine Gruppe junger Männer, eine Frau und ein Professor. Das ist der Stoff, aus dem Sprengstoff gebastelt wird! Allerdings, der Expeditionsleiter habe das auch gewusst und die Frau für sich reklamiert, was sie jedoch nicht davon abgehalten habe, mit den anderen zu spielen. Er erinnere sich daran, dass Nada schmal war, dunkle Haut und streichholzkurze blauschwarze Haare hatte. Androgyn. Ihre Haltung und ihr Gang waren das Aufreizendste, was er je gesehen hatte. Wenn sie als Letzte zum Essen kam und sich durch die Gruppe lümmelnder Jungs bewegte, starrten ihr alle atemlos auf die Hüften. Wir waren ihr verfallen.

Ich tat, als hätte ich seine letzten Worte nicht verstanden. Der Taucher erzählte weiter, nur manchmal sah er mich an, erstarrte dabei für wenige Sekunden.

Alle seien sie verrückt nach ihr gewesen, sagte er. Sie aber war die Katze. Warf uns hoch wie hilflose Mäuse, bis wir verletzt liegen blieben. Dann verlor sie ihr Interesse an uns.

Warum sind Frauen so?

Ich nahm nicht an, dass er eine Antwort von mir erwartete.

Mit anderen Worten, wir waren hoch motiviert.

Nada stammte aus dem Dorf, fuhr er fort. Sie hatte den Schlüssel zur verschworenen Gemeinschaft der alten Männer am Stammtisch und zu deren Geschichten. Denn die Dorfbewohner begegneten uns mit großer Zurückhaltung. Für sie waren wir Forscher und Taucher, von denen nichts zu erwarten war. Die junge Frau dagegen war eine von ihnen. Jedenfalls ihre Eltern waren es gewesen, bevor sie Jahre zuvor das Dorf verlassen hatten. Obwohl nichts mehr an ihre bäuerliche Herkunft erinnerte, ließ man sie am Tisch Platz nehmen. Schließlich war sie hübsch, und wer hätte sie nicht gerne neben sich gehabt, lachten die Alten. Sollten sie Geschichten gegen die Langeweile erzählen, dann nur, wenn die Gläser ordentlich gefüllt würden. Das ließ sich vor allem der Wirt nicht zweimal sagen und stellte Wein, Käse aus Schafsmilch, eine Schüssel mit Mangold und Brot aus Mais- und Gerstenmehl auf den Tisch, dazu Speck und rote Paprikaschoten. Fünf alte zahnlose Männer hoben ihre Gläser, gefüllt mit Loza, und sangen. Der Älteste von ihnen begann zu erzählen, und die anderen nickten dazu oder fuhren fort, wenn die Kehle trocken wurde oder die Worte fehlten.

Ein einfacher Bursche, der weder lesen noch schreiben konnte, hatte sich einst unsterblich in die Tochter des Großbauern verliebt und war zum Gespött der Dorfgemeinschaft geworden. Stinken würde er wie die Schweine, die er hüte, und so schmutzig sei er, dass ihn die Schöne nicht einmal ansehen würde. Und ihren Namen sollte er schon schreiben können, vorher werde es nichts mit der Hochzeit, unkten sie. Der Bursche ließ sich nicht beirren. War er schmutzig, so würde er sich so lange waschen, bis er sauber war. Jeden Morgen und jeden Abend ging er zum Fluss, tauchte unter, wusch sich, rieb sich mit groben Kieselsteinen ab, bis seine Haut rot glänzte wie die frisch gebrühter Schweine. Tauchte er wieder auf, standen die anderen am Ufer und schrien: Pfui Teufel! Es stinkt! Also wieder in den Fluss, weiter, bis zur Höhle, dort den Rücken gescheuert, bis sich das Wasser mit blutigen Fäden färbte. Einmal, als er kurz auftauchte, stand die schöne Mirijana am Ufer und fragte, was das Blut zu bedeuten habe. Er nahm allen Mut zusammen, erklärte ihr seine Liebe und dass sein Herz es sei, das blute, wenn sie ihn nicht erhöre. Die Schöne lachte. Wenn er sie wahrhaft liebe, dann solle er dafür einen Beweis erbringen! Er solle ihren Namen in Stein meißeln. Nicht in irgendeinen Stein. In jenen, hinter dem sich der riesige Wels verborgen hielt. Als Zeichen, dass es ihm gelungen sei, solle er den Fisch töten, dann würde sie seine Frau. Der Fisch aber sollte das Hochzeitsmahl werden. Oder wisse er nicht, wie man ihren Namen schreibe?

Der Junge hatte längst fleißig geübt und den Namen seiner Angebeteten, den ihm ein Lehrer auf einer Tafel notiert hatte, vorwärts und rückwärts geschrieben. Alle Dorfbewohner waren da, als der Bursche an einem wunderschönen Sommertag seinen Liebesbeweis erbringen wollte. Nur die Schöne nicht. Also hatten sie das prächtigste Schwein aus dem Stall geholt und es mit einem Blütenkranz geschmückt. Mit einem Meißel zwischen den Zähnen verschwand der

Junge im Wasser. Doch jedes Mal wurde die Zeit länger, bis er wieder an die Oberfläche kam, und bald glaubten die Wartenden, er würde nie mehr auftauchen. Doch noch einmal tat er es, holte so tief Luft, wie es ein Mensch nur konnte, und verschwand wieder. Als die Ersten schon gegangen waren, weil es ihnen zu lange dauerte, färbte sich das Wasser rot, und der aufgeschlitzte Bauch des riesigen Wels trieb an der Oberfläche. Man holte die schöne Mirijana, damit sie ihr Versprechen einlöse. Sie kam auch, doch von ihrem künftigen Bräutigam war nichts zu sehen. Keiner wagte es, sich der Höhle zu nähern, geschweige denn, in den Fluss zu steigen. Schließlich angelte man den Wels aus dem Wasser. Als das geschah, hob sich der Fluss, höher als jedes Haus im Dorf. Die Leute rannten, den Fisch zurücklassend, so schnell sie konnten in alle Himmelsrichtungen davon. Nur die schöne Mirijana konnte sich nicht von dem Anblick lösen. Sie versank auf immer in den Fluten.

So endete die Erzählung der Männer vom Stammtisch, wie sie sie von ihren Großeltern gehört hatten.

Es sei eine Szene gewesen, als hätte Rembrandt sie gemalt. Dunkel und rauchig. Gesenkte Köpfe, nachdenkliche Gesichter, Weinflaschen, Speck und Brot und dazwischen das gelbe Kleid der jungen Studentin, das der einzige Lichtfleck zu sein schien.

Der Professor sei, im Gegensatz zu ihm, begeistert gewesen. Schnell war er bereit, den Erzählungen der Alten zu folgen. Kein anderes Zeugnis als das der Legenden trotze mehr dem Verfall, hatte der Professor gesagt. Während Architektur, selbst die bildende Kunst, den Weg alles Stofflichen gehe, halte sich das Wort aufrecht.

Ob es nicht so sei, dass der Versuch, unsterblich zu werden, sich letzten Endes gegen das Leben richte? Er habe diese Bemerkung gemacht. Doch weder der Professor noch die anderen schienen es gehört zu haben, denn keiner hatte darauf reagiert.

Das Happyend den Märchen, das Desaster den Dramen und Erzählungen!

Der Taucher machte daraus einen Trinkspruch, hob sein Glas gegen das Licht und leerte den Wein in einem Zug. Es sei eine der Wahrheiten des Lebens, dass Gefühle und Gefahr ein siamesisches Wortzwillingspaar ergaben. Ich sei ein Beispiel dafür, er sei ein

Beispiel dafür, und, er sah sich um, jeder andere auf dieser Terrasse könnte ein Beispiel dafür abliefern.

Stante pede.

Für die Taucher in Slowenien habe das Motto von nun an geheißen: Wer steigt als Erster in die Unterwelt, um den Namen zu finden. Sie hätten die Arbeit sträflich vernachlässigt und die Gefahr missachtet. Denn der Fluss sei oft wild und voller Kraft die unterirdischen Felsen entlanggejagt, als nähme er Anlauf, um an die Oberfläche zu gelangen und irgendwann ein richtiger Fluss zu werden. Beim Tauchen sei es unbeschreiblich gewesen, wenn plötzlich Tageslicht aus den Dolinen auf das Wasser fiel und die Sonne Farbe auf den schwarzen Moloch zauberte. Unendlich lange habe der Fluss für kleinste Risse und Einstürze gebraucht und war doch nicht müde geworden, als habe er gewusst, dass er für die Mühen entlohnt werde. Denn für wenige Momente lag er im Licht. Trug das dunkelgrüne Kostüm in der Farbe des Sommers oder den hellen Pelz eines Schneeleoparden. Tanzte mit den Steinen und dem Himmel. Dann wieder malten die Schatten Figuren auf die nassen Felsen – Neptun mit dem Dreizack, Eurydike, Orpheus –, auch er habe darauf gestarrt, seine Phantasie habe den Konturen Namen gegeben.

Baut eine Brücke! Baut eine Brücke!, schien der Fluss zu schreien, während er sich unten um die eigene Achse drehte. Aber kaum dass einmal jemand oben am Abhang der Dolinen lag, um hinunterzuschauen. Den Kindern war es streng verboten, sich den Einstürzen zu nähern, und als es doch einmal eines gewagt hatte, war es abgerutscht. Wäre da nicht die zähe Wurzel eines längst verdorrten Baumes gewesen, an der sich das Kind festhalten konnte, es wäre unten mitgerissen worden, und keiner hätte den Platz seines Grabes gekannt.

Die anderen, auch Nada, bedauerten den Fluss, denn nie seien Lieder auf ihn gesungen worden, und kein Schiff könne er jemals auf seinem Rücken tragen. Er, der im Inneren der Erde eingesperrt war und doch auch nur irgendwo an ein Ziel gelangen wolle.

Am Schluss suchte auch ich nach dem eingemeißelten Namen. Kennen Sie solche Momente?

Ich gab ihm wieder keine Antwort darauf, abgesehen von einem Schulterzucken. Ich gehöre nicht zu denen, die als Erste frisch gefallenen Schnee betreten wollen. Der Taucher stand auf, nahm meine Hand und führte mich zum Strand. Ich solle mich hinsetzen, in den Sand greifen, beschreiben, was ich dabei fühle. Er sah mich an, und ich tat ihm den Gefallen. Nahm Sand auf, ließ ihn durch meine Finger rieseln und beschrieb das Gefühlte als ein kühles, raues Etwas, schwer fassbar, doch angenehm.

Dann sollte ich meine Hand in das Wasser tauchen. Auch dies tat ich.

Sanft, weich, kalt und warm zugleich.

Als Nächstes forderte er mich dazu auf, die Steine der Mole abzutasten, auch jenen Bereich, der nicht einsehbar war, weil er im Wasser lag. Ich weigerte mich.

Wir saßen uns lange Zeit schweigend gegenüber. Ich war unsicher geworden. Seine Augen taxierten mich. Seltsam genug, ich empfand seine Nähe nicht als störend. Dann drehte er sich abrupt zur Seite und fuhr fort.

Die Haut nehme den Reiz auf, die Nerven leiteten ihn weiter, sagte er nach kurzem Räuspern, und im Gehirn würde abgeglichen, was ihn ausgelöst habe. Das Gehirn vergleiche und ordne. Der Prozess laufe selbstständig ab, er würde von uns so gut wie nie bewusst wahrgenommen. Je älter wir würden, desto mehr könnten wir einordnen und bestimmen. Das gelte auch für

Emotionen, solchen, die als Reaktionen auf andere Menschen oder Naturschauspiele ausgelöst würden. Insgesamt wolle er damit sagen, dass Reize, an die man sich gewöhnt habe, nicht weiter analysiert oder bewertet würden, lediglich neuartige, ungewohnte würden als potenziell gefährlich erkannt und erregten noch unsere gesamte Aufmerksamkeit.

Und die Gefühle beim Tauchen? Fragen Sie, fragen Sie zehn Taucher, jeder wird Ihnen eine andere Antwort geben. Aber alle werden sie von Gefühlen sprechen. Das Eindringen in das andere Element, das Gleiten, die Wärme oder Kälte. Sie werden vom Kribbeln auf der Haut erzählen, wenn Fischschwärme sich teilen und der eine oder andere aus dem Pulk sie berührt. Von Angst und Freude werden sie sprechen und von Ehrfurcht. Aber keiner wird Ihnen verraten, was all den Sporttauchern, Abenteurern, Forschern, Höhlen- oder Tiefseetauchern gemein ist: Während des Gleitens in der Tiefe spüren sie die Unendlichkeit, weil ihre Haut die Bedeutung als Grenze zwischen dem Innen und dem Außen verliert und man ins *Ganze* zurückkehrt. Das ist es, was sie wieder und wieder nach unten treibt, weshalb sie Gefahren suchen und Warnungen in den Wind schlagen.

Unvermittelt stand er auf. Es sei spät geworden. Wir gingen wieder zu unserem Tisch, er winkte Juan heran und bezahlte, auch für mich. Dann verabschiedete er sich, während ich noch blieb.

Juan, was fühlst du, wenn die Sonne im Meer versinkt?

Juan sah mich an, als hätte ich ihm unanständige Avancen gemacht. Weil ich seinem Blick aber nicht auswich, lächelte er schließlich und meinte, sein Herz hüpfe dann wie ein springender Stein vor Freude dem Lichtspiel des Meeres entgegen. *Ob die Antwort gut sei?* Ich nickte, und er wandte sich kopfschüttelnd den anderen Gästen zu.

Wie immer war ich morgens am Strand. Als der Taucher langsam auf mich zukam, kroch eine heiße Spur zu meinem Kopf, in die Wangen und stürzte dann in den Magen. So musste Zyankali wirken. Ob ich wissen wolle, wie die Geschichte weiterging? Ohne meine Antwort abzuwarten, fand er mühelos den Weg in seine Erzählung zurück.

Am *Toten See*, führte er aus, hatte sich das ganze Team versammelt, um noch letzte Eintragungen zu machen, denn das Projekt näherte sich seinem Ende. Er tauchte, und hinter einer Biegung wurde es lichter. Die Helligkeit drang schwach aus einer der Verzweigungen zu ihm. Der Lichtstrahl war so schmal gewesen, dass er glaubte, ihn fassen zu können. Über ihm öffnete sich die Wand. Als handle es sich um ein Versehen, schoben sich die Felswände eng zusammen und zeigten an, dass es nur eine Frage der Zeit war, wann ihnen der Zusammenschluss wieder gelingen würde. Doch das Wasser besiege den Stein, das Wasser besiege immer alles. Noch ganz diesen Gedanken verfolgend, bemerkte er den Buchstaben, deutlich in den Fels geritzt. Es war ein A. Er habe zunächst geglaubt, dass die Spuren durch eine Laune der Natur entstanden seien. Er forderte Seil, suchte die enge Röhre nach weiteren Zeichen ab, fand aber keine mehr.

Die Augenfarbe des Tauchers, die mich an Jade erinnert hatte, wechselte in dunkelgrünes Moos. Auch noch im Nachhinein drückte sich Erstaunen in seiner Körperhaltung aus. Angespannt starrte er auf den Sand, als wolle er ihn durchbohren, als hoffe er, dieser würde sich auftun und seinen grauen Mantel gnädig um ihn legen.

Ich verstand, dass die Legenden gesiegt hatten, nicht seine Skepsis.

Die Sonne hatte in mir ihr Opfer für diesen Tag gefunden. Entgegen meiner sonstigen Angewohnheit war ich nicht an meinem Schattenplatz geblieben, sondern mit dem Taucher ans Wasser gegangen, hin zu den großen runden Steinen. Der leichte Wind hatte Kühlung gebracht, so dass mir die Gefahr, von den Strahlen verbrannt zu werden, nicht in den Sinn kam. Vielleicht war ich auch zu sehr in Gedanken versunken. Jedenfalls hatte die Haut sichtbar gelitten. Ich bat ihn, die schützende Terrasse aufzusuchen.

Juan beugte sich zu mir und flüsterte: *Als würde die schöne Königin in ein Bad steigen – und ich dürfte ihr Wasser mit Rosenblättern würzen!*

Er sah mich, eine weiße Serviette über dem Arm, erwartungsvoll an. Ich verstand sofort, doch der Taucher, der die stumme Frage an den Kellner nicht kannte, sah mich irritiert an.

Lachend nickte ich Juan zu, und er beeilte sich, Wasser und Wein zu servieren.

Eine Erklärung gab ich nicht.

Die Phantasien wollten nicht enden, fuhr er fort, wir fanden, so kurz vor dem Abschluss der Reise, kaum mehr zu unserem Auftrag zurück. An einem der letzten Abende feierten wir. Nada war es, die keine Ruhe gab und den Vorschlag machte, zum Fluss zu gehen. Die helle, milde Nacht sei wie für Huldigungen aller Art geeignet. Ein Lied auf den Stallburschen und auf die Liebe! Sie war aufgekratzt, hakte sich beim Professor unter, zog ihn mit. Wir anderen folgten. Sie legte ihr leichtes Kleid ab, stand vor uns, nur noch mit einem Slip bekleidet. Der Professor hatte versucht, sie daran zu hindern, war aber viel zu betrunken. Wer auch immer es wagen würde, bis zur Schrift zu tauchen, mit dem verbringe sie diese Nacht. Sie schickte einen von uns los, er solle eine Taschenlampe holen. Wir alle waren viel zu betrunken! Es gab ein Gerangel, und irgendwie schaffte der Professor es, die Lampe an sich zu reißen. Er sprang ins Wasser, die Dunkelheit hatte ihn sofort verschluckt. Wir hatten noch versucht ihn zurückzuhalten, wurden aber abgeschüttelt wie lästige Blutegel.

Nada stand da und sagte nichts. Schwieg auch dann noch, als wir die Suche nach ihm aufgeben mussten.

Es gab eine Untersuchung, die zu keinem Ergebnis führte. Wir reisten ab, ich habe keinen der Expeditionsteilnehmer je wieder gesehen.

*

Ich kühlte meine Haut, indem ich ein Glas dagegen presste. Juan hatte immer wieder Wein und Wasser gebracht und irgendwann, ohne dass wir bestellten, Brot, Käse und Oliven. Ich spürte der Geschichte nach, und hätte mich mein Erzähler in den Arm genommen, wäre es mir willkommen gewesen. Aber als ich aufblickte, fand ich nichts in seinen Augen, was meinem Gefühl nahe kam. Wir schwiegen beide eine lange Zeit.

Vielleicht, um mich zu trösten, legte ich meine Hand auf seinen Arm. Er betrachtete sie, schob sie dann zurück auf den Tisch. Er würde nicht vergessen.

Wie lange der junge Taucher schon dagestanden hatte, wusste ich nicht, weil ich nur auf meinen Gesprächspartner geachtet hatte. Erst seine Bewegungen machten mich auf ihn aufmerksam. Ein Nicken, dann eine Geste. Ich wandte mich um. Der Junge, ein Glas Wein in der Hand, sah aus, als käme er von einer langen Reise zurück. Seine Augen waren fest auf mich gerichtet.

Was ich von der Geschichte hielte? Der Ältere übersetzte, was die Gebärden des Jungen bedeuteten. Ich erfuhr, dass die beiden sich kennen gelernt hatten, weil der Junge einen Expeditionsteilnehmer brauchte, um seinen Vater zu suchen. Er wollte den Vermissten finden, der vor langer Zeit in Slowenien verunglückt war. Beide seien weiter vorgedrungen als die damalige Expedition, hätten ihn dennoch nicht gefunden. Aber etwas anderes. Zusammen mit dem Buchstaben A, den der ältere Taucher schon vor Jahren entdeckt hatte, habe der Name *Nada* in die Wand geritzt gestanden.

Ich glaube, so schloss er, Sie sollten das wissen.

* * *

Seit ich auf der Insel lebte, hatte ich nicht mehr geträumt. Ich war erleichtert darüber, vermisste es nicht. Davor waren in traumgeplagten Nächten schwere Räumgeräte durch meinen Kopf gerast und hatten Wege frei geschaufelt, die, waren sie nicht Labyrinthe, in Abgründen mündeten. Erwachte ich während eines Sturzes, lag ich auf den Knien, die Hände in den Kissen vergraben, die ich losließ, als hätte ich mich daran verbrannt. Nichts vermochte das Brennen zu lindern. Ich hielt meine Hände unter fließendes Wasser, kühlte sie am Balkongeländer, umsonst. Wäre der Traum hier wiedergekommen, hätte ich das Fischerhaus verlassen und wäre an den Strand gegangen. Ein einziges, ein letztes Eintauchen im Meer hätte das Brennen verschwinden lassen. Mit diesem Gedanken war ich in der ersten Nacht auf der Insel eingeschlafen, doch nie mehr durch diesen Traum erwacht, der mich über Jahre gemartert hatte. Auch diese Nacht war traumlos geblieben.

Am anderen Tag stellte Juan meinen Tisch wie gewohnt ans Geländer.

Ein Sonnenuntergang ist ein göttliches Pausenzeichen für Kellner und Köche!, sagte er lachend. Ich aber war nur gekommen, um meine Rechnung zu bezahlen.

Etwas eine Erkenntnis nennen, in Worte fassen, was wie in einer Öde brachlag. Eine Spur verfolgen, die zerredet, verschüttet, verschollen war. Ich hatte stets gewartet. Gewartet, bis ich zuletzt auf die Erwartung wartete. So einfach war das also, eine Erkenntnis zu haben.

Leben. Nicht unsterblich werden. Leben.

Ich reiste noch am selben Tag ab, die Rechnung unterschrieb ich mit meinem Namen:

Nada S.

Mikado

Ich wäre an diesem Abend zu Hause geblieben oder hätte nicht einmal im Traum daran gedacht, weiter als bis zu Carlo zu gehen, dort einen Espresso zu trinken, wie ich es immer tue, wenn die Tür seiner Bar offen ist, und danach im Bett zu verschwinden. Carlos *caffetteria* liegt gleich an der Brücke, die immer noch steht, obwohl der Fluss unter ihr – eigentlich nur ein Bachlauf – längst ausgetrocknet ist. Vielleicht hat der Fluss den mühsamen Weg durch die Stadt nicht mehr geschafft und ist einfach in den Bergen geblieben. Ich glaube, ihm ist zu viel aufgebürdet worden. An manchen Tagen hatte er so bestialisch gestunken, dass Carlo Lavendel auf alle Tische gestellt hatte. Doch die Blüten verströmen schon lange keinen blauen, warmen Duft mehr, und ihre Farbe hat sich in ein milchiges Grau verwandelt. Trotzdem denke ich immer an das Wasser, wenn ich den Lavendel betrachte. Nun gibt es seit Jahren eine Kanalisation, die Abflussrohre sind verschwunden, und der Fluss hätte zurückkehren können, doch er tat es nicht. Seine Quelle, hatte

Carlo mir erzählt, lag versteckt, kein anderer hatte sich je die Mühe gemacht, sie zu finden. In dieser Gegend scheinen die wenigsten am Berg interessiert zu sein, so ist es zumindest, seit die Stadt das Schwimmbad gebaut hat. Diese Theorie stammt von Carlo. Ich jedoch bin insgeheim der Meinung, dass die Menschen dieser Stadt weder den Berg noch den Fluss mochten. Den Fluss nicht, weil er stank – was sie selbst zu verantworten hatten –, den Berg nicht, weil er immer wieder nachgibt, ins Rutschen gerät und Geröll und Schmutz auf die Hauptverkehrsstraße wirft, was zu Sperrungen, Umleitungen und Kosten führt. Das nimmt man ihm übel, und nur wenige vertrauen ihr Haus dem Berg an.

Ich bin Jakob Mittler, zweiundvierzig, und von Beruf Barpianist, spiele im einzigen Hotel der Stadt und bin dort geblieben, obwohl immer weniger Gäste kommen. Die Bar liegt ungünstig versteckt zwischen Küche und Garderobe, und es gibt kein Hinweisschild. Auch im Prospekt wird sie nicht erwähnt. Aber der wird ohnehin kaum noch verlangt, steht verstaubt und fleckig in seinem Behälter aus transparentem Kunststoff. Sie haben eine *autostrada* in den Süden gebaut und damit den schnellen Weg zum Meer frei gemacht. Obwohl Maut bezahlt werden muss, wählen die meisten diese Strecke. In die Stadt kommt nur noch eine Hand voll Gäste. Manche, weil sie seit Jahrzehnten die Straße gefahren sind und sich daran gewöhnt haben, andere, weil sie Ware dabeihaben, denen Nebenstrecken mehr Schutz vor Zollkontrollen bieten. Ganz sicher bin ich mir aber nicht. Vielleicht habe ich einfach zu viel Phantasie entwickelt, wenn ich während des Klavierspiels die silbernen, schwarzen oder braunen Pilotenkoffer anstarrte. Koffer, die nicht im Zimmer zurückgelassen werden dürfen und unter den runden Tischen der dunklen Bar wie schlafende Hunde an den Hosenbeinen ihrer Besitzer lehnen.

Der *Padrone di Casa*, Chef des Hotels, hatte mich vor einigen Sommern an einem heißen, flirrenden Tag in sein Haus eingeladen. Ich war erst wenige Tage in der Stadt, gestrandet nach einer langen Reise ohne Ziel. Das Wenige, was ich besaß, trug ich auf dem Rücken und machte sicher keinen guten Eindruck. Der *Padrone* war auch nur an meiner Gitarre, nicht an mir interessiert, wie er später einmal grinsend zugab, als wir über unsere erste Begegnung sprachen. Ich muss die Geschichte immer wieder vor seinen Gästen zum Besten geben. Jedes Mal kommt ein Detail dazu. Die jetzige Variante der Erzählung ist meinen Erfahrungen nach gut dazu geeignet, den Zuhörern Tränen in die Augen zu treiben. Ich hätte, berichte ich dann, halb verdurstet und verhungert auf den Resten einer Mauer gesessen, keine Lira in der Tasche. Die alte italienische Weise, die ich laut Meinung des *Padrone* auf dem Instrument spielte und die in Wahrheit eine Improvisation mit Elementen des Beatles-Songs *Fool on the hill* und einer Bachkantate gewesen war, habe eine unerwartete Wirkung erzielt. Die Passanten seien trotz der Hitze stehen geblieben, um mir zuzuhören. Dann habe sich plötzlich die Menge geteilt, und der *Padrone* sei erschienen. Weinend habe er zugehört, dies behauptet er noch heute. Bald darauf hatte ich einen Job, eine Wohnung und immer genug zu essen. Und der *Padrone* eine Gitarre, die er sich wie eine Trophäe hinter den Tresen hängte. Gespielt hat seitdem keiner mehr darauf.

Doch ich bin an diesem Abend nicht zu Hause geblieben, habe keine Musik gehört, mich nicht auf die Dachterrasse gesetzt. Dabei liegt unsere Wohnung am Ufer, und es war ein milder Abend. Ich musste ja meiner Frau folgen. Zunächst bekam ich überraschend frei, der *Padrone* hatte mich nach Hause geschickt, weil er die Piano-Bar renovieren wollte. Er entschuldigte sich dafür, dass er vergessen habe, es mir rechtzeitig zu sagen. Ich befürchtete, er werde die Bar ganz schließen. Wäre ich nur in eines der anderen Cafés entlang der Uferpromenade gegangen oder hätte mich an einen der Brunnen auf der *piazza* gesetzt, denn Carlo hatte an diesem Tag geschlossen. Ich hätte auf dem Rückweg vom Hotel nicht sehen können, wie meine Frau mit ihrem kleinen Fiat, zu meiner Überraschung und Irritation, den Weg zum Berg einschlug.

Es muss Nacht sein. Ich weiß es, ohne ein Gefühl für die genaue Zeit zu haben. Seit Stunden krümme ich mich in einem engen Loch, über und neben mir liegen kreuz und quer Balken. Das Haus, in das ich eingestiegen bin, ist mit einem rollenden Donnern in sich zusammengestürzt. Ich bin mit dem Geröll in die Tiefe gerutscht, mit dem Gesicht auf den Boden geprallt, habe gewartet, dass die Riesenfaust, die das Haus zum Einsturz gebracht hatte, erneut zuschlagen und mich zerquetschen und zermalmen wird. Aber seit dem einen ohrenbetäubenden Krach ist Stille eingetreten. Unheilvolle Stille. Der Boden, auf dem das Haus gestanden hat, vibriert lautlos, als hole er Luft für eine neue Attacke. Ich bin in einem Hohlraum gelandet.

Glück im Unglück, denke ich. Wie der Mikado liege ich zuunterst. Eine Bewegung, und das Gebäude wird restlos zusammensacken. Obwohl ich mich kaum zu atmen traue, kommen die Geräusche zurück. In den Balken über mir beginnt es zu knacken und zu dröhnen. Das Haus scheint zu schreien. Vereinzelt fallen Steine aus ihrem Bett aus Mörtel und Stahl auf mich herab. Ich blute aus vielen kleinen Wunden, kann die Rinnsale spüren. Ob meine Verletzungen schwer sind, vermag ich nicht festzustellen.

Jetzt, im Augenblick, fühle ich nichts außer Kälte und meinen Pulsschlag am Hals. Eine Zeit lang wusste ich nicht einmal mehr meinen Namen. Bilder und Begriffe jagten durch meinen Kopf. Ich konnte sie nicht bändigen, der Lärm war zu groß. Mein staubiges Gefängnis hat die Größe eines Grabes, Platz für einen Sarg. Wenn ich die Arme hebe, kann ich das Holz berühren. Voller Entsetzen, als hätte ich die Kälte des Todes gespürt, ziehe ich meine Hand zurück. Meine Befürchtung ist, dass es einen Erdstoß gegeben hat. Dass sich der Spalt wieder schließen wird und ich darin einfach verschwinde. Ich lebe! Das schreie ich immer wieder aus Leibeskräften. Hilfe! Helft mir doch! Aber der Schrei schlägt dumpf gegen mein Ohr zurück.

Seit einer Weile rufe ich nicht mehr. Ich versuche meinen Gedanken Kraft zu geben, sie nach oben zu senden. Aber sie strömen seitwärts, von einem Grab zum andern. Vermutlich bin ich tot. Liege mit meiner Mutter auf gleicher Höhe und werde ihr bald gegenüberstehen. Sie wird sagen, dass sie Recht behalten hat. Sicher, das wird sie sagen. Du hast dein Talent verschleudert. Als hätte ich das Erbe verprasst. Du hattest jede Chance und hast nichts daraus gemacht! Aber das stimmt nicht. Ich spiele, auf dem Rücken liegend, das 2. Klavierkonzert von Rachmaninow, c-Moll, opus 18. Spiele den ersten Satz mit seinen gewaltigen Akkorden. Rausch und Farbe bescheinigten mir die Lehrer, empfindsam und zugleich stürmisch sei mein Spiel. Ich höre es intensiver als jemals zuvor. Aber dann verspiele ich mich im zweiten Satz. Wie damals, bei der Abschlussprüfung. Meine Mutter würde sagen, es sei Absicht gewesen. Sie unterstellte mir immer schlechte Absichten. Dabei lag es am Blues. Der Blues war einfach stärker als jeder gute Wille in mir. Blues, das war mein Vater, der nach meiner Geburt einfach verschwand, Blues, das war die Pause während stundenlanger Klavierübungen. Die heimlich gerauchten Zigaretten und die Schallplatten, die ich nur bei Freunden hören durfte. Blues hieß der Schlüssel zum Schloss der Kette, die meine Mutter um mich gelegt hatte. Die Kette hieß: Werde bloß nicht wie dein Vater, und sie verschloss alles, was nach Freiheit roch.

Gleich nach dem Examen, von dem ich bis heute nicht weiß, ob ich es bestanden habe, war ich abgehauen. Ein junger österreichischer Klaviereleve, gestrandet in einem verrauchten Keller in Chicago, heulte wie ein Schlosshund, als er den Blues traf. Er musste hundert Jahre oder älter gewesen sein und hockte gebückt auf einem zerschlissenen Klavierhocker. Seine Hände lagen auf den Tasten, er schien auf ein Zeichen zu warten. Alle im Raum verhielten sich atemlos still. Dann nickte der Blues mit dem Kopf. Der Saxophonspieler, bis dahin außerhalb des spärlichen Scheinwerferlichts, trat hervor. Leise rufend, krächzend, lockte er den Blues zu sich herüber, bis dieser kam. Wie über einen warmen Waldboden kam er, zunächst vorsichtig, federnd, festen Halt suchend, dann trat er sicherer auf, verlor seine Zurückhaltung, nahm sich den Platz, den das Saxophon zuerst eingenommen hatte. Dann suchte der Blues seine Brüder, und alle kamen. Mit geschlossenen Augen hatten sie Witterung von überall her aufgenommen, waren aus Palästen und Verschlägen gekommen, um den Blues reden zu hören. Und während er mit seinen Klängen erzählte, wuchs der junge Eleve auf seinem hintersten Platz, seine mageren Wangen wurden schwarz und schön, und in dieser Nacht liebte er zum ersten Mal, heiß und heftig.

In den Wochen darauf wagte er es, sich dem Blues zu nähern. Setzte sich neben ihn. Der Blues lachte nur, als der Junge zu spielen begann. Schlug ihm die schwarzen Noten, die sich in seinen Kopf eingegraben hatten, heraus und blies sie davon. Als wären sie ein Nichts. Danach war er bereit, mit dem Jungen zu reden. Hell, noch heller. Dunkel, noch dunkler. Wechsle deine Farbe, tausche dein Blut aus. Geh auf das Schiff zu den armen Teufeln, die entwurzelt wurden und diese Wurzeln in ihre Taschen steckten. Suche danach. Flehe darum, sie berühren zu dürfen. Hast du Bach gesagt? Ja, Bach ist auch Blues. Jede Musik hat ihn. Nur kapieren musst du es.

An einem Abend starb er schwitzend und spielend auf seinem Hocker. Das Saxophon lockte vergeblich. Aber als er fortgebracht worden war, schlich ich mich zur Bühne, suchte seine Spur im Waldboden, suchte das Saxophon, fand es, klagend, weinend, schreiend.

Fast ein Jahrzehnt blieb ich. Dann wurde der Club geschlossen. Ich war erwachsen geworden, fuhr mit dem Schiff nach Europa zurück, fuhr zum Haus meiner Mutter. Fremde Leute lebten darin, ich sah es schon an der Türglocke. Läutete dennoch. Bekam die Adresse vom Notar. *Ja, das Mutterl – der Herrgott hab sie selig – ist verstorben – wo warn's denn? Geh, san's doch so gscheit. Sie hat alles dem Konservatorium hinterlassen. A gute Entscheidung, meiner Sööl, holn's den Pflichtteil bei der Kass' ab.*

Hätte ich von Chicago sprechen können? Sie hatte mir damals einen bitterbösen Brief geschrieben, den mir ein Botschaftssekretär in meine Behausung gebracht hatte. *Jakob*, stand darin, *komm sofort nach Hause! Das bist du mir schuldig!* Dann zählte sie auf, was sie alles für mich getan oder aufgegeben hatte. Es las sich wie die Inventarliste eines Besteckkastens. Messer, die der Schmerz in sie gebohrt habe, wo sie doch meinetwegen auf ein eigenes Glück verzichtet hatte. Gabeln, die der eigene Sohn in sie gestoßen habe, er, der mit Silberlöffeln groß geworden sei. Der Blues, dem ich den Brief vorlas, antwortete mit einer Ballade, älter als die Stadt, älter als er.

Wien – Paris im Nachtzug. Wenige Schillinge in der Tasche, Jahre ins Gesicht gegraben, flüchtete ich mich wieder in einen Club. Aber die Zuhörer dort wollten den Blues nicht. Sie suchten nach anderen Geschichten. Die Seine war Paris und Paris die Seine. Keine Fracht glich der auf dem Chicago River. Kreolische Ringe an den Ohren, doch keinen Blues in den Adern. Ich begleitete nervöse Chansonsänger auf ihrem Weg in die Depression. Wurde selber depressiv. Spielte falsch und schlecht (Absicht, hätte Mutter gesagt), man setzte mich auf die Straße, schob mich unter die Brücken des Flusses.

Italien hat mich getröstet und jetzt – begraben. Der ungeliebte Berg hat ausgerechnet einen erwischt, der nicht von hier stammt. Ich habe ihn nie gehasst. Aber vielleicht war er doch dieser hinterhältige Bursche, für den die Leute ihn halten. Ich hätte ihnen Glauben schenken sollen. Gerade, weil ich mich so wohl fühlte bei ihnen. Man muss den Menschen mehr glauben als der Natur. Sie meint es nie gut mit einem.

Ich brülle, so laut ich kann. Ziehe vorsichtig ein Bein an. Das geht. Auch das andere. Schließlich bewege ich die Arme. Ich lebe doch. Ich weine vor Erleichterung, aber meine Zunge ist so geschwollen, dass ich nicht mehr schlucken kann. Wenn nicht bald jemand kommt, werde ich verdursten. Aber draußen – und das ist das Wort für alles, was gut ist, von draußen ist nichts zu hören. Ich beginne nur noch in den Kategorien Außen und Innen zu denken. Nur ein Glas Wasser von außen. Aber es tut sich nichts. Es ist so still. Und stickig. Mir ist, als atmete ich mit jedem Zug einen Berg Steine ein. Vielleicht lässt auch nur die Kraft nach. Was ist, wenn sie kommen? Der Zivilschutz oder die Feuerwehr? Ein Bautrupp.

Vielleicht gibt es da draußen keinen mehr!

Das Haus schien unbewohnt, deshalb war ich eingestiegen, nachdem ich meiner Frau heimlich gefolgt war. Wie immer fuhr sie provozierend langsam, obwohl kaum Autos unterwegs waren. Eine Angewohnheit von ihr. Ansonsten rennt sie durch ihr Leben, als gäbe es einen Preis dafür. In Italien langsam zu fahren, bedeutet, ein Risiko zu sein. Einmal wurde sie von einem gewieften Anwalt als Unfallverursacherin angezeigt, weil er sich genötigt gefühlt hatte, sie zu überholen. Er war frontal mit einem entgegenkommenden Lieferwagen zusammengestoßen und hatte, kaum aus der Narkose erwacht, das Autokennzeichen meiner Frau genannt. Ich war überzeugt, er hatte die Ziffern wie einen kostbaren Schatz mit in seine Ohnmacht genommen. Zu einer Anklage ist es aber nie gekommen, weil meine Frau ihn im Krankenhaus besucht hat.

Meine Frau. Vielleicht liegt ja auch das Nachbarhaus in Trümmern. Wenn es einen Erdstoß gegeben hat. Vielleicht ist sie … Nein, das ist undenkbar. Sie würde dem Tod einfach nicht glauben. So jämmerlich zu enden, wäre nicht ihre Sache. Zudem ist sie ein Glückskind. Ihr Name ist Felicitas, ich nenne sie Fellchen. Kleines Fell. Dreifarbiges Katzenfell. Wegen des Flaumes auf ihren Armen, der in der Sonne in drei Farben schimmert. Wo bist du jetzt, Fellchen! Wütend schlage ich um mich, soll doch alles zusammenfallen.

Sie war damals tanzend in die Bar gekommen, alleine. Irgendwo zwischen Hotelhalle und Fahrstuhl hatte sie ihren Begleiter stehen lassen und dies den wenigen Gästen, die träge in den gepolsterten Sesseln hingen, laut lachend zugerufen. Ich reagierte als Erster, spielte einen Tusch. Vier Wochen später waren wir verheiratet, und sie bestand darauf, eine große Klavierbank zu kaufen. Sie wolle von nun an jeden Abend neben mir sitzen. Die Bank war kaum ausgepackt, da überlegte sie es sich anders. Sie wolle mein Gesicht sehen. Also nahm sie mir gegenüber Platz. Aber bald saß sie bei den Gästen und sah nur kurz auf, wenn ich ihren Song spielte.

Dass sie eines Tages nicht mehr in die Piano-Bar kam, überraschte mich kaum. Als Grund gab sie an, alle Lieder gehört zu haben, jetzt müsse sie sich neuen Dingen zuwenden. Dingen! Ich war gekränkt, zeigte es aber nicht.

Und heute war die Bar geschlossen, weil renoviert werden sollte. Ich war davon nicht in Kenntnis gesetzt worden. Man hatte mich vergessen. So ging ich wie jeden Abend gegen 21 Uhr ins Hotel, fand den Steinway unter Tüchern versteckt. Vorhänge, Schabracken, Teppiche und Polster waren nach draußen befördert worden. Wie eine nackte Diva, in die Jahre gekommen, lag der Raum vor mir. Ich nahm eine Flasche Wein und wollte nach Hause, wäre dort, wie gesagt, geblieben, hätte ich nicht plötzlich meine Frau gesehen, wie sie ihren Wagen aus der Garage fuhr, wendete und die Straße zum Berg einschlug. Ich folgte ihr, ich Idiot! Hätte ich doch wenigstens die Flasche mitgenommen.

Ein übler Geschmack frisst sich vom Mund bis zum Magen. Ich weiß nicht, wie spät es ist. Ich habe Panik davor einzuschlafen, als könnte ein waches Bewusstsein die Trümmer über mir festhalten. Vielleicht habe ich nur wieder einen meiner klaustrophobischen Albträume. Nichts tun zu können, macht mich fast wahnsinnig. Mir schmerzt jeder Knochen im Leib, wenn ich auch nur den Arm bewege. Jetzt jemanden bei mir zu haben! Felicitas oder Carlo. Besser Carlo. Er strahlt Ruhe aus, die täte mir gut. Carlo ist der beste Zuhörer, den man sich wünschen kann. Aufmerksam, interessiert, kritisch und voller Ideen. Wenn ich hin und wieder, in letzter Zeit häufiger, das Klavierspiel aufgeben wollte, fand er alle denkbaren Gründe, es nicht zu tun. Ich hätte ihn bitten sollen, mit mir auf den Berg zu fahren. Er kennt dort jeden, hat selbst einmal ein Haus am Hang besessen. Oder besitzt es noch. Ich weiß es nicht so genau. Carlo hört immer nur zu und spricht kaum von sich. Sicher hätte er mir sagen können, wen meine Frau dort besucht.

Felicitas war die Bergstraße hochgefahren, die *strada di monte*. Ich konnte ihr ohne Probleme mit großem Abstand folgen. Es gab keine Seitenstraßen, in die sie hätte einbiegen können. Die Scheinwerfer ihres Wagens krochen müde in die Dunkelheit, mehr als ein paar zähe Ginsterbüsche konnten sie nicht erhellen. Ich sah sie immer dann, wenn sie langsam vor mir aus einer Haarnadelkurve auftauchte. Kurz bevor der höchste Punkt erreicht war, bog sie ab.

Es gibt nur wenige Gebäude am Berg. Neben der Gefahr eines Erdrutschs war die Anfahrt mühsam, und die Aussicht bot wenig. Wer sich dorthin zurückgezogen hatte, wollte seine Ruhe. Meine Frau parkte den Wagen vor einem der Häuser. Sie stieg aus, ging über dunkle Schieferplatten zum Eingang, wurde hineingelassen. Im ersten Stockwerk ging ein Licht an.

Mein Gefühl, noch im Auto sitzend, sagte mir, ich sollte gleich hinterher, sie dort herausholen! Ohne besondere Vorsicht näherte ich mich der Haustür, suchte nach einem Namen, fand jedoch keinen. Nicht mal einen Türknauf, den ich hätte drehen können. Lediglich einen großen bronzenen Löwenschädel, in dessen Auge offenbar eine Kamera eingebaut war, denn es blitzte rot auf, als ich davorstand. Schnell trat ich zur Seite. So einfach wollte ich es ihr doch nicht machen. Was hatte sie überhaupt hier zu suchen? Sie kennt doch kaum jemanden in der Stadt. Ihre Familie lebt bei München. Eine große Familie, und doch kenne ich keinen davon. Sprach ich sie darauf an, gab sie mir zur Antwort, ich sei jetzt ihre Familie, sie vermisse nichts. Offenbar hatte sie aber Geheimnisse, denn so sicher, wie sie den Weg hierher gefunden hatte, war sie ihn nicht zum ersten Mal gefahren. Ich trat einige Schritte zurück und sah auf das hell erleuchtete Fenster. Nur in einem Zimmer brannte Licht. So sehr ich auch meine Augen bemühte, ich konnte nichts erkennen. Das Haus nebenan war unbewohnt. In einem verwilderten Garten, dessen Gräser im spärlichen Licht des Mondes finsteren Kobolden glichen, stand ein grob gezimmertes Holzschild mit der Aufschrift: *vendesi*, in ungelenken Buchstaben geschrieben. Ich stieg über den niedergetrampelten Zaun und durchquerte den Garten. Disteln und Dornen. Wer sie wachsen lässt, braucht keinen Hofhund. Hose und Jacke waren zerrissen, als ich durch die unverschlossene Tür in das Innere des Gebäudes schlüpfte. Das Haus war um ein Stockwerk höher als jenes, in das Felicitas verschwunden war. Auch im Schein der Taschenlampe – so klug war ich immerhin gewesen, sie aus dem Auto mitzunehmen – war noch zu sehen, dass das alte, ramponierte Bauwerk wunderbare Tage erlebt haben musste. Wäre es baufällig gewesen – um nichts in der Welt wäre ich weitergegangen! Innen, die Treppen zu den oberen Etagen waren breit, aus Marmor, gesäumt von einem dunklen Holzgeländer mit kunstvollen Schnitzereien. Wer auch immer sie hatte fertigen lassen, er hatte es sich leisten können, einen Meister seines Fachs damit zu beauftragen. Ich suchte die Decke ab, sah noch Reste einer schweren Stuckverzierung. Ungewöhnlich für diesen Teil Italiens, überlegte ich, vermutlich hatten Nordeuropäer hier gewohnt. Die barocke Schwere sprach dafür. Allerdings entdeckte ich an der Längsseite des Flures eine pastellfarbene Trompe-l'œil-Malerei. Durch einen rosenbewachsenen Bogen hindurch erkannte man darauf einen lichten Garten, violett und rosé, einen Springbrunnen, von anmutigen Frauengestalten umgeben, aus dem himmelblaues Wasser zu sprudeln schien.

Mein schlechtes Gewissen, in ein fremdes Haus eingedrungen zu sein, hielt sich in Grenzen. Mir fehlt es vermutlich an Respekt. Das war schon immer ein Problem gewesen, und jetzt liege ich irgendwo eingesperrt, Balken von drei Etagen über mir. Lebendig unter Bauschutt begraben.

Kräftige Schläge einer Uhr. Ich zähle mit. Sechsmal. Pause. Sechsmal. Es muss der nächste Morgen sein. Kurz darauf ertönen sie wieder. Diesmal nur drei Schläge. Und nach einer Pause wiederholen sie sich ebenfalls. Das kann keine Uhr sein, soviel wird mir klar. Ich bin kaum mehr in der Lage zu denken. Ich versuche zu rufen. Zuerst kommt kein Ton, dann ein kümmerliches Krächzen. Man wird mich hören. Man wird die Balken und Steine wegräumen. Sie haben das

Unglück bemerkt und kommen, mich zu retten! Ich bin euphorisch genug, daran zu glauben. Von Ferne sind Sirenen zu hören. Und dankbar spüre ich ein Vibrieren über mir. Das müssen die Räumfahrzeuge sein! Was für eine wunderbare Ouvertüre. Zuerst das vermeintliche Uhrenschlagen. Sicher waren das Meißel oder Ähnliches, ich aber dachte an den großen Gong. Den Bass-Gong, mit dem die Ouvertüre eingeleitet wird. Mein Orchester, so nenne ich voller Dankbarkeit die Helfer, die verbissen über mir arbeiten. Die Steinsäge. Keine Stradivari erreicht diese Klangfülle. Das Hämmern des Pressluftbohrers – ein Klaviersolo! Ich höre in meinem Verschlag die schönste Musik, die je erdacht worden ist.

Doch nach der Ouvertüre ist Schluss. Lastwagen fahren ab. Die Räumfahrzeuge entfernen sich dröhnend. Leiser die Stimmen. Stille. Stille im Orchestergraben. Kein Applaus. Keine Ovationen. Einfach abgebrochen haben sie das Stück. Schleichen mit gesenkten Häuptern von ihren Pulten.

Ich werde wahnsinnig in meinem Grab. Fühle mich bis auf die Knochen blamiert.

Dann zornig. Dann nur noch verzweifelt.

Ein Vogel ist über mir, und sie rufen ihn Felicitas.

Er singt und flattert, ich kann ihn sehen und hören. Vermutlich bin ich doch tot, und meine Frau lässt die Lerche über meinem Grab frei. Sie hat sie für diesen Zweck gefangen.

Ganz allmählich komme ich wieder zu Bewusstsein.

Es ist Felicitas, die ich höre, und dann kommen die Lastwagen und die wütenden Räumfahrzeuge zurück. Sie scheinen einen langen Anlauf zu nehmen, stoppen kurz vor meinem Verschlag und heben das, was vom zerborstenen Haus übrig ist, in die Luft. Ich vernehme das Fallen der Steine, sie rumpeln über die Balken. Etwas Schwarzes ist über mir. Schwärzer als meine Dunkelheit, ich kann es sehen. Es dreht sich suchend. Und dann ist es auf meinem Bauch. Ich packe es mit beiden Händen. Es ist eine Stahlrute oder ein Bohrer. Sie haben mich gefunden!

Nichts mehr, das mich an ein Orchester erinnert. Ich bete und flehe um Nachsicht, um Vorsicht, um Besonnenheit. Ein Ruck zuviel, und die Balken stürzen ein. Ein Ruck zuwenig, und die Steine erschlagen mich.

Felicitas, wenn du meine Gedanken hörst, sage ihnen, wie zerbrechlich ein Mensch ist. Du kennst dich da aus! Pass einmal, nur dieses eine Mal auf mich auf. Ich flehe dich an!

Ein Schlagbohrgerät an meinem Ohr. Ich versuche mich zu drehen, begrabe die Hände unter mir. Ich sollte den Kopf schützen, aber welcher Pianist macht das schon. Die meisten bringen sich um Kopf und Kragen, weil sie auf die Hände und auf nichts anderes achten.

Sie arbeiten über mir, hinter mir und neben mir. Solchen Lärm kann es nur in der Hölle geben. Mit Pickeln schlagen sie auf das filigrane Dach über mir ein. Ich drehe ihm aus Panik mein Gesicht zu. Und sie lachen! Da draußen lachen sie. Sie gehen einkaufen, zahlen Steuern, lieben sich, bekommen Kinder, warten auf Züge, trinken Wein, und ich liege unter ihnen begraben. Ich will schreien, dass ich einer von ihnen bin, was sie sich bloß dabei denken, aber mir fehlt die Kraft. Das Lachen zu hören, ist einfach zu viel für mich.

Dann der schmerzende Himmel. Aus dem Himmel schreit jemand *Hallo*. Man lässt einen schwarzen Engel zu mir herunter. Er träufelt aus einem Schwamm Wasser auf mein Gesicht, das nach feinem blauen Lavendel riecht. Zuvor hat er mich angefasst, vorsichtig, als wäre ich ein Stück Pergament, das unter seinen Händen zerfallen könnte.

Viel später erfahre ich, dass es Carlo war, der mich herausgezogen hat.

Von ihm und Felicitas habe ich nie wieder etwas gehört.

Der Denker

Es ist richtig, dass ich Ameisen gejagt habe. Meine Frau Nada machte mir deswegen Vorwürfe, und ich konnte es ihr nicht verdenken. Aber sie sagt nicht die ganze Wahrheit. Zuvor hatte ich die Insekten über Monate studiert, ihre Straßen verfolgt, sie zu beeinflussen versucht, indem ich Zuckerspuren legte oder ihnen aus Spiegeln ein Labyrinth baute. Aber sie waren auf eine unergründliche Weise schlau und ignorierten ihr Spiegelbild. Fanden sie einmal den Weg aus dem Irrgarten heraus, schafften sie es immer wieder. Ausnahmslos alle. Stellte ich ihnen andere Aufgaben, kam es darauf an, ob sie in ihrem Programm einen Baustein für die Lösung hatten oder nicht. Um einen beliebigen Gegenstand, ein Buch zum Beispiel, liefen sie orientierungslos herum und verloren rasch das Interesse daran. Alles Essbare dagegen war von vornherein etwas, womit sie sich ausführlich beschäftigten. Das Wichtigste war für sie dabei offensichtlich, ob und wie es sich abtransportieren ließ. Ich bewunderte ihre

Hartnäckigkeit, aber es gab Augenblicke, da hatte ich Angst vor ihnen.

Ich habe Marion davon erzählt. Zu ihr ging ich, wenn das Schweigen zu Hause unerträglich wurde. Nada redete einfach nicht mehr mit mir. Nach dem Tod meiner Eltern hatte ich sie geheiratet. Ich war verrückt nach ihr gewesen und überzeugt, dass sie ihre kühle Distanz aufgeben würde, wenn sie erst meine Frau wäre. Aber das Gegenteil trat ein. Je mehr ich mich bemühte, desto abweisender wurde sie. Immer ein feiner Spott in ihren Augen. Immer das Gefühl, unerwünscht zu sein. Irgendwann wagte ich es nicht mehr, mich ihr zu nähern, und schlief in einem anderen Zimmer. Es gab keine Nacht, in der ich nicht hoffte, Nada würde zu mir kommen. Bis zuletzt noch, bis sie einfach verschwand. Sie hatte sich einen Reiseführer nach dem andern gekauft und darin gelesen. Anfangs dachte ich, sie wollte für uns einen Urlaub planen, fragte sie danach. Sie aber schüttelte den Kopf. Ich wäre mit ihr weggefahren, obwohl wir es im Haus meiner Eltern komfortabler hatten als in jedem Hotel. Heimlich hatte ich mich sogar darauf gefreut. Aber es kam zu keiner gemeinsamen Reise mehr.

Bei Marion war ich gerne. Manche behaupteten, sie sei eine Prostituierte. Aber das stimmt nicht. Sie war und ist eine gute Zuhörerin, dafür lässt sie sich bezahlen. Von ihr wusste keiner etwas. Sie hatte nie erzählt, woher sie kam, und nie auf persönliche Fragen geantwortet. Es sei unwichtiger, je älter man werde. Einzig, was man aus dem Leben mache, sei interessant. Und sie habe sich entschlossen, Zuhörerin zu werden. Ihre Art, sich zu schminken und mit Tüchern in Regenbogenfarben auf die Straße zu gehen, war mutig und unnachahmlich. Wer bei ihr einen Termin bekam, konnte sich glücklich schätzen. Sie stellte an ihre Kunden nur zwei Forderungen: Diskretion und Bezahlung. Ich freute mich auf jedes Treffen. Die Ergebnisse meiner Ameisenstudien hörte sie sich geduldig an, vertiefte sich in meine Aufzeichnungen und kommentierte sie so fachkundig, als hätte sie Entomologie studiert. Aber als sie mir sagte, dass sie sich nur für Dinge interessiere, die in der Lage seien, einen Schatten zu werfen, erlosch meine Begeisterung an den Studien. Von diesem Tag an tat ich alles, um die Ameisen aus meinem Haus zu vertreiben. Das plötzliche Verschwinden meiner Frau brachte ich damit in Verbindung. Ich bildete mir ein, sie sei ausgezogen, weil ich die Ameisen tötete. So gab ich auch das irgendwann auf und überließ ihnen die Villa. Ich öffnete die Vorratsschränke und den Keller und zog in ein Hotel in der Stadt.

Darauf nahm ich Marion ganz und gar für mich in Beschlag. Sie ließ es eine Weile zu, weil sie meine Verzweiflung zu spüren schien, aber nach einigen Wochen kürzte sie mir die Stunden, weil, wie sie sagte, ihre anderen Kunden auch ein Recht auf sie hätten. Aber sie wolle mir ein Geschenk machen, einen Tipp geben. Bei ihren Spaziergängen habe sie ein Anwesen entdeckt, das zum Verkauf angeboten werde. Gemeinsam besichtigten wir es, und ich war so begeistert, dass ich den vom Makler geforderten Preis sofort akzeptierte. Ich ordnete einige bauliche Veränderungen an, was meine ganze Zeit in Anspruch nahm. Wenn ich es mir überlege, war es die größte Aufgabe, die ich je hatte. Nach den Wochen im Hotel freute ich mich wieder auf ein eigenes Heim, ließ meine Möbel und Bücher abholen und richtete mir im Erdgeschoss ein Labor ein, obwohl ich noch keine Idee hatte, was für Experimente ich durchführen wollte. Es würde sich schon ergeben, wie Marion immer sagte. An Nada dachte ich selten. Ihr Aufenthaltsort war mir über ihren Anwalt mitgeteilt worden, der mir auch die Scheidungspapiere zukommen ließ. An die Scheidung selbst erinnere ich mich kaum. Nur noch an den Schriftsatz *Urteil im Namen des Volkes*. Geschieden in Volkes Namen gehörte ich einer anderen Gruppe an als zuvor. Marion sagte dazu: Willkommen im Club. Es war das Persönlichste, was ich je über sie erfahren habe.

Auf ihren Rat hin stellte ich einen Gärtner ein. Er war einsilbig und nur an den Blumen interessiert. Aber er machte seine Sache gut. Ein Jahr nach meinem Einzug blühte der Hain, in dem das Haus stand, in den schönsten Farben. Rosen über Rosen. Sie waren gepflegt und geordnet wie Blumen in jedem Park der Welt. Nach den Farben ihrer Blüten. Ich überraschte Marion mit der Idee, herausfinden zu wollen, ob es möglich sei, die Farben der Rosen am Duft zu erkennen, um dann den Garten nicht nach Farben, sondern nach dem Duft der Blumen zu gestalten. Sie fand mein Projekt interessant, und ich traf entsprechende Vorkehrungen, die ich aber für mich behielt.

Ich hatte viel Zeit in dieses Vorhaben investiert, dennoch missglückte das Experiment. Ich wurde wegen Freiheitsberaubung in Tateinheit mit Körperverletzung angeklagt, und zum zweiten Mal in meinem Leben gab es ein Urteil im Namen des Volkes. Später, das heißt nach Wiederaufnahme des Verfahrens durch meinen Anwalt, wurde es aufgehoben. Nur kam ich nicht frei, sondern wurde in eine psychiatrische Klinik eingewiesen. Ein Gutachter, zufällig der beste Freund meines Anwaltes, dazu Leiter der Klinik, machte dem Gericht deutlich, dass mein Verhalten durch eine schwerwiegende emotionale Krise ausgelöst worden war und ich Hilfe benötigte, nicht Strafe. Es hätte nicht besser kommen können, meinte mein Anwalt, denn wenn ich ehrlich wäre, müsste ich zugeben, dass mein Vorgehen bei dem Experiment mit den Rosen ungewöhnlich gewesen sei.

Marion regte sich über seine Worte sehr auf. Sie war damals enttäuscht gewesen, dass ich nicht sie für das Experiment ausgewählt hatte, akzeptierte allerdings meine Erklärung, dass die Versuchsperson besonderen Umständen ausgesetzt sein musste. Und Marion besuchte mich regelmäßig in der Klinik, obwohl ihr das Gebäude nicht gefiel. Sie sagte, vor langer Zeit müsse hier ein großes Unglück geschehen sein, darum könnten die Menschen in diesem Haus ihre Seele niemals finden. Für mich stellte sich dies anders dar. Ich war hier, um dem Gefängnis zu entgehen, und musste mir über meine Seele keine Gedanken machen. Marion behauptete zwar, ich hätte sie noch nicht entdeckt, ich dagegen hatte das Gefühl, meine Seele offen wie eine Armbanduhr mit mir herumzutragen.

Sie verstand sich auf Anhieb mit Eule, meinem Zimmernachbarn. Er war wirklich krank, hatte sich aber damit eingerichtet. Nach einem Unfall war er der Meinung, er könne fliegen. Man musste ihn vor sich selbst schützen. Einmal habe ich versucht, den Grund für seine Einlieferung zu erfahren. Ich hatte ihn direkt gefragt, er aber starrte mich nur an. Schließlich antwortete er, er sei hier, weil er entschieden habe, dass das Leiden wichtiger sei als die Schönheit. Ich glaube, er hat meine Frage einfach nicht verstanden. Nie wieder habe ich versucht, seine Grenzen auszuloten. Er lebte in der Klinik, weil ein Außerhalb nicht mehr möglich war. Jemand, der nicht genannt sein wollte, bezahlte jeden Monat die Kosten. Innerhalb des Klinikgebäudes bewegte er sich unauffällig. Jeder Schritt nach draußen war ein Schritt in eine dunkle Zone, wohin sein Geist ihn nicht mehr begleiten konnte. Ich aber konnte mich wunderbar mit ihm unterhalten. Fast so gut wie mit meiner Freundin. Nur gab er nie Ratschläge. Ich hätte sie vermutlich auch nicht angenommen. Er bekam nie Besuch.

Wir saßen, wenn es möglich war, in meinem Zimmer, denn es bot den größten Komfort. Wofür ich ordentlich zuzahlen musste, aber zu etwas sollte mein Vermögen doch von Nutzen sein. Wir schoben die bequemen tiefen Sessel an das Fenster und sahen hinaus, redeten über das Wetter oder den Speiseplan. Ich erzählte von Marion, Eule davon, wohin er überall fliegen würde. Das Fenster war meist geöffnet, nur hingen Gitter davor. Oft schwiegen wir einfach so lange, bis der Russe zu hören war. Wir nannten ihn so, weil er auf der Mundharmonika Melodien spielte, die an Russland erinnerten. *Gar nicht so übel*, kommentierte ich sein Spiel, als wir es zum ersten Mal gemeinsam hörten. *Wart's ab*, sagte Eule, *wart's ab. Irgendwann wirst du wahnsinnig in diesem Haus. Der spielt immer nur ein Stück, verspielt sich an immer derselben Stelle und beginnt wieder von vorne*. Und so war es. Bald liefen mir kalte Schauer über den Rücken, sobald auch nur das erste Fiepen der Mundharmonika zu hören war. Ich beschwerte mich. Auch schriftlich. Aber es half nichts. Hier hatte er das Recht auf seine Krankheit. Als ich Marion davon erzählte, hörte sie ihm beim Spiel zu und wusste schon nach fünf Minuten zu sagen, der Russe sei einsam. Er spiele immer das gleiche Stück, weil er so einsam sei. Wir sollten ihn einladen, mit uns am Fenster zu sitzen, damit sei das Problem behoben. Marion hatte eben für alles eine Lösung.

An einem Tag im zweiten Jahr meines Aufenthaltes in dem einstigen Wasserschloss warf sie mir vor, faul zu werden. Ich müsse mir wieder eine Aufgabe suchen, weil ich dick und träge würde, genau wie meine beiden Freunde. Damit hatte sie Recht. Während ich vom Fenster aus den Libellen nachsah, versorgte uns Eule mit Waffeln und Heidelbeerkompott. Er war sehr geschickt im Organisieren von Leckereien, und ich dankte es ihm mit Weißwein, den mir der Anwalt in die Klinik schmuggelte. Der Russe dankte es uns, indem er die Mundharmonika in ihrem Etui beließ.

Die Libellen waren ebenso wenig fassbar wie die Überlegungen, wie eine neue Aufgabe oder Aktion aussehen könnte. Marion machte es sich doch etwas einfach. Schließlich waren meine Möglichkeiten an diesem Ort begrenzt. Faule Ausrede, sagte sie. Für was hast du denn einen Anwalt. Er wird dir helfen müssen! Aber rechne nicht mit mir. Ich kann dir nur raten, dich mit anderem als Ameisen oder Rosen zu beschäftigen. Versuche es doch einmal mit Menschen. Sie lieben die, die sich ihnen widmen.

Ich bestellte den Anwalt in die Klinik. Er sollte eine umfassende Aufstellung meines Vermögens bereithalten. Als er kam, sah er unglücklich drein, so als befürchte er Schlimmes. Ich solle in jedem Fall meine Pläne vorher mit ihm besprechen. Die Liste hatte er dabei, und es sah gut aus. Geschickte Anlagen und günstige Marktentwicklungen hatten mein Barvermögen seit dem Tod meiner Eltern verdreifacht. Die Liegenschaften waren gut und teuer vermietet. Alles in allem war ich vielfacher Millionär. Reich und ohne irgendeine Verpflichtung. Ich wolle etwas damit anfangen, sagte ich ihm. Er machte mir Vorschläge, die mich alle nicht überzeugten. Auch nicht die Idee einer Stiftung. Sie wäre die beste Möglichkeit, das Geld auf sinnvolle Weise weiterzugeben, meinte er, und wo wäre es besser aufgehoben als für dieses Haus. Und vorab eine großzügige Schenkung. Es mangelte an vielem. Er zählte auf: Die notwendige Renovierung. Ein neues Heizungssystem unter Einbindung von Sonnenenergie. Nicht zuletzt mehr Pflegepersonal. Ich hätte mich ja selbst bestens davon überzeugen können.

Die Gesichtszüge des Anwalts waren milde und freundlich. Aber der Tod erschien mir als etwas, das nicht zu mir gehörte, und die Frage, was danach mit meinem Vermögen geschehen sollte, blieb aus meiner Sichtweise irreal. Ich lebte und beschäftigte mich nicht damit. Dann dachte ich an Eule und den Russen und sagte, er könne mir diesen Vorschlag ja zu gegebener Zeit konkreter unterbreiten. Wahrscheinlich wollte ich ihn einfach los sein. Er verabschiedete sich mit den Worten, eine Stiftung zu gründen, wäre eine Herausforderung für ihn. Und eine Möglichkeit, ein großes Honorar zu kassieren, sagte ich.

Keine Stunde später war der Leiter der Klinik bei mir. Der Anwalt hatte ihn bereits unterrichtet. Seine schweren Tränensäcke signalisierten, ich arbeite rund um die Uhr, bin immer für andere da, opfere mich auf. Und seine Augen glänzten feierlich, als er mir beide Hände entgegenstreckte. *Sie denken an eine Schenkung! Eine Stiftung! Wunderbar!* Ich schüttelte seine Hände. Psychiater machen mich nervös. Es ist noch nichts wirklich entschieden, wehrte ich ihn ab, doch er vermittelte mir das Gefühl, dass eine Ablehnung von nun an ausgeschlossen sei. Ich musste mit Marion sprechen.

Dieser Tag änderte vieles. Mein Aufenthalt in der Klinik wurde über alle Maßen angenehm. Der Anwalt brauchte nicht länger den Boten zu spielen; ein Feinkostladen lieferte, was ich telefonisch bestellte. Die Liste wurde immer länger, weil der Russe und Eule sich hervorragend auf dem Gebiet des Kulinarischen auskannten. Wir drei waren so etwas wie Königspatienten, denn selbstverständlich wurden die beiden in die aufgeblühte Sympathie des Leiters und des Personals einbezogen. Der Geldregen, der auf das Haus fallen würde, kündigte sich schon mit luftigen Wolken an. Der chemische Wert eines Menschen beträgt weniger als 10 Euro. Mein Wert stieg ins Unermessliche. Dabei hatte ich mir nie viele Gedanken darüber gemacht, wie andere mich sehen. Nur Marions Meinung war mir wichtig. Sie bezahlte ich für die Wahrheit.

Und ihr gefiel nicht, was sie hörte. Sie kritisierte den Anwalt, weil sich für jedes Wort an mich ein Gebührenposten in seinen Rechnungen fand. Er sehe in mir eine Goldgrube. Sie habe schon einmal einen Freund wegen des Geldes verloren. Das dürfe nicht wieder geschehen. Und überhaupt, so habe sie es nicht gemeint, als sie mir Bequemlichkeit vorwarf. Ich solle darüber nachdenken!

An der Gruppentherapie brauchte ich ab jetzt nicht mehr teilzunehmen. Ich tat es freiwillig, weil mich die Vorgehensweise der Therapeuten faszinierte. So wenig sie auch erfuhren, sie interpretierten den spärlichen Inhalt der Aussagen auf unnachahmliche Weise. Und nicht nur das, sie bezogen die Körperhaltung des Einzelnen mit ein, ebenso wie das Verhalten der Insassen untereinander. Verborgenes wurde wie eine vergessene Münze aus der Hosentasche hervorgeholt, voller Erstaunen betrachtet und auf seinen Wert geprüft. Manches konnte in Umlauf gebracht werden, anderes wurde wieder zurückgesteckt. Der enge Kontakt der Patienten führte oft zu Auseinandersetzungen. Damit gab es kaum einen Unterschied zum Draußen, nur, dass in der Klinik Streitigkeiten toleriert wurden. Eine Freundschaft, wie sie sich zwischen dem Russen, Eule und mir angebahnt hatte, war selten und unterstrich die Tatsache, dass ich nicht hierher gehörte. Jeweils gegen Ende der Therapiesitzungen wurden Fall-Geschichten erzählt. So nannten sie Berichte über Patienten oder andere Begebenheiten, die mit der Klinik zu tun hatten. Einer dieser Fälle, oder sollte ich sie besser Legenden nennen, ist mir in Erinnerung geblieben: Ein Briefträger, der im Laufe seines Berufslebens unzählige Briefe ausgetragen hatte, erhielt eines Tages ein mit schön geschwungener Handschrift beschriebenes, an ihn adressiertes Kuvert. Er, der weder Familie noch Freunde hatte, brach darüber zusammen und wurde in diese Klinik gebracht. Den Brief behielt er in seiner Faust, hat ihn nie geöffnet. Als er starb, begrub man ihn damit.

An einem anderen Tag erfuhr ich, der *Russe* war

Österreicher und hatte Musik studiert. Sein traumatisches Erlebnis war, sich beim 2. Satz eines Rachmaninow-Konzertes verspielt zu haben, seither saß er hier ein. Ich hielt auch dies für eine Legende, die der Russe selbst verbreitet hatte. Aber es ging ja auch darum, was die Therapeuten glaubten. *Die, die den Sonnenschein überfahren haben*, hieß es einmal. Das also dachten sie über uns.

Die wenigen freien Stunden verbrachte ich mit meinen Freunden am Fenster. Wir sahen hinaus zum Himmel, weil Eule so gerne geflogen wäre, und nach unten auf das Wasser zu den Libellen und manchmal auf den Russen, der in sein Weinglas sah. Marion kam und ging. Ein kleiner hübscher Regenbogen. Sie fieberte mehr als ich dem Ende meines Aufenthaltes entgegen, weil ihr die Klinik immer weniger behagte. Nicht die Insassen. In ihnen sah sie kein Problem. Als ich Eule und den Russen an einem Nachmittag fragte, was sie von der Idee einer Stiftung hielten, freute es Marion, dass den Freunden meine Idee gleichgültig war.

Wozu?, Hau dein Geld raus, sagte Eule.

Prost!, sagte der Russe.

Damit war das Thema erledigt. Ich war da, mehr

schien sie nicht zu interessieren. Und wenn meine Zeit hier vorüber sein würde, wäre ihnen das vermutlich ebenfalls egal. Sie würden bleiben. Etwas anderes kam nicht in Frage.

Mach, was du willst!, sagte Eule.

Sei vorsichtig!, sagte der Russe.

Als ich ihm die Frage stellte, was er damit meine, schwieg er. Der Russe war immer misstrauisch. Er stocherte im Klinikessen herum, als suche er nach Rasierklingen oder Ähnlichem. Lange dachte ich, es schmecke ihm einfach nicht, bis mir eine Schwester zuflüsterte, er fühle sich immer bedroht. Die Schwestern mochten ihn dennoch, auch wenn er sie argwöhnisch beobachtete. Weiße Mäntel oder Kittel sind für mich unerotisch, sagte er, als ich ihn auf die Blicke ansprach, die er den Schwestern zuwarf. Damit rückte eine Zeit lang das Thema Frauen in den Mittelpunkt unserer Gespräche. Eule war immer verliebt. Ich nie. Ich hatte ja Marion, so sahen es jedenfalls meine Freunde. Aber mein Verhältnis zu ihr war frei von Begierde. Ich sah in ihr weniger eine Frau, eher eine Fee. Ich konnte sie in den Arm nehmen, ihr einen Kuss geben oder, wie es manchmal geschah, neben ihr einschlafen. Niemals wäre mir in den Sinn gekommen, ihre Sinnlichkeit zu wecken. Dabei war sie überaus attraktiv. Ihr Mund war zart und weich, sie hatte slawisch-schöne Gesichtszüge und eine schmale Figur. Ihr Alter war nicht zu erraten, es war mir auch gleichgültig. Eule wollte einmal zotig über sie sprechen, doch ich fuhr ihm über den Mund. Da verstand ich keinen Spaß, und er kapierte das ziemlich schnell. Für den Russen war Marion nie wirklich anwesend. Er schien sie zu übersehen, als stecke ein Prinzip dahinter. Nur einmal beteiligte er sich lebhafter an einem Gespräch über Frauen, als ich die Frage stellte, ob es wohl leichter gewesen sei, Gretchen zu verführen oder die eintausendunddrei Frauen, die Don Juan verführt haben soll. Ich behauptete, um die Diskussion in Gang zu bringen, bestimmt sei Gretchen die ungleich größere Herausforderung gewesen. Denn zum Zeitpunkt der Verführung sei Faust, trotz seiner äußerlichen Verjüngung, allem Weltgeschehen gegenüber längst gleichgültig gewesen, auch wenn seine Begierde noch nicht gänzlich erloschen war. So habe er sich von dem jungen Mädchen nur noch eine Form der Ablenkung oder Zerstreuung versprochen. Faust hatte keine eintausendunddrei Frauen zu verführen gebraucht, eine hatte ihm genügt, seine Weltsicht bestätigt zu sehen. Don Juan und Eule dagegen hätten etwas gemein: Beide wollten sie einen Zustand wiederholen. Sie begehrten das Gleiche, jedoch immer auf eine andere, unstillbare Art.

Eule protestierte. Er kenne weder den Faust noch Don Juan. Aber er liebe die Frauen, und gäbe es einen Zaubertrank, der seine Kopfschmerzen lindere, würde das andere auch wieder in Ordnung kommen. Er gab noch an, Medikamente zu erhalten, die ihn davon abhielten, die Schwestern und Ärztinnen des Hauses zu vernaschen. Warum sonst rege sich nichts bei ihm.

Der Russe meinte darauf, *regen kann sich nur, was da ist*, und versank wieder in seinen Nebel. Ich hatte ihn schon lange in Verdacht, viel cleverer zu sein, als er sich gab.

Er hob sein Glas: *Auf die geschundenen Verführer aller Zeiten.*

Als ich ihm vorwarf, damit lasse er alles offen und beziehe ein weiteres Mal keine konkrete Stellung, trank er die ganze Flasche auf einmal leer, sah mich vorwurfsvoll an und sagte deutlicher als alles andere, was er bis dahin von sich gegeben hatte: *Die Fragen sind verschüttet, die Antworten sind verschüttet. Lass mich in Ruhe!*

Das war konkret gewesen. Ich stellte ihm keine Fragen mehr.

Kurz vor meiner Entlassung kam der Anwalt jeden Tag. Er wollte erstens wissen, wie weit meine Entscheidung bezüglich der Stiftung gediehen sei. Zweitens könne er mir mitteilen, dass er für mich ein Haus gefunden habe. Ein Stadthaus in der Landeshauptstadt. In den nächsten Tagen sei es bezugsfertig. Es handle sich um ein hellgelb getünchtes Patrizierhaus, gebaut von einer Familie, die mit Pfeffer und Salz ihr Geld gemacht habe. Die Empfangshalle sei großzügig genug, um Gäste zur Bekanntgabe der Stiftung einzuladen.

Marion zeigte sich von der Beschreibung des Hauses nicht angetan. Sie kenne solche Häuser. Wie solle meine Seele ihren Platz finden, wenn in allen Räumen Zahlen herumflirrten. Ich stellte ihr in Aussicht, mir bei der Einrichtung zu helfen, was sie begeistert aufnahm. Viel später warf ich mir vor, dass ich Marions Interesse in eine andere Richtung gelenkt hatte und es meinem Anwalt dadurch ermöglichte, ohne Kontrolle zu tun, was er wollte.

Nun, da mein Aufenthalt in der Klinik fast vorüber war, empfand ich keine Vorfreude auf die kommende Zeit in Freiheit. Es lag nicht nur an dem Russen oder an Eule, die ich vermissen würde; ich fühlte mich auf eine bizarre Art wohl in dieser Umgebung. Oft sah ich mich schon bedenklich weit von der Realität entfernt. Ich dachte sogar daran, das Stadthaus erst gar nicht zu beziehen, sondern mich in der Nähe der Klinik niederzulassen, um Eule und den Russen besuchen zu können, wusste aber doch, wenn ich erst meine Entlassungspapiere in der Hand halten würde, gäbe es keine Verbindung mehr.

Bis auf die kurze Zeit meiner Ehe mit Nada hatte ich nie das Gefühl gehabt, irgendwo zu Hause zu sein. Nicht einmal während meiner Kindheit. Damals war es des Haus des Vaters, und ich fühlte mich darin nur geduldet. Auf die Frage, wo ich wohne, hatte ich meinem Lehrer geantwortet: *Im Augenblick bei meinen Eltern.* Und wo sonst, wollte er verständlicherweise wissen. Ich wusste darauf keine Antwort. Im Wasserschloss, eingeigelt in meinem Zimmer, befreundet mit zwei halben Denkern, wohnte ich jetzt schon seit fast zwei Jahren, und das gern. Es hätte mir, wie mein Anwalt zu Recht sagte, nichts Besseres passiert sein können. Ich mochte vor allem den kleinen Gemeinschaftssaal, den einzigen Raum, in dem die Heizung nicht funktionierte und im Winter Eisblumen auch an den Innenscheiben zu bewundern waren. Über der Tür war eine Tafel angebracht. Darauf stand folgende Frage: *Wozu braucht der Kutscher die Peitsche?* Dies las ich von Zeit zu Zeit, ohne es zu verstehen. Es gab auch keinen, der mir erklären konnte, warum die Tafel dort angebracht war. Insofern war ich genau am richtigen Ort. Hier gab es nichts, was ich gänzlich verstand.

* * *

An all das erinnerte ich mich vage, als ich in dem leeren Zimmer aufwachte. Ich war alleine dort, zumindest nahm ich es an, denn ich konnte weder etwas sehen noch ein Geräusch hören. Und erst viel später begriff ich, dass ich einfach nicht auf die Idee gekommen war, aufzustehen, die Augen zu öffnen oder zu rufen. Ich war in mir selbst unterwegs. Als Kind glaubte ich, das Nichts sei von schwarzer Farbe. Nun wusste ich, dass das Nichts hell und schrill war. Ich befand mich wie eine Kugel auf einer Bahn und konnte nicht selbst anhalten. Manchmal verlangsamte sich das Tempo, und ich glaubte, irgendwo weit entfernt eine Flamme zu entdecken. Dort wollte ich hin. Aber dann änderte sich mein Lauf, und ich raste ziellos durch meine Gedanken. Ganz selten kam alles zum Stillstand. Immer dann, wenn ich Erinnerungen berührte. Solche Momente genoss ich anfangs nicht. Da war ich Ich und zugleich ein anderer, konnte meine Gedanken beobachten und sie mich. Zunächst wussten sie nicht so recht, was es mit mir auf sich hatte. Es gab keine Ecken oder Kanten, noch nicht einmal geschwungene Bögen, die sie aufsuchen konnten. Sie mussten tagelang umherstreichen wie rastlose Hunde, um endlich etwas zu finden, an dem es sich anzuhalten lohnte.

Ich war noch Kind und schwamm zum ersten Mal in einem Fluss. Zu spät bemerkten meine Gedanken, was sie auslösten. Ich suchte Halt, denn der Fluss zerrte und riss an mir, ungeübt, wie ich war. Ich versuchte meinen Vater, der sich auf der Brücke mit Freunden unterhielt, herbeizuwinken, er aber hob nur den Arm, glaubte, mein Winken sei nicht mehr als eine Geste. Irgendwie klammerte ich mich an einen Felsen, schürfte mir Hüfte und Knie auf, konnte mit letzter Kraft das Wasser verlassen. Mein Vater, zu dem ich heulend rannte, lachte mich vor seinen Freunden aus. Du bist doch ein Junge! Der weint doch nicht!

Aus tausend Ecken schrie es: Feigling! Memme! Du bist kein Junge! Bist kein Junge! Meine Gedanken zeigten mir, was danach geschah. Ich rannte nass wie ein Wäschestück nach Hause. Trat nach dem Dienstmädchen, das mich in den Arm nehmen wollte, trat nach dem Hund, der sich an mich drückte.

Gott war damals noch ein Mann mit langem weißem Bart.

Aber ich hörte ihm nicht zu, sah auf den Jungen, der darin Trost fand, Süßes zu verschlingen. Schon der Geruch von Marzipan – ah, dieser Duft, ich roch ihn bis in mein unbewohntes Zimmer – verleitete mich dazu, Berge von Marzipankartoffeln vor mir herzurollen, als lägen sie vor mir. Verbote! Verbote! Ich musste weiter, hatte Stiefel an wie die Soldaten und marschierte an einem Zaun entlang. Dahinter standen Menschen, die ich vor mir schützen musste. Meine Eltern, meine Frau, alle Frauen. Aber das kümmerte mich nicht. Eine junge Frau, fast noch ein Kind, stand vor mir. *Hallo Kleine, gehst du mit mir zum Tanzen?* Noch im Auto fiel ich über sie her, und ich erinnere mich an die beiden Ohrfeigen meines Vaters, als er davon erfuhr.

Das unbewohnte Zimmer begann lästig zu werden.

Mein Sohn will ein Wissenschaftler sein! Vater stand vor meinem kleinen Labor, das ich im Keller eingerichtet hatte. Weißt du denn nicht, dass du zu blöd dazu bist, dass du uns mit deinen Spinnereien in die Luft jagen wirst? Jokel, rief er den Verwalter, Jokel komm her und miste den Kram aus. Alles weg. Und dich, Junge, will ich im Kontor sehen. Ab morgen. Arbeiten willst du? Ich zeig dir, was Arbeit ist.

Ich raste mit meinen Gedanken dem Hass entgegen. Drückte alles nieder, was in dem Kind als Freude gewachsen war. Ab da sah ich dem Leben zu. Zwei und zwei ist vier, aber ich mache eine Fünf daraus!, schrie Vater, wenn er durch die Räume schritt. Er sah dem Prokuristen über die Schulter und dem Lagerarbeiter. Wissen ist Macht! Macht ist Geld! Geld ist Wissen! Dieses Schild hing über Vaters Schreibtisch. Einer hatte über das *W* ein *P* geklebt. Vater strafte die gesamte Belegschaft ab, indem er die Gratifikation zum Jahresende aussetzte. Schließlich meldete ich mich bei ihm. Ich hätte es gewesen sein können. Und flog mit mir weiter über den Berg des Hasses.

Dahinter Stille. Ein Meer. Ein Strand. Muschelsucher am Abend. Ich war einer von ihnen. Sie, barfüßig und leicht. Die Haut wie dunkler Bernstein. Sie war ein Bernstein und hieß Nada. Aber sie sah und hörte mich nicht, denn ich war ihr heimlich auf diese Insel nachgereist. Stand hinter der Mole, wenn sie im Schatten lag, und wagte es nicht, mich ihr zu nähern. Meine Gedanken wussten, wir waren zu diesem Zeitpunkt schon viel zu lange eigene Wege gegangen. Immer noch war so viel Liebe in mir.

Fühlst du, sagte ich zu mir, fühlst du das noch? Ich flehte mich an, still zu halten, zu bleiben, nicht weiterzugehen. Hielt still, war zu einer Träne geworden. Für ein Jahr, für zwei Jahre. Ich wusste es nicht mehr.

Wie ein Katapult schossen mich die Gedanken weit zurück in die Zeit, als Vater noch lebte.

Enterben werde ich dich! Die Gedanken lagen zu seinen Füßen wie ein gehorsamer Hund. Ich ging auf die Straße. Lief hinter Transparenten, deren Aussagen ich nicht vertrat, schrie Parolen, die einer in ein Megafon rief. Ich reckte die Faust gegen den Himmel.

Gott war längst kein weißbärtiger Mann mehr.

Ruhig, ruhig, flüsterte ich mir zu. Sie müssen dir den Bart rasieren. Wer rasiert mir den Bart? Wer wäscht mich? Ich bin hier drin. Ich verlange, dass man mich hört. Was tun sie jetzt, frage ich mich erneut. Scham überfällt mich. Schreckliche, unheilvolle Scham. Mein Körper arbeitet, denke ich schließlich, es ist wunderbar zu wissen, dass er arbeitet. Dann lebst du. Ich weiß nicht mehr, was das ist, antworte ich mir.

Dann flog ich langsam wie ein Fesselballon über die Zeit. Ich sah nur wenig aus dieser Höhe, aber ein kalter Wind pfiff, also duckte ich mich in meinem schützenden Korb. Ich flog über die Jahre zu meinem still gewordenen Vater. Zwei und zwei ist doch vier, waren die Worte des Konkursverwalters, und ein letztes Mal packte meinen Vater der Zorn. Damals kam eine Krankenschwester in unsere alte Villa am Rande der gepflegten Straße. Nada, sagten meine Gedanken, aber sie berührten mich nicht. Auch nicht, als meine Eltern starben und ich den Geräteschuppen endgültig verlassen konnte, um in das Herrenhaus zu ziehen. Mit Nada. War ich jung oder alt, als sie mich verließ, wollte ich wissen. Du warst jung bei Marion, alt bei Nada, war die Antwort. Marion? Woher kam sie? Erinnere dich! Weißt du nicht mehr, sie sagte, aus dem Wald sei sie gekommen, aus Sverres Wald. Manchmal erzählte sie dir davon, aber da warst du betrunken. Wie so oft. Sie hat dir vom Licht erzählt, das die Sonne auf die jungen Birken warf, und vom Duft des Mooses, und dass sie niemals von dort fortwollte. Wie es war, als sie über Zweige und Blätter ging und das Geräusch ihr so viel Freude machte, mehr als alles, was sie je zuvor gehört hatte. Dass sie den Vögeln zuhören konnte, ohne Hast zu verspüren, und sich ihren Rücken an einer Rinde rieb, wie sie es zuvor bei den Elchen beobachtet hatte. Wie sie über diese merkwürdigen Tiere lachen musste, deren Geweih von einem feinen Filz überzogen schien, und wie sie nachts das Weinen der alten Mure hörte und zu ihr gehen wollte, aber auf Sverre traf, der bei Vollmond rote Beeren pflückte. Hast du nichts davon mitbekommen?

Nada war fort, und ich musste mich betrinken, antwortete ich.

War das vor oder nach den Reisen?

Reisen, die ich gemacht hatte, um etwas zu finden, das einen Schatten warf. Marion hatte mich auf den Weg nach Innen geschickt, wie sie es nannte. Suche endlich deine Mitte, du bist ein Mann ohne Zentrum. Du weißt nicht, ob die Wärme oder die Kälte dein Element ist. Du hast weder eine Leidenschaft noch eine Eigenschaft. Nur sie durfte so mit mir reden. Ich war fast euphorisch, wenn sie das sagte. Marion kannte mich besser als alle anderen.

Ich wurde vorangeschoben – meine Gedanken weigerten sich, Täuschungen aufzudecken –, hinein in eine dunkle Kirche, die ich nicht betreten wollte. Ich wehrte mich auch jetzt dagegen, wie ich mich damals nur unwillig einer Stadtführerin anschloss, die mir die fremde Stadt zeigen wollte. Grabplatten, zu groß für die meisten Menschen, bogen ihre Inschriften nach außen. Licht fiel auf den Altar. Die Frommen in den Bänken mussten im Dunkeln sitzen. Damals saßen sie nicht dort, weil der Dom renoviert und die Wandmalereien restauriert wurden. Ein Engel flog über mich hinweg. Er hatte einen derben Overall an, und seine Flügel waren abgebrochen. Aber er flog. Hing an Seilen und schwebte von einem Gerüst ins nächste. Und reden konnte er. Er herrschte uns, die Stadtführerin und mich, an, aus dem Gebäude zu verschwinden. Ob wir das Schild nicht gesehen hätten?! Wir gingen, aber ich schlich später wieder zurück, duckte mich in eine Bank und sah zu, wie der Engel den Menschen an der Wand Augen schenkte. Er tat es mit solchem Geschick, dass sie mich bald darauf anblinzelten. Blaue Augen den blonden Frauen in hellen Gewändern, schwarze Augen den Heroen und Heiligen in Rot und Gold. Jeden Tag saß ich da, verlängerte sogar meinen Aufenthalt in der Stadt mit dem großen Dom. Ich blieb, denn der Engel hatte sich vor ein gemaltes Band gesetzt, auf dem die Konturen einer Inschrift zu sehen waren. Er wusch die Pinsel aus und schob sich mit dem Handrücken die langen Locken aus dem Gesicht.

Oculis vitam – Durch meiner Augen Krafft – ertheil' ich Lebens Safft – .

Der Engel hatte mich entdeckt, ich sah es genau, weil ich das Fernrohr auf ihn gerichtet hatte. Er machte eine resignierte Handbewegung und flog zu mir herunter. Ob ich nie Anweisungen befolgte? Bevor sie mich hinauswerfen – ich flehe Sie an –, was bedeutet die Inschrift? Ich schaffte es, der jungen Frau, die dahinter zum Vorschein kam, ein gemeinsames Essen abzuringen. Aber sie war schweigsam, weit weg mit ihren Gedanken. Als wir uns trafen, nahm sie meine Anwesenheit kaum wahr. Ich versuchte mich zu erinnern, was sie über die Inschrift sagte, aber es fiel mir nicht mehr ein. Suchte in meiner Erinnerung den Platz auf, den ich auch nach dem Treffen wieder heimlich einnahm. Aber die Bänke schienen verschwunden, auch der Engel war fort. Dunkle Gestalten in Kapuzen schlichen entlang der Wand, die Arme um den Leib geschlungen. Mitten im Raum stand eine Kerze, die Flamme glomm schwach, nur noch ein Luftzug, und sie würde verlöschen. Ich schrie, aber mein Schrei war nicht zu hören, rannte, kam aber nicht weg. Statt der Grabplatten lag ein großes Kartenspiel auf den Steinen, und auf allen Bildern war mein Gesicht zu sehen. Ich sammelte die Karten ein, um die Inschriften der Steine entziffern zu können, doch unter jeder, die ich aufnahm, lag eine weitere. Mir wurde bewusst, dass ich in meiner Ohnmacht träumte. Die Kerze brannte noch, als ich den Weg nach außen fand.

Aber vom Rosenhain muss ich dir doch nichts erzählen. Meine Gedanken rollten einen Hang hinauf.

Verrückt, verrückt, lachte ich.

Du hattest endlich dein Labor! Warst richtig zufrieden, zum ersten Mal in deinem Leben sahen wir dich voller Eifer. Ich verharrte. Lag stumm auf der Höhe vor einem Kellerfenster des Gebäudes, das wie ein kleines Schloss den Hügel schmückte.

Sprecht wieder mit mir, befahl ich meinen Gedanken.

Ich flog den Hang hinunter, riss die Rosenstöcke dabei um, so dass Blütenblätter durch die Luft wirbelten. Als sie zu Boden fielen, waren sie von einer hässlichen braungelben Farbe.

Sah Eule, der die Arme weit ausgebreitet hatte. Er weinte. Der Kopf tut so weh, klagte er unentwegt. Ein Mann weint nicht, schrie ich ihn an. Daraufhin schwieg er. Ich hätte ihn trösten sollen. Aber ich war in mir unterwegs, und nichts konnte mich dabei aufhalten.

Warum weint Eule? Diese Frage war mir schwer gefallen. Du hättest ihn fragen sollen, als du draußen warst, jetzt gibt es keine Antwort darauf. Vielleicht hat er es mir erzählt, als ich betrunken war? Nein, da war ich mir sicher, Eule hat nie darüber gesprochen. Ich war mir so sicher, weil er sich nie an etwas erinnerte. Und sein Name? Er kam in die Klinik, weil er von sich als einer Eule sprach. Und was ist mit mir?

Endlich war diese entsetzliche Frage gestellt.

Du stirbst.

Keine vertraute Wahrnehmung mehr, keine Körperidentität. Dein Gehirn aber bewahrt deine Erinnerungen – du bist zum Denker ohne Körper geworden. Du lebst in einem unbewohnten Zimmer.

Aber ich höre doch Musik, sehe den Russen vor mir, wie er am Klavier sitzt!

Erinnerungen, nichts als Erinnerungen.

Und wenn sie erschöpft sind, wenn ich sie alle vergegenwärtigt habe?

Dann beginnen wir die Reise von vorne. Immer und immer wieder.

Keine neuen Erinnerungen?

Dir fehlen die Sinne, keine neuen Erfahrungen, keine neuen Erinnerungen.

Werde ich aufwachen – was werde ich dann wissen?

Nichts von alledem. Was jetzt ist, war schon in dir. Es schafft dir kein neues Bewusstsein, keine neue Erfahrung. Das vergangene Leben, deine Erinnerungen, intensivieren sich nicht. Es gibt nur eine Stärke, nur eine Kraft.

Ich will lieber Musik hören, sagte ich. Was ist mit dem Russen?

Du hast auch ihn nicht gefragt, wie soll ich es wissen!

Dann werden wir bleiben und eine Weile zuhören. Mehr können wir nicht tun.

Nein, mehr können wir nicht tun.

* * *

Marion hatte sich auf das Bett gelegt, die Decke vorsichtig zur Seite geschoben. Die Regenbogentücher lagen auf ihr, und sie hatte ihre Lippen an seinem Ohr. Er sah in seiner Versunkenheit zart und verletzlich aus. Der harte Zug um den Mund war verschwunden, jetzt, da er meist ein wenig offen stand. Manchmal küsste sie ihn sacht. Sie war ausschließlich für ihn da, alle anderen Termine hatte sie abgesagt. Er brauchte sie, und sie brauchte ihn. Sie musste ihn verteidigen, denn sie fürchtete um sein Leben. Eule und der Russe bekamen selten die Gelegenheit, den Freund zu besuchen. Er wurde abgeschirmt. Nur sie durfte zu ihm. Sie hatte es sich gerichtlich erstritten, sprach vor dem Richter offen von einem gezielten Akt der Zerstörung an ihm. Der Anwalt drohte mit Klage, wenn sie die verleumderischen Anschuldigungen nicht zurücknehmen würde. Sie ignorierte ihn.

Seit zwei Monaten lag er so, völlig bewegungslos, auf nichts reagierend, in sich gefangen. Er benötigte keine Medikamente. Die Ärzte fanden keine Erklärung für seinen Zustand, einer von ihnen äußerte die Diagnose *Koma* und befand, dass es das Beste sei, einfach abzuwarten. Da der Patient selbstständig atmen und schlucken könne, bestehe keine unmittelbare Lebensgefahr. Geduld, sie brauchten nur Geduld.

In den ersten Wochen hoffte Marion, dass er die Augen aufschlagen würde und alles wie zuvor wäre. Als sich dafür keine Anzeichen boten, beschloss sie zu handeln. Sie ging systematisch vor. Die Pfleger beteiligten sich nicht, konnten sie aber auch nicht daran hindern. Sie legte ein rotes Notizbuch auf die Fensterbank, zeichnete eine Tabelle, in die sie Datum, Uhrzeit, ihre Aktion und seine Reaktion notieren würde. Für ihren ersten Versuch brachte sie Blumen und Parfum mit. Sie hielt ihm Narzissen und Hyazinthen unter die Nase und öffnete kleine Flakons mit berauschenden Düften. Er reagierte nicht. Eule und der Russe schauten manchmal zu, schüttelten den Kopf. Sie solle frischen Trüffel und Williams-Schnaps oder, noch besser, Benzin herbeischaffen, war Eules Rat. Der Russe empfahl ihr, es mit Lavendel zu versuchen. Das sei ein Duft, der vergangene Jahrtausende zum Leben erwecke. Gemeinsam erarbeiteten sie eine Liste von Versuchsanordnungen. Marion versuchte alles, ließ sich auch nicht von Fehlschlägen entmutigen, denn nichts von den Düften, den Gerüchen schien zu ihm vorzudringen. Dann machen wir es anders. Er muss etwas sehen, auch wenn er die Augen geschlossen hält. Sie brachte einen Diaprojektor in die Klinik, erklärte ihm die Fotos, die sie an die weiße Wand projiziert hatte. Eine Hecke aus Rosen in allen Farben. Rosencreme für seine Hände, die regungslos auf den Tüchern lagen. Das Meer, die Weite. Die Kontinente, Länder, das Allgäu, die Lüneburger Heide. Las ihm aus *Der alte Mann und das Meer* vor, zitierte Gedichte und Aphorismen, manchmal aber zeigte sie die Stille auf, hielt nur seine Hände fest in ihren.

Und einmal sagte sie ihm, ich werde dich fühlen lassen. Sie führte seine Hände zu Gegenständen, von denen sie glaubte, er könne sie mit geschlossenen Augen erkennen. Eine Vase, die sie von einem Sommerurlaub auf Madeira mitgebracht hatte, eine Tasse aus Glas, einen Teller mit einem Sprung, Besteck aus Silber und Tücher aus verschiedenen Stoffen. Sie besorgte Spielzeugfiguren und Miniaturmotorräder. Dieser Vorschlag kam wieder von Eule. An einem Abend löschte sie das Licht und zog sich vollständig aus.

Seine Hände lagen auf ihren Haaren, auf dem Gesicht, auf den Brüsten und ihrem Venushügel. Sie führte sie über ihren Bauch und die Schenkel. Nackt legte sie sich zu ihm und drückte ihren Körper an seinen. Dann streichelte sie ihn so, als wäre sie nie etwas anderes gewesen als seine Geliebte. Sie versuchte sich vom Wissen, dass es ein Experiment war, zu lösen, was ihr nach und nach gelang, und schließlich begehrte sie ihn. Er aber lag unbeweglich da. Nicht einmal sein Atem war heftiger geworden.

Sie hatte einen CD-Player mitgebracht. Boxen so groß wie Nachttische. Und zwei Taschen voller CDs. E-Musik und U-Musik getrennt. Die E-Musik nach Epochen unterteilt, nach Komponisten, dann nach Instrumenten. Die U-Musik nur nach männlichen und weiblichen Interpreten. Marion spielte über zwei Wochen ein Musikstück nach dem anderen. Sie hatte Freude dabei, vergaß manchmal den Patienten darüber. Er ließ das Mammutkonzert verstreichen. Vermutlich, sagte sich Marion, ist er in einem anderen Zimmer.

Eule und der Russe waren zu Besuch gekommen. Sie stiegen über die silbernen Scheiben, die verstreut auf dem Boden lagen, hörten eine kurze Zeit zu und verschwanden dann. Der Russe kam wieder. Er wühlte in dem Chaos, schien etwas Bestimmtes zu suchen. Hier fehlt etwas Wichtiges, sagte er, doch auf die Frage, worum es sich dabei handele, gab er keine Antwort. Aber er traf Vorkehrungen, den Mangel auszugleichen. Setzte sich jeden Morgen an das Klavier im kleinen Gemeinschaftssaal und spielte Rachmaninow. Zweites Klavierkonzert, c-Moll, opus 18. Sie solle dieses Werk besorgen, bis dahin spiele er das Stück eben selbst. Marion zögerte den Kauf mit fadenscheinigen Ausreden hinaus, bat ihn schließlich, das Stück Rachmaninows im Rahmen eines Konzertabends zu spielen.

Proben über Proben. Der Russe hatte Probleme, sich zu konzentrieren. Zu viel Alkohol. Zu lange nicht gespielt. Die Finger hart wie Reisig. Und es gab Zuhörer, die ihn dabei störten. Manche stellten sich hinter ihn, fuhren mit ihren Händen dazwischen. Andere grölten, sie wollten endlich richtige Musik hören. Der Russe klappte nicht nur einmal den Deckel des Klaviers zu. Dann war es Marion, manchmal auch Eule, die ihn zum Weitermachen überredeten. Das Stück machte Fortschritte, und man konnte den Moment des Konzertes ahnen. Der Patient würde nach unten gebracht werden, und Marion setzte durch, dass alle, auch die Patienten, in festlicher Kleidung anwesend sein sollten. Die ganze Klinik bereitete sich auf den großen Klavierabend vor. Auch der Gutachter wollte sich dem Geschehen nicht entziehen. Es sei zwar für die Katz, sagte er in alle Richtungen, keine Musik sei je Auslöser für ein Aufwachen aus dem Koma gewesen. Aber er wolle sich dem Ereignis nicht verschließen. Dennoch ließ er den Anwalt rufen und verschwand mit ihm im Direktionszimmer.

Schon am Abend zuvor war der Saal mit Blumen geschmückt worden, und auf den Tischen lagen weiße Tücher. Marion erzählte ihrem Freund davon, wie an jedem Tag. Sie sagte ihm, dass der Frühling ungewöhnlich milde sei, las ihm aus der Zeitung vor. Der Russe übte noch einmal das Stück. Über den Flur krochen die Töne Rachmaninows. Marion öffnete die Tür. Legte sich zu ihm auf das Bett und hielt seine Hände.

Ein tiefer Seufzer, dann schlug der Patient die Augen auf. Als habe er nur einmal kurz geschwiegen, sagte er laut:

Wetten, dass er sich beim zweiten Satz verspielt?

Marion wandte sich ihm zu.

Diese Wette wirst du verlieren.